KB054049

다시 사는 인생 2권

다시 사는 인생

마인네스 장편소설

2권

생각정거장

다시 사는 인생 2권

경환은 용보원이 비워 둔 강단에 올라가 청중을 바라봤지만, 과연 이들 중에서 몇 명이나 이해할 수 있을지 답답했다.

"자문위원으로 위촉받아 연구원들과 같이 개선방안연구에 참여한 이경환이라고 합니다."

짧게 소개를 마친 경환은 용보원이 놓아준 개선방안 서류를 힐끗 쳐다보고는 경무부 부장을 향해 질문에 대한 답을 설명하기 시작했다.

"결론부터 말씀드리자면 현 시점에는 적용이 불가능합니다."

경환의 말이 끝나자 청중들은 웅성거리기 시작했고, 질문을 했던 부장의 얼굴이 굳어진 것을 확인한 왕샹첸은 경환에게 자세히 설명을 하라는 눈짓으로 재촉을 하고 있었다.

"복잡한 인허가내용을 정확히 이해하고 투자자들의 입장에서 시작과 끝을 책임져 줄 전문성을 지닌 인원이 전혀 없고, 관공서와 브로커들 간의 이권에 따른 유착관계를 지금으로서는 풀 수가 없기 때문입니다. 만약 이 두 가지를 해결할 수만 있다면 해외 자본의 투자유치는 날개를 달 것으로 판단됩니다."

"우리 중국의 관공서들이 비리의 온상이란 소립니까?"

경무부 부장은 경환의 답변이 끝나기도 전에 불편한 심기를 내보였다.

"이것은 중국만의 경우는 아닙니다. 알면서도 고칠 수 없는 고질병 같은 거라고 생각합니다. 제가 한국에서 왔지만 한국 역시 이런 문제에서 자유로울 수는 없습니다. 누가 이런 문제를 빨리 척결하느냐가 더 중요한 거라고 생각합니다. 지금은 적용시킬 수 없겠지만 중국도 서비스에 대한 국민들의 요구가 거세질 거라고 봅니다. 그때를 대비하기 위해서라도 집중적인 연구가 계속 필요할 거라고 판단됩니다."

경환은 이 말을 마치고 마이크를 용보원에 넘기고 강단에서 내려 왔다. 왕샹첸이 급히 경환의 옆으로 다가와 소곤거렸다.

"자네 오늘 좀 위험했어."

"충격 요법이 더 잘 먹힐 때도 있습니다."

두 번 다시 볼 사람들이 아니라고 생각해서인지 경환은 주위의 못마땅한 시선에도 망설임 없이 자신의 소신을 밝히는 데 주저하지 않았다. 그렇게 한 달여의 연구소 생활을 마무리했다고 생각한 경환은 홀가분한 마음으로 연구소를 정리하고 일상생활로 돌아올 수 있었다.

◆ ◆ ◆

연구소의 생활을 정리한 지도 벌써 두 달이란 시간이 흘렀다. 경무부의 의뢰를 마친 경환은 다시 학교생활로 복귀하였지만, 작년과는 달리 별 무리 없이 학교생활에 적응을 해 나가고 있었다.

홍콩의 최석현은 무슨 수를 썼는지 케이티 집안의 동의를 얻어 동거생활을 시작했고, 케이티와 같이 한국을 방문하여 최석현 부모님의 허락까지 받아 놓은 상태였다. 졸업과 동시에 결혼을 준비하고 있는 두 사람은 경환의 지시를 받아 홍콩의 자금을 관리하고 있는 중이었다.

"하하하, 샤오 리. 내가 요사이 정신없이 바쁘다 보니 오늘에서야 자네를 보는구먼."

"일이 우선이죠. 사업은 잘되시죠?"

장성궈는 약속 장소에 미리 와 경환을 맞이하고 있었다. 지난번 만남 이후 꽤 시간이 흘렀지만, 경환은 조급해하지 않고 장 사장의 연락을 기다렸다.

"식사는 나중에 하기로 하고 일 얘기부터 하지. 자네도 기다렸을 테고 말이야."

왕씨 형제와 장성궈가 차기 정권의 라인이란 사실을 확인한 후부터 경환은 이미 준비를 시작하고 있었다. 정권을 유지하기 위해서는 막대한 자금이 필요하고, 내년 3월이면 중국의 정권도 바뀌게 되기 때문에 왕씨 형제의 비자금을 조성하고 있는 장 사장도 안정적인 비자금루트가 필요할 것이라고 보고 있었기 때문이었다.

"한국의 대기업들이 유연탄과 관련해서 많은 접촉을 해 오고 있는 게 사실이네. 전부를 자네에게 줄 수는 없지만 우선 30만 톤을 성사시켜 보게. 그 후에 점차 수량을 늘려 가는 거로 하고."

"흠."

경환이 예상한 양보다는 한참 못 미치는 수량이었다. 호형호제를 하기론 하였지만, 아직 신뢰의 단계까지는 가 있지 못한 상태였기에 우선은 이 정도의 양에 만족할 수밖에 없었다.

"감사합니다. 저에게 그래도 과분한 양이네요. 형님께서 산서성의 많은 광산을 움직이고 있다는 건 잘 알고 있습니다. 가격을 정해 주시면 한국 기업과 중계무역형식으로 거래를 성사 시키겠습니다."

"현 수출가격에서 10달러 내려 자네에게 주겠네. 어떤가?"

경환이 장 사장에게 요구한 마진은 3달러였다. 한국기업에 2달러 정도의 메리트를 준다면 5달러의 비자금을 경환이 처리해 줘야 한다는 계산이 나온다. 2000년 중반 이후로 이런 말도 안 되는 거래는 꿈도 꿀 수 없었지만, 지금은 아직 중국의 무역시스템이 미비한 시대이고 뒤를 봐주는 고위공직자가 있다면 충분히 가능한 거래라고 경환은 판단하고 있었다.

"알겠습니다. 나머지 부분은 제가 관리해 드리겠습니다. 따로 필요하시게 되면 연락을 주십시오. 액수가 크지 않기 때문에 당분간은 홍콩 구좌를 이용하겠습니다. 금액이 커질 때를 대비해서 따로 분산계획을 짜 말씀 드리겠습니다. 우선은 형님 회사에서 30만 톤에 대한 거래를 승인한다는 문서를 제 홍콩 회사로 발급해 주십시오. 그걸 가지고 담판을 지어 보겠습니다."

"하하하, 샤오 리. 내가 동생은 잘 뒀구먼. 말이 통해서 좋아. 그 부분은 나중에 따로 지시를 내리겠네. 자네가 제일그룹과 연결되어 있다는 건 알고 있으니까 우선은 제일그룹을 잘 설득해 봐. 사업 얘기는 그만하고 오랜만에 맛있는 요리나 먹어 보자고."

중국을 떠나기 전 유연탄사업을 안정시키고 이 자금으로 주식과 부동산에 투자할 계획은 가지고 있었지만, 이건 경환이 할 일이 아니었다. 아직까지 김창동으로부터는 아무런 연락이 오지 않고 있었다. 자신을 대신해 중국 사업을 이끌어 갈 사람이 절실히 필요한 때였다.

김포공항으로 홍콩발 항공기가 도착하고 입국장으로 경환과 수정의 모습이 나타났다. 아직 학기 중이었지만 5월 1일 노동절을 맞이해 중국은 일주일간의 휴무가 시작되었고, 경환은 이 기간 중 유연탄사업을 위해 급히 한국을 찾게 되었다.

오성물산 회의실에는 석탄사업부장과 경환이 마주하고 있었다.

"건설의 황 부장님에게서 말씀 많이 들었습니다. 석탄사업부를 맡고 있는 이형식이라고 합니다."

"처음 뵙겠습니다. 이경환입니다. 많이 황당하셨으리라 생각합니다. 제가 이쪽으로는 아는 분이 안 계시니 부득이 황 부장님께 부탁을 드렸습니다."

이형식은 황태수의 연락을 받고 긴가민가한 상태에서 경환의 만남을 받아들였다. 황태수의 부탁은 물론 자신의 상관 역시 무조건 만남을 받아들이라고 명령을 내렸기 때문이었다. 그때 회의실 문이 열리고 전승희 이사가 들어왔다.

"물산의 전승희 이사라고 합니다. 한번은 뵙고 싶었는데, 유연탄 사업까지 손대고 있는 줄 몰랐습니다."

오성에서는 KBR과의 기술제휴가 실패한 이후 다방면으로 기술제휴를 추진하고 있었지만, 뜻대로 일이 진행되지 않고 있었다. 그러던 중 경환의 연락을 받은 황태수가 경환을 이용해 다시 KBR이나 화성산업과의 업무제휴를 추진하자는 제안을 했고, 이를 전승희가 받아들인 상태였다. 경환이 무리한 요구만 하지 않는다면 플랜트와 유연탄을 맞바꾸는 형식으로 거래를 승인할 생각이었다. 이런 내용을 아는지 모르는지 경환은 한 통의 서류를 탁자 위에 올려놓았다.

"이 서류를 확인해 보시면 아시겠지만, 중국 유연탄의 수출쿼터 20%를 가지고 있는 중국화동진출구총공사가 저에게 한국 수출물량 중 일부를 넘겨주겠다는 내용입니다. 시작은 30만 톤이지만 수교 후부터는 양을 최대한 늘려 갈 생각입니다. 탄의 스펙은 현 수입되고 있는 호주 탄과 동일합니다."

이형식은 서류를 확인할 필요가 없었다. 이미 북경에 나가 있는 주재원으로부터 사실여부를 확인한 상태였기 때문이었다.

"내용은 이미 확인한 상태입니다. 그러나 중국 기업의 신뢰도가 워낙 좋지 않아서 이경환 씨를 통한다 하더라도 리스크 문제가 해결되기 전에는 쉽게 답변을 드리기가 어렵습니다."

이형식의 말을 모르진 않았다. 중국 기업과의 거래는 잘해야 본전이란 생각이 많았던 때였다. 오성전자가 가전 부분의 중국 투자를 검토하고 있는 것과 달리 물산 쪽은 중국과의 무역거래를 신중하게 생각하고 있던 시기였다.

"네. 현재 일본의 마루보시상사를 통해 중계무역을 함으로써 그런 리스크를 줄여 나가고 있다고 알고 있습니다. 언제까지 아무런 일도 하지 않는 일본 업체에 막대한 커미션을 제공하려고 하시나요? 제가 일본 업체가 부담하는 리스크를 해결해 보겠습니다. 가격적인 면에서도 현재 중국 수출가격과 동일한 금액으로 공급을 하겠습니다. 일본에 제공하는 커미션을 생각하면 적지 않은 금액 아닌가요."

"흠……."

이형식은 고민할 수밖에 없었다. 리스크만 해결할 수 있다면 경환이 제안한 조건은 그리 나쁜 조건이 아니었기 때문이었다. 그러나 이형식은 쉽게 결정을 내릴 수 없었다. 경험이 미천한, 그리고 아직 대학도 졸업하지 않은 경환을 믿고 사업을 진행하기엔 사업 규모가 너무 컸다.

"이경환 씨, 들리는 소문에 화성산업의 주주시더군요. 10%의 지분을 가지고 계신다고 들었습니다. 오성엔지니어링에서 실수를 많이 했다고도 들었고요."

이형식이 고민하고 있던 사이 전승희가 중간에 말을 끊고 화제를 바꾸고 있었다. 경환은 전승희에게 알 수 없는 미소를 지어 주었다.

"화성산업에서도 KBR만 믿고 가기엔 어려운 부분이 있다고 생각해서 저를 중간자로 넣은 것뿐입니다. 지분은 가지고 있는 게 사실이지만 제 것은 아닙니다. 때가 되면 다시 제자리로 돌려놓을 생각입니다."

경환은 전승희의 의도를 짐작하고 자신의 지분이 아니라는 말로 사전에 전승희의 의도를 봉쇄해 버렸다. 전승희는 경환을 향해 묘한 웃음을 보였다.

"유연탄 부분은 저희가 심각하게 고려해서 답변을 드리겠습니다. 가능하면 이경환 씨와 거래가 성사될 수 있도록 긍정적인 검토를 하겠습니다. 이경환 씨도 저희와의 거래를 잘 검토해 주셨으면 합니다."

경환은 소기의 목적을 이뤘다는 듯 자리에서 일어나 두 사람과 악수를 나눈 후 오성물산을 빠져나갔다. 그날 경환은 카롱물산과 대후 석탄 사업부를 방문한 후에야 하루 일정을 마칠 수 있었다.

"실장님, 이경환이가 한국에 돌아온 건 알고 있는데 제 예상과는 다른 행동을 하고 있어 찾아왔습니다. 혹시 실장님께 연락을 한 적이 있나요?"

"그게 무슨 말인가?"

김세동 부장은 급히 이 실장을 찾아 경환에 대한 보고를 하고 있었다. 북경 사무소를 통해 경환이 유연탄 30만 톤을 확보했다는 소식은 듣고 있었고 당연히 자신부터 찾아올 줄 알았지만, 경환은 연락도 없이 제일그룹의 경쟁사들과 미팅을 하고 있었기 때문이었다.

"그게…… 지난번 보고를 드렸다시피 많은 양은 아니지만 30만 톤을 확보한 상태입니다. 당연히 우리에게 올 줄 알고 석탄사업이 호락호락하지 않다는 것을 알려 주려고 했는데, 오성물산과 카롱물산, 대후 쪽에 거래를 제안하고 있다고 합니다. 카롱물산을 통해 알아본 결과 나쁜 조건은 아닌 거 같습니다. 단지 이경환 개인이 이 일을 할 수 있냐는 것과 신뢰성 문제가 아직 해결되지 않아 검토만 하고 있다고 합니다."

"이…… 이런, 만약 이경환이가 다른 쪽에 탄을 넘기게 된다면 우리 쪽 피해는 없나?"

"울산 공급 분은 괜찮지만 인천 지역의 공급물량에 대한 입찰이 얼마 남지 않아서 가격적인 부분에서 저희가 실패할 확률이 꽤 됩니다."

김세동은 기가 막혔다. 제일의 경쟁사에 먼저 거래 제안을 함으로써 결국 제일그룹을 압박하고 있었기 때문이었다. 대학생이라고는 전혀 생각할 수 없는 행동이었다. 값싼 중국 탄의 안정적인 공급이 확인되어 경쟁사가 경환의 제안을 받아들이기라도 한다면 인천 발전소 입찰 건은 물 건너갔다고 봐야 했다.

"허…… 참, 그놈 능구렁이를 처먹은 놈이네. 학비며 생활비는 우리한테 받아 처먹고, 제안은 경쟁사들에게 하고 다니니. 김 부장은 어쩔 생각인가?"

김세동이라고 좋은 방법이 있을 리 없었다. 찾아와서 사정을 해도 시원찮을 판에 한국에 들어왔다는 연락조차 하지 않고 있으니 김세동도 답답하긴 마찬가지였다.

"실장님, 아쉽기는 하지만 우리가 먼저 연락을 취해 봐야겠습니다. 적어도 우린 계약서는 가지고 있지 않습니까?"

"그 계약서라는 게 우리는 반드시 공급을 받아야 되지만, 이경환이가 우리에게 반드시 공급을 해야 된다고 쓰어 있는 건 아니지 않나? 생각할수록 여우 같은 놈이야."

"그렇긴 하지만 계약한 내용을 경쟁사들 쪽으로 흘리고 도의적인 차원으로 압박을 해 보겠습니다. 이경환이가 모레면 출국을 합니다. 들리는 말에 의하면 오성물산과 중국 사업에 큰 관심을 두고 있는 대후 쪽에서 이경환의 제안에 관심을 보이고 있다고 합니다."

김세동과 이영수가 머리를 맞대고 고민을 하고 있었지만, 경환은 수정과 오래간만의 데이트를 즐기고 있었다.

수정과의 데이트를 마치고 집으로 돌아온 경환은 한 시간에 한 번씩 울리는 전화기를 거들떠보지도 않고 있었다. 어차피 누구의 전화인지 뻔히 아는 상태에서 급히 서두를 필요가 경환에게는 전혀 없기 때문이었다. 이미 대후에서 뒷조사를 통해 경환과 KBR의 관계 및 경무부의 자문위원 위촉 사실을 확인한 후 그룹회장의 지시로 30만 톤 전량을 계약하고 싶다는 의향을 경환에게 전달한 상태였다. 오성물산은 경환이 가지고 있는 화성산업의 지분 10%를 넘겨받는 조건으로 유연탄 거래를 긍정적으로 검토해 보겠다는 의사를 보였지만, 경환은 단칼에 오성의 제안을 거절해 버렸다. 지금 급한 건 제일그룹이지 경환은 이미 칼자루를 쥐고 있었다.

"자기야, 내가 입장이 좀 난처해요. 이제는 북경으로 돌아갈 때 생필품을 준비해 놨다고 가져가라고 하는데 자기가 전화 좀 해 봐요."

난처한 표정을 하고 있는 수정의 얼굴을 보며 경환은 미안한 표정을 지어 보였다. 이만큼 김 부장의 애를 태웠으면 됐다고 판단한 경환은 전화기를 들었다.

"부장님, 오래간만에 연락을 드립니다. 집에 전화를 많이 주셨더군요. 무슨 필요한 일이라도 있으신가요? 바쁘실 거 같아 그냥 출국하려고 했습니다."

[오셨다는 얘기는 이미 들었습니다. 한번 연락을 주실 줄 알았는데 섭섭한데요? 모레 출국하시는 거 알고 있습니다. 지금 시간이 되시면 만났으면 좋겠는데요.]

김세동은 끓어오르는 분노를 간신히 삼키고 있었다. 전세는 역전이 돼서 급한 건 김세동 본인이었기에 최대한 자신의 감정을 죽이고 있었다. 혹시라도 경환이 오성이나 대후와 계약이라도 한다면 피해는 고스란히 자신의 몫이었기 때문이었다.

"부장님께서 그렇게 말씀하시니 제가 실수를 한 거 같습니다. 제가 제일그룹에는 갈 시간이 없으니 팔레스 호텔에서 30분 후에 만났으면 좋겠습니다. 부장님께서 시간이 안 되시면 다음에 뵐 수밖에 없을 거 같습니다."

[아…… 아닙니다. 30분 후에 뵙도록 하죠. 바로 출발하겠습니다.]

똥개도 자기 집에서는 50% 먹고 간다는 말이 있듯이 제일그룹에서 협상을 하고 싶지는 않았다. 나이 든 사람을 오라 가라 한 게 미안해 경환은 미리 호텔에 도착해서 김세동을 기다리고 있었다. 호텔 커피숍은 평일임에도 불구하고 많은 손님들로 빈자리를 찾아보기가 힘들었다. 겨우 자리를 찾은 경환은 커피를 한 잔 시키고는 느긋하게 김세동을 기다리고 있었다.

"제가 늦지는 않았는데 먼저 와 계셨군요."

김세동은 경환을 확인하고는 빠른 걸음으로 다가오고 있었고 김세동의 뒤로는 이영수가 보이고 있었다.

"처가가 이 근처라 금방 올 수 있었습니다. 그리고 여기까지 오시라고 해서 죄송하기도 해서 좀 서둘렀습니다."

경환의 맞은편에 앉은 두 사람은 경환의 양해를 얻은 후 담배를 입에 물었다. 경환도 담배 생각이 간절하긴 했지만, 연배 차이가 많이 나는 사람들 앞이라 욕구를 참을 수밖에 없었다. 담배를 한 대 핀 김세동이 먼저 말을 꺼냈다.

"좀 섭섭했습니다. 저를 처음 찾아오실 줄 알았는데 다른 업체를 먼저 방문하셨다고 들었거든요. 저희와 한 계약은 잊으셨나 봅니다."

경환은 당황했다는 듯이 김세동을 향해 미안한 표정을 지어 보였다.

"부장님께서 오해하셨을 줄을 몰랐습니다. 계약은 했다지만 곰곰이 예전의 부장님 말씀을 생각해 봤습니다. 제가 부장님께 탄에 대해 잘 알지도 못하면서 부담을 많이 드린 거 같아서 차마 찾아 뵐 수가 없었습니다. 그렇다고 확보한 탄을 썩힐 수도 없는 노릇이고 해서 다른 업체를 찾아간 것입니다. 다른 업체에서도 거래를 하지 못한다고 하면 그냥 포기하려고 생각했습니다. 오해를 하셨다면 죄송합니다."

청산유수처럼 말을 장황하게 늘어놓고 있는 경환을 패 주고 싶었지만, 김세동은 웃음 띤 얼굴로 경환에게 손사래를 쳤다.

"오해라니요. 그래 다른 업체에서는 뭐라고 하던가요? 쉽지는 않을 거라고 생각은 하고 있습니다만."

"저는 잘 모르겠지만 대후 쪽에서는 제가 확보한 물량 전체를 계약하고 싶다고 하더군요. 오성물산도 조건이 붙긴 했지만 긍정적으로 검토를 하겠다고 합니다. 지금 상황에서는 대후 쪽과 연결이 되지 않을까 싶습니다. 저도 난처하네요. 다들 거절 할 줄 알았었는데."

경환은 난처하다는 표정을 지으며 급히 커피를 홀짝거리고 있었고, 김세동과 이영수는 분노를 속으로 삼키기 바빴다.

"이경환 씨, 상도의라는 게 있습니다. 유연탄에 대해서 우리가 계약을 한 사실을 잊으셨나요? 당연히 우리와 먼저 협의를 했어야 되는 게 상식 아닙니까? 북경에서의 편의와 지원도 저희가 해 주고 있는데 말입니다."

이영수는 참았던 감정을 폭발시켜 버렸다. 경환은 이영수의 감정 섞인 말을 묵묵히 듣고서도 아무런 표정의 변화를 보이지 않았다.

"실장님, 편의와 지원을 말씀하셨는데, 제가 가고 싶어 간 중국이라고 생각하시나요? 억지로 등 떠밀려 간 중국입니다. 계약이라고 말씀하셨는데 제가 제일그룹을 먼저 찾아갔다면 어떤 일이 있었을까요? 전문가이신 김 부장님이 공정하게 일을 처리하셨을까요? 그리고 제가 계약을 위반한 사실이 있습니까?"

경환은 웃음기 사라진 얼굴로 이영수를 똑바로 쳐다보았고, 김세동은 급히 중간에 나서 분위기를 바꾸려 하였다. 대후나 오성에 싼값의 탄이 공급되는 건 최대한 막아야 될 상황이었다.

"실장님께서 많이 섭섭해서 그러신 겁니다. 북경 사무소를 통해서 내용은 알고 있습니다. 제가 실수한 걸 인정하겠습니다. 화동을 뚫으실 줄은 전혀 생각을 하지 못했습니다. 다른 진출구회사에서도 화동의 눈치를 보고 있다 보니 가격조정이 쉽지 않은 게 사실입니다."

경환은 말해 주지 않아도 될 사항을 스스로 털어놓는 김세동을 의외란 듯이 쳐다보았다. 역시 연륜은 못 속인다고 생각한 경환은 김세동의 다음 말을 기다렸다.

"다른 쪽에 제안을 한 내용을 알고 있습니다. 그 제안에서 1달러 다운해서 우리에게 공급해 주십시오. 북경 지사를 통해 현지 서베이를 진행하고 샘플링을 하겠습니다. 성분분석에 문제가 없다면 전량 우리가 공급을 받고 이후의 양도 이경환 씨를 통해 공급 받겠습니다."

김세동은 역시 노련했다. 톤당 1달러면 자존심도 버릴 수 있다는 김세동의 생각에 경환도 이 정도면 할 만큼 했다라고 판단이 들었다.

"부장님이 이렇게 말씀해 주시니 제가 더 버티질 못하겠습니다. 계약은 중계무역으로 제 홍콩 법인과 체결하는 조건이고 PB(계약이행보증)를 요구하지 않으신다면 현 중국 시세의 탄 가격에서 2달러 다운시켜 드리겠습니다."

경환의 홍콩 법인은 아직 PB를 발행할 만한 능력이 되지 못했기에 경환은 PB 면제를 위해 1달러를 더 인하시켜 주는 안을 제시했다. 이것은 김세동으로서도 쉽게 답을 줄 수 있는 문제가 아니었다.

"이미 대후에서는 컨펌을 하겠다는 통보를 받았습니다. 제일그룹이 안 되면 저는 어쩔 수 없이 대후에 물량을 넘길 수밖에 없습니다."

사실 경환으로서도 중국에 전투적인 투자를 하는 대후와의 거래가 편하긴 했지만, 한국의 정권이 바뀌고 2000년을 넘기면서 대후가 해체된다는 사실을 알고 있었기에 대후와의 거래를 꺼리고 있었다. 그러나 이런 사실을 이영수나 김세동은 알 수가 없었다.

"우리 선에서 결정될 사항이 아니지만 긍정적으로 검토를 하겠습니다. 아니 계약이 되도록 하겠으니 우리 쪽에 넘기시고 중계무역은 동의를 하시면 최종 서플라이인 화동의 계약이행 확인서를 첨부해 주세요."

경환은 흔쾌히 동의를 하고 본 계약은 한 달 후 북경에서 체결한다는 조건으로 김세동이 준비해 온 MOU에 사인을 했다. 김세동은 화동에 공급하는 탄 가격을 끈질기게 물어 왔지만, 경환은 웃음만 보일 뿐 자신의 패를 보여 주지는 않았다.

제일그룹과의 유연탄계약 소식은 오성건설의 황태수 귀에도 들어가게 되었다. 경환이 직접 전화를 걸어 사실을 통보해 주었기 때문이었다. 경환은 중국으로 출국을 하기 전 황태수의 의중을 확인할 필요가 있었다.

"오늘은 제가 부장님을 모시겠습니다. 드릴 말씀도 있고요."

경환은 지난번 만남을 가졌던 송정에서 황태수를 다시 만나고 있었다. 황태수는 나이도 어린 경환의 주도면밀함에 혀를 내두르고 있었다. 이번 유연탄 건은 오성이 들러리를 섰던 게 분명해 보였기 때문이었다.

"이번 유연탄은 이미 제일그룹을 선정해 놓고 우릴 들러리 세운 거 아닙니까? 괜히 우리가 뇌화부동한 거 아닌지 모르겠습니다."

"절대 아닙니다. 만약 다른 조건을 걸지 않았다면 저는 아마 오성과 거래를 했을 겁니다. 부장님의 입김도 상당히 작용을 했다고 생각하는데요."

황태수는 경환이 따라 주는 술을 받자마자 급히 잔을 비우고는 경환에게 그 잔을 돌려주었다.

"지난번 오성그룹에서 화성산업에 했던 일을 반면교사 삼았습니다. 오성과는 이미 인연의 끈이 떨어졌다고 생각하지만 부장님은 쉽게 포기가 안 되네요. 그렇다고 제가 마냥 부장님을 짝사랑할 수도 없는 입장이고요."

황태수가 따라 준 술을 마시며 경환은 흔들리는 황태수의 눈빛을 바라보고 있었다.

"이경환 씨는 무슨 계획을 가지고 있습니까?"

경환은 황태수를 향해 웃음을 보이며 비워 있는 술잔에 술을 따른 후 안주머니에서 명함 한 장을 꺼내 황태수에게 건네주었다.

"아직은 회사라고 할 수는 없지만 홍콩에 법인을 만들었습니다. 그리고 이 회사를 바탕으로 중국 사업을 시작할 겁니다. 그렇다고 제가 중국에 뼈를 묻는 건 아니고요. 내년에 미국에 진출해 투자 및 컨설팅회사를 만들어 볼까 생각 중입니다. KBR을 포함한 플랜트업계에 대한 컨설팅업무는 부장님이 전적으로 맡아 주셨으면 합니다. 투자업무는 이미 다른 인물을 생각하고 있습니다. 회사가 성장하기 전까지는 전권을 드릴 수 없지만, 언젠가는 전권을 드리겠습니다."

　황태수는 경환의 말을 듣고 고민했지만 아직 미래에 대한 확신을 하기에는 오성건설이라는 대기업 타이틀을 쉽게 놓을 수 없었다. 그러나 요즘 부쩍 회사 내에서의 입지가 작아진다는 생각에 흔들리고 있는 것도 사실이었다. 경환이 그동안 보여 준 능력과 행동이 황태수를 더 고민에 빠트리게 하고 있었다.

　"아직은 확신을 못 내리겠습니다."

　"이해합니다. 부장님도 오성이라는 한 우물만 파 오신 분이란 걸 잘 알고 있습니다. 그러나 제가 시간을 많이 드릴 수는 없습니다. 부장님이 안 되신다면 저도 대안을 찾아야 돼서요. 8월 중국과 수교가 되고 10월이 가기 전까지는 부장님의 답변을 기다리겠습니다. 그 이후엔 저도 부장님을 포기하겠습니다."

　경환은 더 이상은 기다려 줄 수가 없었다. 내년에는 KBR과 나이지리아 프로젝트를 진행해야 했기에 황태수가 안 된다면 다른 인물을 찾을 수밖에 없었다. 전생의 인연으로 황태수를 끈질기게 설득하고는 있지만 경환 스스로도 확신을 갖지는 못하고 있었다.

　"부장님, 제가 실패할 수도 있습니다. 제가 다른 길로 빠질 때 부장님 같으신 분이 제 뒤를 봐주셨으면 합니다. 전 제 사람은 절대 포기하지 않을 생각입니다."

　경환의 마지막 한마디에 황태수는 크게 흔들리고 있었다. 그러나 경환에게 답을 줄 수는 없었다. 그만큼 황태수도 지키고 싶은 것들이 많이 있었다.

서울의 일정을 마친 경환은 처가에서 마지막 밤을 보내고 있었다. 처가 식구들이 모두 모여 저녁 식사를 하는 자리에서 경환은 곤혹스러운 밤을 보내고 있었다.

"자네 애기는 도대체 언제쯤 가질 생각인가?"

동거 기간까지 포함하면 1년이 훨씬 넘었다는 걸 아는 수정의 부모님은 아직 자식을 갖지 않고 있는 두 사람에게 은근히 압력을 행사하고 있는 중이었다.

아무래도 경환이 당분간 아기를 갖지 말자고 한 말을 수정이 부모님에게 전한 거라고 생각할 수밖에 없었다.

"저희들은 아직 젊고 중국에서 아기를 갖는다는 것이 아직은 여러 가지 문제가 있습니다. 의료시설도 열악하고 한국에 자주 나올 수도 없고 ……."

경환은 말을 더듬으며 수정을 쳐다봤지만, 수정은 경환에게 눈길을 주지 않고 있었다. 수정의 부모님은 이참에 경환에게 확답을 받을 요량으로 경환을 더욱 압박하고 있었다.

"결혼을 한 이상 조금이라도 젊을 때 아기를 갖는 게 좋지 않겠나? 사돈께서도 은근히 손주를 기다리고 있다는 건 자네도 알지 않나."

경환도 자식에 대한 욕심이 없는 건 아니지만, 최소한 첫째는 전생의 딸이기를 바라고 있었다. 설명할 수 없었기에 경환은 답답함에 미치기 일보 직전이었다.

"중국의 의료 시설이 열악하다는 말에는 뭐라 하지 않겠네. 중국 유학 마치고 돌아와서 바로 아기를 갖는 거로 알고 있겠네. 더 이상 미루지 않기를 바라네."

경환은 아무런 대답도 못하고 죽어 가는 표정으로 고개만 숙이고 있었다.

♦ ♦ ♦

북경의 밤은 어두웠다. 그런 어두움과는 달리 천상인간이란 나이트클럽 안에는 화려한 사이키 조명 아래서 늘씬한 미녀들이 음악에 맞춰 몸을 흐느적거리고 있었다. 비싼 입장료를 지불하고 들어온 나이트클럽에서 남자를 유혹하지 못한다면 손해가 이만저만 아니었기에 그녀들의 눈빛은 나이트클럽을 찾은 남자들에게 향하고 있었다. 가드들이 지키고 있는 무대 뒤편에 룸들이 길게 자리 잡고 있었지만 아무나 들어갈 수 있는 그런 룸들은 아니었다.

"라오 장, 샤오 리에게 30만 톤을 밀어 주기로 했다는데 너무 서두른 게 아닌지 모르겠습니다."

"글쎄. 그 친구 수단이 보통이 아니니 한국 기업과의 계약은 어렵지 않게 성사시키지 않겠나."

가장 구석진 룸 안에는 장성궈와 왕바오밍이 일반 노동자의 2년치 임금에 해당하는 양주를 거리낌 없이 술잔에 따르고 있었다.

"제일그룹, 오성그룹 등과 연결되어 있고 미국 기업까지 샤오 리의 뒤를 봐주고 있다면 성사야 시키겠지만 우리가 그 친구를 믿어야 될지에 대해서는 확실하지가 않아서 하는 말입니다."

뭐가 불안했던지 왕바오밍은 연신 고개를 흔들며 장성궈의 결정에 의문을 나타내고 있었다. 하지만 장성궈는 걱정 말라는 듯 손을 들어 왕바오밍의 말을 막았다.

"자네는 사람 보는 눈을 더 키워야 돼. 그 친구를 나이로만 보지 말라고 몇 번을 말했나. 30만 톤은 사실 많은 양이 아니야. 이번 일을 성사시키면 난 크게 한번 밀어 줄 생각이네. 샤오 리나 나나 서로 이용을 하고 있다는 건 그 친구도 잘 알고 있을 테니까 너무 걱정 말게. 그래도 혹시 모르니 안전부를 통해서 감시는 계속하도록 하는 게 좋긴 하겠지."

"비자금 일부를 그 친구에게 맡겨도 되는지 걱정이라서 그럽니다. 샹첸 형님도 걱정은 많이 하고 계십니다."

"자네들은 정치가지 사업가가 아니지 않나. 사업하는 사람들은 상대방을 알 수 있다네. 그 친구 야망이 대단한 친구야. 이 유연탄사업 정도는 부수입으로 생각을 하는 친구야. 그 친구도 아마 우리에 대해서 알만큼은 알고 있을 것이네."

장성귀는 왕바오밍의 불안에 대해 전혀 개의치 않고 있었다. 경환이 비자금 관리라는 역할을 충분히 수행해 줄 능력을 가지고 있다고 판단했기 때문이었다. 호형호제를 통해 의형제를 맺긴 했지만, 외국인에 대한 중국인의 배타심은 여느 나라보다 심하면 심했지 덜하진 않았다. 경환 또한 애당초 이런 장 사장의 의도를 충분히 알고 있었고 서로의 이익을 위해선 언제든지 갈라질 준비를 하고 있었다. 단지 신뢰를 지킬 뿐이었다.

"고민은 나중에 하고 오늘은 나도 회춘을 좀 해야겠어."

장성귀는 룸에 설치된 인터폰을 눌렀고, 곧이어 무대에서 춤을 추던 미녀 두 사람이 환한 웃음을 띠며 안으로 들어왔다.

북경으로 돌아가기 전 잠시 홍콩에 들린 경환과 수정은 최석현과 케이티의 안내를 받아 사무실에 도착해 있었다. 케이티의 도움으로 임대한 사무실은 넓진 않았지만 당분간 두 사람이 일을 하기에는 적당해 보였다.

"우선 축하드립니다. 결혼식은 언제로 잡았나요?"

"7월 말로 잡았습니다. 팀장님도 참석해 주십시오."

"당연하죠. 반드시 참석하겠습니다. 케이티도 축하합니다."

최석현의 옆에 앉아 있던 케이티는 첫 번째 만남과는 다르게 한층 여유 있는 모습으로 경환과 수정에게 미소를 보였고 최석현은 팔불출마냥 벌린 입을 닫지 못하고 있었다.

"제가 홍콩에 온 이유는 제일그룹과 30만 톤의 유연탄계약을 성사시켰기 때문입니다. L/C문제와 일부 중국의 비자금을 관리해야 하기 때문에 차장님이 신경을 많이 써야 할 겁니다."

최석현은 경환이 건넨 MOU 서류를 복사한 후 복사본을 경환에게 돌려주었다. 그동안 하는 일 없이 지낸 것이 미안했던 최석현은 일이 본격적으로 시작된다는 경환의 말에 큰 짐을 덜었다는 듯 자신감 넘치는 모습으로 경환의 다음지시를 기다리고 있었다.

"에릭과는 관계가 어떻습니까?"

"일주일에 한 번 정도는 만남을 갖고 있습니다. 팀장님께서 말씀하신 대로 우선 친분을 쌓기 위해 노력을 많이 했습니다. 지금은 저희 집에서 같이 식사를 할 정도까지는 인간관계를 맺었습니다."

생각한 것 이상으로 최석현이 에릭을 잘 관리했다는 말에 경환은 고개를 끄떡였다. 비자금 관리와 L/C문제를 처리하기 위해서는 에릭의 도움이 절대적으로 필요했다.

"고생하셨습니다. 한국에서 L/C를 받고 바로 중국에 L/C 보내줘야 됩니다. 이 문제를 에릭과 협의하셔서 막히지 않게 미리 조율해 두세요. 그리고 중국 측의 몫은 톤당 5달러입니다. 금액이 커진다고 해서 욕심 낼 돈이 아니니 따로 지시가 없다면 관리만 하시고요. 에릭은 이 부분에 대해 절대 몰라야 됩니다."

"알겠습니다. 유연탄은 언제부터 시작하는 겁니까? 준비는 해 놓겠습니다."

"조만간 제일그룹의 실사 팀이 북경으로 들어옵니다. 실사가 끝나는 대로 바로 시작될 것입니다. 한 달에서 두 달 후로 생각하고 계세요."

경환은 여우같은 장성귀가 30만 톤을 가지고 자신을 간보고 있다는 것을 대충 알고 있었다. 확실한 비자금 루트를 제공해 주고 정확하게 관리해 준다면 유연탄의 양은 앞으로 계속 늘어나게 될 것이라고 판단했다. 그렇다고 해도 항상 빠져나갈 구멍은 마련을 해 놓아야 했다.

"그리고 케이티 친오빠가 변호사라고 했으니 정식으로 계약을 체결해서 앞으로 모든 법률적인 검토와 자문을 받도록 하세요. 비용은 일반적인 수수료보다 더 주도록 하세요. 주는 만큼 받는 겁니다."

경환의 말에 최석현은 얼굴이 밝아졌다. 하나밖에 없는 동생과 동거를 하고 있는 것을 항상 탐탁지 않게 여긴 오빠였다. 최석현은 이참에 고문변호사 계약을 체결하고 면을 살려 볼 생각이었다.

"그리고 어려운 부탁을 하나 더 드리겠습니다. 그게 참. 뭐라고 말을 해야 될지."

경환은 최석현과 케이티를 보며 말을 더듬고 있었다.

"괜찮습니다, 팀장님. 말씀하십시오."

경환은 두 사람을 보며 계속 미안한 표정을 보이고 있을 뿐 쉽게 말을 꺼내지 못하고 있었다. 계속된 최석현의 독촉에 경환은 어렵게 말을 꺼내기 시작했다.

"정말 죄송하지만, 결혼하시고 10월쯤에 차장님이 먼저 미국에 가 주셨으면 하는데…… 미국에 근거지도 마련하고 회사 설립도 준비해야 하니 시간이 별로 없습니다. 케이티는 내년 3월 저희와 같이 들어가겠습니다."

경환의 말에 최석현과 케이티는 울상이 되었다. 한참 신혼을 만끽하고 있는 터라 떨어져야 한다는 사실을 쉽게 받아들이지 못하고 있었다. 말을 꺼낸 경환도 염치없다는 건 잘 알고 있었다. 하지만 다른 직원이라도 있다면 모를까, 지금은 미국에 먼저 들어갈 수 있는 사람이 최석현뿐이었다.

"아닙니다. 이 문제는 제가 좀 더 고민해 보겠습니다. 저도 제 아내와 5개월 넘게 떨어져 있으라고 하면 아마 돌아 버릴 겁니다."

"아니에요. 석현 씨 먼저 미국에 가도록 준비를 해 놓을게요. 걱정하지 마세요."

테이블 밑으로 최석현의 손을 잡은 케이티가 경환의 제의를 받아들이고 있었다. 아직도 최 차장은 울상이었지만, 그런 최석현을 케이티는 다독이며 웃어 주었다. 수정은 경환을 향해 눈을 흘기고 있었지만 경환은 케이티에게 고마움을 표했다.

"케이티, 고마워요. 지금 이 은혜는 나중에 두고두고 제가 갚을게요. 딱 5개월만 참아 주세요."

회의를 마친 네 사람은 자리를 식당으로 옮겼다. 식당에서도 최석현은 죽을상을 풀지 못한 채 요리는 거들떠보지도 않고 독한 백주만 마셔 댔다.

노동절 연휴가 끝나고 경환은 다시 학교생활에 전념하고 있었다. 한국에서 돌아와 장성궈에게 제일그룹과의 계약을 전화로 통보하였고 제일그룹의 실사에 문제가 발생하지 않도록 협조를 요청해 두었다. TV에서는 한국과의 수교가 임박했다는 뉴스가 연일 나오고 있었지만, 8월 2일 정식 수교가 된다는 사실을 알고 있는 경환은 별 관심을 두지 않았다. 경환은 유연탄사업을 빨리 성사시키고 지긋지긋한 중국을 떠나는 일에만 온 정신을 집중하고 있었다.

"자기야, 인준이 아빠 전화예요."

길어야 1년 짧으면 반년밖에 남지 않은 북경 생활 이후의 계획을 구상하고 있던 경환은 김창동의 전화를 받기 위해 거실로 나갔다.

"차장님, 퇴근 전이신데 무슨 일 있으신가요?"

[소주 한 잔이 생각이 나서요. 일찍 퇴근을 하려고 하는데 나오시겠습니까?]

김창동과는 항상 집에서 술을 해 왔기에 경환은 김창동 신변에 이상이 있다는 것을 직감적으로 알아차리고 서둘러 약속된 식당으로 향했다. 이미 김창동은 미리 자리를 잡고 백주를 먼저 마시고 있는 것이 경환의 눈에 들어왔다.

"전화 받고 바로 달려왔는데, 이미 도착을 하셨네요. 저도 한 잔 주십시오."

"여기서 전화를 드린 겁니다. 한 잔 받으세요."

술을 받기 위해 잔을 든 경환은 김창동의 얼굴을 살피고 있었다. 이미 술을 많이 마셨는지 김창동의 얼굴은 붉어져 있었다. 퇴근시간 전에 회사를 빠져나와 혼자 술을 마시고 있는 이유는 하나밖에 없었다.

"회사에 무슨 일 있으신가요? 좋은 일은 아닌 거 같아 보여서 걱정이
됩니다."

경환의 말에도 김창동은 미소만 보일 뿐 아무런 대꾸 없이 술 한 잔
을 더 마시고는 깊은 한숨을 내쉬었다.

"귀국발령을 받았습니다. 인수인계를 마치고 다음 달 말까진 정리를
하라네요. 그런데 동해영업소로 발령이 났더군요. 아무런 연고도 없는 곳
인데…… 집에 들어갈 용기가 안 나서 경환 씨를 불렀습니다. 미안합니
다."

김창동의 고민을 알게 된 경환은 김 차장의 기분을 십분 이해할 수
있었다. 자신도 차장을 끝으로 명퇴 당한 경험을 가지고 있어 김창동이
지금 무슨 생각을 하고 있는지 어느 정도는 알 수 있었다. 회사를 위해,
회사의 이익을 위해 청춘을 불살랐지만 돌아오는 건 용도 폐기뿐이니 김
창동이 느끼고 있는 배신감과 좌절감은 이루 말할 수 없다는 걸 경환은
느낄 수 있었다.

"잘하셨습니다. 이런 날 술 한 잔 안 하면 버티기 힘들죠. 동해영업소
를 가신다 하더라도 아마 버티기 힘드실 텐데, 따로 준비하신 것은 있으신
가요?"

회사 생활을 하던 사람이 사업을 시작하기란 쉽지 않았다. 특히 대기
업을 다녔던 사람들이라면 더욱더 힘들었다. 대기업이라는 백그라운드를
가진 상태에서 아부를 하던 인간들도 그 끈이 떨어지게 되면 안면 몰수
하는 게 사회의 이치였기 때문이었다. 김창동이 사업을 하겠다고 한다면
경환은 뜯어말릴 생각이었다.

"제일그룹 하나밖에는 모릅니다. 제가 좀 바보스러워서요. 인준이도

아직 어리다 보니 뭘 해야 될지 막막할 따름입니다. 집 사람 얼굴 보기도 미안하고."

경환은 김창동의 이런 상황을 마음으로는 동정하고 있었지만, 자신에 겐 큰 기회가 될 수도 있다는 생각을 하고 있는 중이었다.

"차장님. 제가 한국에서 제일그룹과 유연탄계약을 한 사실은 알고 계실 겁니다. 지난번 드렸던 제안은 아직도 유효합니다. 저와 같이 일을 해 보시겠습니까? 차장님이라면 제가 중국 사업을 다 맡길 수 있을 거 같아서요."

김창동은 말없이 술을 한잔 더 마시고는 고개를 탁자 위에 떨어트렸다.

"사람이란 게 참 간사하더군요. 오늘 발령을 받고 제일 먼저 생각난 게 지난번 경환 씨가 제게 했던 제안이더군요. 그래서 염치불구하고 연락을 드린 겁니다."

중국어도 사업을 진행할 정도로 할 수 있고 중국을 바라보는 시각도 경환의 그것과 별 차이가 없는 김창동이라면 오히려 경환이 환영하고도 남았다.

"딱 10년만 북경에서 고생해 주셨으면 합니다. 그 이후엔 중국 사업을 모두 철수하고 미국이나 한국으로 이전할 생각입니다. 그때는 미국이나 한국으로 모시겠습니다. 지금은 제일그룹과 같은 조건으로 차장님을 모실 수는 없습니다만 1년 후엔 그 이상의 조건으로 대우해 드리겠습니다. 제가 부탁드립니다."

경환은 김창동의 자존심이 다치지 않게 다시금 제안을 하고 있었다.

"저라도 괜찮겠습니까? 경환 씨의 계획에 도움이 될지 자신이 없습

니다."

"도움이 됩니다. 아주 많이 됩니다. 차장님껜 죄송한 말씀이지만 오늘 제일그룹의 실수가 저에겐 기회가 되었으니 사실 기쁩니다. 제일그룹에 감사라도 하고 싶은 마음입니다. 이건 제 진심입니다. 사모님껜 제가 삼고초려로 차장님을 모시는 거라고 말해 놓겠습니다. 오늘은 기쁜 날이네요. 술 한 잔 더 받으십시오."

김창동의 밝은 모습을 확인한 경환은 밤 늦도록 중국 사업에 대해 얘기를 나누었다. 경환의 주위로 사람들이 하나둘 모이기 시작하고 있었다.

김창동은 일주일 후 제일그룹에 사직서를 제출하였지만, 북경을 떠나지는 않았다. 단지 현 거주하던 집을 나와 옆 동으로 이사를 한 게 전부였다. 경환은 김창동의 직분을 부장으로 하고 홍콩과의 업무협조를 위해 출장을 보낸 상태였다. 김창동이 합류한 상태에서 경환은 한시름 놓을 수 있었다. 그동안 봐 왔던 김창동은 오로지 한길밖에 모르는 사람이었다. 그러나 기업은 그런 중견간부를 용도 폐기하는 데 주저함이 없다는 것도 현실이었다.

"인준이 엄마가 날 대하는 게 예전하고 달라서 좀 거북해요. 어떡하면 좋아요?"

수정은 근심이 가득한 얼굴로 경환을 바라보고 있었다. 수정에게 그동안의 일을 자세히 설명해 주고 전과 같이 김창동 부인을 대하라고 부탁했지만, 김창동 부인은 그렇지 않은 모양이었다. 경환도 이 문제에 대한 해결책은 없어 보였다.

"자기야, 그건 어쩔 수 없다고 생각해. 그래도 명색이 내가 김 부장님

보단 직급이 높은 게 사실이니까. 그렇지만 인준이 엄마가 자기를 어려워한다 해도 자기가 변하지 않는 모습을 계속 보여 주면 진심을 알아주지 않을까?"

수정은 고개를 끄떡였다. 김창동이 내일 홍콩에서 돌아오면 식사라도 함께하면서 다시 얘기해 볼 생각을 하고 있었다. 김창동의 합류로 홍콩과 북경을 연결하는 무역라인이 형성되었고 김창동의 오랜 경험이 녹아들면서 중국 사업은 탄력을 받을 수 있었다. 홍콩의 최석현은 김창동의 교육을 물 빨아들이듯 배우고 있는 중이었다.

"최 차장, 제일그룹 실사팀이 도착하면 난 그들과 북경으로 돌아갈 테니, 우리 당분간 잘해 보자고. 하다가 어려운 부분이 생기면 시간에 구애받지 말고 언제든지 연락하고. 최 차장이나 나나 다시 사는 인생들이지 않나."

"부장님, 걱정 마십시오. 팀장님이 미국 들어가시기 전까지 홍콩은 제가 꽉 잡고 있겠습니다. 부장님도 앞으로 저 좀 많이 가르쳐 주세요. 하하하."

최석현은 경환의 우려와는 달리 김창동의 합류를 쌍수로 환영하고 있었다. 공부는 계속하고 있었지만 무역실무란 게 현장경험 없이 하루아침에 습득할 수 있는 것이 아니었기에 최석현은 경환에게 말도 못하고 혼자 끙끙 앓고 있던 중이었다. 그런데 김창동의 합류로 이러한 고민을 한 방에 해결할 수 있었으니, 최석현으로서는 천군만마를 얻었다고 생각하는 게 당연했다.

"실사팀이 체크인했다는 소식을 받았으니 우리도 나가 보자고. 사업 전에 서로 안면을 터놓는 것도 나쁘지 않을 테니까."

말은 그렇게 했지만, 김창동은 착잡한 심정이었다. 며칠 전까지만 해도 같은 조직에 몸을 담고 있던 사이였지만, 지금은 갑과 을로 입장이 분명하게 나뉘어 있었다. 실사팀 방문을 맞이해 김창동은 저녁 접대를 준비하고 있었고, 실사팀이 도착하기 전에 약속된 식당에 미리 도착했다.

"여, 김 차장. 오랜만이야. 회사를 그만둘 줄은 몰랐는데, 이렇게 홍콩에서 다시 만나다니 의외야. 뭐, 자네만 잘하면 나도 밀어 줄 용의가 있으니까 열심히 해 봐."

석탄사업부 황규동 차장이 김창동을 향해 아는 척을 해 왔다. 입사동기였지만 황규동은 승승장구를 하고 있었고 올해 말 부장승진을 언질받은 상태였다. 비아냥거리는 황규동을 보며 속이 끓어올랐지만 참을 수밖에 없었다. 지금은 갑과 을의 관계 그 이상도 그 이하도 아니었기 때문이었다.

"황 차장, 오랜만일세. 앞으로 많은 도움을 부탁하네."

김창동의 저자세가 맘에 들지 않은 최석현이었지만, 김창동의 눈짓에 화를 삭이고 있었다. 실사팀에게 절대 꿀리지 말라고 경환의 특별한 지시가 있었지만 지금 자신의 상관은 김창동이었기 때문이었다.

"뭐 특별한 일이야 있겠어? 오늘 우리 애들 입맛에 맞게 잘 좀 해 줘. 홍콩 음식이 아주 맛있는 게 많다고 하던데 말이야."

김창동은 자신의 감정을 주체하지 못해 일을 망치고 싶은 생각은 없었다. 특별히 주문한 고가의 요리들이 테이블 위에 차려지고 김창동은 술잔을 들어 술을 따르려 했다. 그때 최석현이 급히 술병을 뺏어 직접 실사팀에게 술을 따라 주었다.

"앞으로 잘 부탁드리겠습니다. 홍콩 법인을 담당하고 있는 최석현 차장입니다."

"뭐 그럽시다. 여기 사장님이 아직 대학생이라면서요? 석탄장사가 그리 만만치 않은데 젊은 사장님 모시고 고생들이 많습니다."

최석현은 도저히 참을 수 없다는 듯한 눈빛으로 황규동을 쏘아 보았지만, 이번에도 김창동은 최석현의 손을 잡아끌고 있었다.

"글쎄 이게 고생이라고는 말 못하겠지만 최소한 우리보단 한 수 위에 있는 사람이라고 말해 줄 수는 있다고 봐."

황규동은 그런 김창동을 향해 비웃음을 보였다. 황규동은 자신의 상관인 김세동을 통해 신중하게 일을 처리하라는 지시를 받긴 했지만, 자신에게 잘 보이기 위해 아부를 떨고 비위를 맞추기 위해 노력하는 하청업체로밖에는 생각하지 않고 있었다. 자신의 말 한 마디면 이 작은 업체는 언제든지 보내 버릴 수 있다는 착각을 하고 있었다.

"어이, 김 차장. 밥도 대충 다 먹은 거 같은데 2차는 준비를 해 두고 있지? 어디 가서 예쁜 홍콩 아가씨들이나 한번 보자고. 여기 여직원 정도면 되겠는데 말이지."

황규동의 말에 최석현의 눈은 이미 돌아 버리고 말았다. 자신의 약혼녀를 술집 여자 취급을 한 황규동을 도저히 참아 줄 수 없었다.

"이봐. 너나 나나 같은 차장이거든. 아무리 작은 회사라지만 우리 부장님한테 아랫사람 대하는 것도 눈꼴사나운데, 내 마누라를 술집 작부 취급해? 야, 이 새끼야! 너 한번 오늘 죽어 볼래?"

최석현은 흥분을 참지 못하고 테이블 위에 놓인 빈 접시를 엎어 버리고는 황규동을 향해 눈을 부라렸다. 김창동이 중간에서 말리려 했지만, 최석현의 완력을 감당해 낼 수는 없었다. 황규동은 어이가 없다는 표정으로 두 사람을 향해 소리를 버럭 질렀다.

"이게 뭐야? 김 차장 자네 불쌍해서 특별히 생각을 해 주고 있었는데 이 회사는 깡패만 있는 거야 뭐야? 자네 이 사업 때려치우고 싶어!"

룸 안의 상황이 심각하게 변하고 있을 때 케이티는 경환의 지시로 구매한 핸드폰을 들고 급히 밖으로 나가 경환에게 전화를 걸고 있었다.

"팀장님 이런 상황으로 지금 상황이 많이 안 좋습니다."

케이티로부터 상황을 설명 받은 경환은 분노를 주체하지 못하고 있었다. 대기업이 하청업체를 대하는 모습을 익히 알고 있었던 경환은 김창동에게 미리 언질을 해 놓았었기에 더 맘이 좋지 못했다.

[케이티, 김 부장님을 바꿔줘요. 나머지는 내가 알아서 할 테니 걱정하지 말고요.]

급히 김창동을 찾은 케이티는 전화를 전해 주었다. 방 안 분위기는 아직도 일촉즉발 상태가 지속되고 있었다. 최석현은 여전히 씩씩거리고 있는 중이었다.

"팀장님, 김 부장입니다. 이런 모습을 보여 드려 죄송합니다."

[아닙니다. 왜 참으셨습니까? 제가 꿀리지 말라고 신신당부를 드렸는데요. 이 사업 접어도 됩니다. 아쉬운 건 제일그룹이지 저희가 아닙니다. 실사팀장 좀 바꿔 주세요. 그리고 전화가 끝나면 바로 철수하세요. 제 식구들이 욕먹는 건 제가 참을 수 없습니다.]

김창동은 어쩔 수 없이 방으로 들어가 전화를 황규동에게 넘겨주었다. 황규동은 마침 잘되었다는 표정을 지으며 이참에 하청업체를 단단히 교육시킬 생각으로 김창동이 건네주는 전화기를 받아 들었다.

[이 업체 대표를 맡고 있는 이경환이라고 합니다. 누구신가요?]

경환은 화를 누르며 최대한 정중하게 말을 꺼냈다.

"실사팀장을 맡고 있는 황규동 차장이라고 합니다. 직원들 교육을 이따위로 시키면 어쩌자는 겁니까? 제일그룹이 물로 보입니까? 이런 분위기에서 우린 실사 못합니다."

황규동의 격앙된 소리에도 전화기에선 아무런 답변이 없었고 황규동은 순간 당황스러웠다. 이 정도로 했으면 자신에게 사정을 하는 게 정상이었기 때문이었다.

[당신이 물어보니 답을 드리죠. 제일그룹 물로 보입니다. 황규동 차장이시라고요. 이번 석탄사업 건은 당신 때문에 실패했다는 것을 아셔야 될 겁니다. 여기 들어올 필요 없으시니 당신 마음대로 하십시오. 아, 내가 잊었는데 이영수 비서실장님과 김세동 부장님에게는 오늘 제가 받은 수모에 대해서 정식으로 항의를 할 것입니다. 제일그룹에서 이 사업을 다시 하려면 당신부터 잘라야 할 것입니다. 안녕히 돌아들 가십시오.]

전화기를 돌려받은 김창동은 황당해하는 황규동을 놔둔 채 최석현과 케이티를 데리고 급히 식당을 빠져나갔다. 단순한 하청업체라고 생각한 황규동은 경환이 말한 내용을 곱씹어 보고 있었다. 절대 만만히 대하지 말라는 김세동의 말이 마음에 걸리긴 하였지만, 크게 개의치 않고 있었다. 오늘 일을 빌미로 이 업체와의 거래를 중단시키면 간단하다고 결론을 내리고 있었다.

늦은 저녁시간, 잠을 청하려고 누워 있던 김세동은 한 통의 전화를 받고 급히 회사로 달려올 수밖에 없었다. 경환이 제일그룹 북경지사에 정식으로 항의를 함과 동시에 체결한 석탄에 대한 MOU를 무효화시켜 버렸기 때문이었다. 일이 틀어져 버린 이유를 확인하기 위해 급히 황규동에게 연락을 취하고 있었지만, 아직 호텔로 돌아오지 않은 상태였다. 한참을 망설인 김세동은 북경 지사장에게 전화를 걸었다. 자신보다 상급자이긴 했지만 그걸 감안해 줄 시간이 없었다.

"상무님, 석탄사업부장 김세동입니다. 어떤 내용인지 자세히 설명을 해 주십시오."

[이경환이란 친구가 전화를 해서 자네 부하직원이 안하무인으로 자신의 직원들을 대했다고 하더군. 자신들의 직원을 하청업체 직원처럼 다루고, 특히 현지 여직원을 술집작부 취급을 했다고 화를 내는 통에 내 창피해서 들어줄 수가 없었네. 아주 나한테 대놓고 대후와 거래를 하겠다고 공언을 하더군. 아마 대후에 연락을 했을지도 모르겠네. 자네 도대체 부하직원 관리를 어떻게 한 건가? 회장님 귀에 들어가기라도 하면 자네도 좋은 꼴 못 볼 걸세. 이만 끊겠네.]

그렇게 주의를 주고 신신당부를 했지만, 안에서 새는 바가지 밖에서도 마찬가지라고 평소에 하청업체를 종 부리듯 하던 황규동을 보낸 자신의 실수였다. 그러나 이미 상황은 벌어졌고 수습할 방법이 없어 보였다. 황규동을 갈아 마시고 싶을 뿐이었다. 북경 지사장의 말대로 회장의 귀에 이 사실이 들어가게 된다면 자신의 연줄인 이영수라도 막아 줄 수 없을 정도로 심각한 문제였다.

수십 번의 전화 끝에 황규동과 통화 연결을 할 수 있었다. 아직까지도 사태의 심각성을 모르고 있던 황규동은 실사팀을 이끌고 술 한 잔을 더 하고 들어온 상태였다.

[야! 이 새끼야, 너 도대체 무슨 짓을 하고 돌아다닌 거야.]

그렇지 않아도 내일 아침 보고를 할 생각이었던 황규동은 김세동의 호통에 정신을 차릴 수가 없었다.

"부…… 부장님, 제가 아주 더러운 꼴을 당해서 그렇지 않아도 보고를 드리려고 했습니다만……."

황규동의 말을 들어 줄 필요도 없었든지 김세동은 황규동의 말을 끊어 버렸다.

[잘 들어, 이 새끼야! 이 사업 중단되면 너나 나나 옷 벗어야 돼. 지금 이경환이를 통해서 네가 한 짓이 북경 지사장 귀에 다 들어갔어. 너 이 물량이 대후 쪽으로 빠지면 인천 입찰 성공할 수 있어? 이유 여하를 막론하고 내일 내가 홍콩 들어가기 전까지 원상복귀시켜 놔! 그래야 정상참작이라도 바랄 수 있으니까. 무릎을 꿇든 할복을 하든 그건 네가 알아서 해! 알았어? 이 새끼야!]

김세동은 수화기를 내 던지고 있었고 그런 소리는 고스란히 황규동의 귀에 들려 왔다. 그제야 사태의 심각성을 알아차린 황규동은 어찌할 바를 몰라 방 안을 서성거리고 있었다. 아까 마신 술의 취기는 이미 사라져 버린 지 오래였다.

"최 차장, 좀 참지 그랬어. 팀장님 얼굴을 내가 어떻게 보겠나."

식당을 빠져나온 세 사람은 야시장 길거리 좌판에 앉아 화를 억누르며 술잔을 기울이고 있었다.

"저는 참을 수 있습니다. 그런데 팀장님하고 부장님한테 그러는 건 정말 참을 수가 없었습니다. 팀장님이 미리 전화를 주셨습니다. 꼴사나우면 때려치워도 된다고."

김창동도 최석현의 행동에 속 시원함을 느끼고는 있었지만 자신이 경환과 합류해서 처음 작업을 하는 사업이 잘못될 수도 있다는 생각에 맘이 편치를 못했다. 그때 핸드폰이 울리기 시작했다.

"최석현입니다."

[저…… 제일그룹의 황 차장입니다. 아까는 실례가 많았습니다. 잠시 만나 뵈었으면 합니다. 위치를 알려 주시면 제가 그쪽으로 가겠습니다.]

최석현은 활짝 웃으며 수화기에다 대고 큰 소리로 대꾸를 했다.

"저희 대표님 얘기 못 들으셨습니까? 뵙고 싶은 생각 없으니 알아서 잘들 돌아가세요. 배웅은 못해 드립니다."

전화를 급히 끊어 버린 최석현은 계속 울려 대는 핸드폰의 배터리를 뽑아 버렸다.

경환의 지시로 다음 날 오전 비행기로 북경으로 돌아온 김창동은 경환과 한 건물에 와 있었다. 김창동이 합류하긴 했지만, 아직 사무실조차 마련하지 못한 상태였기 때문에 경환은 김창동이 출장을 간 사이 사무실을 마련하기 위해 북경을 돌아다니고 있었다. 결국은 집과 가까운 야윈춘 단지 내에 있는 CATIC이라는 오피스건물을 맘에 두고 있었다.

"부장님이 일을 하실 공간이니 결정은 부장님이 하십시오. 한번 들어가서 살펴보시죠."

경환은 김창동과 함께 아무런 장식이 되어 있지 않은 빈 사무실을 살피고 있었다. 그리 크지는 않지만 공간 활용만 잘한다면 크게 불편하지는 않을 거 같아 보였다.

"이 정도면 충분하다고 봅니다. 처음부터 화려하게 사무실을 꾸미는 거보다는 작더라도 실속이 있는 게 좋을 거 같습니다. 집과도 가깝고 여러 가지로 괜찮아 보입니다."

"죄송합니다. 크고 화려하게 해 드리고 싶은데, 아직 제 능력이 이 정도밖에는 안 되네요."

자신을 위해 아낌없이 베풀어 주려는 경환의 마음을 읽은 김창동은 진심으로 고마움을 느끼고 있었다. 김창동의 동의로 경환은 관리 사무실과 그 자리에서 임대계약 체결을 하고 인테리어 문제는 비용을 추가하는 조건으로 관리 사무소에 위탁해 버렸다.

"팀장님, 최 차장 말로는 북경은 단순한 연락사무소로 운영하시겠다고 하셨다는데 정확한 의미를 알고 싶습니다."

중국 사업이 본격적으로 시작되는 마당에 북경을 홍콩 법인의 연락사무소로 운영한다는 말이 김창동은 쉽게 납득이 가지 않고 있었다.

"당분간은 중국에 돈을 투자해서 법인화할 생각은 없습니다. 제 판단이 틀릴 수도 있지만 가능하면 중국에서 손쉽게 빠져나갈 수 있게 하고 싶습니다. 1999년까지는 연락사무소로 운영해 주십시오. 최 차장이 미국으로 빠지게 되면 홍콩도 부장님이 관리하셔야 됩니다. 인원선발이나 파견은 부장님께 위임해 드리겠습니다. 빠른 시간 내에 북경 사무소 등기작업을 마무리해 주시고 사무실 현지 직원은 북경 호구를 가지고 있는 한족 위주로 선발해 주십시오."

중국은 외화가 들어오기 쉬운 반면 나가기는 어려운 나라였다. 짧게는 10년 최대 15년 내에 중국에서 사업을 정리할 생각을 하고 있던 경환은 무리하게 중국에 돈을 투자하고 싶지는 않았다. 1999년 이후 부동산에 대한 투자를 하기 전까지는 연락사무소로만 운영을 할 생각이었다.

"모든 계약은 홍콩 법인 명의로 진행을 하시고, 북경 사무소가 관여하는 일이 없도록 서류를 만들어 주세요. 지금은 이해를 못하시겠지만 나중에 따로 설명을 드리겠습니다. 경무부에 부탁을 해 놓았으니 사무소 등기절차는 빨리 진행이 될 것입니다. 차는 등기절차가 완료되면 구입하도록 하시고요."

"알겠습니다. 서류는 최 차장이 준비를 해 놓아서 내일이라도 당장 작업을 시작하겠습니다. 그런데 유연탄은 어떻게 처리를 하면 좋겠습니까?"

김창동은 난처한 표정으로 경환에게 답을 구하고 있었다. 홍콩에서 만나 다시 협의를 하자는 제일그룹 김세동 부장의 간곡한 요청을 받았지만, 경환은 이를 무시하고 자신을 북경으로 불러들였다. 황규동이 괘씸하기는 했지만 자신이 몸담고 있었던 제일그룹을 매정하게 대하고 싶지 않았기 때문이었다.

"최 차장에게 따로 지시는 했습니다. 제일그룹에서 어떻게 나오는지에 따라 우리도 방법을 달리할 수밖에 없을 거 같습니다. 부장님의 마음으로 모르는 건 아니지만 지금은 우리만 생각을 할 때입니다. 인간적인 생각은 잠시 접어 주십시오."

김창동은 더 이상 이 문제에 대해 나서지 않기로 마음을 굳혔다. 더 이상 자신은 제일그룹의 사람이 아니었다.

홍콩 사무실은 오전부터 찾아와 진을 치고 있는 황규동 일행과 급히 홍콩에 도착한 김세동 일행으로 앉아 있을 공간도 없이 꽉 차 있었다. 황규동은 거의 울상으로 최석현에게 사정을 하고 있었지만, 최석현은 눈길 한 번 주지 않고 있었다.

"최 차장님, 어제 있었던 일은 담당부장인 제가 백 번 사죄를 드리겠습니다. 이경환 씨, 아니 사장님과 통화를 할 수 있게 부탁드리겠습니다."

김세동 부장은 홍콩에 도착하자마자 경환과 통화를 시도했지만 통 연결을 할 수가 없었다. 믿었던 김창동도 아침 일찍 북경으로 돌아갔다는 연락을 받고는 걷잡을 수 없이 커지고 있는 상황이 몹시 불안했다.

"부장님, 죄송하지만 저도 사장님과는 연락이 안 되고 있습니다. 제일그룹과의 모든 업무를 중단하라는 지시만 받아서 저도 어쩔 수 없습니다. 한 번 뱉은 말은 절대 바꾸실 분이 아니기 때문에 저에게 말씀을 하셔도 제가 도와 드릴 수는 없습니다. 그리고 얼굴 마주 보고 싶지 않은 사람이 있으니 제발 데리고 좀 가 주십시오."

최석현은 황규동을 힐끔 보며 김세동에게 난처하다는 얘기를 꺼냈다. 김세동은 일을 이 지경으로 만든 황규동의 모가지를 비틀어 버리고 싶었지만, 누워서 침을 뱉을 수는 없었다.

"실사팀을 다시 꾸려 왔습니다. 북경은 제가 직접 들어갈 생각입니다. 다시 한 번 사죄를 드립니다."

"저희 사장님 말씀은 이미 제일그룹과는 틀어진 상태이기 때문에 감정의 골이 생긴 상태에서 일을 진행을 하다 보면 앞으로 복잡한 문제가 생길 수밖에 없다고 하시네요. 황 차장님이 한국으로 들어가신다 하더라도 업무적으로 부딪힐 수밖에 없지 않겠습니까? 이건 제 생각입니다."

황규동은 고개만 푹 숙이고 있었다. 분위기가 이상하게 흘러가고 있었기 때문이었다. 자칫 잘못하다간 자신의 목이 떨어져 나갈 수도 있다는 것을 안 황규동은 거의 울상으로 최 차장에게 매달릴 수밖에 없었다.

"황 차장 자네는 더 이상 추태부리지 말고 데리고 온 인원들 수습해서 바로 귀국하도록 해. 부서의 모든 업무에서 손을 떼고 내가 들어갈 때까지 대기하도록 해."

죽을상을 하고 있던 황규동은 김세동의 지시에 자신이 데리고 온 인원들과 함께 사무실을 나갈 수밖에 없었다. 최석현은 사무실을 나가는 황규동 일행을 쳐다보지도 않고 자신의 일에만 몰두하고 있었다.

"최 차장님, 부탁 좀 드리겠습니다. 이번 신세는 제가 잊지 않겠습니다."

다시 머리를 조아리는 김세동을 보며 최 차장은 난처하다는 표정을 짓더니 전화기를 들어 경환과 통화를 시도했다. 경환과 한참을 통화를 한 최석현은 수화기를 김창동에게 전해 주었다.

"이 사장님, 어제 일은 제가 입이 열 개라도 할 말이 없습니다. 실사팀을 다시 선정해서 제가 직접 들어가겠습니다. 제 부하 직원의 잘못은 북경에서 직접 사죄를 하겠습니다."

[알겠습니다. 부장님이 그러시니 저도 만나는 뵙겠습니다. 그러나 제 결심이 달라진 건 아닙니다.]

통화를 마친 김세동은 최석현을 향해 고개를 숙이고는 북경으로 들어갈 준비를 서두르고 있었다. 혹시라도 시간이 늦어 경환이 다른 곳과 계약이라도 하게 된다면 큰 낭패였기 때문이었다. 사무실을 빠져나가는 김세동 일행을 보며 최석현은 희미한 미소를 보이고 있었다.

김세동이 홍콩 사무실을 빠져나갈 무렵 경환은 김창동과 함께 진황도로 향하고 있었다. 석탄부두에서 장성귀를 만나기로 한 경환은 실사를 하기 전 미리 석탄을 확인하고 싶었다. 도착한 진황도는 목이 칼칼할 정

42

도로 날리는 석탄가루로 인해 숨 쉬기조차 힘들었다. 이미 부두 입구엔 장성귀가 도착해서 경환을 맞이하고 있었다.

"샤오 리, 오느라 고생 많았어. 자네가 온다고 해서 내가 일부러 내려온 거야."

"감사합니다, 형님. 실사팀보다는 제가 먼저 눈으로 봐 둬야 안심을 할 수 있을 거 같아서요. 그리고 제 북경 사무소 수석대표를 형님께 인사시켜 드리고 싶었고요."

김창동은 장성귀에게 고개를 숙여 자신을 소개했다. 장성귀 또한 데리고 온 자신의 직원을 경환과 김창동에게 소개했다. 김창동과 장성귀의 직원이 석탄에 대해 대화를 할 무렵 장 사장은 슬쩍 경환의 소매를 잡았다.

"샤오 리, 자네가 소개한 수석대표란 사람은 자네와 어떤 관계인가?"

질문의 뜻을 이해한 경환은 장성귀를 향해 나지막이 속삭였다.

"형님이 저를 믿어 주는 만큼 저도 김 대표를 믿습니다. 형님이 필요한 부분은 제가 직접 관리할 생각이니 염려하지 않아도 됩니다. 필요하실 때 언제든지 말씀만 하시면 됩니다."

"하하하, 자네 날 좀팽이로 만드는 건가? 자네가 신뢰하는 사람이라고 하니 나도 걱정은 하지 않겠네. 이번 30만 톤이 시작되면 양을 더 추가시켜 주겠네. 자네가 계속 작품을 잘 만들어 봐. 그리고 당분간은 잘 보관 좀 해 주고."

장성귀의 말에 경환은 고개를 끄떡이며 고마움을 표시했다. 경환과 김창동은 장성귀의 안내로 석탄이 보관되어 있는 야적장과 선적되는 모습을 확인하고는 홍콩에서 오는 김세동과의 협상을 위해 빠르게 북경으로 돌아갔다.

　다음 날 북경으로 들어온 김세동은 제일그룹 북경 지사장과 면담을 하고 있었다. 이 실장과는 다른 라인인 북경 지사장은 김세동으로서도 껄끄러운 인물이었다.

　"아직 회장님은 이 사실을 모르시네. 김 부장이 원만하게 해결을 하겠다고 하니 내 그때까지는 기다려 주겠네. 내가 새파랗게 젊은 친구에게 망신을 당한 걸 생각하면……."

　김세동을 못 마땅한 눈빛으로 쳐다보고 있는 북경 지사장은 뒷말을 잇지 않았다. 이영수 라인인 김세동이 자신에게 머리를 조아리는 모습을 북경 지사장은 즐기고 있었다.

　"감사합니다, 상무님. 이 은혜는 꼭 잊지 않겠습니다. 부하직원을 제대로 교육시키지 못해 이런 사태를 만들어 정말 상무님께 면목이 없습니다."

　"이경환이라는 친구, 북경에서 제법 인맥이 좋아 보이더군. 인맥만 보자면 나도 그 친구를 따라갈 수 없을 정도야. 중국 사업을 생각하고 있다면 그 친구와 척을 지지 않도록 하게. 이건 나도 제일그룹에 몸을 담고 있어서 하는 소리니까."

　김세동이 고개를 들지 못하고 있을 때 경환과 김창동이 문을 열고 들어오는 모습이 눈에 들어왔다. 김세동은 빠르게 일어나 경환을 맞이해 회의실로 향했다.

　"홍콩에서 있었던 불미스러운 일은 제가 다시 사과를 드립니다. 죄송합니다."

회의실 의자에 앉자마자 김세동은 두 사람을 향해 고개를 숙였다.

"부장님이 잘못하신 게 아니지만 기분은 좋지 않았습니다. 저야 그렇다 치더라도 제일그룹 식구였던 여기 김 대표님을 조롱했다는 게 도저히 참을 수가 없더군요. 이 일을 어떻게 처리하실 생각이십니까?"

이 일은 본사의 이영수 실장도 심각하게 받아들이고 있는 만큼 김세동의 어깨는 더없이 무거웠다. 머릿속이 텅 비어 가고 있었다.

"황 차장은 조사를 해 본 뒤 잘못한 부분이 명백히 드러나게 되면 인사조치가 뒤따를 것입니다. 그리고 김 부장, 내가 대신 미안하게 생각하네. 옛정을 생각해서라도 자네가 너그럽게 황 차장을 용서해 주게나."

경환의 강경한 태도와 김세동의 사과를 받는 김창동도 맘이 불편하기는 마찬가지였다. 황규동도 한 가정의 가장으로 인사 조치를 당하게 된다면 결국 실업자 신세를 면하지 못하기 때문이었다. 김창동은 한참을 고민한 뒤 경환을 향해 말을 꺼냈다.

"팀장님, 아니 사장님. 사장님이 저를 생각해 주시는 마음은 정말 감사합니다. 아무리 그래도 황 차장의 인사조치는 제가 마음이 너무 안 좋습니다. 김 부장님의 말씀대로 사장님께서 너그럽게 용서를 해 주셨으면 합니다."

김창동의 말이 의외라는 듯 경환은 김창동을 바라보았고, 김창동의 지원을 등에 업은 김세동은 경환에게 다시 한 번 이해를 구했다. 경환은 그런 두 사람의 모습에 한참을 고민한 뒤 김세동을 향해 얼굴을 돌렸다.

"좋습니다. 이번 일은 더 이상 문제 삼지 않겠습니다. 그러나 차후라도 이런 일이 발생하지 않도록 부장님이 약속을 해 주십시오. 그리고 본 계약이 체결되면 저희 김 대표님의 파트너로 황 차장을 북경 지사로 파견을 보내시면 어떻겠습니까? 물론 교육은 철저히 시키셔야 되겠지만요."

　김세동은 경환의 조건을 받아들일 수밖에 없었다. 어차피 석탄수입이 시작되면 자신의 부서에서 인원을 파견할 생각이었다. 경환이 왜 황규동을 지목했는지 정확한 의도는 파악할 수 없었지만, 김세동으로서는 지금 이 순간을 원만하게 넘겨야 했다.

　꼬였던 문제를 푼 경환과 김세동은 세부일정에 대해 협의를 해 나갔고, 김 대표와 함께 광산이 있는 산서성 대동시와 선적이 이뤄지는 진황도를 방문하여 원만하게 실사 작업을 마친 뒤 북경으로 돌아올 수 있었다. 경환은 김세동과 함께 화동진출구총공사를 방문해 장성궈와의 미팅을 주선해 주었고, 실사를 마친 김세동은 기쁜 마음으로 귀국길에 오를 수 있었다.

　김세동은 귀국 후 경환과의 유연단 계약을 서둘러 진행을 시켰다. 총 30만 톤으로 물량을 확정하고, 신용장은 당분간 매 건마다 오픈하겠다는 제안을 했고 경환은 이 조건에 합의해 주는 조건으로 Transferable L/C(양도가능확인신용장) 조항을 계약서에 명시해 달라는 요구를 관철시켰다. 장 사장과 제일그룹이 모두 노출된 상태에서 제일그룹의 L/C를 받아 홍콩에서 화동에 Transferable L/C로 오픈해 주는 건 큰 문제는 아니었다. 비자금이 개입되어 있다는 사실은 제일그룹에서도 모르는 사항이었기 때문이었다.

　아직 홍콩 사무소의 등기절차는 마무리 되진 않았지만 경환과 김창동은 인테리어가 마무리된 사무실로 출근하고 있었다. 아직 현지 직원을 채용한 상태는 아니었지만 두 사람이 일을 처리하기에 부족하지 않았다.

"홍콩에선 언제 Transferable L/C가 오픈이 된다고 하나요?"

"보험증서가 나오면 오늘 오후나 늦어도 내일 중엔 화동에 오픈될 예정이라고 합니다. 현재 최 차장이 에릭과 같이 작업을 하고 있다고 합니다. 오후에 다시 한 번 확인을 해 보겠습니다."

제일그룹의 신용장은 이미 도착한 상태였다. 중국에서 시작하는 첫 사업인 관계로 경환 또한 적지 않은 긴장을 하고 있었다. 첫 단추를 잘 꿰어야만 앞으로의 일이 수월하게 풀릴 수 있었기 때문이었다.

"선박 준비는 이상이 없지요?"

"네, 선박회사와 오전에 통화를 마쳤습니다. 계약된 선적예정일에 문제 없다는 통보입니다."

원래는 선박을 경환이 투입함으로써 선임에서도 마진을 남기려 했다. 중국의 최대 선사인 중원그룹과 장기계약을 추진할 생각이었으나, 장성귀의 요청과 무언의 압력으로 화동과 거래 중인 선사와 계약을 할 수밖에 없었다. 불안감이 없었던 것은 아니지만 장성귀의 요구를 거절할 수는 없었다.

"부장님, 첫 항차이니만큼 제일그룹에 꼬투리를 잡히지 않도록 신경 써 주세요. 당분간은 저희 둘이 일을 진행하고 이번 작업이 끝나는 대로 직원을 채용하시죠."

"알겠습니다. 준비를 해 놓겠습니다. L/C가 오픈되면 저는 바로 황규동 차장과 진황도로 내려가서 준비 사항을 확인하겠습니다."

황규동과 같이 내려가겠다는 말에 경환은 희미한 미소를 보였다. 김세동은 귀국하자마자 이번 사건을 일으킨 황규동을 주재원 신분이 아닌 장기 파견으로 북경으로 발령 내 버렸다. 주재원과 파견자의 대우는 하늘과 땅 차이였지만, 황규동은 아쉬운 소리를 할 처지가 아니었다.

"황 차장 요새 어떻습니까?"

김창동은 이빨을 보이며 웃어 주는 것으로 대답을 대신했다. 본사의 끈이 다 떨어진 상태에서 경환의 눈 밖에라도 난다면 자신이 돌아갈 자리는 없다는 것을 알고 있는 황규동은 필사적으로 김창동과 경환에게 빌붙으려 노력을 하고 있을 것이었다.

◆ ◆ ◆

휴스턴의 살인적인 여름 날씨는 지독하다는 표현밖에는 쓸 수 없을 정도였다. 에어컨이 없었다면 견디기 힘들 정도로 사람의 진을 쪽 빼 버리기에 충분했다. 에어컨이 쉴 새 없이 돌아가는 회의실에는 잭이 윌리엄과 자리를 하고 있었다.

"잭, 사우디가 마무리되고 있으니 본사로 돌아오게. 가스화복합발전소는 스티브를 책임자로 보낼 생각이야."

잭은 윌리엄의 호출로 급히 본사에 돌아온 상태였다. 자신이 입찰에 성공한 가스화복합발전소를 스티브에게 주는 것이 아쉽기는 했지만 자신도 이제는 본사에서의 입지를 다져야 할 시기였기에 윌리엄의 제의를 받아들일 생각이었다.

"스티브라면 충분하고도 남을 겁니다. 화성산업과의 일은 잘 진행되어 가고 있다고 들었습니다."

"한국인들이 요새 날 자주 놀라게 하더군. 기술을 빨아들이는 속도와 그걸 받아들이는 자세가 무서울 정도라는 보고를 받았네. 파견 보낸 엔지니어들의 의견은 핵심설비를 제외하고는 1년 후면 우리가 원하는 수준에는 도달할 수 있다는 판단들이야. 지분을 더 확보하지 못한 게 좀 아쉬울 정도더군."

기술이전계약을 체결한 화성산업은 죽기 살기로 KBR의 비위를 맞춰가며 기술습득에 열을 올리고 있었다. 경환의 제안을 받아들여 미래의 이득을 위해 당장의 손해는 전부 감수하고 있었다. 오히려 KBR에서 파견 나온 엔지니어들이 쉴 시간을 달라고 항의를 할 정도로 전 직원이 기술습득에 혈안이 되어 있었다.

"제임스뿐만 아니라 난 요새 한국이란 나라가 우리의 턱까지 치고 들어오고 있다는 생각을 많이 하고 있어. 내년이면 제임스도 미국으로 오겠다고는 했지만, 무조건 휴스턴으로 불러들여야 하네. 내가 자네를 본사로 급히 부른 이유 중 하나도 제임스 문제 때문이야."

"휴스턴으로 유학을 오기로 이미 결정한 상태 아닙니까? 다른 변수가 있나요?"

윌리엄의 말에 잭은 자신이 제임스에 대해 놓치고 있는 문제가 있는 거 같아 되물었다.

"안젤라의 보고로는 중국 정부와 밀착이 된 상태라고 하네. 중국 정부의 묵인 하에 한국으로 유연탄수입권을 받았다고 하던데. 중국 정부에서 제임스를 잡을 수도 있다는 안젤라의 판단이야."

잭은 놀라움을 금치 못하고 있었다. 중국에 간 지 1년밖에 되지 않은 상태에서 중국 정부와 밀착이 될 정도로 인맥을 쌓은 경환이 도대체 어떤 인간인지 이해할 수가 없었다.

"제임스와 이미 컨설팅업무 제휴계약을 맺지 않았습니까? 중간에 화성산업도 끼어 있고요. 북경에서 제임스와 만났을 때까지만 해도 제임스는 중국에 대해 큰 비즈니스를 할 나라로 보고 있지는 않았습니다. 윌리엄이 너무 큰 걱정을 하는 거 같습니다."

잭은 이렇게 말은 하고 있었지만 솔직히 제임스의 다음 행동을 유추하는 건 자신이 없었다. 항상 자신의 생각을 뛰어넘어 행동하고 있었기 때문이었다.

"그렇긴 하지만 중국 정부에서 큰 미끼를 주지 않을까 싶어 걱정은 되네. 또 제임스가 미국에 온다 하더라도 지금으로서는 휴스턴에 온다는 보장이 없으니까. 가장 염려가 되는 문제는 내년에 있을 나이지리아 석유화학단지 플랜트 입찰일세."

이번 아람코 입찰에서 보여 준 경환의 무서운 정보력을 확인한 윌리엄과 잭은 나이지리아 입찰에 대해 신경을 집중시키고 있었다.

"내가 걱정하는 건 제임스가 한국인이라는 걸세. 나이지리아는 자네도 알겠지만, 한국의 대후건설이 우리보단 유리한 게 사실 아닌가. KENTZ가 이런 점 때문에 대후건설과 기술이전을 미끼로 공동수주를 하기로 한 거고. 만약 제임스의 정보력이 대후로 흘러 들어간다면 우린 꼼짝없이 당할 수밖에 없어."

"흠……."

윌리엄의 상황판단에 잭은 신음을 흘렸다. 이번 나이지리아 입찰은 원유가하락으로 각종 플랜트건설이 취소되고 있는 상황에서 놓칠 수 없는 입찰이었다. 민족주의가 강한 한국인인 경환이 한국 기업인 대후건설에 도움을 줄 수 있다는 윌리엄의 우려를 충분히 이해하고도 남았다. 나이지리아에 1970년대부터 진출을 시작한 대후건설은 KBR에도 벅찬 상대였다. 거기에 경환의 정보력까지 더해진다면 KBR은 애당초 게임을 시작하지도 못하는 상황이 될 수도 있었다.

"잭, 자네가 한 번 더 제임스를 만나 봐야겠어. 모든 권한을 자네에게 줄 테니 무슨 수를 쓰더라도 제임스를 휴스턴에 정착하도록 만들어 보게. 이번 건이 아람코 발주 건 이상으로 우리에게 중요한 입찰이라는 건 자네도 알지 않나."

잭은 다른 이의를 달지 않고 윌리엄의 요청을 받아들였다. 잭은 순간 이 자리에 있어야 할 린다가 보이지 않는다는 사실에 의문이 들었다.

"윌리엄, 린다가 보이지 않는군요."

잭의 질문에 윌리엄은 가볍게 웃어 주었다.

"린다가 요새 많이 감성적으로 변하는 거 같아, 여자라서 그런지는 몰라도. 일부러 이 자리에 부르지 않았네. 준비가 되면 바로 북경으로 건너가도록 해."

윌리엄은 중요하지 않다는 듯 린다에 대해 가볍게 얘기를 했지만 잭의 인상은 굳어졌다. 린다에 대해 윌리엄이 너무 과소평가를 하고 있는 것이 마음에 들지 않았기 때문이었다. 잭과 윌리엄이 회의실에서 장시간 얘기를 나누고 있는 사이 회의실에서 점점 멀어지는 린다의 뒷모습이 보이고 있었다.

"언니, 남편들도 출장 가서 없는데, 우리 집에서 저녁 같이 먹지 않을래요?"

수정은 아무도 없는 집에서 혼자 밥 먹기가 싫었던지 인준 엄마에게 부탁을 하고 있었다. 김창동 부장이 경환과 일을 같이하게 된 이후로 인준 엄마는 수정을 알게 모르게 피하고 있었다.

"저…… 제가 오늘은 약속이 있어서 힘들지도 몰라요. 다음에 하면
안 될까요?"

인준 엄마의 계속되는 존대에 마음이 불편한 수정은 인준 엄마의 곁
으로 다가가 앉았다.

"언니, 부장님이 일을 도와주신다고 했을 때 경환 씨가 정말 아이처럼
좋아했어요. 전 그리고 경환 씨가 하는 일은 잘 몰라요. 그냥 언니가 옆
에 있어 주는 게 얼마나 좋고 든든하지…… 그런데 언니가 절 피하는 게
맘이 너무 아파요. 그냥 예전처럼 절 동생처럼 대해 주세요. 남자들이야
조직이란 데서 움직이지만 나나 언니는 그냥 평범한 가정주부인데 회사
와 연결시키지 않았으면 좋겠어요."

수정은 눈물까지 보이며 인준 엄마에게 자신의 진심을 보여 주었다.
인준 엄마는 깊은 한숨을 내 쉬며 수정의 손을 잡았다.

"남편이 회사에서 밀려나고 정말 눈앞이 캄캄해지더라. 그때 그 사람
손을 잡아 준 게 사장님이고, 난 너무 고맙고 미안해서 자기와 마주칠 수
가 없었어. 미안해. 앞으로 나도 예전과 같이 자길 대하도록 노력할게."

두 여자들이 두 손을 잡고 눈물을 흘리는 지도 모른 채 경환과 김창
동은 진황도에서 첫 선적되는 유연탄을 바라보고 있었다. 그 자리에는 황
규동은 물론이고 본사의 김세동도 자리를 지키고 있었다.

"사장님, 우려는 했지만 정상적으로 탄이 선적이 되고 있어 다행입니
다. 제가 봤을 때 전혀 문제점을 찾을 수가 없네요. 하하하."

황규동 차장이 부리나케 경환에게 달려와 과장된 몸짓을 해 대며 아
부 섞인 말을 늘어놓고 있었지만 경환은 굳은 얼굴을 풀지 않았다.

"황 차장님, 북경 생활이 힘드시면 저희 김 대표님에게 도움을 요청하십시오. 그리고 드리고 싶은 말이 하나 더 있습니다. 저희 김 대표님 눈밖에 나지 마세요. 옷을 벗어야 될 차장님을 그나마 여기에서 일할 수 있게 부른 사람이 저희 김 대표님입니다. 두 번의 기회는 없다는 걸 아셔야 될 겁니다. 앞으로 원만하게 탄 수입이 되도록 협조를 바랍니다."

경환은 할 말만 마치고 황규동의 인사를 받지도 않은 채 멀찌감치 사라져 갔다. 그런 황규동의 행동을 바라보고 있던 김세동은 모른 척할 수밖에 없었다. 이영수 실장의 질책을 받은 김세동은 부하직원의 안위보다는 자신의 자리를 걱정해야 할 형편이었다.

선적작업은 3일에 걸쳐 진행되었고 큰 사고나 문제점 없이 작업을 완료하고 3만 톤을 선적한 선박은 진황도를 떠나 한국으로 향했다. 첫 선적작업이어서 그런지 작업이 끝난 경환은 피로감 때문에 한시라도 빨리 북경으로 돌아가길 원했지만 장성궤의 요청으로 술자리를 같이할 수밖에 없었다. 진황도의 고급식당에 준비된 산더미 같이 쌓인 요리를 보고 다들 벌린 입이 다물어지지 않았다.

"제일그룹과의 첫 거래가 원활하게 진행된 것에 만족스럽습니다. 앞으로도 3사의 지속적인 거래가 이뤄지기를 희망합니다. 조촐하지만 이 자리를 즐겨 주십시오."

장성궤는 자리에서 일어나 건배 제의를 했고 다들 3일간의 피로를 술로 씻어 내고 있었다. 장성궤는 옆자리에 앉아 있던 경환에게 조용히 속삭였다.

"샤오 리, 수고했어. 이번 30만 톤 외에 50만 톤을 더 주려고 하는데 성사시킬 수 있겠지? 제일그룹이 힘들다면 우리와 접촉을 하려는 대후와 연결을 해 봐도 되고."

이번 선적된 탄이 한국에 공급된다면 오성이나 대후, 카롱에서도 경환의 제안을 무시할 수 없는 것은 사실이었다. 추가된 50만 톤의 판로는 별 어려움이 없어 보였지만, 경환은 장성귀의 복심이 무엇인지 감을 잡을 수 없었다.

"감사합니다. 조만간 좋은 소식 드리겠습니다. 조건은 이번과 동일하겠죠?"

경환의 질문에 장성귀는 고개를 끄떡이며 경환의 빈잔에 술을 따라 주었다. 이 물량을 제일그룹에 줄지 다른 판로를 구할지는 고민해 볼 생각이었다. 중국을 떠날 날이 얼마 남지 않은 상태에서 자신의 발목을 잡으려는 느낌을 받고 있던 경환은 마음을 다시 잡을 수밖에 없었다. 술자리가 끝나고 경환은 김창동을 조용히 불러내었다.

"장 사장이 50만 톤을 더 계약하기를 원하고 있습니다. 이번 판로는 부장님이 전적으로 맡아서 일을 진행해 주셨으면 합니다. 어디가 되었건 부장님이 결정한 곳으로 50만 톤을 넘기겠습니다."

김창동은 자신을 믿고 큰 결정을 위임해 준 경환을 바라보며 굳은 표정을 지어 보였다.

중국 방송에선 특집 방송을 편성하여 이번 한국과의 외교 관계에 수립에 대해 온갖 미사여구를 활용하여 장황하게 늘어놓고 있었다. 이미 대만에서는 한국 거주자와 유학생에 대한 테러가 곳곳에서 자행되고 있었지만, 이런 보도는 찾아볼 수조차 없었다. 한국과 중국의 외교 수립 이후 중소기업 위주로 물밀듯이 중국에 진출하는 사실을 알고 있는 경환은 안타까운 마음이 들었다. 그들 중 극히 일부만이 성공의 기쁨을 맛볼 수밖에 없다는 걸 경환은 알고 있었기 때문이었다.

경환은 자신이 아직은 그들을 도와 줄 여력이 없다는 것을 알았기에 우선은 지켜볼 생각이었다. 정식등기를 마친 북경 사무소는 북경 호구를 가진 현지인을 채용하여 회사다운 구색을 갖추어 가고 있었다. 유연탄은 2항차 물량이 이미 빠져나가 3항차 물량을 준비하고 있었고, 시간적 여유가 생긴 경환은 김창동 식구들과 함께 홍콩에서 있을 최석현의 결혼식에 참석하기 위해 일정을 조정하고 있었다. 그때 사무실 문이 열리고 반가운 인물이 안으로 들어오고 있었다.

"잭? 오랜만에 뵈니 반갑네요. 연락을 받긴 했지만 북경까지 올 줄을 몰랐습니다."

"제임스, 사무실이 근사하군요. 축하합니다. 사업을 시작했다는 소식을 전해 듣고 좀이 쑤셔서 휴스턴에 있을 수가 없었습니다."

반가운 악수를 나눈 두 사람은 회의실로 향했다. 경환은 잭이 윌리엄의 지시를 받고 방문했다는 걸 어렴풋이 알고 있었지만, 잭 앞에서 내색을 하지는 않았다. 김창동에게 안젤라를 맡기고 회의실로 들어온 두 사람은 여직원이 가져다 준 커피를 한 잔 마시고 있었다.

"미스터 유트가 맘이 조급한가 보네요. 바쁜 잭을 중국까지 보낸 걸 보면."

잭은 경환에게 자신의 목적을 들켰다는 생각에 허탈한 웃음을 지어 보이며 양 어깨를 들썩거렸다.

"하하하, 속일 수가 없군요. 맞습니다. 윌리엄이 절 여기에 보낼 정도로 제임스의 다음 행보를 궁금해 하고 있습니다. 궁금증을 좀 풀어 주겠습니까?"

"나이지리아 입찰 때문인가요? 그건 이미 KBR을 우선적으로 컨설팅해 주겠다고 계약한 거로 알고 있는데요. 제가 미스터 유트에게 신뢰를 주지 못하고 있나 봅니다. 이런…… 이거 아쉬운데요."

경환은 농담을 섞어 가며 잭에게 말을 하고 있었지만, 잭은 굳은 표정으로 경환을 바라볼 뿐이었다. 경환은 그런 잭의 표정을 읽고 있었다.

"제임스, 내년 유학은 차질 없이 진행이 되는 데 문제가 없는 건가요?"

갑자기 미국 유학 얘기를 꺼내는 잭을 경환은 이상한 듯 쳐다보았다. 그러다 경환은 혼자 피식 웃음을 지어 보였다. 잭의 생각을 읽을 수 있었기 때문이었다.

"사실 제가 공부하고는 영 맞지를 않는 거 같아, 유학은 사실 포기할까 생각 중입니다. 미국에 가려던 목적이 공부가 아니었던 것은 잭도 아실 거라 봅니다."

경환의 말에 잭은 급히 표정이 어두워졌다. 유학을 포기한다는 것은 미국에서 사업을 하지 않겠다는 뜻으로 이해를 할 수밖에 없어서였다.

"제임스, 그게 무슨 말입니까? 그 어려운 편입까지 저희들이 도와주었고 2년 연기까지 힘들 게 했는데 이제 와서 유학을 포기하겠다고 하면 우리 입장도 난처해진다는 걸 모르십니까? 이거 제임스에게 실망했습니다!"

잭의 갑작스런 큰 소리에 경환은 놀라 눈을 크게 뜰 수밖에 없었고, 회의실 밖에서는 직원들이 기웃거리기 시작했다. 경환은 잭의 흥분을 가라앉히기 위해 급히 말을 꺼냈다.

"잭, 흥분하지 마시고 제 말을 끝까지 들어 주세요. 제가 공부를 더 이상 하고 싶지 않다는 거지 미국에 가지 않는다는 말은 아닙니다. 단지 공부를 하고 싶어 하는 사람에게 그 기회를 주고 싶다는 말을 하고 싶었던 겁니다."

경환의 말을 이해하지 못한 잭은 아직도 화가 풀리지 않은 듯 경환을 무섭게 쏘아보고 있었다. 더 이상 잭을 놀렸다가는 좋은 관계가 틀어질 것을 염려한 경환은 차근히 잭에게 자신의 계획을 털어놓기 시작했다.

"홍콩 법인 제 직원 중에 인재가 한 명 있습니다. 홍콩대에서 국제경제를 공부한 직원인데 영국 유학을 가려던 걸 제가 눌러 앉혔습니다. 그 친구에게 저 대신 기회를 주고 싶은 겁니다. 또 하나 이유가 있다면 제 아내가 미술을 전공했습니다. 제 아내도 이참에 전공을 다시 살릴 기회를 주고 싶은데, 라이스대에는 미술대학이 없더군요. 그래서 고민입니다. 뉴욕으로 가야 될지 아니면 계획대로 휴스턴으로 가야 될지."

경환은 KBR의 소재지에 자신을 묶어 두려는 윌리엄의 뜻을 읽고 있었다. 더 좋은 조건을 받아 내기 위해 경환은 행선지를 휴스턴으로 못을 박지는 않았다.

"휴스턴에 대학이 RICE만 있는 건 아니에요. 제 아내가 휴스턴대에서 미술을 전공했습니다. 제임스가 행선지를 바꾸게 된다면 제 입장이 난처해집니다. 미시즈 리의 유학에 대해 우리가 편의를 제공할 테니 제임스는 예정대로 진행해야 됩니다. 아시겠습니까?"

잭의 강압에 경환은 일부러 난처한 표정을 지으며 고민하는 모습을 보여 주고 있었다. 경환과 달리 잭은 긴장하고 있었다. 혹시라도 뉴욕이나 다른 지역에서 사업을 시작한다면 KBR이 경환의 정보를 얻는 최우선 대우에서 밀릴 수도 있다는 생각이 들어서였다.

"사실 고민이 많이 됩니다. 제 아내는 미술대학으로 유명한 뉴욕주립대를 원하고 있다 보니 어떻게 설득을 해야 될지 모르겠네요."

사실 수정은 미국에서 유학을 할 생각이 전혀 없었고 또한 경환은 이 문제에 대해 수정과 얘기를 나눠 본 적도 없었다. 이런 사실을 모르는 잭은 마음이 급해졌다.

"휴스턴대도 뉴욕주립대 못지않습니다. 제임스도 인맥이 없는 뉴욕보다는 휴스턴이 사업지로 적격일 겁니다. 내년에 휴스턴으로 오는 거라 알고 있겠습니다."

못을 박아 버리는 잭에게 경환은 죽을상을 해 보이고 있었다.

"휴우…… 어렵네요. 최대한 설득을 해 봐야죠, 별수 없겠네요. 아, 그리고 예전 화성산업의 미스터 최를 아실 겁니다. 지금 저와 같이 일을 하고 있습니다. 10월에 미국에 먼저 보낼 예정입니다. 만약 휴스턴에 법인을 설립한다면, 법률적인 자문 등 회사설립에 필요한 모든 사항에 대해 도움을 주실 수 있으신가요?"

잭은 이유 여하를 막론하고 경환의 부탁을 받아들일 수밖에 없었다. 속에서 화가 치밀어 오르고 있었지만 혹시라도 경환이 뉴욕으로 가 버리는 것보다는 화를 참는 게 손해를 줄이는 최상의 방법이었다.

"우리와 거래 중인 로펌을 소개시켜 주겠습니다. 회사설립 및 세무에 대한 법률적자문을 해 줄 것입니다. 우리의 부탁이니 로펌에서도 무시할 수 없을 겁니다."

자신이 원하는 것을 모두 얻은 경환은 이제야 안심이 된다는 표정으로 잭에게 고마움을 표했고, 최대한 자신의 아내를 설득하겠다는 답을 잭에게 주었다. 잭과의 회의를 마친 경환은 사무실 직원들을 모두 대동하고 잭에게 중국식 요리를 대접했지만, 잭은 식사가 끝날 때까지 굳은 얼굴을 풀지 못했다.

"언니, 홍콩은 처음이라고 했죠? 여기 쇼핑이 아주 좋은데 애들은 남자들한테 맡겨 버리고 오늘은 저하고 같이 쇼핑하러 다녀요."

"응, 그럴까? 호호, 홍콩은 스톱오버만 해서 공항 안에서만 있었거든. 둘이 나가도 될까?"

수정은 남편의 눈치를 보는 인준 엄마의 손을 끌었다. 수정의 날카로운 눈빛을 의식해서인지 경환은 김창동에게 도움의 눈길을 보내고 있었다.

"여보, 알았어. 애들은 내가 볼 테니까, 저녁 식사에 늦지 않게만 호텔로 돌아와."

남편의 허락을 받은 인준 엄마는 거칠 게 없다는 듯 수정과 함께 호텔 문을 나섰다. 미국 유학 얘기를 꺼내는 바람에 "아기를 갖기 싫어 공부를 시키느냐"는 수정의 잔소리를 듣고 있는 경환이었다. 사실 수정이의 잔소리가 틀리지는 않았다. 공부를 시작하게 되면 적어도 임신은 뒤로 미룰 수 있다는 경환의 얄팍한 속셈이 있었기 때문이었다. 지금 경환은 수정의 눈치를 살필 수밖에 없는 처지였다.

최석현의 결혼식을 핑계로 그동안 맘고생이 많았던 식구들에게 휴가식으로 같이 온 홍콩이었다.

"부장님, 어쩌겠습니까? 당분간 여자들 비위를 맞춰 줘야죠. 그래야 앞으로의 일 년이 편안한 거 아니겠습니까? 하하하."

억지웃음을 짓는 경환을 김창동은 불쌍하게 쳐다보았다. 사업적인 판단과 추진력은 타의 추종을 불허한다고 생각하고 있었지만, 마누라한테 꽉 잡혀 사는 모습이 어딘가 모르게 안쓰럽게 느껴지고 있어서였다. 두 사람은 아내들이 쇼핑에서 돌아올 때까지 아이들과 같이 이곳저곳을 기웃거리는 처지로 전락했다.

다음 달 특급 호텔에서 거행된 결혼식은 화려하게 식이 진행되고 있었다. 12명이 앉을 수 있는 원탁 테이블에는 광동식 요리가 화려하게 차려져 있었고, 식사를 즐기는 와중에 턱시도와 웨딩드레스를 입은 신랑신부가 양가 부모님에게 꽃다발을 전해 주는 것으로 결혼식이 시작되었다. 한국의 결혼식과는 달리 변호사의 입회하에 두 사람의 결혼 선서가 이뤄지고 결혼 서약서에 사인을 함으로써 간단히 결혼식을 마쳤다. 그 이후로 신랑 신부가 각 테이블을 돌아다니며 하객들과 술을 나눠 마시거나 사진을 찍는 등 밤늦게까지 연회가 끝나지 않았다.

마침내 경환의 테이블로 온 두 사람은 경환에게 신랑을 대표해서 한마디 해 달라는 요청을 했다. 하지만 경환은 극구 거절을 하고 있었다. 나이도 어린 사람이 두 사람을 위해 연설을 한다는 게 부담이 되었기 때문이었다. 그러나 두 사람의 계속된 간곡한 부탁에 경환은 어쩔 수 없이 일어나 앞으로 나갈 수밖에 없었다.

"저는 신랑 신부와 한 직장에서 일을 하고 있는 사람입니다. 오늘 두 사람의 결혼식에 참석할 수 있어 영광으로 생각하고 있습니다. 말도 다르고 문화도 다르지만 사랑으로 두 사람이 행복한 미래를 건설하기를 진심으로 기원합니다. 두 사람은 조만간 미국으로 먼 길을 떠나야 합니다. 이 두 사람의 앞날을 위해 하객 분들의 지지와 성원을 부탁드리겠습니다. 감사합니다."

짧은 연설을 끝내고 경환은 부끄러운 듯 재빨리 테이블로 돌아와 앉았다. 경환은 진심으로 두 사람의 행복을 바라고 있었다. 자신의 식구들이기도 한 두 사람의 행복이 오래도록 지속 될 수 있도록 모든 지원을 아끼지 않을 생각이었다.

◆ ◆ ◆

북경 티엔먼에 위치한 쳰치더는 북경오리로 유명한 식당이었다. 늦은 저녁 시간이었지만, 빈자리가 없을 정도로 손님으로 꽉 차 있었다. 식당의 구석진 방으로 왕샹쳰 조리가 들어가고 있었다.

"샹쳰이 왔나? 오늘은 오리가 먹고 싶어서 이리로 불렀네. 어서 자리에 앉아."

"부장이 찾기 때문에 오래 있을 시간이 없네. 용건만 말하고 다시 가야 되네."

바삭하게 구워진 오리 껍질을 전병에 올려놓는 장성궈는 왕샹쳰을 의식하지 않고 입을 벌려 전병을 구겨 넣고 있었다.

"샤오 리는 어떤가? 제대로 일은 하고 있나?"

게걸스럽게 북경오리를 먹고 있던 장성궈는 급히 입에 있던 전병을 삼키고는 테이블 위에 있던 찻잔을 들어 입을 게우고 있었다.

"너무 잘해서 걱정이야. 추가해 준 50만 톤도 별 어려움 없이 소화를 할 것 같아 보이네. 갑자기 샤오 리에 대해서는 왜 묻는 건가?"

장성궈는 갑자기 경환에 대해 묻는 왕샹쳰을 빤히 바라보고 있었지만, 무슨 이유인지에 대해서는 알 수가 없었다.

"경무부 부장이 샤오 리에 대해 관심을 많이 보이네. 지난번 샤오 리가 제안한 투자유치 활성화방안을 샤오 리를 통해서 한국에 적용시켜 보려고 하고 있어. 문제는 샤오 리가 내년에 중국을 떠난다는 건데 부장이 샤오 리를 설득해 보라는 지시를 내렸네. 무슨 방법이 없겠나?"

집었던 오리 껍질을 접시에 다시 내려놓은 장성궈는 두 손으로 얼굴을 쓸어내린 후 왕샹첸을 뚫어지게 바라보았다.

"샤오 리의 성격을 아직도 모르겠나? 오고 싶어서 온 중국이 아닌데 붙잡는다고 남아 있을 샤오 리가 아니지. 어떤 당근을 제공한다 하더라도 쉽지 않을 걸세."

테이블 위에 맥주가 가득 따라진 잔을 든 왕샹첸은 단숨에 마셔 버렸다. 부장이 특별히 지시한 사항을 수행하지 못한다면 눈 밖으로 밀려날 수밖에 없었다. 자신의 야망이 이런 하찮은 일로 중단될 수는 없다고 생각하고 있었다.

"방법이 없겠나? 샤오 리가 자네 말이라면 어느 정도 들어줄 거라고 보는데."

"샤오 리 그 친구 아주 영악한 거 모르겠나. 중국에 투자를 하라는 내 제안을 일언지하에 거절하고 홍콩 법인의 연락사무소로 등기를 마친 이유가 뭐라고 생각하나? 언제든지 중국에서 발을 빼겠다는 뜻이라고 나는 생각하네. 보면 볼수록 샤오 리의 속을 모르겠더라고. 붙잡기 쉽지는 않을 걸세. 그렇다고 방법이 없는 건 아니지만……."

장성궈의 말에 왕샹첸은 귀가 솔깃해졌다. 지금은 찬물 더운물 가릴 처지가 못 되었기 때문이었다.

"그 방법이란 게 뭔가? 신상에 해가 가지 않는 선이라면 나도 문제 삼지 않겠네."

"좀 치사하긴 하지만 자네가 필요하다고 하니, 이런 건 어떻겠나?"

경환은 이런 사실을 전혀 알지 못한 채 두 사람의 밀담은 계속 이어지고 있었다.

최석현의 결혼을 무사히 치르고 경환은 다시 북경으로 돌아와 북경에서의 마지막 학기를 준비하고 있었다. 중국은 가을학기 시작이었지만, 경환은 학점을 인정해 주기로 약속을 받은 상태였기 때문에 이번 학기를 마치고 한국에서 졸업할 생각이었다. 이제 어느 정도 중국의 사업도 김창동에게 맡겨 놓은 상태였기 때문에 더 이상 중국에 남아 있을 이유가 없었다. 장성궈와의 관계를 지속하기 위해 1년에 한두 차례 중국을 방문하는 거 외에는 중국 사업은 당분간 손대지 않을 생각이었다.

경환은 경무부 왕샹첸의 호출을 받고 오랜만에 경무부로 향하고 있었다. 부른 이유를 파악하지 못하고 있었지만, 큰일이야 있겠냐는 생각을 하고 있었다. 경환의 차를 기억하고 있던 경비실에선 검문도 없이 경환을 통과시켜 주었다.

"왕 조리님, 오랜만에 찾아뵈었습니다. 바쁘실 텐데 무슨 일로 저를 부르셨는지요?"

"성궈와 바오밍에겐 형님이라고 부르면서 나에겐 아직까지도 왕 조리라고 부르나? 이거 섭섭한데."

왕샹첸의 농담에 경환은 썩은 미소만 짓고 있었다. 왕샹첸과는 공식적인 자리 외에 사적인 자리를 가져 보지 못했기 때문에 경환은 왕샹첸과의 만남이 부담되는 것도 사실이었다.

"자네도 바쁠 테니 용건만 말하겠네. 우리 부장이 자네가 제안한 원스톱 서비스를 제한적이긴 하지만 한국의 투자유치에 적용하려고 준비 중에 있네. 만약 소기의 성과를 보여 준다면 이를 광범위하게 적용시킬 예정이네."

경환의 똥 씹은 얼굴로 왕샹첸을 바라보고 있었다. 아마도 제안자인 자신을 이용하기 위해 부른 거라는 사실은 삼척동자도 알 수 있었다. 경환은 이 자리에서 선을 긋지 않는다면 코가 꿰일 수도 있다는 것을 감지하고 급히 손사래를 쳤다.

"왕 조리님, 저는 단지 자문위원의 자격으로 제안을 드린 겁니다. 제 능력으로는 도저히 성과를 낼 수 없습니다. 죄송합니다. 요번 학기만 마치면 한국에 돌아가 졸업을 할 예정입니다."

경환의 단호한 거절에도 왕샹첸은 미련을 버리지 못하고 있었다.

"자네 말은 충분히 알아듣겠네. 내가 보기엔 2~3년만 이 일을 맡아 주면 좋겠는데 다시 한 번 생각을 해 보게."

2~3년이라는 말에 경환은 경기가 온몸에 돌아다니는 것을 느끼고 있었다. 하루라도 빨리 중국에서 벗어나기 위해 몸부림을 치고 있던 경환에겐 청천벽력과도 같은 말이었기 때문이었다.

"왕 조리님, 사업가의 기본은 신용과 신뢰라고 생각을 합니다. 제가 미국과 한 번의 신뢰를 깬 경력이 있습니다. 이번에도 그 신뢰를 깨게 된다면 제 개인적으로 상당한 타격을 받게 됩니다. 이해해 주십시오. 부탁드리겠습니다."

왕샹첸은 평소의 습관대로 펜으로 결재판을 톡톡 쳐 가며 경환을 말 없이 쳐다보고만 있었다. 그게 더 불안한 경환이었다.

"뭐, 자네가 이렇게까지 어려워 할 줄은 몰랐네. 내 부장에겐 잘 말을 해 볼 테니 자네는 자네의 일을 차질 없이 진행하게나."

경환은 고개를 숙여 인사를 마치고 쫓기는 듯 경무부 청사를 빠져나왔지만, 알 수 없는 미소를 짓고 있던 왕샹첸의 모습이 생각나 불안하기만 하였다. 지금 경환의 심정은 하루라도 빨리 중국을 벗어나고 싶은 심정뿐이었다.

경환이 왕샹첸의 제안에 불안함을 감추지 못하고 있을 때 오성건설에서는 한바탕 소동이 벌어지고 있었다.

"박 차장, 도대체 일이 왜 이 지경까지 되도록 모르고 있었던 건가?"

박화수는 황태수 앞에서 입을 꾹 다문 채 고개만 숙이고 있었다.

"부장님, 죄송합니다. 제가 관리를 잘 못한 탓에 이런 손해가 발생했습니다. 책임은 제가 지겠습니다."

박화수는 손에 들고 있던 사직서를 황태수의 책상 위에 가지런히 놓았다. 황태수는 사직서를 거들떠보지도 않고 큰 소리로 박화수를 나무라고 있었다.

"야, 인마. 너 나를 뭐로 보는 거야? 책임을 져도 내가 져. 우선은 사태 파악부터 해 보고 정 안 되면 그때 다시 얘기를 해 보자고. 딴생각하지 말고."

말은 이렇게 하고 있었지만 황태수는 일이 쉽게 풀리지 않을 것이란 걸 감으로 느끼고 있었다. KBR과의 기술제휴에 실패한 오성으로서는 KBR의 대안으로 브로커를 통해 일본의 플랜트 전문업체인 JSC와의 기술제휴에 공을 들이고 있었다. 커미션 선지급을 요청한 브로커의 제안을 황태수의 반대에도 위 경영진들은 승인했고 커미션을 챙긴 브로커는 차일피일 세월만 죽이고 있었다. 사태가 심각해짐에 따라 선 지급비용이 문제화되었고 희생양이 필요했던 오성에서는 기안자인 박화수를 희생양으로 지목해서 관리부실에 대한 책임을 묻고 있는 상황이었다.

이런 구태의연한 경영진의 작태에 황태수는 분노를 느꼈지만, 자신이 박화수를 도와 줄 수 있는 방법은 전혀 없어 보였다. 단지 박화수에게로 향한 총대를 자신이 대신 지는 방법밖에는 딱히 보이지 않았다. 경환의 회귀로 인해 황태수의 인생은 경환과는 달리 자꾸만 꼬여 가고 있었다. 박화수의 사직서를 찢어 버린 황태수는 눈을 감고 한숨을 크게 쉰 뒤 자신의 사직서를 써 내려가기 시작했다.

"팀장님, 어째 느낌이 싸합니다."

갑자기 경환을 찾은 김창동은 고개를 좌우로 흔들어 가며 인상을 피지 못하고 있었다. 김창동은 자신의 경험에서 쌓인 감이 흔들리고 있다는 것을 느꼈다.

"무슨 일이 있으신가요? 3항차 물량도 이미 진황도에 빠져나와 있는데 특별히 문제될 것이 있나요? 사소한 거라도 일단 말을 해 주십시오. 저도 요새 뭔가가 터질 거 같아 불안한 마음은 항상 있습니다."

왕샹첸의 그 알 수 없던 미소가 계속 경환의 신경을 건드리고 있었다.

"더블 해운에서 요새 NOON REPORT(하루에 한번 선박의 위치를 통보)를 제대로 주지 않고 있어서요. 계약된 기한 안에는 이상 없이 도착할 거라는 소리만 하는데, 제 감이 좀 안 좋습니다. 물론 제가 틀렸을 수도 있지만요."

경환은 하던 일을 중단하고 자리에서 벌떡 일어났다. 경환 자신도 느끼고 있던 불안감이 현실화되어 가고 있다는 것을 직감적으로 알 수 있었다.

"부장님, 부장님의 감이 맞는 거 같습니다. 우리가 제대로 엿을 먹게 생겼네요. 아직 열흘이란 시간이 있으니 대안을 찾아 봐야겠습니다. 우선은 더블해운에 나갈 정식공문을 작성해 주십시오. 기한 안에 선박이 도착하지 못할 시 경제적인 모든 손실을 법적으로 묻겠다고 하십시오. 내일 오전까지 정확한 답변이 없을 시 계약을 자동 해지시킨다는 내용도 집어넣으시고요."

경환은 이제야 왕샹첸의 미소의 의미를 알 수 있을 거 같았다. 자신을 곤경에 빠트려 놓고 도움을 주는 척하며 제안을 받아들이도록 강요하려는 것이었다. 중국 선사에 법적인 책임을 묻겠다는 공문을 보내 봤자 씨알도 먹히지 않을 게 뻔했다. 선임에서 마진을 챙기려고 했던 경환의 욕심이 부른 어이없는 사고였다. 경환은 자책을 하고 있었지만 지금 이 상황을 해결해 줄 수는 없었다.

한 가닥 희망을 갖고 장성궤에게 전화를 돌려 봤지만 외부 출타 중이라 연락이 되지 않는다는 소리만 되풀이하고 있었다.

'썩을 새끼들. 날 길들여 보겠다 이거지. 함 해 보자고.'

"팀장님, 더블해운에서 똑같은 말만 되풀이하고 있습니다. 저희들이 제대로 당한 거 같습니다. 정식문서는 이미 보냈습니다."

김창동의 급한 목소리에도 경환은 쉽게 대안을 찾을 수 없었다. 혹시라도 선박으로 인해 작업이 지연된다거나 L/C AMEND(수정 및 정정)를 해야 될 사항이 벌어진다면 제일그룹과의 관계에서 쥐고 있던 칼자루를 빼앗길 수도 있는 문제였다. 이런 사태는 무조건 막아야만 했다.

"부장님, 우선 최 차장을 급히 한국에 보내 국내 선사들과 협의를 하라고 하십시오. 선임은 달라는 대로 다 주라고 하시고요. 돈이 문제가 아니라 신용이 문제입니다. 그리고 통화가 끝나시면 저와 중원그룹에 들어가시고요."

경환은 장성퀘에 계속 전화를 돌려 봤지만, 돌아오는 대답은 똑같았다. 이런 사태를 미리 알고 의도적으로 전화를 피하고 있단 것을 경환은 재확인할 수 있었다. 급히 한국으로 최석현을 보낸 경환은 중원그룹의 총경리실을 방문하고 있었다.

"반갑습니다. 제가 총경리인 귀청입니다."

"초면에 실례가 많습니다. 이경환이라고 합니다."

오십 대 중반을 넘겨 보이는 귀청은 사전 약속도 없이 찾아온 경환을 흥미 있게 바라보고 있었다.

"단도직입적으로 말씀드리겠습니다. 열흘 후 DWT 3만 톤 급 선박을 진황도로 보내 주실 수 있으십니까? 하역항은 한국의 인천입니다."

느닷없는 경환의 요청에 귀청은 아무런 대꾸를 하지 않고 있었다. 귀청은 더블해운에서 장난을 치고 있다는 것을 듣고 있었다. 그러나 자신도 3만 톤 급 대형선박을 대뜸 내어 줄 수는 없었다.

"어려운 부탁을 하시는군요. 이번 일의 뒤에 누가 있는지는 알고 계시나요?"

"대충 짐작은 하고 있습니다. 현재 한국으로 제 직원이 향하고 있습니다. 한국의 선사들과도 협의를 할 생각입니다. 가급적이면 중국에서 하는 사업에 중국 기업과 협조를 하고 싶은 생각이지만 여의치 않으면 한국으로 돌릴 수밖에 없습니다."

귀청은 경환이 애당초 자신들과 계약을 준비하고 있었다는 사실을 부하직원을 통해 보고를 받았었다. 그러나 화동의 입김이 작용하여 더블해운으로 계약이 넘어간 사실에 대해서도 잘 알고 있었기에 화동의 뒤를 봐주고 있는 사람이 누군지도 정확히 꿰뚫고 있었다.

"제가 도움을 드려서 얻는 이득이 뭐가 있을까요? 자칫 잘못하다가는 내 목도 남아 있지 않을 수도 있는데 말입니다."

일말의 가능성을 확인한 경환은 귀청을 향해 자신의 생각을 전달해 나갔다.

"열흘 뒤 선적이 급한 상황입니다. 우선 현재 계약된 선임에서 9만 달러를 더 지불하겠습니다. 그리고 제 이름을 걸고 다음 항차부터 최소한 반 이상의 물량은 중원그룹과 계약 체결하겠습니다. 화동의 입김에서 제가 자유로울 수 없다는 건 잘 아시리라 봅니다. 그래서 더블해운을 버리고 싶은 마음이 간절하지만 그럴 수 없다는 것을 이해해 주십시오. 이 정도 조건이면 한국의 선사들도 움직일 수 있는 조건입니다."

자신의 이름을 걸겠다는 말과 솔직하게 더블해운을 버릴 수 없다는 것을 사실대로 밝힌 경환을 향해 귀청은 묵묵부답으로 일관했다. 설득이 어렵다고 판단한 경환은 재빨리 자리에서 일어났다.

"죄송했습니다. 제가 생각해도 무리한 부탁을 드린 거 같습니다. 다른 방도를 찾아보겠습니다. 제가 급해서 오랜 시간 대화를 나누지 못한 점 사과드립니다."

경환이 급히 인사를 하고 자리에서 뜰 무렵 귀청의 목소리가 들려왔다.

"지난번 교통부에서 SOC관련 브리핑을 감명 깊게 들었습니다. 저도 교통부 자문위원으로 있다 보니 우연찮게 그 자리에 참석을 할 수 있었습니다. 이번 더블해운의 작태는 같은 업종에 있는 사람으로서 부끄럽기도 하고요."

경환은 일어나려던 엉덩이를 다시 소파에 붙이고 앉았다. 아직까진 귀청의 진의에 대해 알지 못하였기에 귀청의 다음 말에 신경을 곤두세우고 있었다.

"좋습니다. 제안을 받아들이기로 하죠. 자신의 이름을 건다고 공언을 하셨으니 믿어 보겠습니다. 저도 제안을 하나 해도 되겠습니까?"

일단 급한 불을 끌 수 있다는 안도감이 경환에게 몰려왔다. 귀청의 제안이 무엇일지 궁금하긴 했지만 지금 경환으로서는 최대한 들어 줄 수밖에 없는 입장이었다.

"우선 감사드립니다. 무슨 제안일지는 모르겠지만 제 능력의 범위 안에 있기를 바랄 뿐입니다. 말씀하십시오."

"해상운송과 국내 운송을 포함한 전반적인 물류합작파트너를 한국에서 선정해 주셨으면 합니다. 아직은 물류부분이 한국에 비해 많이 뒤쳐져 있습니다. 정부에서는 우리 중원그룹이 나서서 한국의 선진물류체계를 도입하려고 시도를 하고 있습니다. 어떻습니까? 가능할까요?"

일본의 대형물류업체인 일본통운이 끊임없이 중원그룹과의 합작을 모색하고 있었지만 일본에 대한 감정이 좋지 않은 상태에서 중원그룹은 한국으로 눈을 돌리려고 하고 있었다. 경환 자신이 아니더라도 1990년대 후반부터 중원그룹은 한국의 물류업체들과 많은 합작을 이뤄 나간다는 사실을 잘 알고 있었다. 귀청의 제안은 경환에게는 어렵지 않은 제안이었다. 오히려 한국의 물류업체들이 쌍수를 들고 줄을 서야만 하는 제안이었는데 왜 자신에게 의뢰를 하는 알 수가 없었다.

"좋습니다. 귀 총경리님의 제안을 받아들이겠습니다. 이중계약의 문제가 있을 수 있으니 용선계약서(Fixture Note)는 내일 오후에 체결하겠습니다. 그때까지는 비밀을 유지해 주셨으면 합니다. 중원그룹 스스로도 파트너를 구하는 데 어려운 점이 없을 텐데 왜 저에게 의뢰를 하시는지 궁금합니다."

"하하하, 교통부에서 있었던 브리핑에서 미래의 물류변화를 정확히 예측하는 것이 상당히 놀라웠습니다. 그 지식을 제가 활용해 보고 싶을 뿐입니다."

귀청의 답변에 경환은 장차 아시아 최대 물류회사로 성장하는 중원그룹에 대해 다시 한 번 무서움을 느꼈지만 지금은 자신이 먼저 살아나야만 했다. 경환은 속으로 왕상첸과 장성귀를 씹고 있었다.

'거지 같은 새끼들, 9만 달러 다 뱉어 놔 봐. 니들 다 죽었어.'

중원그룹 귀청과의 합의로 일단 한숨을 돌리기는 했지만, 아직 안심할 상황은 아니었다. 장성귀가 혹시라도 선적되는 탄에 장난이라도 쳤다면 경환으로서도 어찌해 볼 방법이 없었기 때문이었다. 아직도 분이 풀리지 않은 경환은 지금의 이 상황을 역전시키기 위해 김창동과 골머리를 썩고 있었다.

"팀장님, 최 차장에게는 영태상선과 대현상선 두 곳과 미팅만 하라고 지시를 했습니다. 내일 중원그룹과 용선계약을 체결하기 전까지는 안심할 단계가 아닌 거 같습니다. 최 차장이 말씀 드려야 할 사항이 있다고 합니다. 한번 받아 보시죠."

그나마 김창동이 경환의 손을 거들고 있어 빠르게 대책을 만들어 갈 수 있었다.

"차장님, 접니다. 김 부장님 지시대로 움직여 주십시오. 급한 내용이라는 게 뭐죠?"

[팀장님, 화성산업을 통해 선사를 소개받는 과정에서 오성건설의 황부장이 사표를 냈다는 소리를 들었습니다. 팀장님이 궁금해 하실 거 같아서요.]

경환은 최석현의 말에 고개를 갸우뚱거렸다. 황태수는 몇 년 후 본부장으로 승진을 해야 될 사람인데 사표를 냈다는 말이 믿어지지가 않았다.

"차장님, 황 부장이 사표를 냈다는 게 이해가 잘 안 되니, 좀 더 알아봐 주세요. 황 부장과 연결이 되지 않는다면 박화수 차장을 먼저 찾아보시고요."

[알겠습니다. 선사들과 미팅을 한 후 연락을 해 보겠습니다.]

자신의 기억과는 미묘하게 틀어져 가는 현실에 경환은 약간의 불안감이 들었지만, 지금은 닥친 위기를 먼저 피해야만 했다.

"SHJ에서 공문을 보내왔습니다. 내일 오전까지 공문내용에 대한 답을 주지 않는다면 계약을 자동해지하겠다는 내용입니다."

더블해운의 총경리인 리닝은 공문을 한 번 훑어보고는 다시 직원에게 건네주었다. 애송이가 별 짓을 다한다고 생각한 리닝은, 며칠 후면 자신의 앞에 찾아와 사정을 할 경환의 모습을 상상하며 미소 짓고 있었다. 장성귀의 지시로 움직이고 있는 자신을 경환이 어떻게 할 수 없을 것이란 걸너무 잘 알고 있었다. 경환의 애를 태운 후 선적일에 닥쳐 배를 재투입해주기만 하면 자신의 할 일은 끝나는 상황이었다.

"일절 대응하지 말고 선박은 문제없다고 원론적인 얘기만 해 주도록 해."

"만약 내일 계약을 해지한다면 저희도 손해가 많을 텐데요. 배는 현재 상해 인근에 이미 도착해 있는 상태입니다."

직원의 염려스러운 보고에도 리닝은 전혀 긴장하거나 걱정하지 않았다. 3만 톤 급의 선박을 열흘 안으로 수배한다는 게 그리 쉽지 않았고, 선임 또한 상승하기 때문에 자신에게 다시 돌아올 수밖에 없다고 판단을 하고 있었다.

"괜찮아. 그 애송이들이 뭘 알겠어? 그리고 우리 뒤엔 화동이 버티고 있는데, 그냥 우리는 장 총경리의 지시에 따르기만 하면 돼. 계약해지하라고 통보해 줘."

"알겠습니다. 그렇게 조치하겠습니다. 배는 상해에서 하역이 끝나면 바로 진황도로 출발하도록 선장에게 지시를 내리겠습니다."

리닝은 직원이 자신의 방을 빠져나가자 전화기를 들어 장성궈에게 보고하기 시작했다.

"지시하신 대로 조치를 해 놓았습니다. SHJ에서 계약을 해지하겠다고 강경하게 나오는데 문제는 없을까요?"

'나한테도 전화가 계속 들어오고 있으니, 며칠만 더 고생을 해 주게. 그 친구도 딱히 대안은 없을 거라고 봐. 내일쯤 해서 내가 연락을 한번 해 볼 생각이니까 대응하지 말고 애를 좀 먹여 줘. 이 일이 끝나고 나서 술 한잔하자고.'

장성궈와의 통화를 마친 리닝은 천상인간에서 늘씬한 미녀들과 술을 마실 생각을 하자 아랫도리가 묵직해 옴을 느꼈다.

한국 선사들과의 미팅을 마친 최석현은 박화수를 통해 황태수와 자리를 같이하고 있었다. 몰라보게 야윈 황태수를 보며 최석현은 동정심이 들었다.

"부장님, 오래간만에 뵙네요. 좋지 않은 소식에 저희 사장님도 걱정이 많으십니다."

"허허, 전 무직입니다. 부장이란 호칭은 듣기가 거북합니다. 본격적으로 중국 사업을 시작하셨다고 귀동냥으로 들어 알고는 있었습니다."

황태수는 자신의 부하직원을 희생양 삼으려는 경영진에 반발하며 자신이 총대를 메고 사직서를 제출했다. 평소에도 소신 발언이 잦았던 황태수를 좋지 않게 생각한 몇몇 경영진들에 의해 사표는 즉시 수리가 된 상태였다. 여러 중소기업에서 스카우트 제의가 들어와 있긴 하지만 황태수는 응하지 않고 있었다.

"네, 지금 문제가 좀 있기는 하지만 곧 해결할 겁니다. 다름이 아니라 저희 사장님이 부장님을 한번 뵙고 싶어 하십니다. 특별한 일이 없으시면 북경을 한번 방문해 주십사 해서 오늘 찾아뵈었습니다."

황태수는 경환의 제의를 심각하게 고민은 했지만, 그건 자신이 현업에 종사하고 있을 때였고 지금과는 처지가 많이 달랐다. 그때 박화수가 급히 뛰어오는 모습이 보였다.

"근무시간에 자네가 여기 웬일인가?"

박화수는 급히 황태수에 인사를 한 뒤 자리에 앉았다.

"부장님, 저도 오늘 사표 던졌습니다. 부장님 떠나시고 일도 손에 잡히질 않고 더러워서 자리에 붙어 있을 수가 없었습니다. 죄송합니다, 부장님."

박화수의 사표를 예상하지 못했던 황태수는 멍한 얼굴로 허공만 바라보고 있었다. 이런 황태수의 모습을 확인한 최석현은 다시 한 번 두 사람에게 제안을 했다.

"머리도 아프신데 두 분이 북경에서 머리 좀 식히고 오시죠? 비자만 준비해 놓으시면 항공권은 제가 준비를 해 놓겠습니다."

박화수까지 사표를 던지고 나온 이상 황태수도 별 대안이 없었다. 그런 두 사람을 최석현은 끈질기게 설득을 해 가고 있었다.

다음 날 못을 박은 시간이 지났음에도 더블해운에서의 답을 얻지 못한 경환은 결심을 굳힌 표정으로 김창동을 불러들였다. 밤새 고민을 해 봤지만 결론은 하나였다.

'되면 좋고, 안 되면 말고.'

중국 사업을 계획 했을 때부터 경환은 이 하나의 신조만 머릿속에 주입을 하고 있었다. 너무 큰 것을 바라다가 중국이라는 거대한 늪에 빠지는 거보다는 적게 손해를 보고 발을 빼겠다는 생각을 항상 갖고 있었다. 지금이 그 결심을 행동으로 보일 때라는 걸 경환은 알고 있었다.

"중원그룹에 용선계약서를 보내라고 하시고 바로 사인을 하세요. 그리고 변호사와 대동해서 더블해운에 정식으로 계약해지 통보를 하십시오. 부장님은 최악의 경우 중국 사업을 접는다는 생각을 하시고 움직여 주세요. 화동의 장 총경리는 제가 상대를 하겠으니 부장님은 더블해운을 상대해 주십시오."

한 시간 후 계약해지를 통보했다는 김창동의 연락을 받은 경환은 중원에서 보내 온 용선계약서에 사인을 해 버렸다. 더 이상 물러설 곳이 없다고 판단한 경환은 장성궈와 담판을 짓기 위해 화동으로 향했다.

"총경리님을 뵈러 왔습니다. 자리에 계신 거 아니까 서로 피곤하게 하지 맙시다."

"그게…… 저…… 지금 회의를 주재하고 계셔서……"

말을 더듬고 있는 비서를 뚫어지게 쳐다보는 경환은 의자에 털썩 주저앉아 버렸다. 성질대로라면 의자를 집어 던지고 싶었지만 그건 장성궈와의 담판 후로 미룰 수밖에 없었다. 경환의 이런 행동에 비서는 급히 어디론가 인터폰을 눌렀다. 잠시 후 총경리의 방문이 열리고 장성궈가 환한 웃음으로 경환 앞에 나타났다.

"하하, 샤오 리, 내가 요새 정신없이 바쁘다 보니 자네와 연락을 할 수가 없었네. 뭐 급한 일이라도 있는 건가?"

실실 웃으며 경환의 속을 뒤집고 있었지만 이미 결심이 선 듯 경환의 표정은 무덤덤하기만 했다.

"어제까지만 해도 급한 일 때문에 형님을 많이 찾았습니다. 형님께서 워낙 바쁘시니 이해를 해 드려야죠. 오늘은 형님께 해결된 일에 대해 보고를 드릴 겸해서 찾아왔습니다."

덤덤히 말을 하는 경환의 모습을 본 장성궈는 표정이 굳어져 갔다. 지금쯤이면 자신에게 도움을 요청을 해야 정상인데 경환은 해결된 일을 보고를 하겠다고 하니 장성궈로서도 머리가 복잡해져 가고 있었다. 이 문제를 해결해 주고 탄의 양을 늘려 주는 조건으로 왕샹첸의 제안을 받아들이라고 하려던 참이었기 때문이었다.

"허허, 무슨 문제가 생겼는지 말을 해 보게. 내가 풀 수 있는 일이라면 풀어 줘야 되지 않겠나. 남도 아니고 동생 일인데."

경환은 욕지거리가 입 밖으로 튀어나오는 걸 간신히 막으며 아무 일 없다는 듯 장성귀를 향해 웃어 보였다.

"형님이 소개시켜 준 더블해운이 장난을 좀 치더군요. 애를 먹여서 선임을 올려 받으려고 한 게 아닌가 생각을 합니다. 좀 전에 더블해운에 계약해지 통보를 해 버렸습니다. 형님이 저를 위해 소개를 시켜 준 선사인데 이놈들이 형님의 얼굴을 깎는 짓을 해서 제가 형님 대신 본보기를 보여 줬습니다."

장성귀는 경환의 말에 손으로 입 주위를 어루만졌다. 자신의 예상과는 전혀 다르게 행동하는 경환에 적잖게 놀랄 수밖에 없었다.

"허참, 그런 일이 있었나? 내가 미리 알았다면 단단히 버릇을 고쳐 놨을 텐데, 이거 참…… 자네도 무턱대고 계약을 해지해 버리면 선적일이 코앞인데 어쩌려고 그랬나. 서로 간의 사정을 들었어야지, 선적을 못하게 되면 그 많은 손해를 누가 감당하려고 그래."

아직도 사태 파악을 하지 못하는 장성귀는 다시 한 번 경환을 압박해 자신이 원하는 결과를 만들어 내려고 머리를 굴리고 있었다.

"비상상황이라 중원그룹의 귀청 총경리에게 부탁을 해서 방금 선박계약을 체결했습니다. 선적은 예정대로 진행을 하게 되니, 형님은 걱정하지 않으셔도 됩니다. 그래서 드리는 말씀인데 더블해운을 믿고 이 사업을 진행할 수는 없을 거 같습니다. 중원그룹과 장기용선 계약을 할 생각입니다. 제가 할 수 없으니, 더블해운은 형님께서 버릇을 좀 고쳐 주십시오."

"샤…… 샤오…… 리, 중원그룹과 이미 계약을 체결했다고 말했나?"

경환이 중원그룹과 용선계약을 체결하리라곤 전혀 예상을 하지 못했던 장성귀는 머리를 한대 얻어맞은 기분이 들었다. 중원그룹의 귀청은 자신도 만만하게 대할 수 없는 배경을 가진 인물이었다.

"네, 형님. 귀청 총경리가 제 부탁을 흔쾌히 받아 줬습니다. 단지 요번 항차의 경우 기존 선임에서 9만 달러를 더 주기로 했습니다. 형님과는 연락이 안 되고 급히 선박을 수배해야 되었기에 제가 결정을 했습니다. 더블해운 때문에 형님 얼굴이 깎이는 걸 전 참을 수가 없었습니다. 이번 손실이 생긴 9만 달러는 제가 떠안고 가겠습니다. 아우인 제가 책임을 지지 않으면 누가 지겠습니까."

장성궈는 미치고 환장하기 일보직전이었다. 아는지 모르는지 경환은 철저하게 자신과 더블해운을 분리해서 모든 책임을 더블해운으로 돌리고 있었다. 이 상황에서 자신이 더블해운을 두둔하게 된다면 자신의 입장만 난처해지는 꼴이 될 수밖에 없는 상황이었다. 장성궈는 허탈한 표정으로 경환을 바라보았다.

"샤오 리, 그 무슨 말이야. 더블해운은 내가 단단히 주의를 주겠네. 그리고 자네가 손해를 본 9만 달러도 응당 형님인 내가 책임을 져야지. 9만 달러는 홍콩 구좌에서 처리하도록 하게. 더블해운 리닝은 내가 버릇을 고쳐서 자네에게 다시 보낼 테니 오해가 있으면 풀어 보도록 하고."

경환의 예상대로 자존심이 강한 장성궈에게 9만 달러까지 떠안긴 경환은 앓던 이가 빠진 것처럼 속이 후련했지만 최대한 죽을상을 지어 보였다.

"형님께 미리 허락을 받았어야 했는데, 죄송합니다. 더블해운 리닝은 형님 말씀대로 다시 만나 보겠습니다. 제가 좀 더 신경을 써서 더블해운을 관리했어야 했는데, 형님께서 버릇을 고쳐 주신다면 제가 중원그룹의 귀청을 다시 만나 선박배분조정을 해 보겠습니다. 어제는 급해서 전체물량을 다 주겠다고 호언장담을 했는데 저도 걱정이 좀 되긴 하네요. 신경 쓰게 해 드려 정말 죄송합니다, 형님."

경환이 이런 수를 만들 줄은 예상하지 못한 장성궈는 웃을 수밖에 없었다. 경환을 곤경에 빠트려 왕샹첸의 제안을 받아들이게 만들려던 함정에 자신이 빠진 꼴이었다. 그래도 기분은 그리 나쁘지 않았다. 이 정도의 수완이라면 자신이 생각하는 규모의 비자금을 충분히 관리할 수 있다는 확신이 들어서였다. 왕샹첸에게는 미안했지만 경환을 잡을 수는 없다는 판단을 내린 장성궈는 더 이상 경환과의 인간적인 관계까지 망치고 싶지 않았다.

장성궈의 청천벽력과도 같은 전화를 받은 리닝은 정신이 나간 상태였다. 준비한 선박에 대한 페널티도 문제지만 중원그룹으로 물량이 넘어갈 수도 있다는 소리에 하던 일을 모두 중단하고 담당자들과 함께 경환을 만나기 위해 사무실을 떠나고 있었다.

"이 사장님. 뭔가 오해를 하신 듯한데, 선박은 이미 상해에서 출항 대기 중에 있습니다. 원 계약대로 진행을 해 주셨으면 합니다."

리닝의 사정에도 경환은 눈길 한 번 주지 않고 있었다.

"지금 그런 얘기를 해 봐야 소용없습니다. 이미 중원그룹과 계약을 체결을 한 상태입니다. 그리고 저희의 계약해지는 정당하게 이뤄졌으니 법으로 해결하셔도 됩니다."

김창동이 고소하다는 표정으로 리닝의 속을 뒤집고 있었다. 중원그룹이 개입되었다면 리닝도 어쩔 수 없었다.

"좋습니다. 이번은 저희 담당자의 실수가 명백하니 저희가 감수를 하겠습니다. 다음 항차부터는 원 계약대로 진행이 되게 해 주십시오."

아직도 반성하지 않고 있는 리닝을 괘씸하게 생각한 경환이 리닝을 쳐다보며 입을 열었다.

"내가 한국인이라고 만만히 보이던가요? 당신의 무책임한 행동에 우리 회사 또한 9만 달러라는 거금을 손해 봤습니다. 당신과는 거래할 생각이 전혀 없지만, 만약 당신이 제 형님인 장성궈 총경리에게 사죄하고 용서를 받는다면 내가 당신과의 거래를 다시 생각을 해 보겠습니다. 지금은 당신과 할 얘기가 없으니 돌아가십시오."

경환의 축객령에 리닝은 쫓기듯 사무실을 빠져나올 수밖에 없었다. 모든 게 장성궈가 꾸민 일이라고 말할 수 없는 리닝은 속이 까맣게 썩어 가고 있었다.

크게 번질 뻔했던 문제를 김창동의 사전 감지로 비교적 가볍게 넘길 수 있었던 경환은 한시름 놓을 수 있었다. 중국과의 거래를 할 때는 세 번째를 조심하라는 말을 다시 한 번 깨닫게 되는 순간이었다. 이번 일을 사전에 감지하지 못했다면 자신이 모아 둔 사업자금을 포기하거나 왕샹첸의 제안을 받아들일 수밖에 없었다.

"부장님, 작업상황은 어떻습니까? 배는 도착했나요?"

"선박은 도착해서 외항에 대기 중입니다. 다른 선박의 작업이 끝나는 내일 오후에 접안할 예정입니다. 제가 직원을 데리고 내려가 작업을 확인하겠습니다."

북경 사무소는 네 명의 현지인을 채용한 상태로 서툴기는 하지만 다들 한몫 하고 있었기에 경환과 김창동은 업무적으로 여유를 가질 수 있었다.

"더블해운에서 매일 찾아오고 있지만 팀장님께서 지시하신 대로 일절 응대를 하고 있지는 않습니다. 다음 단계로 넘어가야 되지 않겠습니까?"

다음 항차의 용선계약까지 중원그룹으로 넘겨주자, 다급해진 더블해운에서는 담당자를 SHJ에 상주시키다시피 하며 사정을 하고 있었다. 더 이상 자존심 강한 장성귀의 신경을 건드려 봤자 서로에게 좋지 않다는 것을 알고 있는 경환은 김창동에게 지시를 내렸다.

"중원그룹에 일괄적으로 용선계약을 넘기는 것도 우리에겐 좋지 않을 수 있습니다. 이쯤 했으면 더블해운에서도 더 이상 장난칠 생각을 하지 않을 테니 중원그룹과 더블해운 두 곳으로 적절히 배분을 해 주십시오. 더블해운에게는 경고를 확실하게 다시 주시고요. 추가된 50만 톤은 상황이 어떻습니까?"

"용선계약은 그렇게 진행을 하겠습니다. 슬슬 소문이 돌기 시작했으니 입질이 오기를 기다리고 있는 중입니다. 군이 저희가 나설 필요가 있겠습니까?"

김창동의 웃음을 이해한 경환은 묘한 웃음으로 답을 대신하고 있었다. 김창동의 말대로 이미 30만 톤이 원활하게 수출이 되고 있는 상태에서, 추가된 50만 톤을 스스로 떠들고 다니지 않더라도 알아서 찾아 정보를 듣고 찾아오도록 만드는 게 협상에 절대적으로 유리할 수 있었다. 그때 경환의 탁자 위에 놓인 전화기의 벨이 울리기 시작했다.

"SHJ 북경 사무소의 이경환입니다."

[영사관입니다. 총영사님께서 이경환 씨를 뵙고 싶어 하십니다. 실례가 되지 않는다면 지금 영사관을 방문해 주셨으면 합니다.]

간단히 전화를 마친 경환은 총영사가 자신을 찾는 이유가 무엇인지 고민해 봤지만 영 떠오르질 않고 있었다. 외교관들하고 어울려서 득 될 것이 없다는 것을 경환은 알고 있었지만 아직 총영사의 제의를 거절할 만큼의 힘은 가지고 있지 않았다.

외국의 대사관과 영사관이 밀집되어 있는 산리툰은 군인들이 삼엄하게 경비를 서고 있었다. 영사관 건물 앞에 주차를 한 경환은 여권을 제시한 후에야 영사관 건물로 들어설 수 있었다. 여직원의 안내에 따라 접견실에 도착한 경환은 이미 자리에 나와 있는 총영사를 만날 수 있었다.

"처음 뵙겠습니다. SHJ의 대표로 있는 이경환입니다."

경환은 유학생의 신분이 아닌 법인의 대표로 이 자리에 찾은 것을 총영사에게 알려 주기 위해 SHJ의 이름을 먼저 꺼냈다.

"말씀 많이 들었습니다. 총영사 황민호입니다."

오십 대 초반으로 보이는 황민호는 벗겨진 머리로 인해 나이보다 더 들어 보였지만 눈빛만큼은 날카로웠다. 여느 외교관처럼 경환의 마음에 드는 인상은 아니었다. 영사관의 주재 목적은 현지에 주재 중인 국민들의 편의를 제공하고 안전을 책임지는 것이었지만 그걸 지키는 외교관들은 그 당시 눈 씻고 찾아보기 힘들 정도였다. 이런 이유로 경환은 오늘 총영사와의 만남이 영 찝찝하고 탐탁지 않았다.

"급하게 절 찾으신 이유가 궁금합니다."

정부의 입김에 한 번 좌절을 맛본 경환은 사무적이고 딱딱한 표현으로 총영사에게 질문을 하고 있었다.

"이경환 씨에 대해선 여러 방면으로 소문을 듣고 있었습니다. 수교 전에 북경대의 초청을 받아 유학을 왔고, 공부를 하는 과정에서도 교통부와 대외경제무역부와의 의뢰를 받아 자문위원으로 위촉된 사실도요. 정말 한국 사람으로 대단한 활약을 펼치신 걸 듣고 저 또한 자랑스러웠습니다. 하하하."

공치사를 남발하는 황민호가 영 못마땅했지만 대놓고 인상을 찡그릴 수는 없었기에 경환은 썩은 미소만 보이고 있었다. 이렇게 쓸데없는 말을 꺼내는 총영사의 과장이 한편으론 불안하기만 했다.

"제가 능력이 있어서는 아니고 그냥 운이 좋았습니다. 요번 학기를 마치는 대로 북경을 떠날 예정입니다. 얼마 남지 않은 북경 생활을 조용히 정리하려고 준비 중입니다."

황민호의 제안을 사전에 차단하기 위해 경환은 북경을 곧 떠날 것이라는 말을 먼저 꺼내 들었다. 영사관과는 절대 업무적으로나 개인적으로 연결하고 싶지 않아서였다.

"제 생각에는 이경환 씨 같은 중국 전문가가 한국에 돌아가는 것은 국가적인 차원에서도 손해고 낭비라고 생각합니다."

황민호의 말에 경환은 속에서 열불이 터져 나오고 있었다. 국민을 위해 무엇을 해 주려는 생각은 전혀 없고 단지 국익을 위해 개인을 희생하라는 말만 되풀이하고 있는 정부 관료들의 행태에 분노가 치밀어 오르고 있었다.

"총영사님의 말씀은 감사히 받겠습니다. 그러나 저는 이미 정부의 뜻에 따라 제 계획을 한 번 접었습니다. 이 정도면 저도 국가를 위해 봉사를 했다고 자부합니다."

경환의 말에 황민호는 인상을 찡그리며 안경을 손으로 올리고 있었다.

자신의 말이면 머리를 조아리고 굽실거릴 것으로 생각한 예상과는 달리 눈을 똑바로 치켜들고 자신을 바라보는 경환이 못마땅했다.

"그건 개인의 발전을 위해서도 좋은 결정이었다고 봅니다. 정부에서는 이경환 씨가 현지에 남아서 대중교역의 중간자 역할을 수행해 주기를 바라고 있어요. 이경환 씨의 도움을 필요로 하는 많은 기업들이 중국으로 진출하게 될 것입니다. 제가 듣기로는 대외경제무역부에서 이경환 씨에게 대중국 투자유치의 창구 역할을 의뢰했다고 하던데 그 제안을 받아들이세요."

경환은 오늘의 만남이 어떻게 이뤄지게 되었는지 감을 잡을 수 있었다. 장성귀를 움직여 실패를 한 왕샹첸이 직접 황민호에게 제안을 했다는 걸 어렵지 않게 알 수 있었다. 자신의 실적을 쌓으려고 혈안이 되어 있는 황민호는 왕샹첸의 감언이설에 앞뒤 재어 보지 않고 그 제안을 받아들였을 것이었다. 경환은 왕샹첸의 집요함은 어느 정도 이해를 하고 있었지만 자신의 입지를 다지기 위해 타인의 희생을 강요하는 황민호는 도저히 용서를 할 수 없었다.

"총영사님, 분명히 말씀드리겠습니다. 경무부의 제안은 이미 거절을 한 상태고 총영사님의 제안 또한 받아들이기 어렵습니다. 저는 제 계획대로 이번 학기를 끝으로 북경을 떠날 것입니다. 다시 한 번 말씀드리겠지만 한 번만 더 애국심을 들먹여 국가를 위해 개인을 희생하란 소리는 하지 마십시오. 저도 참을 만큼 참았습니다. 총영사님이 다른 생각을 하실 거 같아서 드리는 말씀인데, 제가 미국 대사관을 움직일 수는 없지만 도움을 받을 정도의 연줄은 가지고 있습니다. 저를 극한으로 몰지 마시길 바랍니다."

경환은 말을 마치고 급히 자리에서 일어나 영사관을 빠져나갔다. 황민호의 행태에 분노를 느껴서 인지 핸들을 잡은 경환의 손이 사정없이 떨리고 있었다. 아직은 정부에 휘둘릴 수밖에 없는 자신의 처지가 한스러웠다. 죽기보다 싫은 일이긴 하지만 황민호가 다른 수를 쓴다면 KBR을 통해 미국 대사관과의 연결을 시도할 생각까지 하고 있었다.

황민호는 경환이 빠져나간 뒤 화를 주체하지 못하고 있었지만 조치를 취하기엔 너무 위험 부담이 많다는 것을 알고 있었다. 신상조사를 통해 경환이 미국 대사관과 연결 가능할 수도 있다는 것을 알고 있었기 때문이었다.

사무실에 돌아온 경환은 도통 일이 손에 잡히질 않고 있었다. 아직은 정부와 척을 질 정도로 자신의 세력이 미약하다는 것이 경환을 더 우울하게 만들었다. 한국에 법인을 만들 생각은 하지 않고 있었지만 경환 자신도 엄연히 대한민국 여권을 사용하고 있었기 때문에 정부에서 경환을 압박할 수단은 셀 수 없이 많았다.

"팀장님, 총영사와의 만남이 좋지는 않았나 봅니다."

김창동은 경환의 표정이 심상치 않다는 걸 느끼고 경환에 다가와 걱정스럽게 말을 건넸다. 경환은 영사관에서 있었던 얘기를 김창동에게 전해 주었고 김창동도 심각한 표정을 감추지 못했다.

"정부 관료와 척을 지는 건 피해야 되지만, 이건 정도가 심하네요. 정부 관료가 제일 무서워하는 사람들이 기자들입니다. 제가 기자들과는 조용히 만남을 가져 보겠습니다. 혹시라도 총영사가 장난을 치면 기사들 쪽에서 압력이 가도록 해 보겠습니다."

"우선은 관망만 해 주십시오. 중국보다는 미국의 눈치를 볼 수밖에 없을 테니 총영사도 쉽게 움직이지는 못할 겁니다."

"참, 최 차장에게서 연락이 왔었습니다. 호텔에 도착을 했다고 하니 같이 나가 보시죠."

최석현이 도착했다는 말을 전해 들은 경환은 더러운 기분이 사라지는 것을 느꼈다. 자신이 기다리던 사람이 도착을 했기 때문이었다. 김창동과 서둘러 사무실을 빠져나온 경환은 새로 오픈한 켐핀스키 호텔로 급히 차를 몰았다.

켐핀스키는 복합단지를 조성해 호텔과 쇼핑몰, 오피스텔을 동시에 개장한 곳이었다. 독일계 자본을 주축으로 조성된 이 호텔은 한국의 대후그룹이 일정 부분 지분을 확보하고 있었다. 수교 초반 대중국 투자는 대후그룹이 끌고 나갈 정도로 대후그룹의 중국 투자는 공격적으로 이뤄지고 있었다. 경환은 일부러 숙소를 켐핀스키 호텔로 정했지만 그 이유를 아는 사람들은 없었다.

"황 부장님, 박 차장님. 북경에 오신 걸 환영합니다. 이 호텔 흑맥주가 아주 죽입니다. 낮 시간이긴 하지만 저도 기분 좀 풀어야 될 일이 있어서 그러니 맥주 좀 마시죠."

경환은 말을 마치자마자 흑맥주와 안주거리를 주문하고 모인 사람들을 소개시켜 주었다. 각자 소개를 마치고 주문한 맥주잔을 들어 건배를 제의했다.

"여기 계신 분들은 다들 시작은 달랐지만 끝은 저와 같이하실 분들입니다. 두 분께 부담을 드리고 싶지는 않습니다. 많이 둘러보시고 천천히 결정을 해 주십시오."

황태수는 그런 경환의 마음이 고마웠지만 쉽게 자신의 행보를 결정할
수는 없었다. 박화수가 오성건설을 떠나지 않았다면 자신도 북경까지는
오지 않았을 테지만 자신보다는 자신을 믿고 따르는 박화수가 걱정인 황
태수였다. 이미 건설 쪽으로는 박화수의 사직 이유가 공공연히 퍼져 있었
기 때문에 자신과 달리 박화수의 이직은 쉽지 않았기 때문이었다.

"환대를 해 주시니 감사합니다. 염치불구하고 며칠 신세를 지겠습니
다. 저희 두 사람의 끈이 떨어진 것은 알고 계시리라 봅니다. 저희가 아직
도 SHJ에 필요하다고 생각하십니까?"

황태수의 급작스런 질문에 경환은 마시던 맥주잔을 테이블에 내려놓
았다. 황태수의 고민을 이해하고 있는 경환은 황태수를 향해 말을 꺼냈
다.

"부장님의 고민을 십분 이해합니다. 저는 오성건설에 계시는 황 부장
님이 필요한 건 아니었습니다. 제가 앞으로 계획하는 사업에 제일 적격이
시기 때문에 황 부장님을 모시려고 했던 것입니다. 그깟 오성건설은 제
눈에 들어오지도 않습니다."

황태수는 오성건설을 하찮게 여기는 경환의 말에 황당한 표정을 지어
보였다. 국내 1~2위를 다투는 재벌기업을 '그깟'으로 표현하는 경환의 계
획이라는 것이 무엇인지 의문이 들기 시작했다.

"그럼 사장님의 계획이 무엇인지 제가 들을 수 있겠습니까?"

황태수의 요청에 경환은 미소를 지으며 SHJ의 비전에 대해 설명을 시
작했다.

"지난번에도 말씀드렸지만 조만간 저는 중국 사업을 여기 계시는 김

창동 부장님에게 일임하고 미국으로 건너갈 생각입니다. 부장님께서 저희에게 합류하신다면 플랜트컨설팅에 대한 업무를 맡아 주셨으면 합니다. 시작은 KBR에 대한 컨설팅이 되겠지만 KBR에 국한시키지는 않겠습니다. KBR 이외의 업체를 개발해 주시고 더 나아가 저희 SHJ가 직접 국제입찰에 참여할 정도로 키워 달라는 게 제 계획의 일부입니다. 아직은 구멍가게 수준이지만 부장님이 참여해 주신다면 구멍가게를 대형 쇼핑몰로 키울 자신이 있습니다."

"흠…… 말씀해 주셔서 감사합니다."

자신이 생각한 것보다 훨씬 크고 거대한 그림을 그리고 있는 것에 황태수는 놀랄 수밖에 없었다. 다른 사람의 말이라면 웃고 말았겠지만, 그동안 경환이 보여 준 능력이라면 가능할 수도 있겠다는 생각이 들었다.

"저…… 저는 들어갈 자리가 없나 보네요."

의기소침해진 박화수는 죽어 가는 소리로 경환의 눈치를 살피기 시작했다.

"하하하, 무슨 그런 섭섭한 말씀을 하시나요? 차장님은 당분간 한국에서 일을 해 주셨으면 합니다. 화성산업에 자리를 마련해 드리겠으니 당분간 그곳에서 미국과 중국의 일을 연결해 주셨으면 합니다. 당분간은 한국에 법인을 만들지 않을 생각입니다."

밝아지는 박화수의 표정을 확인한 경환은 귀청의 요청을 박화수를 통해 진행시킬 생각이었다.

황태수는 묵묵히 경환의 말을 듣고 있었다. 젊지 않은 나이였지만 경환의 말에 피가 끓어오르고 있었다.

"저라도 괜찮겠습니까? 나이 들어 고집밖에 남아 있지 않은 사람입

니다."

황태수의 말에 경환은 얼굴이 밝아지며 급히 황태수의 손을 맞잡았다. 황태수는 미래의 계획을 만들 때부터 경환의 머릿속에 1순위로 자리 잡고 있었던 사람이었다.

"부장님, 감사합니다. 부장님께서 합류를 해 주신 덕분에 정말 저희가 계획한 미래에 한발 더 접근할 수 있게 되었습니다. 다시 한 번 감사드립니다."

경환은 진심으로 황태수와 박화수의 합류를 반겼고 이런 경환의 진심은 그대로 두 사람에게 전달되었다. 두 사람의 합류로 경환은 이후의 계획을 서두를 필요가 있었다.

"부장님은 당분간 북경에서 저를 도와주시다 최 차장과 함께 미국 먼저 가 주십시오. KBR의 잭 무어에게 요청을 해 놓았으니 법인설립에는 큰 문제는 없을 겁니다. 제가 넘어가기 전까지는 당분간 미국 법인을 맡아 주십시오."

"알겠습니다. 우선 여기에서 사장님의 계획을 충분히 이해한 뒤에 건너가겠습니다."

당분간은 홍콩 자금을 이용해서 꾸려 나가야 되었기에 빡빡하게 자금을 운영할 수밖에 없었다. 그러나 경환은 초조해하지 않았다. 오히려 자신의 주위로 사람들이 모여들면서 맨 파워가 쌓여 가고 있는 사실에 크게 고무되어 있었다. 자신이 필요로 하고 있는 한 사람만 더 합류가 된다면 공격적으로 사업을 확장시켜 나갈 계획을 짜고 있는 경환이었다. 모두들 비워진 맥주잔을 채우고 있었기에, 멀리서 자신들을 지켜보는 사람이 있다는 것을 전혀 의식하지 못했다.

수정은 아침부터 기분이 들떠서 경환을 재촉하고 있었다. 황태수와 매일 앞으로의 계획에 대해서 협의를 하느라 어제 저녁에도 12시가 다 되어서야 집에 들어올 수 있었다. 부족한 잠을 더 보충해야 했지만 새벽부터 깨워 대는 수정에 의해 경환은 잠을 설칠 수밖에 없었다.

"자기야, 난 준비 끝났어요. 빨리 나오세요. 평소처럼 좀 서두르면 어디가 덧나요?"

"아직 시간 충분해. 부모님들 한 번 더 오셨다간 자기 등쌀에 내가 남아나질 않겠어. 그리고 어제 자기가 잠도 안 재웠잖아."

말을 하고선 실수를 했다고 느낀 경환은 뒤에서 쏘아져 들어오는 수정의 날카로운 시선을 받아 내기가 힘들었다. 침대에서 일어난 경환은 무서운 수정의 눈초리를 의식하며 욕실로 들어갈 수밖에 없었다. 일 때문에 그동안 수정에게 소홀한 것이 못내 미안했던 경환은 북경을 떠나기 전 양가 부모님을 초청해 식구들과 여행을 계획하고 있었다. 들떠 있는 수정을 바라보며 경환은 무엇을 위해 지금까지 고생을 하고 있었는지 자책감마저 들었다.

"천진공항까지는 2시간이 넘게 걸리는데 좀 일찍 가는 게 좋잖아요."

"네, 사모님. 운전 열심히 하겠습니다."

급하게 샤워를 마치고 나온 경환은 연신 웃고 있는 수정의 손을 잡고 천진공항으로 향했다.

대후그룹의 북경 지사에선 김만철 지사장과 장용민 부장이 심각한 표정으로 대화를 나누고 있었다. 화동의 추가된 석탄을 전량 인수하라는 그룹회장의 지시를 받고 며칠째 골머리를 썩고 있는 중이었다.

"지사장님, 화동에서 추가된 50만 톤은 저희가 받아 내야 됩니다. 제일로 이 물량이 넘어가게 될까 석탄사업부에서 우려가 많습니다. 계속해서 SHJ와 접촉을 하고는 있지만 계속 미적거리고만 있습니다. 그리고 며칠 전 이경환 사장을 여기서 봤습니다. 프런트를 통해서 확인해 보니 황태수란 사람과 박화수란 사람이 투숙해 있더군요."

"잠시만요. 뭐라고 하셨습니까? 황태수와 박화수라고 하셨습니까?"

옆에서 두 사람의 대화를 듣고 있던 건설의 이만수 부장이 급히 대화에 끼어들었다.

"네, 두 사람의 여권 카피본까지 확인을 했습니다. 아시는 사람들이신가요?"

장용민은 이만수가 어떻게 두 사람을 알고 있는지가 더 궁금했다.

"만약 제가 아는 두 사람이라면 오성건설 출신들이 맞을 겁니다. 비록 안 좋은 일로 오성을 그만두긴 했지만, 해외 프로젝트 영업에선 우리도 한수 접을 정도로 지독한 인간들이고요. 그 두 사람이 북경에 나타난 것도 이해가 안 되는데 KBR과 연결된 이경환 사장을 만났다는 게 심상치 않아 보입니다. 저는 본사에 연락을 취해 봐야겠습니다."

말을 마친 이만수는 급히 본사와 연락을 취하러 빠져나갔다. 좋지 않은 느낌을 받은 김만철은 급히 장용민에게 지시를 내렸다.

"장 부장, 이 부장의 말이 사실이라면 우리에겐 좋지 않은 일이 생길 수도 있겠어. SHJ의 바짓가랑이를 붙잡고 늘어져서라도 유연탄을 확보하도록 해. 건설 쪽은 내가 따로 확인을 해 볼 테니까."

"알겠습니다. 김창동 부장과는 평소에 좋은 관계를 유지하고 있으니 인간적인 방법으로 접근을 다시 하겠습니다."

장용민이 빠져나간 후에도 김만철은 알 수 없는 찝찝함에 기분을 풀 수가 없었다.

수정의 독촉에 2시간이나 일찍 천진공항에 도착한 경환은 하염없이 입국장만 쳐다보고 있었다. 수정은 미안했던지 경환의 팔짱을 끼고는 경환을 바라보며 연신 웃고 있었다.

"한국 갔다 온지 얼마 안 지났는데 그렇게 좋아?"

"내가 사는 곳을 보여 주는 건 처음이잖아요. 그리고 부모님 만나는 거 자기는 안 좋아요?"

"어…… 저기 나오신다."

"어머님, 엄마!"

수정은 주위의 사람들은 아랑곳 하지 않고 두 어머니를 향해 입국장으로 달려 나갔고, 경환은 그런 수정을 보며 고개를 절레절레 저었다.

"아버지, 아버님. 잘 오셨습니다. 수정이가 이렇게 좋아할 줄 몰랐습니다. 진작에 모셨어야 했는데 죄송합니다."

"아닐세. 지금이라도 이렇게 오지 않았나. 자네 일도 바쁠 텐데 괜히 우리들까지 신경 쓰게 하는 건 아닌지 걱정이네."

"괜찮다. 나나 사돈이나 오고 싶어 왔겠나? 여자들 등쌀에 못 견뎌서 온 거지. 공기가 너무 안 좋다. 어서 가자."

수교 전에는 국제전화를 한다는 게 너무 어려웠기에 전화를 자주 드릴 수도 없었다. 항상 그게 마음에 걸렸던 경환과 수정은 이번 여행을 통해 갚을 생각이었다. 천진공항을 나온 경환은 준비된 다인승 승합차를 타고 북경으로 향했다. 당분간 출근을 하지 않고 부모님들과의 여행에 최선을 다할 생각이었다. 호텔에 묵으시겠다고 억지를 부린 부모님들을 모시고 경환은 집에 도착해 짐을 풀어 버렸다. 예상한 것보다 큰 집에 양가 부모님들은 놀랄 수밖에 없었다.

"둘이 살기엔 너무 집이 큰 거 같은데."

경환 어머니는 말은 들었지만 이 정도로 집이 넓을 줄은 몰랐다. 걱정을 끼치지 않기 위해 일부러 과장되게 말을 하는 줄만 알고 있었다.

"어머니, 사실 경환 씨가 일 때문에 늦으면 저 혼자 있기가 무서워요. 요새는 거의 12시가 다 되어서야 들어오는데, 몸이 상할까 걱정도 많아요."

수정의 고자질은 바로 시작되었고 경환 어머니는 경환의 등짝을 있는 힘껏 후려졌다.

"수정이가 너 하나 믿고 낯선 땅에 왔는데, 너는 어쩜 그럴 수 있는 거니? 한 번만 더 수정이 고생시키면 내가 아주 여기에 눌러앉을 테니까 알아서 해."

경환은 멍한 얼굴로 수정을 봐라 봤지만, 수정은 혀를 날름 내밀었다. 두 아버님은 경환의 도움 요청을 외면한 채 아파트 경관을 구경하는 척했다.

"김 부장님, 저 좀 살려 주십시오. 추가된 50만 톤을 확보 못하면 저나 지사장님은 바로 잘립니다. 회장님이 직접 내린 오더라 제가 왜 이러는지는 부장님도 잘 아시지 않습니까?"

대후의 장용민은 김창동에게 사정을 하고 있었다. 50만 톤을 확보하지 못한다면 그룹회장의 성격상 오래 붙어 있을 수는 없다는 건 사실이었지만 김창동은 쉽게 답을 주지 않고 있었다. "장 부장님, 저도 난처합니다. 제일에서도 무조건 자기들이 인수를 하겠다고 하는 통에 중간에서 아주 죽을 맛입니다. 장 부장님과의 인연도 무시는 못하고. 허, 참."

난처한 표정을 짓고 있는 김창동을 장용민은 끈질기게 설득하고 있었다. 김창동은 이미 경환에게 추가된 50만 톤의 배분에 대한 계획을 보고했고 경환의 확답을 받았지만 장용민의 애를 태우고 있었다.

"김 부장님, 저 한 번 살려 주시면 꼭 보답하겠습니다. 막말로 제일은 부장님을 내쳤던 곳 아닙니까? 그런 곳에 왜 미련을 두십니까?"

"좋습니다. 제가 사장님은 최대한 설득을 해 보겠으니, 추가된 50만 톤에서 30만 톤을 대후 쪽으로 밀겠습니다. 이 이상은 저도 능력이 안 됩니다."

장용민은 만족스러운 결과는 아니었지만 전체 물량이 제일로 빠지는 것은 일단 막았기에 큰 불만은 가지지 않았다. 대후도 중국에서 독자적으로 탄을 수입하고는 있었지만 SHJ의 가격에는 한참 미치지 못하고 있어 고민이 많았었다. 일단 SHJ와 거래를 튼 이상 순차적으로 물량을 늘려 가면 된다고 판단을 내렸다.

"김 부장님, 정말 고맙습니다. 이제야 제가 두 다리 뻗고 잠을 잘 수 있겠네요. 그리고 이후에 추가되는 물량은 우선적으로 저에게 주셔야 됩니다. 참, 그리고 부탁이 하나 더 있습니다."

장용민은 자신의 발등에 떨어진 급한 불을 끈 후 김창동에게 다른 요청을 하고 있었다. 자신과는 별개의 업무였지만 지사장의 특별 지시를 받고 나온 자리였기에 그 지시를 무시할 수는 없었다.

"오성건설의 황태수 부장이 SHJ에 합류한 사실을 알고 있습니다. 저희 그룹 건설 쪽에서 SHJ와 업무협의를 요청하고 있습니다. 사장님께 말씀 좀 전해 주십시오."

김창동은 대후의 정보력에 새삼 놀라고 있었다. 황태수가 SHJ에 합류한 것은 채 일주일도 지나지 않았기 때문이었다.

경환과 수정은 양가 부모님들을 모시고 운전기사와 가이드 노릇을 하며 북경 관광에 최선을 다하고 있는 중이었다. 한국에 머물 시간도 없이 바로 미국으로 떠나야 했기 때문에 부모님들에게 항상 미안함을 느끼고 있었다.

오늘은 홍콩의 케이티까지 북경으로 불러들여 직원들과 함께 북경 외곽의 자그마한 호텔을 임대해 야유회에 와 있었다. 부모님들이 어렵게 북경에 오신 이유도 있었지만, 황태수와 박화수가 새롭게 합류해 어느 정도 회사의 틀이 잡힌 상태에서 직원들의 유대감 형성이 필요하다고 판단했기 때문이었다. 호텔 앞마당에서는 양 한 마리가 통째로 구워지고 있었고 준비한 음식들이 먹기 좋게 펼쳐져 있었다.

"아버지, 아버님. 제가 술 한 잔 올리겠습니다. 여기 모인 사람들은 앞으로 저와 같이 일을 할 제 식구들입니다. 제가 한국에서 자식 노릇은 할 수 없지만, 자주 모실 수 있도록 하겠습니다. 저와 수정이 걱정 끼치지 않고 지금처럼 잘 살겠습니다."

경환의 술을 받은 두 사람은 기분 좋게 술을 마신 후 자리에 모인 직원들을 일일이 찾아다니며 술을 따라 주고 있었다.

"제 자식 잘 좀 도와주십시오."

"제 사위 잘 좀 부탁드립니다."

두 사람의 잔을 받은 직원들은 어쩔 줄 몰라 하며 급히 잔을 비우고 있었다. 그런 모습을 흐뭇하게 바라보는 수정 엄마는 수정이를 껴안아 주고 있었다.

"이 서방을 처음 봤을 때만 해도 너한테 한참 모자란다고 생각해서 사실 나도 반대하고 싶었어."

수정은 처음 듣는 엄마의 말에 눈을 크게 뜨고 바라보았지만 수정 엄마는 미소를 지으며 수정의 머리카락을 매만져 주고 있었다.

"수정이 너와 파리에서 같이 지냈다는 말을 듣고 자포자기하는 마음으로 허락을 한 거야. 그런데 시간이 지날수록 수정이 네 선택이 틀리지 않았다는 걸 알았다. 엄마가 사과할게."

"치, 내가 경환 씨를 얼마나 공들였는데. 경환 씨 노린 여자가 한둘이 아니었어. 그래도 엄마가 허락해 줘서 항상 고맙게 생각해. 잘살게."

수정은 자신의 엄마를 힘껏 안아 주었고 멀찍이 그 모습을 바라보고 있던 경환은 좀 더 수정이를 위해서 노력해야겠다는 생각을 하고 있었다.

"경환이 너 내년엔 무조건 아이를 갖도록 해라. 여기 사돈뿐만 아니라 나도 손주를 많이 기다리고 있다는 걸 알아야지. 알았냐?"

경환이 감상에 젖어 들고 있을 때 경환 아버지가 얼큰하게 취한 모습으로 경환의 앞에 나타났다. 예상하지 못한 질문에 경환은 말을 얼버무릴 수밖에 없었다.

"미국에 가면 수정이도 공부를 다시 해야 될 텐데 그 문제는 저와 수정이가 다시 상의를 해 보겠습니다."

"생각은 무슨 생각을 하나. 미국은 임산부라도 걱정 없이 학업을 할 수 있는 시스템이 갖춰진 곳 아닌가. 내년엔 좋은 소식을 들려주리라 믿겠네."

장인까지 나서는 통에 경환은 아무 말도 하지 못하고 고개만 푹 숙일 수밖에 없었다. 앞으로 3년을 이렇게 보낼 생각에 경환은 눈앞이 노래지기 시작했다.

◆ ◆ ◆

부모님이 귀국하고 경환은 다시 일상생활로 돌아와 있었다. 마지막 학기다 보니 학교생활에 전념할 순 없었다. 좋은 학점을 기대할 수는 없었지만 낙제를 당할 걱정이 없었기에 경환은 귀국에 앞서 서서히 정리를 시작하고 있었다.

그때 사무실의 문이 열리고 정장을 차려입은 여러 명의 사람들이 들어오고 있었다.

"황 부장님, 회의실로 가시죠. 박 차장님도 회의 준비를 해 주십시오."

그리 넓지 않은 회의실이 사람들로 꽉 차 있었다. 며칠 전 김창동의 보고를 받은 경환은 대후건설의 요청을 받아들였다.

"제가 SHJ의 대표를 맡고 있는 이경환입니다. 황태수 부장님과 박화수 차장님은 서로 안면이 있으시니 따로 소개드리지는 않겠습니다."

"해외영업을 담당하는 김준성 상무입니다. 말씀 많이 들었습니다. 진작 만나 뵙고 싶었지만 차일피일 미루다 보니 오늘에서야 만남을 가지게 되었네요. 황 부장님도 오랜만에 뵙네요."

김준성과는 안면이 있는 듯 황태수는 가볍게 목례를 하는 거로 인사를 대신하고 있었다. 간단히 서로의 소개를 마친 후 본격적인 대화가 이어지고 있었다.

"저희와 대후건설과는 특별한 연결점이 없다고 생각하는데 상무님께서 미팅을 요청하신 이유가 무척 궁금합니다. 저희와 논의할 일이 있으신지요?"

경환은 짐짓 그 이유를 알고 있음에도 불구하고 김진성에게 이유를 묻고 있었다. 김준성은 KBR이 경환과 모종의 관계로 엮어 있다는 것을 대충 알고 있었다. KBR이 대형프로젝트를 계속 성공하고 있는 상태에서 대후의 앞마당이라고 할 수 있는 나이지리아 입찰에 관심을 보이고 있는 사실을 우려하고 있었다. 아직은 경환의 실체에 대해 확신을 할 수는 없었지만, 김준성은 최소한 KBR의 정보는 얻을 수 있다고 판단을 하고 있었다.

"SHJ가 KBR과 연결고리가 있다는 것은 잘 알고 있습니다. 더욱이 오성건설의 핵심 멤버였던 황태수 부장까지 SHJ와 손을 잡을 줄은 전혀 예상을 못했습니다. 솔직히 이 사장님께 여쭙겠습니다. KBR과는 어떤 관계신지요?"

자신을 도발하려는 김준성의 직접적인 질문에 경환은 크게 웃어 보이는 것으로 대답을 대신했다.

"플랜트업무는 앞으로 여기 계신 황 부장님이 전적으로 맡고 있습니다. 부장님께서 김 상무님의 궁금증을 풀어 주셨으면 합니다."

경환의 지시를 받은 황태수는 잠시 생각에 잠겼다. 일주일이 넘는 시간 동안 경환과 앞으로의 일들에 대해 상의를 해 가면서 경환이 가지고 있는 정보력에 크게 놀랄 수밖에 없었다. 그런 이유로 KBR이 대형 프로젝트를 낙찰받을 수 있었고 앞으로의 입찰에서도 경환의 정보력이 지대한 영향력을 행사할 수밖에 없다는 것을 알게 되었다. 정보 출처에 대해서는 끝끝내 함구했지만, 이런 정보를 꾸준히 확보할 수 있다면 경환이 꿈꾸는 SHJ의 미래가 허황된 것은 아닐 수도 있다고 생각했다.

"저희 SHJ는 KBR과 컨설팅 업무제휴를 체결한 상태입니다. 입찰 및 플랜트제작 등 전반적인 모든 부분에 대한 컨설팅이라고 보시면 됩니다. 상무님의 궁금증이 풀렸기를 바랍니다."

황태수의 말에 김준성은 심각한 표정을 지었다. KBR이라는 곳에서 실체도 없는 SHJ와 컨설팅계약을 체결했다는 것에 반신반의를 하고 있지만, 황태수의 말을 전적으로 부정할 수 없다는 것도 알고 있었다. 경환은 그런 김준성의 표정을 유심히 살펴보았다.

"그럼 제가 상무님께 여쭙겠습니다. 오늘 저희를 찾은 목적이 무엇입니까?"

김준성의 도발에 화답이라도 하듯 황태수도 직접적으로 김준성의 신경을 자극하고 있었다. 김준성은 그런 의미를 알고 있다는 듯 가볍게 웃음으로 받아넘겼다.

"저희 대후건설과도 업무제휴가 가능한지 궁금해서 찾아왔습니다. 같은 한국 기업이니 미국 기업과의 업무제휴보다는 저희와 하는 게 서로 좋을 수도 있지 않겠습니까? 이 문제에 대해 SHJ와 협의를 해 보고 싶습니다."

김준서의 대답에 경환은 미소만 짓고 있었다. 모든 걸 황태수에게 넘긴 상태에서 자신이 나설 필요를 느끼지 못하고 있었다. 경환 자신을 훈련시킨 황태수라면 이 상황을 유리하게 만들 복안을 가지고 있을 게 뻔했기 때문이었다.

"상무님, 저희와 KBR의 틈을 벌리려고 하시는 건가요? 솔직하게 KENTZ에서 SHJ의 실체를 파악해 달라고 요청을 했다고 말씀해 주시길 바랐습니다. 세계는 빠르게 글로벌화하고 있는데, 한국 기업 미국 기업을 따지시니 제가 듣기가 민망합니다. 대후 회장님의 모토도 세계화 아니었나요?"

황태수의 일침에 김준성은 붉어지는 얼굴을 들키지 않기 위해 급히 물을 들이켰다. 경환은 두 사람의 설전을 흥미롭게 지켜보고만 있었다.

"황 부장님이 오해를 하신 모양입니다. 물론 KENTZ와는 업무제휴 관계로 공동입찰을 하고는 있지만 대후가 KENTZ의 하수인 역할을 하고 있다는 말은 듣기가 거북하네요. 저희는 단지 한국 마인드가 통하는 SHJ와의 거래하기 위해 먼 북경까지 찾아온 것입니다."

정색을 하는 김준성을 향해 황태수는 고개를 끄떡이며 이해한다는 듯한 표정을 지었다.

"상무님 기분을 상하게 했다면 죄송합니다. 오늘의 만남은 이미 KBR에 통보를 해 놓은 상태입니다. 괜히 사소한 일로 서로의 오해를 사게 만들면 안 된다고 판단을 했습니다. 나중엔 어떨지 모르겠지만 지금은 저희가 대후와는 거래가 힘든 상황입니다. 이미 다음 프로젝트를 KBR과 진행하기로 계약 체결한 상태라 서요."

다음 프로젝트라는 말에 김준성은 급히 시선을 황태수에게 향했다. 혹시라도 자신이 노리는 프로젝트라면 크게 곤란해질 수도 있었기 때문이었다.

"다음 프로젝트라면……."

김준성이 말이 끝나기도 전에 황태수는 자세를 바로 하고 김준성을 향했다.

"내년에 있을 나이지리아 석유화학단지 플랜트입찰입니다. 대후가 나이지리아와는 특별한 관계란 것은 잘 알고 있습니다. 어려운 싸움이 되겠지만 저희도 나름대로 준비를 해 볼 생각입니다."

황태수의 말에 김준성은 입을 꾹 다물 수밖에 없었다. 자신이 우려했던 대로 KBR은 나이지리아 입찰을 준비하고 있다는 사실을 파악할 수 있었다. 그러나 다른 곳이라면 모를까 나이지리아만큼은 KBR도 대후를 어쩌지 못한다고 생각했다.

"아쉽지만 SHJ와의 협력은 사실상 물 건너갔다고 봐야 되겠네요. 좋은 파트너가 될 수 있었는데 개인적으로 많이 안타깝습니다."

"저도 상무님과 같은 생각입니다. 나중에라도 기회가 온다면 대후와 일을 같이해 보고 싶습니다. 연락을 기다리겠습니다."

무의미한 간보기가 끝나고 김준성은 일행들을 이끌고 미련 없이 SHJ를 벗어났다. 황태수의 실력을 직접 눈으로 확인한 경환은 황태수를 향해 윙크를 날렸다.

10월 초로 접어든 북경은 제법 한기를 느낄 정도로 싸늘했다. 경환은 미국으로 떠나는 황태수와 최석현을 집으로 초대했다. 수정은 눈을 흘기면서도 김창동 부인과 함께 자신이 만들 수 있는 최고의 음식들로 상을 준비해 놓았다.

"자, SHJ를 위해 먼저 미국으로 떠나시는 황 부장님과 최 차장을 위해 다들 건배합시다. 팀장님 제가 주제넘게 먼저 건배 제의를 합니다. 사모님도 이리로 오시고요. 그리고 팀장님도 한 말씀 해 주셔야죠. 하하하."

그동안 여러 인원들을 신경 쓰느라 고생한 김창동의 건배 제의에 모두들 술잔을 들었다. 경환은 술을 한 잔 비운 후 천천히 입을 열었다.

"저는 그동안 제 아내와 태어날 자식을 위해 일해 왔습니다. 그러나 지금은 이 자리에 계신 분들도 포함을 시키겠습니다. 그리고 일에 매진하는 건 좋지만 절대 가정에 소홀하지 말아 주십시오. 일이 가정보다 우선시될 수 없다는 게 제 생각입니다. 제가 그래서 요새 제 아내에게 많이 혼나고 있습니다."

경환의 말에 모두들 큰 소리로 웃기 시작했고 수정은 부끄러웠던지 경환의 허벅지를 아무도 모르게 꼬집기 시작했다.

"부장님, 법인설립이 완료되면 직급을 다시 조정할 생각입니다. 그때까지만 고생을 해 주십시오. 그리고 자리가 잡히는 대로 한국에 계신 식구들을 미국으로 부르십시오. 식구들이 떨어져 있는 건 개인이나 회사에 좋지 않습니다. 이 점을 기억하셔서 주택을 임대해 주십시오."

경환의 배려에 고마움을 느낀 황태수는 가볍게 고개만 끄떡였다.

환송식이 끝나고 다음 날 두 사람은 한국을 잠시 거친 후 미국으로 들어갔다. 이젠 경환도 서서히 북경 생활을 정리해야만 했다. 그러나 아직 왕샹첸과 마무리를 하지 못한 일 때문에 마음 한구석이 불편한 상태였다. 왕샹첸과의 정리를 더 이상 미룰 수 없다고 생각한 경환은 경무부를 찾아 왕샹첸과의 면담을 요청했다.

"왕 조리님, 그동안 많은 도움을 주셔서 감사합니다. 일전에 제안해 주셨던 일을 받아들이지 못해 죄송합니다."

왕샹첸은 이토록 강경하게 경환이 자신의 제안을 거절할 줄은 몰랐었다. 총영사인 황민호에게도 요청을 했지만 황민호의 제안까지도 단칼에 잘라 버린 경환의 배짱에 왕샹첸은 더 이상 추태를 보이고 싶은 생각이 없었다.

"샤오 리, 그동안 내가 자네를 잡기 위해 억지스러운 일들을 벌여 미안했네. 더 이상 자네를 힘들게 하지 않을 테니 안심하게. 그렇지만 우리의 관계는 계속될 것이니 앞으로 자주 연락하세."

순순히 자신을 놓아준 왕샹첸의 진심을 안 경환은 고마움을 표시했다. 어찌 되었건 중국 사업을 시작하게 만들어 준 장본인이 왕샹첸이었기 때문이었다.

"형님, 형님께서 제안하신 일은 김창동 부장에게 따로 지시를 내렸습니다. 사무실이 안정이 되면 김 부장이 따로 형님을 찾아 뵐 것입니다. 부족한 부분은 제가 계속해서 지시를 내릴 것이니 염려 마시고 김 부장에게 한번 맡겨 주십시오."

경환의 말을 들은 왕샹첸은 경환의 어깨를 두들기며 고마움을 전했다. 북경을 떠나기 전 자리를 한번 마련하겠다는 왕샹첸의 말에 경환은 흔쾌히 동의를 한 뒤 경무부를 떠났다. 경환은 북경에서 맺은 인연 하나하나를 잘 정리해 가고 있었다. 이후로도 그 인연들이 필요한 시기가 올수 있었기 때문이었다.

학기말 시험을 끝으로 경환의 중국 유학은 막을 내리고 있었다. 아직 성적이 나오지는 않았지만 경환은 빠르게 귀국 준비를 서두르고 있었다. 북경과 홍콩의 모든 업무는 김창동에 일임했고 관리능력이 뛰어난 김창동은 경환의 기대에 부응하기 위해 세심하게 운영을 하고 있었다.

"자기야. 우리가 짐이 이렇게 많을 줄 몰랐어요. 가방이 턱없이 부족한데 큰일이네요."

1년 반의 북경 생활에서 수정이 알게 모르게 사들인 장식품들로 인해 귀국 짐은 예상보다 훨씬 많아질 수밖에 없었다.

"알았어. 내가 가방을 더 준비할 테니까 우선은 당장 급한 옷들만 먼저 싸자고. 나머지는 미국으로 바로 보내야지 뭐."

경환은 짐을 정리하다 말고 수정의 손을 잡고 베란다로 향했다.

"아쉽지 않아? 겨우 북경 생활에 적응을 하려니 미국으로 가 버리니. 남편 잘못 만난 탓이지 뭐."

수정은 경환의 허리를 양손으로 잡고 자신의 얼굴을 경환의 가슴에 묻었다.

"아니에요. 난 자기와 결혼을 하게 돼서 너무 행복해요. 그동안 투정도 많이 부렸는데 싫은 소리 한마디도 안 하고, 내가 주변 사람한테 부부 싸움을 한 번도 안 했다고 해도 믿어 주질 않더라고요. 고마워요, 자기가 내 옆에 있어 줘서."

경환은 그런 수정이 너무 사랑스러워 급히 수정의 입술을 찾아 자신의 입술로 덮쳐 갔다. 손을 뻗어 수정의 가슴을 어루만지던 경환은 입술을 내려 봉긋한 수정의 가슴에 얼굴을 묻었다. 급히 수정을 안고 침대로 향하던 경환은 갑자기 들리는 초인종 소리에 기겁을 할 수밖에 없었다.

"누…… 누구세요?"

"사장님, 저 인준이 엄마예요. 짐 싸는 걸 도와 드리려고 왔어요."

갑자기 찾아온 인준 엄마의 방문에 급히 옷을 추린 두 사람은 아쉬운 마음을 달랜 후 문의 열어 주었다. 분위기가 묘한 것을 느낀 인준 엄마는 얼굴이 붉어졌다.

"호호호, 제가 너무 빨리 왔나 보네요. 미안해서 어쩌나."

경환은 쓰린 속을 달래기 위해 담배를 꺼내 물었고, 수정은 급히 인준 엄마의 손을 붙잡고 짐 싸는 일을 다시 시작했다. 인준 엄마는 수정을 향해 눈치를 계속 주고 있었고 수정은 알았다는 듯이 경환을 불러 세웠다.

"자기, 나하고 약속 하나 해 줘요."

느닷없는 약속 타령에 경환은 무슨 약속이냐며 수정에게 되물었다.

"앞으로 김 부장님 미국 출장 자주 갈 텐데, 가끔씩이라도 언니를 같이 부르겠다고 여기서 약속해 줘요. 나 미국 가면 혼자 외로울 텐데 언니도 많이 보고 싶을 테고……."

경환은 멍한 표정으로 수정과 인준 엄마를 바라봤지만 두 여자는 이미 작당을 했는지 결연한 표정들이었다. 김창동이 불쌍하긴 했지만 수정을 이길 수는 없었다.

"알았습니다. 제가 제 아내를 이길 수가 없습니다. 매번은 힘들겠지만 1년에 한 번 정도는 미국에 같이 오실 수 있도록 최대한 노력을 해 보겠습니다."

경환의 약속을 받아 낸 두 여자는 서로 호호거리며 짐 싸는 일을 계속했다. 남자는 여자를 이길 수 없다는 걸 경환은 다시 한 번 깨닫고 있었다.

중국 생활을 정리하고 돌아온 경환과 수정은 둘만의 시간을 보내며 천천히 미국으로 떠날 준비를 하고 있었다. 방송에서는 새롭게 출범하는 문민정부에 많은 기대감을 걸고 있다는 논평이 줄을 잇고 있었지만 경환의 표정은 그리 밝지 않았다. 역대 정부 중에서 대형사고가 가장 많았던 정부였고, 제2의 국치로 기억되고 있는 IMF라는 사상 초유의 사태가 이 정권에서 일어나는 것을 알고 있었기 때문이었다. 당장 내년에 있을 성수 대교 붕괴와 후년에 발생할 대구 지하철 가스 폭발, 그리고 삼풍백화점 붕괴는 경환으로서도 잊을 수 없는 아픔으로 남아 있었다.

경환은 사고가 일어나는 날을 기억하려 애써봤지만, 정확한 날짜를 알아낼 수는 없었다. 단지 성수대교는 늦가을이란 사실과 회사의 지원인 력으로 파견을 나갔던 삼풍백화점의 붕괴가 6월이라는 사실을 기억해 낸 것이 그나마 수확이었지만, 자신의 힘으로는 막을 방법이 없다는 사실에 좌절할 수밖에 없었다.

"사장님 오셨습니까?"

오랜만에 화성산업을 찾은 경환은 화성산업 입구에서 반갑게 자신을 맞이하는 박화수를 보며 가볍게 악수를 나눈 후 화성산업 안으로 들어갔 지만 어딘가 모르게 달라진 분위기에서 묘한 느낌을 받고 있었다.

"불편한 점은 없으신가요? 불편하시다면 따로 사무실을 알아보셔도 괜찮습니다."

경환은 중원그룹 귀청의 의뢰와 한국 건설기업의 동향파악 업무를 박 화수에게 맡겨 놓고 있었다. 경환의 부탁으로 화성산업에 자리를 마련해 주기는 했지만, 번듯한 사무실을 차려 주지 못한 것이 항상 마음에 걸렸다.

"아닙니다. 화성의 직원은 아니지만 다들 잘 대해 줘서 특별한 불편한 점은 없습니다. 단지……."

박화수는 말을 마치기도 전에 입을 굳게 닫았다. 경환은 더 이상 박 화수에게 되묻지 않고 급히 화성산업 직원들의 인사를 받아 주며 사장실

문을 열었다.

"어. 이 사장, 중국 생활은 완전 정리를 했다고 들었네. 오늘 저녁엔 술 한잔 해야지? 허허."

"건강해 보이시네요. KBR에서는 화성산업과의 협력체제에 대단히 만족을 한다고 들었습니다. 이 정도에 그치시면 안 됩니다. 완전히 화성산업 것으로 만들 때까지는 더 고개를 숙이셔야 됩니다."

경환의 뼈있는 조언에 최승화는 알았다며 너털웃음을 지어 보였다. 분위기는 묘하게 달라졌는데 경환은 그 이유를 쉽게 짐작하지 못하고 있었다. 화성산업은 KBR과의 기술이전을 빠르게 자신의 것으로 흡수하고 있는 중이었다. 경환의 예상으로는 3년 정도만 시간이 더 흐르게 된다면 화성산업 자체적으로 특수플랜트 제작이 가능할 것으로 판단하고 있었다.

"자네도 엄연히 화성산업의 대주주 아닌가? 자네가 더 신경을 써 주게. 아, 그리고 내가 소개시켜 줄 사람이 있네."

최승화는 사장실 문을 열고 나가 삼십 대 초반의 스마트해 보이는 직원을 데리고 들어왔다.

"말씀 많이 들었습니다. 화성산업의 전설로 통하고 계시더군요. 저는 곽기철 팀장입니다. 앞으로 많은 도움 부탁드리겠습니다."

갑자기 곽기철이 등장하자 경환은 엉겁결에 악수를 나눴다. 사무실에 들어오고 나서 느꼈던 묘한 분위기가 곽기철에 의한 것이란 걸 알아차릴 수 있었다.

"곽 팀장은 하버드에서 MBA를 졸업한 수잴세. 이 사장 자네를 보면서 우리 화성에도 젊고 신선한 인재가 필요하다는 걸 느껴서 말이지. 정말 어렵게 화성으로 끌고 올 수 있었네."

최승화의 말을 이해 못할 정도로 꽉 막히지는 않았지만, 아직 화성산업은 젊은 패기보다는 노련한 경험이 더 필요한 시기라고 생각하고 있었다. 우선은 곽기철이 어떤 인물인지를 파악하는 게 우선이 되어야 했다.

"화성산업은 미래를 대비하는 가장 중요한 시기라고 봅니다. 곽 팀장님은 플랜트의 전망을 어떻게 보시는지요?"

경환은 가벼운 질문으로 곽기철의 생각을 읽어 보려고 했다.

"플랜트업종의 미래는 밝다고 봅니다. 더군다나 KBR의 기술이전이 이뤄지고 있는 만큼 화성은 한국의 특수플랜트제작을 선도할 것으로 판단하고 있습니다. 그러나 경영이 뒷받침되지 못한다면 모래성에 불과하다고 봅니다. 저는 화성의 미래를 경영혁신으로 이뤄 보려고 합니다."

경영혁신. 애매모호한 말이었다. 큰 틀에서 보자면 경환이 화성산업에서 했던 일들도 경영혁신의 일환이라고 봐도 무방했다. 결국은 플랜트에 대한 부족한 이해를 경영혁신이라는 애매한 말로 포장하고 있다고 생각했다.

"곽 팀장님께서 생각하시는 경영혁신의 목적은 비용절감에 따른 이익창출입니까? 혹시 비용절감을 위해 공장의 해외이전도 검토하고 계시나요?"

"아직 해외이전까지는 검토를 하고 있지 않지만 급격한 인건비상승은 경영에 가장 큰 압박을 줄 수 있다고 봅니다. 그때를 대비하는 차원에서 검토는 하고 있어야 된다고 봅니다. 비용절감을 통해 이익을 창출하는 건 기업경영의 기본이라고 생각을 합니다."

경환은 곽기철의 생각에 동의할 수 없었다. 물론 비용절감을 통해 원가를 줄이는 방법은 반드시 필요하지만, 근로자의 이해를 구하지 않은 임금조정과 무분별한 비용절감은 근로자의 사기를 저하시켜 숙달된 기술자의 이탈과 불량률 증가로 나타날 수밖에 없다고 생각했기 때문이었다. 그것은 곧 화성의 위기로 나타날 수 있었다고 판단했지만, 경환은 더 이상 화성의 직원이 아니었기에 지켜봐야만 했다.

"허허, 소희하고 곽 팀장이 곧 약혼을 할 예정이네. 자네도 꼭 참석을 해 주게."

최승화의 저녁 식사 제의를 다음 기회로 돌린 경환은 박화수에게 화성산업의 동향에 대해 주시해서 보고해 줄 것을 지시하고 급히 화성산업을 빠져나갔다.

'가시나 좀 기다리라고 했더니, 그새를 못 참고.'

KBR의 도움으로 미국 법인 설립을 마친 황태수는 경환이 도착하기 전 회사의 형태를 갖추기 위해 사방팔방으로 뛰어 다니고 있었다.

"최 차장, 자본금은 언제 송금이 된다고 하나?"

"김 부장님 말로는 이번 주에 150만 불을 송금한다고 했습니다. 이미 에릭을 통해 준비가 다 된 상태라고 하니 별 문제 없을 겁니다, 부사장님."

미국 법인이 설립되고 나서 경환은 황태수를 부사장에 앉히고 박화수를 부장으로 임명했다. 아직 머리들만 있고 하부 조직을 갖추지 않은 기형적인 형태였지만 경환이 미국에 도착한 후 미국 법인의 현지 직원을 채용할 계획이었다.

"황 부사장님, KBR 건물로 들어오셨으면 업무협조도 빨리 이뤄질 수 있었을 텐데 아쉽습니다."

사무실 문을 열고 잭이 들어오고 있었다. 사무실을 임대하는 과정에서 KBR은 무상 임대를 제안했지만 경환은 거절해 버렸다. 아직은 서로 호의를 갖고 있지만 서로의 이익에 따라 언제든지 바뀔 수 있는 것이 기업 생리였기 때문이었다.

"미스터 무어, 덕분에 많은 도움을 받았습니다. 소개해 준 로펌에서 주택까지 임대계약을 해 주더군요."

KBR은 SHJ가 휴스턴에 빨리 자리를 잡을 수 있도록 잭을 통해 최선의 도움을 주고 있었다. 아직은 SHJ 아니, 경환의 정보력이 절실히 필요한 상황이었다.

"하하, KBR과 SHJ는 한 가족 아닙니까. 다름이 아니라 미시즈 리와 미시즈 최의 입학 허가를 통보받아서 이를 알려 드리려 찾아왔습니다."

잭의 말을 듣고 있던 최석현은 함박웃음을 보이며 기뻐하고 있었다. 케이티의 입학 허가가 떨어졌다는 것은 케이티를 만날 날이 가까웠다는 것을 의미했기 때문이었다.

"미스터 무어, 감사합니다. 제가 드디어 홀아비 신세를 면하나 봅니다. 하하하."

"저도 기쁩니다. 두 분 다 우선은 어학원을 먼저 등록하고 가을학기에 들어가는 것으로 준비해 놓았습니다. 제임스는 언제쯤 입국을 하는지 아시는지요?"

올해 있을 나이지리아 입찰 건 때문에라도 경환의 입국을 기다리고 있던 잭이 대학 입학 허가를 핑계로 SHJ를 찾았다는 걸 황태수는 어렵사리 알 수 있었다. 경환의 지시로 앞으로 KBR은 자신이 상대해야 했지만 잭에게는 경환의 입국 뒤에 통보할 생각이었다.

"사장님께서는 다음 달 말에 입국하실 예정입니다. 하지만 임대한 집의 인테리어 공사에 속도가 붙질 않더군요. 공사가 마무리되어야 오실 수 있지 않겠습니까?"

황태수의 말에 잭은 인상을 찡그리고 있었다. 그렇게 주의를 줬건만 인테리어 업체는 세월만 축내고 있었다. 잭은 돌아가는 길에 인테리어 업자의 목을 비틀어서라도 공사를 빨리 마무리시킬 생각이었다.

오랜만에 수정과 함께 달빛한스푼을 찾은 경환은 수정이 따라 주는 레몬소주를 홀짝거리며 마시고 있었다. 수정과 자신의 사랑을 확인한 장소였던 만큼 두 사람에게는 특별한 의미로 다가올 수밖에 없었다.

"야, 오랜만이네. 혈색 좋아졌는데. 제수씨도 오랜만에 뵙네요. 하하하."

달빛한스푼으로 군대동기인 심석우가 들어와 경환의 맞은편에 자리를 잡고 앉았다. 넉살 좋게 빈잔을 들어 보이는 석우에게 경환은 술 한 잔을 따라 주었다.

"자식, 그래 오랜만이긴 하다. 여자 뒤꽁무니는 아직도 쫓아다니고 있냐?"

"진작에 포기했다. 어디 제수씨만 한 여자들이 있어야 말이지."

석우의 말에 수정은 얼굴을 붉혔지만 석우의 말이 싫지는 않은 표정이었다. 경환은 큰 그림을 그려 보고 싶었지만 석우에 대해서 자신을 못하고 있었다.

"졸업인데 뭐 하려고? 진로는 결정한 거야?"

"작년에 오성에 합격을 하긴 했는데, 내 길이 아닌 거 같아서 입사를 포기했다. 아는 형님께 부탁해서 야당의원 수습보좌관으로 일하는 중이야."

석우는 자신의 기억과 다르지 않게 진행되고 있는 석우에 대해 일단은 안도를 했다. 하지만 결국 팽을 당할 운명이라는 것도 알고 있었기에 불안감을 지울 수 없었다.

"너 내가 사업을 시작했다는 알고 있지? 그리고 난 조만간 미국으로 다시 떠나게 될 거다. 예전에 내가 신촌에서 널 밀어 줄 수도 있다고 한 말 기억하냐?"

경환은 정색을 하고 석우를 바라봤다. 경환의 기세가 심상치 않다고 느낀 석우는 마시던 술잔을 내려놓았다.

"자식, 갑자기 왜 분위기를 잡고 그래? 제수씨 앞이라도 가오 세우냐? 기억이야 하지, 그리고 예쁜 여자도 소개시켜 준다는 말도 기억하고."

이런 모습이 석우의 장점이기도 했다. 심각한 분위기를 농담으로 풀어 보려는 석우를 보며 경환은 어쩔 수 없다는 듯 웃을 수밖에 없었다.

"네가 한 가지만 약속하면 네 반려자뿐만 아니라, 너의 정치가의 길을 최대한 밀어 줄 생각이다. 진지하게 생각해 봐라."

수정은 '혹시' 하는 생각에 놀란 눈으로 경환을 쳐다봤지만 경환은 석우만 직시하고 있었다. 석우는 경환의 진지한 모습에 농담이 아니라는 걸 느끼고는 경환에게 지켜야 될 약속이 무엇인지 물었다.

"네가 결혼을 하게 된다면 한 여자만 바라보고 평생 가겠다는 약속을 해라. 그러면 내가 널 밀어 볼 생각이다. 네가 원하는 곳까지. 너도 알다시피 정치가는 여자와 돈 때문에 살기도 하고 죽기도 한다. 돈은 내가 해결해 줄 수 있다지만 여자는 네 의지가 있어야 한다고 생각해. 네 이름을 걸고 약속할 수 있겠냐?"

예전에는 경환의 말을 단순한 농담으로 받아들였었다. 가끔 경환의 소식을 들을 때마다 석우는 하나씩 자신의 계획대로 움직여 가는 경환을 다시 볼 수밖에 없었다. 오늘 이 자리도 경환의 필요에 의해 만들어진 자리란 것을 알게 된 석우는 경환과 함께 자신의 미래를 꿈꿀 결심을 했다.

"좋다. 내 이름을 걸고 너에게 약속하마. 그 대신 내가 원하는 곳까지 반드시 날 밀어 줘라. 네 이름을 걸고."

경환은 석우를 향해 고개를 끄떡이며 웃어 주었다. 그때 가게 문이 열렸다.

"오빠, 언니, 여기 찾느라 혼났어. 찾기 쉬운 곳으로 부르면 좀 좋아?"

석우는 늘씬한 키에 이목구비가 뚜렷한 미인을 보고 어안이 벙벙해 말도 없이 바라만 보고 있었다.

"정아 왔니. 이 친구 옆에 앉아라. 오빠 군대 동기고 머리 좋은 친구니까 잘 사귀어 봐."

정아는 모르는 남자의 옆에 앉는다는 게 부끄러웠던지 한참을 망설이다 석우의 옆에 슬며시 자리를 잡고 앉았다. 서로를 소개시킨 후 경환과 수정은 두 사람을 위해 자리를 피해 주려 술값을 계산하고 가게 문을 나섰다. 급히 경환의 뒤를 쫓은 석우가 경환의 팔을 붙잡았다.

"경환아. 아니, 형님. 나 너한테 충성할 테니까, 제대로 밀어 줘 봐."

석우를 안으로 들어 보낸 경환은 수정의 손을 잡고 오랜만에 방배동 거리를 걸었다. 아직 한 겨울이라 싸늘했지만 수정의 손을 잡고 있던 경환의 손은 뜨거웠다.

"자기야. 아가씨를 소개시켜 줘도 될 만한 친구예요? 자기가 아가씨를 아끼는 거 내가 아는데."

"적어도 정아를 울릴 친구는 아니야. 그 친구의 꿈을 내가 사고 싶었어. 그 꿈이 현실이 될 수 있다면 정아에게도 좋은 기회가 될 수도 있고. 아무리 그래도 정아가 무지 아깝기는 하다."

수정은 경환의 말을 이해할 수는 없었지만, 아끼는 동생을 아무한테나 소개시켜 주지 않을 것이란 건 잘 알고 있었다.

◆ ◆ ◆

졸업식까지 마친 경환은 미국행을 본격적으로 준비하기 시작했다. 수정 또한 경환과 보조를 맞춰가며 짐을 새롭게 싸고 있었다. 북경의 김창동은 제일그룹의 반발을 무시하며 추가된 탄 50만 톤 중 30만 톤을 대후에 배분시켰다. 아직 케이티를 대신할 현지인 채용이 늦어지고 있어 최석현은 똥줄이 타고 있었지만, 케이티 오빠인 고문변호사를 통해 조만간 해결을 할 예정이라는 보고를 받은 상태였다.

경환은 박화수를 앞세워 대현중공업을 방문하고 있었다. KBR만 바라볼 수 없는 경환은 국내그룹 중 건설과 중공업 분야에선 정점을 찍고 있는 대현중공업과의 업무제휴를 추진할 목적으로 박화수를 통해 접촉을 시도하고 있었다. 그 당시 대현중공업은 국내 최초로 LNG선박을 진수시킬 정도로 기술력을 축적하고 있었고, 현재는 해저파이프 설치공사를 수주하기 위해 회사의 사활을 걸고 추진하고 있었다. 경환은 대현과

114

연결고리를 만들어 놓고 한국을 떠나고 싶었다.

"사장님, 오성도 중공업이 있는데 대현을 선택한 이유라도 있으십니까?"

자신을 모질게 대한 오성그룹이지만 박화수는 오성에 대한 미련을 버리지 못했는지 아쉬운 표정으로 경환에게 이유를 물었다.

"오성은 돌다리를 두들기고도 건너가지 않는 스타일이고 대현은 먼저 건너가서 이상이 있으면 부수고 다시 만드는 기업문화를 가지고 있어서입니다."

경환의 말에 박화수는 고개를 갸우뚱거리며 이해를 못하고 있었지만, 경환은 웃어 줄 뿐이었다. 약속된 접견실에 도착한 경환은 준비한 명함을 손에 쥐고는 안으로 들어갔다.

"처음 뵙겠습니다. SHJ의 이경환입니다."

"네, 서울 사무소를 맡고 있는 권철중 전무입니다."

명함과 경환의 얼굴을 계속 확인하고 있는 권철중은 믿기지 않는 듯한 표정을 보이고 있었다. 북경 지사를 통해 중국 정부관료와 끈이 닿은 인물이라는 말에 만남을 흔쾌히 동의하긴 했지만, 이렇게 나이가 어릴 줄은 전혀 생각을 하지 못하고 있었다. 당황하고 있는 권철중을 향해 경환은 미리 말을 꺼냈다.

"전무님, 사실 제가 좀 어리긴 합니다. 그렇지만 저도 엄연한 기업의 대표입니다. 오늘 만남의 결과를 보신 후에 판단을 하셔도 늦지 않다고 생각합니다."

경환은 미소를 머금으며 웃음을 보이고 있었고 권철중은 그런 경환을 미적지근한 표정으로 양손으로 팔짱을 낀 채 바라보고만 있었다.

"우선 이번에 국내 최초로 LNG선을 진수한 걸 축하드립니다. 단순 화물선건조에서 벗어나 특수선박건조를 할 수 있는 기술력을 갖춘 점 대단하다고 봅니다."

"감사합니다. 제가 스케줄이 있다 보니 길게 시간을 내 드릴 수는 없습니다. 찾아오신 용건이 있으시면 간략히 말해 주십시오."

박화수는 아무리 전무라고는 하지만, 경환을 무시하는 태도를 보이는 권철중이 못마땅했다. 자신이 나서려 했지만 경환의 제지를 받아 속으로 분을 참을 수밖에 없었다.

"알겠습니다. 대현중공업의 해외플랜트 입찰에 컨설팅업무를 담당해 보고자 찾아왔습니다. 저희 SHJ가 신생기업이고 실적이 없는 것은 사실입니다만 현재 미국 업체인 KBR과 컨설팅계약을 체결하고 나이지리아 석유화학단지 입찰을 준비하고 있는 중입니다. 전무님께서 제 제안을 무시하신다면 저희는 똑같은 제안을 대후조선과 오성중공업에게 할 생각입니다. 바쁘실 텐데 일어나시겠습니까?"

경환은 아직도 KBR을 팔아먹어야 되는 자신의 신세가 처량하긴 했지만, SHJ의 이름을 동종업계에 각인시키기 전까지는 딱히 이보다 좋은 방법은 없었다. 권철중의 옆에 있던 이한주 부장이 급히 권철중에게 귓속말로 말을 전했다.

"흠, 흠. 국내 기업과 KBR의 기술이전을 추진한 것이 SHJ가 맞습니까? 제일그룹과 대후그룹과도 거래를 하고 있다고 하던데……."

경환은 권철중을 향해 미소를 보이며 고개를 끄떡여 사실임을 확인시켜 주었다. 권철중은 스케줄이 있다고 말한 것도 잊은 채 팔짱을 풀고 손을 탁자 위에 올려놓았다.

"저희도 듣는 귀는 있습니다. 나이지리아는 대후의 앞마당인데 과연 SHJ의 컨설팅으로 수주가 가능하다고 보십니까?"

"저희는 가능성이 없는 입찰에는 참여를 하지 않습니다. 충분히 가능성이 있다는 판단하에 KBR과 계약을 체결했습니다. 따라서 대후와는 좋은 경쟁이 될 것이 분명하니, 전무님이 그 결과를 지켜보시는 것도 재미있을 거라 생각합니다. 제가 대현을 찾아온 목적은 석유화학단지 입찰을 성공한 이후의 프로젝트 때문입니다. 아직은 대현의 기술력이 미치지 못하는 분야이기도 합니다만."

대현은 고부가가치 선박인 LNG선을 건조할 정도로 기술력을 확보한 상태였다. 그런 대현의 기술력이 미치지 못하는 분야라고 막말을 하는 경환을 권철중은 분을 삭이지 못한 채 째려보고 있었다. 박화수는 권철중의 신경을 긁고 있는 경환을 불안한 듯 쳐다보고 있었지만 경환은 미소만 짓고 있었다.

"우리의 기술력이 미치지 못한다니 말이 지나치군요. 들어 보기나 합시다. 만약 헛소리라고 판단이 되면 각오를 해야 될 겁니다."

나이도 어린 경환에게 무시를 당했다고 생각한 권철중은 일갈을 터드리며 쌓인 화를 표출했지만, 그런 권철중을 경환은 똑바로 쳐다보고 있었다.

"FPSO, 무슨 말인지 들어 보셨습니까? 권 전무님은 생소하실 수도 있으시겠네요. 그래도 이한주 부장님은 아시리라고 봅니다. 이 부장님, 대현의 설계, 기술, 플랜트 제작능력으로 가능한가요?"

권철중은 들어 보지도 못한 생소한 단어에 눈을 크게 뜨고 이한주를 쳐다봤지만 이한주는 입을 굳게 닫고 있었다.

"부유식 원유생산하역설비라고 알고 있습니다. 이 사장님의 말대로 아직 저희 기술력이 미치지 못하는 분야입니다. 부연 설명을 드리죠. 선박의 길이 300미터, 폭 60미터, 높이 35미터, 원유저장능력 200만 배럴로 떠다니는 원유저장탱크라고 보시면 됩니다. 한 척의 가격은 최소 20억 달러 이상입니다. 군침이 도시나요?"

FPSO는 1990년대 중반부터 연구를 시작해 1990년대 말부터 기술력을 확보한 오성중공업과 대현중공업이 사활을 걸고 승부를 펼치게 된다. 특수플랜트의 꽃이라고 말할 수 있었지만 지금은 넘볼 수 없는 영역이었다.

권철중은 20억 달러라는 말에 벌린 입이 닫히지가 않았다. 자신도 들어 보지 못한 생소한 특수선박에 대해 입찰까지 준비를 하고 있다는 말에 권철중은 경환을 다시 볼 수밖에 없었다. 그러나 경환은 그런 권철중을 기다려 주지 않았다.

"전무님이 바쁘시니 마지막 말씀만 더 드리고 돌아가겠습니다. 올해 있을 나이지리아 입찰의 결과를 유심히 지켜보십시오. FPSO는 그 이후에 준비를 하게 될 것입니다. 그때는 SHJ와 손을 잡는 기업이 대현이 아닐 수도 있다는 것을 미리 말씀드리겠습니다. 시간 내주서서 감사합니다, 전무님."

말을 끝낸 경환과 박화수는 좀 더 얘기를 해 보자는 이한주의 제안을 거절하고 대현중공업을 빠져나왔다. 박화수는 경환을 바라보며 고개를 흔들어 대고 있었다.

"사장님, 도대체 뭐하시는 분이세요? FPSO는 저도 처음 들어 보는 말입니다. 이한주 부장 얼굴이 아주 똥색으로 변했더라고요."

"부장님, 아직은 저희 SHJ가 단순 컨설팅업무밖에 할 수 없어 떡고물이나 주워 먹는 신세지만, 언젠가는 플랜트산업을 통째로 밥 말아 먹어야 되지 않겠습니까?"

경환의 자신감 넘치는 말에 박화수는 오성을 그만두고 SHJ에 합류한 자신의 결정이 틀리지 않았다는 것을 확인하고는 두 주먹에 불끈 힘이 들어갔다.

"부장님은 지난번에도 말씀드렸듯이 곽기철 팀장을 유심히 지켜보셔야 됩니다. 자그마한 변수가 발생하더라도 바로 저에게 보고를 해 주십시오. 그리고 마산의 최 전무님과는 지속적으로 만남을 가지십시오."

경환의 지시를 받은 박화수는 어느 정도 경환의 말뜻을 이해하고 있었다. 요즘 들어 곽기철로 인해 화성산업은 공장과 서울 사무소가 줄타기를 하고 있는 형국이었다. 아직까지는 최승호 전무의 입김을 누를 수는 없었지만, 약혼을 통해 공식적으로 후계자가 된다면 상황은 어떻게 바뀔지 지금으로서는 쉽게 판단을 내릴 수가 없었다.

◆ ◆ ◆

휴스턴 텍사스스트리트의 작은 바에는 퇴근을 하고 찾은 많은 직장인들이 하루의 일과를 술로 풀고 있었다. 바텐더를 마주 보는 자리에는 린다가 위스키를 스트레이트로 마시고 있었다.

"린다, 평소에 술을 즐기지 않더니, 오늘은 무슨 일로 초저녁부터 위스키를 마시는 거야? 린다답지 않은데."

린다와 같은 술을 주문한 잭은 린다의 옆에 앉았지만 린다는 일절 고개를 돌리지 않고 테이블에 놓인 술잔만 쳐다보고 있었다. 린다의 평소와 다른 모습에 잭은 걱정스러운 표정으로 린다의 어깨에 자신의 손을 얹었다.

"왜 그래? 윌리엄과 부딪치는 일이라도 생긴 건가?"

잭의 걱정스런 말에 린다는 그제야 잭을 향해 고개를 돌렸다.

"잭, KBR에서 왜 이렇게 아등바등했는지 내 자신이 한심하다는 생각이 드네요. 다 부질없다는 생각이 들어서 술 한잔할 수밖에 없었어요."

린다는 잔에 남아 있는 위스키를 단번에 마시고는 한 잔을 더 주문했다. 린다의 갈등에 잭은 마땅한 대답이 생각이 나질 않아 린다를 따라 위스키를 마실 수밖에 없었다.

"잭, 솔직히 말해 줘요. 내가 여자라서 감정을 컨트롤하지 못한다는 윌리엄의 말에 동의를 하나요? 남자들은 감정 조절이 쉬운가 보죠?"

잭은 몇 달 전 윌리엄과의 대화를 린다가 어떻게 알고 있는지 알 수가 없었지만 린다의 상처가 쉽게 해결될 수 없다는 것을 알고는 마음이 급해졌다. 자신의 야망을 이루기 위해서는 아직까지는 린다의 도움이 절실히 필요했기 때문이었다.

"린다, 윌리엄의 말에 너무 큰 의미를 부여하지 말았으면 좋겠어. 윌리엄은 텍사스 보수주의 꼴통이란 걸 알지 않나. 몇 년만 지나면 윌리엄은 계열사회장으로 가게 될 거야. 그 이후엔 린다가 능력을 발휘할 수 있도록 내가 보장을 해 줄 테니, 조그만 더 참고 기다려 봐."

린다는 잭의 말이 귀에 들어오지 않는 듯 초점 없는 눈으로 잭을 바라본 후 의미 없는 쓴웃음을 지어 보였다. 그런 모습이 잭은 더 불안했다.

"잭, 나 제임스한테 스카우트 제의를 받았어요. 5년 후든 10년 후든 기다릴 테니 SHJ에 합류를 해 달라고 하는데, 이번 나이지리아 입찰을 끝 낸 후에 제임스의 제안을 받아들일까 생각 중이에요. KBR보다는 SHJ가 절 필요로 하네요."

린다의 청천벽력과도 같은 말에 잭은 술잔에 가득 차 있는 위스키를 단번에 마시고는 린다를 말없이 바라보았다. 당장에라도 경환의 멱살을 움켜잡고 주먹이라도 날리고 싶었다. 린다가 자신에게서 떠나게 된다면 자금과 재무업무에 당장이라도 구멍이 날 수밖에 없었기 때문이었다. 한 번 결심을 하면 굽히는 않는 성격이라는 걸 잘 알고 있는 잭은 허공을 향 해 깊은 한숨만 내뱉었다.

"아버님, 제가 술 한 잔 올릴게요. 건강하시고 미국도 자주 오셔야 돼요."

"허허허, 그래, 내 자주 찾아가마. 며느리가 따라 주는 술이 정말 맛있 기는 하구나."

경환은 출국을 하루 앞두고 조촐하게 식구들과 식사를 하는 것으로 마지막 밤을 정리하고 있었다. 경환의 부모님은 중국에서 들어온 지 얼마 되지 않아 다시 먼 곳으로 떠나는 자식 내외가 아쉽기는 했지만 막을 수 는 없었다.

"어머님도 자주 오셔야 돼요. 그래야 경환 씨가 어머님 무서워서라도 저한테 잘하니까요. 요샌 제가 뭐라고 그래도 귀찮은지 대꾸도 안 하고 그래요. 흑흑."

"걱정하지 마라. 내가 아주 가서 살 수도 있으니까 아범이 잘못한 일 이 있으면 당장 전화해라. 그 다음 날에라도 내가 들어갈 테니."

수정은 시부모를 완전히 자신의 편으로 만들어 놓고 있었다. 그런 수정이 경환은 너무 사랑스럽고 귀여워 실실 웃음만 보이고 있었다.

"정아, 너는 석우하고 어떠냐? 그 녀석 보기보다는 순진한 녀석인데. 한번 잘해 봐."

"호호호. 별걱정을 다하네. 매일 전화하고 찾아오고 해서 귀찮긴 한데, 귀엽기도 해서 좀 만나 보려고. 그 정도면 머리도 나쁘지 않아 보이고."

다행히 정아와 석우가 만남을 지속하고 있다는 걸 확인한 경환은 홀가분하게 한국을 떠날 수 있을 거 같았다. 경환이 도움을 보태긴 했지만 곧 좀 더 큰 집으로 이사갈 예정이었다.

"승연아, 미안하다. 너 입대하는 건 형이 함께 못해 줄 거 같다. 군대 가서도 잘하고 요즘은 구타도 많이 없어졌다고 하니 눈 딱 감고 몇 년만 참아."

"알았어, 형. 나 졸업하고 유학가면 형이 좀 책임져 줘. 구박하지 말고."

"도련님. 누가 구박을 한다고 그러세요? 졸업하고 빨리 오셔서 조카하고 좀 놀아 주시고 그래야죠."

수정의 말에 화들짝 놀란 경환은 급히 화제를 다른 곳으로 돌리기 위해 설레발을 부릴 수밖에 없었다. 그렇게 경환과 수정의 마지막 밤은 깊어져 가고 있었다.

휴스턴 공항에는 황태수와 최석현이 경환과 수정을 맞이하고 있었다. 아직 겨울이 완전히 지나가진 않았는지 날씨는 제법 서늘했지만 서울의 맹추위에는 비할 것이 못 되었다.

"휴스턴에 오신 걸 환영합니다. 사장님, 사모님."

"번거롭게 나오시게 해서 죄송합니다. 이후에는 이러시지 않으셔도 됩니다."

길을 모르면 택시를 잡아타고 가면 간단한 일을, 한창 일할 시간에 직원들이 공항에 몰려나오는 것은 비효율적인 행동이라고 생각하고 있었다. 경환의 주의에 황태수는 가볍게 웃으며 고개를 끄떡였다. 아직 사모님 소리가 어색해서인지 수정은 불편한 얼굴로 황태수와 경환을 바라보고 있었다.

"부사장님 식구들은 도착했나요?"

"네, 사장님. 지난달에 도착했습니다. 우선 댁으로 모시겠습니다. 실내 장식은 사모님의 취향에 맞추려고 노력했지만 맘에 드실지 모르겠습니다."

차는 휴스턴 서쪽 외곽에 위치한 포스트 오크 공원으로 향했다. 도심의 고층 빌딩 숲과는 달리 나무가 우거진 한적한 도로를 지나 한눈에도 고급스러워 보이는 아파트 입구에 도착했다. 경환은 눈을 크게 뜨고 황태수를 바라봤다.

"부사장님, 상당히 고급스러워 보이는데요. 부사장님과 최 차장은 혹시 다른 곳으로 임대했나요? 저는 분명 같은 곳으로 임대하라고 말씀을 드렸는데."

경환은 황태수가 자신만 배려해 이런 고급 아파트를 임대한 것이 아닌지 인상을 구기며 황태수를 추궁하고 있었다. 만약 자기 생각이 맞는다면 보증금을 포기하더라도 계약을 취소할 생각이었다.

"아닙니다, 사장님. 저나 최 차장 다 이곳에 터를 잡았습니다. 사실은 더 외곽으로 알아보고 있었습니다만, KBR에서 30% 저렴하게 임대할 수 있도록 도움을 주었습니다. 이 아파트 경영회사의 지분을 가지고 있더군요. 염치불구하고 못 이기는 척 계약을 했습니다."

그제야 맘을 푼 경환은 인상을 풀고 최 차장을 앞세워 아파트 입구에 들어섰다. 고급 아파트답게 철저한 보안 시설을 확인하고 나서야 경환은 안심을 할 수 있었다. 아파트 로비에는 황태수의 식구들과 케이티가 나와 두 사람을 맞이해 주고 있었다.

"부사장님 사모님이시죠? 처음 뵙겠습니다. 앞으로 잘 부탁합니다. 아울러 제 집사람도 부탁을 하겠습니다."

"사장님, 무슨 말씀을 그렇게 하세요. 제가 오히려 부탁을 하겠습니다. 사모님과는 천천히 인사를 나누겠습니다. 먼저 방을 구경하셔야죠."

경환의 인사에 황태수의 부인은 당황한 표정이 역력했다. 자신보다 한참 어린 나이긴 하지만 회사의 사장이란 부담감이 컸다. 반갑게 자신을 대해 주는 경환을 보고서야 안심할 수 있었다. 아파트는 가전과 가구가 잘 갖추어져 있었고 널찍한 거실과 주방이 둘이 살기에는 다소 커 보이기까지 했다. 수정은 황태수 아내와 케이티의 도움을 받으며 이곳저곳을 확인하고 있었다.

"사장님, KBR에서 오늘 잠시 뵙자고 하는데 시간이 되시겠습니까?"

황태수는 방금 도착한 경환에게 말을 건네기가 어려웠던지 나지막이 경환의 의사를 물어 왔다.

"그러시죠, 도움을 많이 받았는데 먼저 인사를 하는 것도 나쁘지 않을 거 같습니다. 그 다음 회사에 가도록 하시죠."

수정의 밝은 얼굴을 확인한 경환은 황태수의 아내와 케이티에게 수정을 부탁한 후 서둘러 KBR로 향했다.

"잭, 윌리엄이나 제임스에게 아무 말 말아 줘요. 지금은 나이지리아 입찰에 집중하고 싶으니까요. 입찰이 끝나면 제가 직접 말을 하도록 해 줘요."

린다의 말에도 잭은 굳어 있는 표정을 풀 수가 없었다. 린다를 설득하기 위해 많은 노력을 하고는 있지만, 린다의 결심을 쉽게 바꿀 수가 없었기에 잭은 답답하기만 했다. 로비에서 경환을 기다리고 있는 두 사람은 이렇게 각자의 생각에 빠져 있었다.

"제임스, 웰컴 투 휴스턴. 하하. 북경보다는 모든 여건이 훨씬 좋을 겁니다."

"잭, 환영해 주셔서 감사합니다. 좋은 비즈니스를 KBR과 SHJ가 이뤄 가기를 희망합니다."

언제 그랬냐는 듯이 잭은 굳어 있던 인상을 풀고 경환을 반겨 맞았다. 린다의 고민을 알지 못하는 경환은 린다와 가볍게 악수를 나누는 것으로 인사를 대신했다.

"도착하자마자 이런 요청을 해서 미안하긴 하지만 우리도 급한 사정이 있어 그러니 이해를 부탁합니다. 윌리엄이 기다리고 있으니 올라갑시다."

회의실에 도착한 일행은 이미 도착해 있던 윌리엄의 환대를 받을 수 있었다. 윌리엄은 누구보다도 경환의 미국 도착을 반기고 있었다. 경환으로 인해 자신의 입지가 굳어졌고 앞으로도 경환의 정보를 발판으로 자신이 야망을 펼칠 생각이었기 때문이었다.

"미스터 리의 입국이 늦어져 내가 잠을 제대로 잘 수가 없었습니다. 중국에서 미스터 리를 붙잡았다는 소리를 듣고 직접 북경으로 가려고 했습니다. 하하하."

윌리엄의 너스레에 경환은 가볍게 웃어 주며 윌리엄의 맞은편에 자리를 잡고 앉았다. 윌리엄이 자신을 반기는 이유가 나이지리아 입찰 말고는 없다는 것을 알고 있었기에 시간을 끌 필요 없었다.

"뉴욕에서 사업을 시작할까 생각도 했지만, 잭이 무서워 휴스턴으로 올 수밖에 없었습니다. 법인을 설립하는 데 많은 도움을 주셨다고 들었습니다. 감사합니다."

흐뭇한 미소를 짓는 윌리엄을 확인한 경환은 빠르게 다음 말을 이어갔다.

"나이지리아 석유화학단지 EPC(설계, 조달, 시공, 일괄입찰방식)입찰서가 8월이고 PQ(입찰자격심사)가 10월인 걸로 알고 있습니다. 준비는 어떻습니까?"

정확한 날짜까지 집어내는 경환을 바라보며 윌리엄은 고개를 좌우로 흔들었다.

"하하, 역시 미스터 리의 정보력은 대단합니다. 맞습니다. 나이지리아 정부에서 나온 공고를 저희도 방금 확인했습니다. 아시겠지만 나이지리아는 KBR의 입김이 상대적으로 약할 수밖에 없습니다. 그래서 더더욱 경영진들은 이번 SHJ와의 업무제휴에 큰 기대를 하고 있습니다."

경환은 이해를 한다는 듯 윌리엄의 말에 고개를 끄덕이며 동의를 표시했다.

"제가 걱정하는 건 과연 KBR이 PQ에 통과를 할 수 있느냐는 점입니다. 아시다시피 한국의 대후건설과 나이지리아 정부와는 이미 커넥션이 형성되어 있습니다. 이것이 KENTZ가 대후와 기술제휴를 미끼로 컨소시엄을 맺은 이유란 것은 미스터 유트도 아시리라 봅니다. 그쪽에서는 KBR을 적대시할 것이 분명한데 PQ에 통과할 계획을 세워 놓으셨습니까?"

경환의 질문에 말문이 막힌 윌리엄이었다. 윌리엄은 이미 그룹회장에게 나이지리아 입찰 성공을 공언해 버렸다. 아무리 경환의 정보력이 뛰어나다 하더라도 KBR이 PQ를 통과하지 못한다면 입찰에 참가할 기회조차 없어져 버리기 때문에 윌리엄은 긴장할 수밖에 없었다.

"제임스, KBR이 PQ를 통과하지 못한다는 것은 쉽게 이해가 안 됩니다. KBR의 해외입찰실적이나 기술력, 자금력을 따라올 기업은 없습니다. 그렇게 보는 이유라도 있나요?"

윌리엄의 표정을 읽은 잭이 윌리엄을 거들며 나섰다.

"잭, 나이지리아는 미국 기업에 호의적이지 않습니다. 상식이 통하지 않을 수도 있다는 말입니다. 거기에 대후건설이 커넥션을 움직인다면 KBR의 트집을 잡는 건 일도 아니라고 봅니다."

경환의 말을 이해한 두 사람은 꿀 먹은 벙어리마냥 입을 다물 수밖에 없었다.

"SHJ는 KBR이 PQ를 통과한 이후에나 입찰에 대한 정보를 드릴 수 있습니다. 제가 보기에는 PQ통과가 그리 만만치 않아서 걱정입니다. 흠…… 한 가지 방안이 있기는 하지만…… 어렵긴 마찬가지겠네요."

경환의 말에 윌리엄과 잭은 물에 빠진 사람의 심정으로 경환을 재촉하기 시작했다.

"물론 PQ의 통과는 KBR이 해야 되지만, SHJ가 컨설팅을 맡고 있는 이상 좋은 방안이 있다면 당연히 제시를 해 줘야 하지 않겠습니까?"

"좋습니다. 미스터 유트, 이번 석유화학단지 입찰에서 큰 이득을 보지 않겠다고 하신다면 방안을 제시하겠습니다. '손해를 보지 않을 정도의 금액'으로 입찰을 하실 자신이 있으시냐는 겁니다."

경환은 대후건설이 거의 실비에 가까운 금액으로 이 건을 수주했다는 사실을 알고 있었다. KBR이 이익을 좇는다면 애당초 이 입찰은 KBR과 인연이 없는 프로젝트였다.

"쉽지 않네요. 이익이 없는 입찰에 응한다는 것은 제 보스를 설득하기 어렵습니다. 저가입찰은 KBR의 브랜드에 상처를 주는 일입니다. 불가능합니다."

경환도 윌리엄이 걱정하는 이유를 알고 있었다. KBR의 명성은 하루아침에 이뤄진 게 아니었다. 만약 KBR이 저가입찰로 수주를 했다는 소문이라도 난다면 회사의 명성에 큰 오점이 될 것이 뻔했기 때문이었다. 쉽게 결정을 내리지 못하고 있는 윌리엄을 경환은 물끄러미 바라보고 있었다.

"미스터 유트, 나이지리아는 앞으로 FPSO프로젝트에 중점을 두게 될 것입니다. KBR이 이번 입찰을 포기한다면 FPSO입찰은 참여 자체를 하지 못할 것입니다. 한 대의 가격이 20억 달러에 달하는 FPSO사업을 포기할 생각입니까? 물론 선박건조에 문제가 있는 건 알지만, 그건 컨소시엄으로 충분히 풀 수 있는 문제입니다. 판단은 미스터 유트가 하십시오."

경환의 말에 회의에 참석한 사람들은 말을 잇지 못했다. 단지 경환의 정보력만 필요로 했던 윌리엄이나 잭은 경환이 큰 그림을 그리고 있다는 사실에 놀라움을 금치 못하고 있었다.

"자세히 좀 설명을 해 주세요. 미스터 리의 계획이 신빙성이 있다면 내가 그룹회장을 설득해 볼 수도 있습니다."

윌리엄은 KBR이 아직까지 도전을 하지 못하고 있는 FPSO사업에 진출을 하게 된다면, 그룹회장으로 승진하는 건 일도 아니란 사실에 크게 고무되어 있었다. 윌리엄은 다급히 경환을 재촉하고 있었다.

"대후만큼 나이지리아와 관계를 형성하고 있는 업체가 있습니다. 프랑스의 TOTAL입니다. 우선은 무슨 수를 써서든 그들과 관계를 만드십시오. TOTAL을 움직일 수만 있다면 PQ 통과는 어렵지 않을 것입니다. 그 이후는 SHJ가 맡아 입찰정보를 제공해 드리겠습니다. 보너스로 정보를 하나 더 드리겠습니다. FPSO 사업은 나이지리아 정부의 의뢰를 받아 TOTAL에서 턴키(Turn Key)방식으로 발주를 하게 될 것입니다. 미스터 유트, 제 말을 이해하셨나요?"

윌리엄은 벌린 입을 다물지 못하고 고개만 연신 끄떡이고 있었다. 경환의 말대로라면 TOTAL만 잡게 되면 PQ통과와 FPSO입찰참여는 손을 뒤집는 것처럼 쉬운 일이었기 때문이었다. 황태수 또한 경환을 놀란 눈으로 쳐다보고 있었다. 자신이 전혀 생각하지도 못한 분야까지 꿰뚫고 있는 경환을, 자신의 머리로는 도저히 따라갈 자신이 없어서였다. 그건 잭이나 린다도 마찬가지였다.

"좋습니다. 회장은 내가 무슨 수를 쓰든 결재를 받아 낼 테니 FPSO 사업을 우리와 같이하겠다는 약속을 먼저 해 주셔야 합니다."

"미스터 유트, FPSO사업엔 풀어야 할 복잡한 문제가 많습니다. SHJ의 의견을 우선적으로 받아들인다는 보장을 하신다면 저희도 KBR과 같이 움직이겠습니다."

윌리엄의 얕은 수에 대해 경환도 똑같은 수로 대응했다. FPSO 입찰을 성공시킨다면 SHJ의 이름은 플랜트업계에 알려질 수밖에 없었다. 그 다음 행보까지 KBR과 같이할지는 아직은 모르는 상황이었다.

"좋습니다. 어차피 SHJ의 컨설팅이 없다면 우리에게도 FPSO는 무리인 만큼 미스터 리의 제안을 받아들이겠습니다."

윌리엄은 마음이 급했는지 자리에서 벌떡 일어나 경환과 악수를 나눈 뒤 급히 회장실로 달려갔다.

"제임스, 난 지금 정신이 하나도 없습니다. 당신을 적으로 돌리기에는 참으로 무섭다는 생각이 듭니다."

린다의 일로 경환에게 좋은 감정이 사라진 잭은 한숨을 쉬며 경환에게 하소연하기 시작했지만 경환은 그런 잭을 묵묵히 바라보고만 있었다. 사실 경환은 잭을 SHJ에 합류시키려 많은 고민을 했었다. 하지만 이미 KBR에서 중추를 맡고 있는 잭이 자신의 밑으로 들어오지 않는다는 것을 알고 있었다.

"잭, 앞으로도 KBR과 좋은 관계를 유지하고 싶을 뿐입니다. 두 회사의 협력 관계가 오래도록 지속되기를 바랍니다."

묘한 여운이 남는 말을 한 경환은 회의 시작부터 굳은 표정을 하고 있던 린다를 바라봤지만 경환의 시선을 린다는 무시해 버렸다.

"잭, 앞으로 KBR과의 업무협의는 황 부사장님이 진행할 것입니다. 최종결정을 제외하고는 황 부사장과 나이지리아 입찰을 진행해 주셨으면 합니다."

KBR과의 미팅을 마친 경환은 자신의 꿈을 이뤄줄 회사가 궁금해 늦은 시간에도 불구하고 회사부터 찾았다. KBR과 그리 멀리 떨어지지 않은 곳에 위치한 사무실은 황태수의 손길을 느낄 수 있을 정도로 잘 꾸며져 있었다. 경환은 자신의 책상을 손으로 쓰다듬으며 두 주먹을 불끈 쥐었다.

서둘러 집으로 돌아온 경환은 수정을 도와 짐 정리를 시작했지만 어디서부터 손을 대야 될지 몰라 헤매고 있는 중이었다. 황태수 아내가 저녁 초대를 하지 않았다면 꼼짝없이 굶을 수밖에 없을 정도로 집 안은 난장판이었다.

"하하, 사모님 염치불구하고 저희 두 사람 숟가락 좀 올리겠습니다."

"사장님, 무슨 말씀이세요. 어서 들어오세요. 사모님도 들어오시고요."

수정은 황태수 아내의 만류에도 굴하지 않고 손을 거들기 위해 주방으로 향했다. 황태수의 집은 이미 깔끔하게 정리를 마친 상태여서 그런지 훈훈한 느낌이 들었다. 황태수가 가지고 온 맥주를 받아 든 경환은 힘들게 여기까지 온 과정이 주마등처럼 자신의 눈앞으로 스쳐 지나가는 것을 느끼며 눈을 지그시 감았다.

"사장님, 무슨 생각을 그리 심각하게 하십니까?"

황태수의 질문에 경환은 감았던 눈을 뜨며 겸연쩍이 웃어 보였다.

"아닙니다. 여기까지 온 과정을 한번 생각해 보고 있었습니다. 힘들었지만 보람도 많았습니다. 그리고 제 주위에도 사람이 모여 있다는 게 신기하네요."

"사장님이나 저희 직원들이나 뒤를 돌아볼 때는 아직 아닙니다. 저희들을 잘 이끌어 주십시오. 그러나 아직도 이해가 되지 않는 것이 하나 있습니다. 저희 직원들은 다들 한 번씩 좌절을 맛본 사람들인데, 그런 저희들을 포기하지 않으시니……."

목이 먹먹해지는 것을 느낀 황태수는 말을 잇지 못하고 급히 맥주병을 들어 맥주를 마셨다. 경환도 황태수를 따라 맥주를 시원하게 들이켰다.

"전쟁이 나면 장교나 사병보다는 하사관이 필요한 법입니다. 경험 많은 하사관을 내치고서 전쟁에 승리를 하겠다는 발상이 저는 오히려 이해가 안 되네요. 부사장님 같은 야전사령관이 계시고 경험 많은 하사관이 수두룩한데 뭐가 무섭겠습니까? 저를 많이 도와 주셔야 합니다. 아직 갈 길이 험하고 멀다고 봅니다."

경환의 진심에 황태수는 나이 어린 경환에게 고개를 숙일 수밖에 없었다. 또한 자신에게 온 마지막 기회를 절대 포기하거나 놓치고 싶지 않았다.

"사장님께서 오셨으니 현지인 채용을 서두를 필요가 있겠습니다. 필요한 인원에 대한 이력서는 받아 놓았습니다."

현지인 채용과 관련해서는 이미 황태수에 일임을 해 두었지만 황태수는 경환이 도착한 후로 미뤄 놓고 있었다. 경환은 아직도 황태수가 자신을 어려워하고 있다는 것을 알고 쓴웃음을 지어 보였다.

"부사장님, 현지인 채용은 부사장님이 최 차장과 같이 전적으로 선발하십시오. 나이지리아 입찰 전까지는 최소화해 주시고 입찰을 성공한 후에 사업확장을 할 생각이니 그때 다시 인원을 채용하는 방향으로 준비해 주십시오. 부사장님과 일해야 할 스태프이니 저는 부사장님의 보고만 받겠습니다. 사소한 근로계약이라도 변호사 입회하에 진행을 해 주시기만 하면 됩니다."

경환은 아직까지는 구체적인 사업확장에 대해 말을 아끼는 중이었다. 나이지리아 입찰은 원래 대후건설에 낙찰되는 것이었기에 아직은 경환도 100프로 확신하지 못하기 때문이었다. 마침 식사가 준비된 것을 확인한 두 사람은 자리를 옮겼다.

식사를 마치고 돌아온 후에도 경환은 수정을 도와 집 안을 정리하느라 싸늘한 날씨에도 불구하고 진땀을 흘리고 있었다. 아무리 정리를 해도 집 정리는 끝이 없었고 경환은 슬슬 지쳐 가고 있었다.

"자기야. 우리 오늘 도착했는데 첫날부터 너무 무리하는 거 아니야? 이쯤하고 나머지는 사람을 사든지 하자."

경환의 하소연에도 수정은 꿈쩍도 하지 않고 집 정리에 정신을 쏟고 있었다.

"집 안이 이런 꼴이면 아무것도 못해서 그래요. 피곤하면 자기는 쉬든지 해요."

수정의 말을 듣고 쉬기라도 한다면, 앞으로 두고두고 잔소리를 듣게 될 터였다. 경환은 한숨을 내쉬고는 수정의 지시에 따라 다시 짐을 옮길 수밖에 없었다. 자정이 넘어서야 얼추 정리를 마친 경환은 급히 욕조에 더운물을 받기 시작했다.

"자기야. 욕조에 몸 좀 담그자. 시차적응도 필요하고 자기 그러다 쓰러진다."

말할 힘도 없다는 듯이 고개를 소파에 떨어뜨리고 있는 수정을 경환은 가볍게 안고 욕실로 들어갔다. 두 사람이 충분히 들어가고도 남을 정도의 욕조로 들어간 경환은 수정을 살짝 안아 주었다.

"여기까지 올 수 있게 내 옆에 있어 줘서 고마워. 자기가 없었다면 절대 올 수 없었을 거야."

"자긴 말은 참 잘하는 거 같아요. 그래도 자기라서 나도 행복해요."

몸이 나른해지는지 수정은 자신의 등을 경환의 가슴에 깊게 기대고는 눈을 서서히 감고 있었다. 수정의 젖은 머리카락을 쓰다듬고 있던 경환은 잠든 수정을 조심스럽게 안고는 침대에 뉘어 놓은 후 수건을 들어 천천히 수정의 몸에 남아 있던 물기를 닦아 내렸다.

　직원 채용을 황태수에 일임한 경환은 본격적으로 자신이 구상한 사업을 실행시키기 위해 정신을 집중시키고 있었지만, 지금은 나이지리아 입찰을 반드시 성공시켜야만 했다. 대후에게 떨어져야 될 떡을 뺏어먹는 기분이 들기는 했지만, 대후도 결국엔 KENTZ의 농간에 큰 손해를 보게 되는 프로젝트였기에, 결과적으로는 대후에게도 좋은 일을 하는 거라고 스스로 위로했다.

　"사장님, 들어가도 되겠습니까?"

　앞으로 있을 대형플랜트입찰을 혼자만 알 수 있도록 컴퓨터에 정리하고 있던 경환은 황태수의 방문에 서둘러 하던 일을 멈추고 황태수와 최석현을 맞이했다. 황태수는 결재판을 경환의 책상 위에 올려놓으며 보고를 시작했다.

　"KBR에서 석유화학단지 입찰건과 사장님께서 말씀하신 FPSO 건을 연계한 컨설팅계약서를 보내 왔습니다. KBR과 저희가 같은 로펌을 이용하다 보니 KBR과의 계약이 문제가 될 수도 있다고 보는데 다른 로펌을 알아봐야 될는지요?"

　경환은 결재판을 들어 KBR이 보내온 계약내용을 보았지만 특별히 문제될 내용은 발견하지 못했다. 아마 이상한 조항이 있었다면 황태수가 사전에 처리를 했을 것이라고 생각하고 있었다.

　"특별히 문제가 될 계약서는 아닌 거 같네요. 바로 사인을 하도록 하겠습니다. 로펌은 가급적 바꾸지 않는 게 좋을 거 같습니다. 저희가 사업을 확장하는 시기가 되면 다각적으로 다시 검토를 해 보죠. 참, 그리고 나이지리아 건은 KBR에서 어떻게 진행을 한다고 하나요?"

"다음 주에 윌리엄이 프랑스로 간다고 합니다. 직접 TOTAL과 협의를 하는 모양입니다."

수완이 좋은 윌리엄이 TOTAL과 협의를 진행한다면 별 어려움 없이 PQ는 통과할 수 있을 거라고 경환은 판단하고 있었다. 경환은 KBR이 딴 생각하지 못하게 못을 박아 둬야 될 시기란 걸 황태수에게 전달해 주었다.

"잭은 부사장님만큼이나 다루기 어려운 사람입니다. 틈을 보이시지 말고 항상 우리의 페이스로 끌어들이는 게 중요하다고 생각합니다. 제가 드리는 정보를 가급적 나눠서 전달해 주십시오."

황태수는 경환의 지시를 받고는 어렵게 입을 열었다.

"사장님께서 대후건설을 배제한 이유가 무엇인지 말씀해 주실 수 있으신가요?"

황태수의 질문이 무슨 뜻인지 알아차린 경환은 황태수와 최석현을 이끌고 소파에 자리를 잡았다.

"아직은 때가 아니라고 생각합니다. 제가 미국에 오기 전 대후건설과 대현중공업을 도발한 이유도 때를 기다리기 위해서 입니다. 이번 나이지리아 입찰에 성공을 하게 된다면 한국 기업들이 저희 SHJ를 바라보는 시각이 달라질 거라고 생각합니다. 그 이후에 한국 기업들과의 제휴를 검토할 생각입니다. 그러나 우리가 한국인이라고 해서 한국 기업들의 이익을 위해 뛰어 줄 생각은 전혀 없습니다. SHJ에 이득이 되는 한국 기업이 없다면 굳이 한국 기업과 업무협조를 할 생각이 없습니다. 부사장님은 한국에만 국한하지 마시고 저희의 컨설팅업무를 확대할 수 있는 방안을 검토해 주십시오."

이미 경환의 눈이 한국을 벗어나 있다는 것을 알아들은 황태수는 경환의 목표가 과연 어디에서 멈출지 가늠하려 노력하고 있었다.

"저희 업무 시작은 윌리엄이 프랑스에서 결과를 가지고 돌아온 이후부터입니다. 그때까지 제가 드리는 정보를 잘 정리해 주십시오. 그리고 당분간 최 차장님은 북경과 서울의 업무연락에 만전을 기해 주십시오."

"알겠습니다, 사장님. 아직은 특별한 문제없이 잘 진행되고 있다는 보고를 받았습니다. 특이 사항이 발생하면 따로 보고를 드리겠습니다."

북경은 김창동의 진두지휘 아래 유연탄수출을 무리 없이 진행하고 있었다. 당분간 유연탄수출로 발생하는 수입 외에는 일절 다른 수입이 없다는 것을 알고 있는 직원들이었지만, 걱정하는 사람 한 명 없이 이상하리만큼 차분한 모습들이었다.

화성산업 사장실에서는 최승호 전무와 곽기철 팀장 간 언성이 높아지고 있었다. 며칠 전 곽기철에 의해 진행된 부품 조달업체의 변경이 최승호의 반발에 막혀 있었기 때문이었다. KBR의 사우디 납품이 끝나 가고 있는 시점에서 국내 기업의 납품물량을 제외하고는 더 이상의 해외물량을 확보해 가지 못하고 있었다. KBR의 기술이전으로 특수플랜트를 제작하기에는 아직도 시간이 필요했기 때문이었다.

"곽 팀장! 10년 넘게 화성과 거래해 온 업체를 하루아침에 바꾼다는 게 말이 된다고 보는 건가? 값싼 부품을 사용하게 된다면 그만큼 완성된 제품의 질이 떨어진다는 것은 분명한데, 신용 하나로 먹고 살아온 우리 화성이 하루아침에 망가질 수도 있는 문제라는 것을 왜 모르냔 말이야.”

최승호는 곽기철을 향해 분노를 표출하고 있었지만 곽기철은 얼굴색 하나 변하지 않고 최승호의 말에 반박을 하고 나섰다.

“무턱대고 퍼 줄 수만은 없지 않습니까? 부품의 대체가 충분히 가능한 상황이라면 비용절감이 우선적으로 고려가 되어야 된다고 봅니다. 부품업체들 살리자고 우리 화성이 죽을 수는 없지 않습니까?”

곽기철이 부르짖고 있는 경영혁신의 실체가 드러나는 순간이었다. 두 사람의 언쟁에도 최승 화는 입을 다문 채 묵묵히 듣고만 있었다. 다음 달에 있을 소희의 약혼을 결정한 상태에서 곽기철에게 경영의 일부를 넘기고 있는 상태였다.

“그리고 중국에 제2공장을 설립한다는 게 무슨 말이야? 결국은 마산 공장을 축소하고 이전을 하겠다는 소리로 들리는데 자네 지금 무슨 짓을 하려는 거야?”

공장 직원들을 자신의 식구처럼 생각하는 최승호에게는 도저히 수용할 수 없는 일이었다. 지금도 많은 업체가 중국으로의 진출을 서두르고 있기는 하지만, 최승호는 직원들을 정리하면서까지 중국으로 이전하는 것을 반대하고 있었다.

“마산 공장은 KBR에서 이전된 기술을 바탕으로 특수플랜트제작에 중점을 두고 일반 철골제작은 중국의 제2공장에서 생산하는 방안입니다. 전무님도 아시겠지만 철골제작에서 인건비가 차지하는 부분이 큽니다. 지금 서두르지 않으면 기회를 놓칠 수도 있습니다.”

최승호는 피가 거꾸로 솟았지만 곽기철과는 말이 통하지 않고 있었다. 자칫 곽기철의 제안을 최승화가 받아들이기라도 한다면 그동안 쌓아 온 일들이 일순간에 허물어질 수도 있다는 것을 경험으로 알고 있었다. 곽기철의 영입을 끝내 반대하지 못한 것을 후회하기에는 이미 늦은 상황이었다.

"형님, 뭐라고 말씀 좀 해 보십시오. 이경환 사장이 지겹도록 형님께 말하지 않았습니까? 특수플랜트제작을 완전히 우리 화성 것으로 만들기 전까지는 참고 버텨야 한다고 하지 않았습니까? 앞으로 길어야 2년입니다. 2년 정도는 충분히 버틸 능력이 된다는 건 형님도 잘 아실 겁니다. 직원을 정리하고 거래처를 바꾸고 무턱대고 해외이전을 하게 된다면 화성의 미래는 장담을 못합니다."

"전무님, 그때와 지금은 상황이 다릅니다. 그리고 이경환 사장은 화성과는 별개의 사람입니다. 무상으로 양도해 준 지분 10%도 회수할 방법을 찾아봐야 된다고 생각합니다. 이경환 사장이 아니더라도 KBR은 충분히 컨트롤을 할 수 있습니다."

곽기철의 말에 최승호는 탁자 위에 놓인 재떨이를 잡아들었다. 최승호는 경환의 도움을 잊지 않고 있었다. 현장의 모진 일을 직접 체험하며 직원들과 함께하려는 경환의 모습을 기억하고 있는 최승호는 책상에 앉아 전화로 일을 진행하는 곽기철이 애당초 못마땅했다. 최승호의 손을 급히 잡으며 최승화는 무거운 입을 열었다.

"아직 결정된 건 하나도 없어. 그러니 승호 너도 너무 앞서 나가지 않도록 해. 그리고 곽 팀장은 직원들 모두가 이해할 수 있게 자네가 생각하는 경영혁신방안을 다시 만들어 보도록 하고. 오늘은 두 사람 다 그만하도록 해."

최승화의 말에 최승호는 말을 잇지 못하고 있었고, 곽기철은 비릿한 미소를 슬쩍 흘려 보였다. 이미 최승화의 마음이 곽기철에 기울고 있다는 것을 확인한 최승호는 터질 듯한 가슴을 주체하지 못하고 사장실을 급히 빠져나왔다. 사장실 밖에서 두 사람의 언성을 듣고 있던 박화수가 재빨리 최승호를 쫓아 사무실 밖을 빠져나가고 있었지만 아무도 박화수를 주시하지 않았다.

6월로 접어들고 있었지만, 한국의 초여름 날씨와는 달리 이글거리는 태양으로 인해 뜨거워진 공기는 경환을 지치게 만들기 충분했다. 현지채용을 마무리한 SHJ는 아직 충족할 만한 인원은 아니었지만, 어느 정도 회사의 구색은 갖출 수 있게 되었다. 나이지리아 입찰이 성공하기 전에는 홍콩에서 들어온 자본금으로 최대한 버틸 수밖에 없었지만, 경환은 초조해하지 않았다. 나이지리아 입찰을 성공으로 이끌게 된다면 투자부분에 본격적으로 나설 계획을 가지고 있었고 컨설팅의 업무범위 또한 KBR을 넘어 다국적으로 확대하는 방안을 검토하고 있는 중이었다. 신생기업인 SHJ는 날개를 펴기 위해 큰 기지개를 하고 있었다.

"사장님, 윌리엄이 도착할 시간입니다."

"알았어요. 시간이 벌써 이렇게 되었군요. 고마워요, 이다나."

경환과 황태수의 비서업무를 위해 새롭게 채용된 이다나 벤슨이 환한 미소를 보이며 회의시간을 알려 주었다. 사장실 밖에는 황태수가 경환을 기다리고 있었다.

"TOTAL과의 전체미팅을 앞두고 윌리엄이 따로 시간을 갖자는 이유가 KBR의 기득권을 확보하려는 의미인 거 같습니다."

윌리엄은 경환의 제안을 받아들여 프랑스의 TOTAL과의 업무협력관계를 성공리에 이끌어 낼 수 있었다. 그러나 TOTAL에서는 KBR의 컨설팅을 수행하고 있는 SHJ와의 전체회의를 요구했고 경환은 이를 받아들였다.

"이번 나이지리아 입찰은 KBR이나 우리 SHJ에게도 중요한 프로젝트입니다. 윌리엄은 단지 우리를 발판 삼아 개인의 야망을 쌓고 있지만, 그건 우리도 마찬가지입니다. KBR의 후광을 최대한 이용해 SHJ의 가치를 올려야 합니다."

경환과 황태수가 둘만의 대화를 나누는 사이 엘리베이터의 문이 열리고 윌리엄이 양손을 벌려 경환을 향해 다가오고 있었다. 과한 윌리엄의 제스처를 부담 없이 받아들이고는 윌리엄을 이끌고 회의실로 들어갔다.

"미스터 유트가 아니었다면 이번 TOTAL의 업무협조를 이끌어 낼 수 없었다고 생각합니다. 미스터 유트의 협상력은 저도 배우고 싶을 정도입니다."

"하하하, 미스터 리의 칭찬을 받게 될 줄은 몰랐습니다. 내가 할 일은 다 했으니 오늘 이후로는 SHJ의 능력을 보여 주어야 합니다."

윌리엄은 경환을 향해 뼈있는 말을 할 정도로 이번 나이지리아 입찰에 자신의 모든 것을 걸고 있었다. 그룹회장을 설득하는 과정에서 회장의 반대에 맞서 자신의 사장직을 걸고 관철했을 정도로 나이지리아 입찰과 FPSO 수주는 윌리엄 일생일대의 도박이었다.

"TOTAL에서도 PQ통과는 최대한 협조를 하겠다는 입장이지만, 낙찰까지는 무리라고 보고 있는 거 같습니다. 그래서 SHJ를 포함한 전체회의를 요청한 것으로 생각하고 있습니다."

윌리엄은 근심 어린 표정으로 경환의 답변을 기다리고 있었다.

"이해는 합니다만, TOTAL이 걱정하는 것은 이번 입찰이 아니라 FPSO프로젝트라고 생각합니다. KBR이 FPSO를 거론했을 때부터 관심을 보였겠지만 FPSO에 경험이 전무한 KBR을 믿기에는 부족하다는 느낌이 들었겠지요."

"흠."

경환의 말에 윌리엄은 깊은 신음을 흘렸다. 선박에 대한 설계기술을 보유하고 있지 못한 KBR로서는 이 문제를 해결하지 않고 TOTAL에 신뢰를 주긴 힘들었다. 윌리엄이 전체회의를 앞두고 경환을 먼저 찾은 이유도 이 문제에 대한 확신을 얻기 위해서였다. 그러나 경환은 이 문제 해결에 대해 미리 윌리엄에게 정보를 줄 생각이 없었다.

"미스터 유트, TOTAL과의 전체회의 때 SHJ의 컨설팅방향에 대해서 설명을 드리겠습니다. 단지 먼저 말씀드릴 수 있는 것은 TOTAL의 입장에서도 FPSO프로젝트에 KBR이 참여하기를 바라고 있다는 것입니다. 서로의 이해타산이 맞아 떨어진다는 것이지요."

윌리엄은 경환의 말에도 궁금증을 해결할 수 없었지만 경환은 더 이상 이 문제에 대해 입을 열지 않았다. 경환은 TOTAL을 SHJ의 디딤돌로 삼을 생각을 하고 있었다.

"미스터 유트, PQ심사가 얼마 남지 않았습니다. TOTAL의 입김이 작용한다고 하더라도 철저히 준비해 주십시오."

"그 문제는 너무 걱정하지 마세요. SHJ의 미스터 황과 잭이 준비에 만전을 하고 있다고 보고를 받았습니다. 미스터 리는 PQ통과 후의 일을 준비를 해 주세요."

경환은 윌리엄과의 사전 미팅을 마치고 TOTAL사의 일행을 기다리고 있었다. 프랑스의 전문 석유업체인 TOTAL은 나이지리아에 심혈을 기울이고 있었다. 세계 8위의 생산량을 자랑하는 나이지리아는 석유를 차지하려는 정부군과 반군 사이에 끊임없는 내전이 벌어지고 있었다. 그런 와중에도 TOTAL은 정부군과 밀착되어 원유생산과 수출에 대한 거래를 하고 있었다. 이 사실을 알고 있던 경환은 윌리엄을 이용해 나이지리아 프로젝트에 TOTAL을 이용하려 한 것이었다.

"그리고 골치 아픈 소식이 한국에서 들려오고 있는데 미스터 리는 이에 대한 복안을 가지고 있나요?"

윌리엄이 경환의 아픈 곳을 찌르고 들어왔다. 이때 화성산업은 오성엔지니어링의 무자비한 스카우트로 숙달된 기술자들이 빠져나가고, 부품납품업체의 변경과 공장의 중국이전 등이 맞물려 상황이 악화되고 있었다는 것을 박화수의 보고로 알고 있었다. 그나마 KBR의 특수플랜트에 대한 기술이전은 제3국에서의 생산을 불허한다는 계약조건 덕에 중국으로 빠져나가는 것은 방지할 수 있었지만, 기술자들을 스카우트하고 있는 오성엔지니어링에 기술이 넘어가는 건 시간문제였다.

"보고를 들어 알고 있습니다. 우선은 기술이전속도를 조절할 필요가 있을 거 같습니다. 문제는 오성으로 빠져나가고 있는 기술인력인데, 이 문제에 대해서는 따로 계획을 가지고 있으니 나중에 다시 부탁을 드리겠습니다."

윌리엄은 별 개의치 않는 모습이었다. 화성산업의 지분인수는 경환과의 끈을 연결시키기 위한 방편이었고 화성산업에 넘겨주는 기술은 핵심기술이 아니었기에 화성산업이 망한다 하더라도 KBR로서는 크게 손해보는 일이 아니었다.

"사장님, TOTAL사의 일행이 도착했습니다."

경환과 윌리엄은 그들을 맞이하기 위해 자리에서 일어났다. 윌리엄은 안면이 있어서인지 경환보다 앞서 일행들과 악수를 나누고 있었다.

"미스터 지라드, SHJ에 오신 걸 환영합니다. 오늘 회의가 세 회사에 좋은 결과가 있기를 희망합니다."

경환은 TOTAL의 담당사장인 뱅상 지라드와 악수를 나누며 그의 표정을 살피고 있었다. 170센티미터 정도밖에 되지 않는 작은 키에 부담스러울 정도로 튀어나온 거대한 배를 내밀며 뱅상 지라드는 경환의 인도에 따라 회의실로 들어섰다.

"SHJ는 미스터 유트를 통해 들어 알고 있습니다. 사우디에서 있었던 두 건의 입찰을 KBR에 성공적으로 컨설팅했다고 들었습니다. 저도 오늘 SHJ에 기대를 많이 해 볼까 합니다."

경환은 뱅상의 말에 가볍게 미소로 응대하고 이번 나이지리아 입찰에 대해 윌리엄과 더불어 회의를 진행해 가고 있었다. 뱅상은 PQ를 통과한 이후 낙찰 가능성에 대해 집중적으로 질문을 쏟아 내고 있었다. KBR이 PQ통과 이후에도 낙찰을 받지 못한다면 TOTAL의 입장도 난처해진다는 것이었다. 뱅상은 자신에게 확신을 달라며 경환과 윌리엄을 압박하고 있었다.

"미스터 지라드, 확신은 이미 가지고 있으시라 봅니다. 확신이 없었다면 미국까지 오시지 않으셨겠죠. PQ 이후의 문제는 미스터 유트가 이미 설명을 드린 걸로 알고 있습니다. KBR에서는 대후건설의 저가입찰에 맞설 수 있는 정보력을 가지고 있습니다. 그것이 무엇인지는 밝힐 수 없다는 것을 미리 말씀드립니다. 좀 더 솔직하게 이 회의를 진행하고 싶습니다."

지루한 질문에 지친 경환은 뱅상을 향해 다른 제안을 했고 뱅상의 경환의 말을 이해한 듯 입꼬리를 살짝 말아 올렸다.

"솔직한 대화를 나누자는 의미에 대해 설명을 해 주겠습니까?"

경환은 빈정거리는 뱅상의 얼굴을 물끄러미 쳐다보았다. 윌리엄만 중간에서 인상을 찡그리고 있었다.

"미스터 지라드가 궁금하신 것은, KBR이 FPSO입찰에 참여를 할 수 있는지 여부가 아니겠습니까? KBR이 가능하다면, TOTAL 입장에서도 대형 조선업체에 끌려 다니지 않아도 되고 말입니다. 서로 윈-윈할 수 있지 않겠습니까?"

뱅상은 경환의 얼굴을 똑바로 쳐다봤다. 처음 들어 본 SHJ란 회사가 KBR의 컨설팅을 담당하고 있다는 사실을 알고 여러 방면으로 SHJ에 대해 조사를 했다. 하지만 실체에 대해 제대로 파악할 수 없는 신생기업이란 사실에 큰 기대는 하지 않고 있었다. 그런데 자신의 미국 방문이 나이지리아 입찰에 국한되어 있지 않다는 사실이 경환의 입을 통해 나오자 당황할 수밖에 없었다.

"하하하, 미스터 유트가 SHJ에 대해 확신하는 모습을 오늘 미스터 리를 만나 보니 이해할 수 있네요. 좋습니다. 뭐, 다 아신다니 묻겠습니다. FPSO사업과 관련해서 어떤 계획을 가지고 계십니까?"

경환은 뱅상이 관심을 보이기 시작했다는 사실에 안도를 하긴 했지만 아직 설득을 한 상태는 아니었기에 긴장의 끈을 놓지 않고 있었다.

"단도직입적으로 물으시니 저도 장황하게 설명하지 않겠습니다. TOTAL은 FPSO 3기를 순차적으로 발주할 계획입니다. 선박의 사이즈가 다르기는 하지만 1기의 경우 대략 20억 달러 선에서 발주를 계획하고 있다고 알고 있습니다. 그러나 FPSO를 제작할 수 있는 대형조선사는 한정되어 있다 보니 예상입찰가는 23억 달러에서 25억 달러로 형성되어 있습니다. KBR이 참여하게 된다면 최대한 입찰예정가에 맞추는 전략으로 컨설팅작업을 할 생각입니다."

FPSO가 3기 제작된다는 것은 TOTAL 내부에서도 극히 소수만이 알고 있는 계획이었다. 빈정거리던 뱅상의 모습은 이미 사라져 있었다.

"그…… 그게, 미스터 리는 이런 정보를 도대체 어디에서 입수했습니까?"

혹시라도 TOTAL 내부에서 정보가 새어 나갔다면 큰일이었기 때문에 뱅상은 식은땀을 흘리고 있었다.

"미스터 지라드, 제가 말씀드리지 않았습니까? SHJ의 정보력은 타의 추종을 불허합니다. TOTAL 내부에서 빠진 정보가 아니란 것은 KBR이 보증을 하겠으니 안심하셔도 됩니다. 하하하."

그동안 뱅상의 빈정거림에 맘이 언짢았던 윌리엄은 복수라도 한 듯 식은땀을 흘리는 뱅상의 면전에 대고 큰 소리로 웃어 보였다.

"미스터 지라드, SHJ의 정보력은 믿으셔도 좋습니다. 아울러 TOTAL이 염려하는 부분은 KBR과 한국의 조선업체를 컨소시엄으로 해서 준비를 할 생각입니다. 설계와 석유플랜트제작은 KBR이 맡고 선박건조를 조선업체가 맡는다면 충분히 FPSO 건조에 문제가 없을 것으로 봅니다. 이 부분은 컨소시엄이 형성되는 과정에서 TOTAL에 입증시켜 드리면 된다고 봅니다."

뱅상은 경환의 말이 끝났지만 눈을 감고 있었다. 경환의 말대로만 된다면 TOTAL 입장에서 가장 바라는 결과를 만들어 낼 수 있는 제안이었지만, 한국의 조선업체가 FPSO를 건조할 만한 능력이 있느냐에 대한 의문은 남아 있는 상태였기에 쉽게 답을 내릴 수 없었다. 윌리엄 또한 오늘 처음 경환의 제안을 들어서인지 제대로 감을 잡지 못하고 있었다. 경환은 마지막 말로 두 사람의 의문점을 해소시키려 했다. 뱅상을 설득시키지 못한다면 FPSO사업은 접을 수밖에 없었기 때문에 경환도 긴장의 끈을 놓을 수가 없었다.

"한국 조선업계는 이미 LNG선을 진수할 정도의 기술력을 확보하고 있습니다. 또한 포항제철에서는 특수합금강판을 생산하고 있습니다. KBR의 플랜트설계가 합쳐진다면 충분히 승산이 있는 게임입니다. 물론 처음 도전한다는 리스크는 있다고 하지만 TOTAL 입장에서는 부수적으로 따르는 더 큰 이익을 놓치시겠습니까?"

경환의 마지막 말에 뱅상은 감았던 눈을 뜨고 경환을 바라보았다. 경환의 말대로 리스크가 클수록 이익은 더 커질 수밖에 없었다. 컨소시엄이 형성되는 과정에 TOTAL이 리스크를 제어할 수만 있다면 충분히 검토할 수 있는 제안이라고 생각을 굳혔다.

"좋습니다. SHJ의 제안을 긍정적으로 연구해 보겠습니다. 그러기 위해서는 이번 석유화학단지를 꼭 성공하시기 바랍니다. 저희 TOTAL에서도 후방에서 KBR을 최대한 지원해 드리겠습니다. 오늘 만남은 세 회사에 좋은 기회를 주었다는 점에 만족을 합니다. 하하하."

뱅상의 말을 들은 후에야 경환은 안도의 한숨을 쉴 수 있었다. 윌리엄 또한 들뜬 표정으로 자리에서 일어나 과장된 행동을 해 가며 기쁨을 표시했다.

"하하하, 미스터 지라드, 미스터 리. KBR에서 조촐한 자리를 마련했습니다. 장소를 옮겨서 편한 분위기에서 식사라도 합시다."

회의에 참여했던 세 회사의 직원들은 모두 자리에서 일어나 서로 악수를 하며 길었던 회의를 마무리했다. 윌리엄은 경환과 뱅상을 이끌고 자신이 따로 준비한 곳으로 자리를 옮겼다.

◆ ◆ ◆

서울역에 자리 잡고 있는 대후건설 본사에는 홍콩에서 날아 온 KENTZ의 아시아 담당사장인 피터 하링턴이 일행들과 급히 들어가는 모습이 눈에 띄었다.

"이번 나이지리아 입찰에 KBR의 움직임이 심상치 않다는 보고가 들려오고 있습니다. 저희는 이 문제를 심각하게 지켜보고 있는 중입니다. 대후는 대응책을 가지고 있습니까?"

피터는 자신의 급한 성격을 대변하듯 자리에 앉자마자 이번 한국 방문의 이유를 꺼내고 있었다. 김준성 상무는 이런 피터가 맘에 들지 않았지만, 나이지리아 정부를 움직여 KBR의 PQ통과를 저지하려던 계획은 이미 물 건너간 상태였기에 피터의 질문에 마땅한 답변을 찾지 못하고 있었다.

"미스터 하링턴의 걱정은 이해합니다만, TOTAL에서 나이지리아 정부를 움직일 줄은 저희도 예상하지 못했습니다. KBR이 TOTAL을 움직인다 해도 입찰에 성공할 수는 없을 겁니다. 저희도 다각적으로 대응책을 찾고 있으니 걱정하지 마십시오."

김준성의 확신에 찬 답변도 피터의 불안감을 해소시켜 주지는 못하고 있었다. 나이지리아 진출을 위해 관심도 없었던 대후건설에 기술이전까지 해 주며 맺은 계약이었다. 이번 입찰에 성공하지 못한다면 자신이 모든 책임을 질 수밖에 없는 절박한 상황이었다.

"혹시 SHJ라는 컨설팅업체를 아십니까? 오너가 한국인이라고 하던데, KBR에 입찰컨설팅을 해 주는 업체라고 합니다."

피터의 입에서 SHJ란 말이 튀어나오자 김준성은 흠칫 놀랄 수밖에 없었다.

"한 번 만난 적이 있습니다. 신생기업이기 때문에 컨설팅을 하기에는 무리란 생각이 드는데, KENTZ에서 관심을 보이고 있을 줄 몰랐습니다."

"저희는 그동안 KBR에 계속 뒤통수를 맞아 왔습니다. 원인을 분석하는 과정에서 SHJ의 컨설팅이 큰 부분을 차지하고 있다고 보고 있습니다. 이번 나이지리아 입찰도 SHJ에서 KBR을 움직이고 있다는 정황을 포착할 수 있었습니다."

작년에 실패한 사우디 입찰이 있은 후 KENTZ에서는 대대적으로 원인분석을 진행해 왔었다. 거의 완벽하게 짜 놓았던 계획이 실패로 돌아간 이유를 분석하는 과정에서 SHJ라는 컨설팅업체가 드러났다. 다방면으로 대응책을 구상하고는 있었지만 아직은 KBR의 벽에 가로막혀 SHJ와의 직접적인 만남은 이뤄지지 못하고 있었다.

"미스터 김도 아시겠지만 이번 나이지리아 입찰은 반드시 성공해야 합니다. 나나 미스터 김을 위해서라도."

피터의 말에 김준성은 입술을 깨물었다. 그동안 대후는 토목건설로 나이지리아 정부와 밀착 관계를 쌓고 있었다. 일부 고위층의 비자금까지 처리를 해 주고 있었기에 KBR의 PQ 저지는 어렵지 않다고 생각했다.

그러나 대후나 KENTZ가 예상하지 못했던 TOTAL의 개입에 SHJ가 관여하고 있다면 문제가 복잡해질 수도 있었다. 경환과의 만남에서 이번 성공을 자신하는 경환의 모습을 떠올리던 김준성은 갑자기 고개를 심하게 흔들었다.

"미스터 하링턴, 이번 입찰은 반드시 우리가 성공할 겁니다. 최악의 경우 우리의 마진을 포기한다 해도 이 입찰은 놓치지 않을 테니 걱정하지 마세요. PQ를 통과했다 해서 입찰에 성공한 것은 아니란 말입니다."

지금은 피터를 안심시켜 줄 수밖에 없었다. 자칫 KENTZ와의 공동수주전략에 차질이 발생한다면 그동안의 노력이 물거품이 될 수도 있었기 때문이었다. 김준성은 자신의 발목을 잡아 가는 경환의 모습을 떠올리며 미간을 찡그렸다.

뱅상의 지원에 힘을 입은 KBR은 어렵지 않게 PQ를 통과하고 입찰준비에 만전을 기하고 있었다. 경환은 황태수를 주축으로 KBR을 측면에서 보조하고 있었다. KBR의 예정가가 나오려면 아직 시간이 필요했기에 경환은 아직 정확한 낙찰금액을 윌리엄에게 제공하지 않고 있었다. 윌리엄의 독촉에도 경환은 꿈적하지 않고 기다리라는 말로 윌리엄의 압박을 피해갔다.

수정은 어학원 과정을 마치고 휴스턴대에 입학해 졸업 후 손을 놓았던 미술을 다시 공부하고 있었지만, 아직은 서툰 영어로 인해 쉽게 적응하지 못하고 있었다. 수정은 학교에서 쌓인 스트레스를 온전히 경환에게 풀 수밖에 없었고, 경환은 싫다는 수정을 억지로 대학에 보낸 미안함에 대꾸 한 번 못한 채 수정의 잔소리를 받아들이고 있었다.

"자기야, 저녁 먹어야지. 저녁부터 먼저 해."

저녁을 차리고 기다리고 있었지만, 수정은 아무런 대답도 없이 학교에서 내준 리포트를 정리하느라 온 신경을 집중하고 있었다. 그런 수정이 걱정된 경환은 수정의 어깨를 가볍게 마사지해 주고 있었다.

"입맛이 없어요. 자기 먼저 먹어요. 남편 복이 많아서 이 나이에 영어로 리포트나 쓰고 있어야 되거든요! 커피나 한 잔 가져다주세요."

경환은 떨떠름한 표정을 지었지만 아무런 대꾸도 하지 못한 채 급히 커피 한 잔을 가져다 줄 수밖에 없었다. 요새는 피곤하다는 말로 부부 관계도 거절하고 있는 수정을 보며 괜한 짓을 한 건 아닌지 후회가 몰려오고 있었다.

"나도 차 한 대 사 줘요. 자기도 차 필요하잖아요."

수정의 등하교를 위해 경환은 자신의 차를 수정에게 주고 황태수와 같이 출퇴근하고 있었다. 돈이라면 끔찍이 아끼는 수정의 입에서 차를 사 달라는 말이 나오다니. 경환은 놀란 눈으로 수정을 바라봤다.

"어…… 어, 그래 알았어. 주말에 같이 나가서 차를 골라 보자. 내가 약속할 테니 오늘은 같이 저녁도 먹고 또. 음…… 우리 그동안 너무 오래 되었잖아."

수정은 고개를 들어 눈을 한번 흘기고는 못 이기는 척 경환의 손에 이끌려 식탁으로 향했다.

코앞으로 닥친 입찰을 준비하기 위해 SHJ의 사무실은 어느 때보다 분주하게 움직이고 있었다. 경환의 사무실엔 황태수와 최석현이 모여 있었다.

"부사장님, KBR의 입찰 예정가는 언제쯤 가능하다고 하나요?"

"잭의 말로는 늦어도 다음 주엔 결정을 하겠다고 합니다. 제가 보기엔 사장님께서 원하시는 수준의 금액은 아니지 않나 봅니다. 그 부분은 제가 따로 잭과 협의를 해 본 후에 따로 사장님께 보고를 드리겠습니다."

윌리엄의 급한 성격과는 달리 잭은 황태수와 함께 차분하게 입찰을 준비하고 있었다. KENTZ와 대후건설이 나이지리아 정부와 더욱 밀착해 간다는 정보를 확인한 이상 경환도 안전장치를 마련해 놓을 필요가 있었다.

"그렇게 해 주세요. 최종금액은 그 후에 제가 따로 지시를 드리겠습니다. 이번 입찰은 마진을 남기면 안 됩니다. 이 점에 대해 부사장님이 잭을 설득해야 됩니다. 최종입찰금액은 나중에 제가 따로 알려 드리겠습니다. 저희는 한 번만 실패하게 되면 무너질 수밖에 없을 정도로 아직 취약합니다. 다음 기회가 있다는 생각을 하지 마시고 당분간 긴장해야 한다고 봅니다."

SHJ의 입지를 다지기 위해서는 당분간 단 한 번의 실패도 용납해선 안 된다는 것을 황태수도 알고 있었다. 그러나 지금은 자신이 넘볼 수 없는 정보력을 가지고 있는 경환을 믿을 수밖에 없었다.

"최 차장님, 북경과 서울은 어떻습니까?"

미국에 진출한 이후 북경과 서울에 대해 많은 신경을 쓰지 못하고 있었다. 다행히 김창동과 박화수는 자신들의 능력을 충분히 발휘하고 있었기 때문에 경환의 특별한 지시가 없더라도 무리 없이 이끌어 가고 있었다.

"그렇지 않아도 보고 드리려고 했습니다. 중국 경무부에서 원스톱 서비스 실행과 관련해 북경 사무소에 독촉이 심하다고 합니다. 그리고 화동에서 유연탄물량을 획기적으로 늘리자는 제안을 했다고 합니다. 박 부장님의 보고로는 화성산업이 살얼음판을 걷고 있는 상황이라고 하는데 추가 지시를 해 달라고 합니다."

경환은 최석현의 보고를 듣고 묵묵히 생각에 잠겼다. 북경 사무소는 한국의 대중투자를 담당할 인원을 선발해 교육을 마무리한 상태였지만 경환의 지시가 떨어지지 않아 경무부의 독촉에도 불구하고 관망하고 있었다. 장성궈의 비자금은 순차적으로 원하는 국가의 비밀계좌로 송금을 마무리했고, 이후부터 화동은 유연탄의 양을 늘려 가고 있었다. 안정적으로 사업을 진행하고 있었지만, 중국의 정치는 어떻게 변할지 모르는 불안감이 내제되어 있기 때문에 항상 조심해야만 했다. 그래서 경환은 김창동의 요청에도 북경 사무소를 법인화하는 것에 대해 반대하고 있었다.

"조만간 SHJ에도 변화가 일어나게 될 것입니다. 그 시점이 이번 나이지리아 입찰이 될 것이고요. 준비해야 되겠습니다. 최 차장님은 김창동 부장과 박화수 부장에게 빠른 시간 내 미국으로 오라고 하십시오. 한 번은 정리를 하고 넘어가야 될 시기가 된 거 같습니다."

"알겠습니다. 내일이라도 당장 비행기를 타라고 하겠습니다."

한국이 늦은 저녁시간임에도 아랑곳하지 않고 최석현은 경환의 지시를 전달하기 위해 급히 사무실 밖으로 빠져나갔다.

"사업을 본격적으로 확장하시려고 하십니까?"

자리에 남아 있던 황태수가 경환의 군은 얼굴을 보며 입을 열었다.

"네, 그렇습니다. 언제까지 KBR의 컨설팅에만 머물러 있을 수는 없을 것 같습니다. 지난번에도 말씀드렸듯이 컨설팅과는 별개로 투자부분을 염두에 두고 있습니다. 이참에 화성산업도 정리를 할 생각입니다."

황태수는 SHJ를 설립하면서 경환이 투자 분야 역시 염두에 두고 있다는 사실을 알고 있었지만, 화성산업을 정리하겠다는 경환의 말에 고개를 갸우뚱거렸다.

"사장님, 화성산업을 아끼시는 것은 알고 있지만, 저희하고는 상관이 없는 업체라고 보는데 개입을 하실 생각이십니까?"

황태수도 화성산업의 현 상황은 박화수로부터 들어 알고는 있었다. 화성산업은 최승호의 반대에도 경영혁신이라는 논리를 앞세운 곽기철의 전횡에 서서히 침몰하고 있었다. 가장 심각한 것이 숙달된 기술자의 이탈을 막지 못하고 있다는 것이었다. KBR은 이런 문제로 인해 곽기철의 요청에도 기술이전을 미루어 가며 경환과 보조를 맞추어 가고 있었다.

"화성산업과의 인연은 곽 팀장을 만난 후 진작에 끊었습니다. 이제는 비즈니스 차원에서 화성산업을 바라보고 있는 중입니다. 이미 윌리엄의 양해는 얻어 놓은 상태입니다. 오늘 최승화 사장과 곽기철 팀장이 KBR을 방문하긴 하지만 쉽게 원하는 답을 얻지는 못할 것입니다. 저희는 그때부터 작업을 할 생각입니다."

아직까지도 정확한 경환의 의도를 파악하지 못한 황태수는 괜한 진흙탕에 발을 들여 놓는 것이 아닌지 우려 섞인 눈으로 경환을 바라보고 있었다. 이미 곽기철에게 넘어가 있는 화성산업에 SHJ가 개입하는 것은 반대하고 싶었다.

"사장님, 침몰하는 배를 구할 필요는 없다고 봅니다. 잘못하다간 SHJ의 명성에 누가 될 수도 있습니다."

황태수의 말도 일리가 있다는 것을 경환은 모르지 않았지만, 경환은 결심을 굳힌 듯 황태수를 향해 자신의 생각을 말했다.

"부사장님의 걱정은 충분히 알고 있습니다. 저는 화성산업을 단지 컨설팅해 주고 싶은 생각은 전혀 없습니다. 그러나 SHJ의 사업확장과 이익구조의 다변화를 위해서는 화성산업이 필요하다고 봅니다. 저는 화성산업을 SHJ가 인수해 플랜트제조업에 본격적으로 뛰어들 생각입니다. SHJ의 컨설팅과 맞물려 기술력을 확보시켜 준다면 큰 시너지효과를 볼 수 있지 않겠습니까? 그러기 위해선 화성산업이 더 망가지게 놔둘 생각입니다."

경환의 뜻을 이해한 황태수는 경환을 따라 미소를 지어 보였다. 화성산업의 끈질긴 요청에도 불구하고 KBR에서는 더 이상 수출물량을 주지 않고 있었다. 이 모든 것이 경환과 윌리엄의 작품임을 알게 된 황태수는 최승화가 불쌍해지기 시작했다.

최승화는 KBR의 추가 물량을 확보하기 위해 곽기철을 앞세워 미국을 방문했다. 예전과는 다른 KBR의 태도에 자못 놀라고 있었지만, 지금 아쉬운 사람은 자신이었다. 30분 이상을 접견실에서 기다린 후에야 윌리엄도 아닌 잭을 만날 수 있었다.

"기다리게 해서 미안했습니다. 윌리엄은 다른 스케줄이 있는 관계로 오늘 회의는 저와 하시게 될 겁니다."

잭의 예전과 달리 사무적으로 자신을 대하고 있는 모습에 최승화는 마음이 편치 않았다. 최승화의 눈치를 살핀 곽기철은 자신이 나서 입을 열었다.

"KBR의 기술이전이 계획대로 진행되지 않고 있어 저희 화성산업의 손해가 가중되고 있습니다. 시정을 부탁합니다. 아울러 사우디의 추가물량에서 약속과 다르게 저희 화성산업이 배제되어 있다 보니 경영상 심각한 문제가 발생되고 있습니다. 미스터 무어가 저희에게 사우디 물량이 배정될 수 있도록 힘을 써 주십시오."

곽기철은 잭에게 사정을 하고 있었지만 잭의 표정은 전혀 바뀌지 않고 있었다.

"기술이전을 해 드려도 지금처럼 기술자들을 타 업체로 빼앗긴다면 의미가 없지 않습니까? 우리의 기술이 오성으로 무상으로 들어가고 있는데 무턱대고 화성산업에 기술이전을 해 드릴 수는 없습니다. 또한 사우디 물량이 배정되지 않은 이유는 저가부품으로 교체를 한 이유와 맞물려 있습니다. 우리 KBR이 싸구려부품으로 제작을 하는 업체에게 물량을 배정해 주겠다고 한 적은 없습니다."

잭의 말에 최승화는 가슴이 철렁 내려앉는 느낌이 들었다. 동생과 경환의 우려에도 자신의 사위가 될 곽기철의 손을 들어 주었다. 후회를 해봤자 지금 이 상황을 헤쳐 나갈 길은 보이지 않고 있었다. 그때 회의실로 윌리엄과 경환이 들어오는 모습이 최승화의 눈에 들어왔다.

"사장님, 곽 팀장님. 오랜만에 뵙네요."

"이…… 이 사장."

예상하지 못했던 경환의 등장은 최승화를 당황시키기에 충분했다. 예전 같았으면 경환을 통해 윌리엄을 설득할 수도 있었겠지만, 자신을 바라보는 굳은 경환의 모습은 최승화를 긴장시키고 있었다.

"사장님께서 억지로 떠안기기는 했지만 저도 화성산업의 주주 입장에서 이 자리에 나온 것임을 이해 부탁드립니다."

경환은 최승화를 안타깝게 생각하고는 있었지만, 여러 번의 기회를 스스로 포기한 화성산업을 경환도 더 이상은 어쩔 수 없었다.

"우리 KBR 또한 화성산업의 지분 23%를 가지고 있다는 것을 먼저 말씀드립니다. 물론 경영에 참여를 할 수는 없지만, 근래 화성산업에서 시행되는 여러 가지 조치들을 우려의 눈으로 바라보고 있는 중입니다. 그래서 KBR은 SHJ와 뜻을 같이하기로 했습니다."

윌리엄은 경환의 제안을 받기 전부터 이미 화성산업을 포기했다. 저가부품으로 교체를 하고 기술이 오성으로 유출되기 시작한다는 보고가 들어온 후부터 기술이전을 급히 중단시키고 화성산업에서 발을 빼고 있었다. 화성산업의 지분 23%를 인수한 금액은 KBR에 있어서 큰 손해도 아니었고 이미 경환을 통해 그 이상의 이득은 취했기 때문에 아쉬울 것이 전혀 없었다.

"미스터 유트, 화성산업은 성실하게 KBR과의 협력에 임해 왔습니다. 저희가 진행하고 있는 경영혁신은 화성산업의 경영체질을 개선하는 일련의 조치들입니다. 오히려 제작원가를 낮춰 KBR의 이익에도 부합할 수 있다고 생각합니다."

곽기철의 유창한 영어에도 윌리엄은 눈 한 번 깜빡이지 않고 있었다. 경환은 핀트를 잘못 잡고 있는 곽기철을 물끄러미 쳐다보며 윌리엄이 할 말을 대신했다.

"곽 팀장님, 화성산업 내적으로 경영체질을 개선하는 것에 대해서 반대를 하는 것이 아닙니다. 저가부품으로 교체를 하고 인건비를 절감하기 위해 기술력이 떨어지는 중국에서 제작을 한다는 점에 대해 우려를 하는 것입니다. 더욱이 숙련된 기술자들이 외부로 빠져나가 기술이 유출되고 있는 현 상황이 도대체 곽 팀장님이 말하는 경영혁신인가요?"

경환의 날카로운 지적에 곽기철은 잠시 할 말을 잇지 못했다. 화성산업에 들어온 이후 회사에 짙게 드리워진 경환의 그림자를 제거하기 위해 부단히 노력해 왔었다. 최승화를 소희와의 약혼으로 자신의 편으로 만들기까지 힘겹게 이 자리까지 왔는데, 지금 자신의 발목을 다시 잡아채고 있는 경환이 맘에 들지 않았다.

"일부 공장인원들의 이탈이 있었던 것은 사실이지만 기술이 유출되었다는 말에는 인정을 할 수 없습니다. KBR의 기술이전이 다시 재개가 된다면 보안에 더욱 신경을 쓸 생각입니다. 저가부품이라고 말씀하시는데 안전검사를 모두 통과한 부품들입니다. KBR의 추가물량을 주신다면 이전보다 낮은 원가로 제작을 해 드릴 수 있습니다."

경환은 기껏 원가를 낮춰 플랜트를 제작하겠다는 곽기철을 한심하다는 듯이 쳐다보고 있었다. 화성산업의 체질을 개선해서 고부가가치 플랜트를 제작하게 하려던 경환의 생각을 곽기철은 전혀 이해하지 못하고 있었다. 최승화는 두 사람의 대화를 들으며 눈을 감아 버렸다. 그런 최승화를 경환은 안타까운 눈으로 바라봤다.

"SHJ는 KBR의 컨설팅업체로서 화성산업에 더 이상의 기술이전과 물량배정을 하지 말 것을 제안한 상태입니다. 그 이유는 곽 팀장님도 잘 아시리라 봅니다."

최승화는 감았던 눈을 떠 경환을 바라보았지만, 경환의 표정은 전혀 변화가 없이 차분했다. 경환의 마음이 이미 화성산업에서 떠나 있음을 확인한 최승화는 허탈했다.

"이, 이 사장님. 우리 화성산업을 죽일 생각이십니까?"

곽기철은 차오르는 분노를 주체하지 못하고 책상을 주먹으로 내리친 후 경환을 향해 소리쳤지만, 곽기철의 철없는 행동을 받아 줄 경환이 아니었다. 화성산업은 KBR의 물량이 추가로 배정되지 않는다면 심각한 위기에 봉착할 수도 있었다. 오성엔지니어링을 포함한 국내 기업의 물량을 제작하고는 있지만 그건 어디까지 KBR이란 배경이 작용을 했기에 만들 수 있었던 물량이었다. KBR이 화성산업에서 손을 떼게 된다면 국내 기업들 또한 화성산업에 더 이상 물량을 줄 이유가 없었다. 중국에 제2공장을 건설하기 위해 은행의 여신을 일으킨 상태에서 화성산업은 자금압박을 이겨 낼 힘이 없었다.

"화성산업을 죽이려는 것은 곽 팀장님의 계획의 일부였다고 생각을 하는데, 오히려 저에게 화를 내시는 이유를 모르겠습니다."

곽기철은 순간 얼어붙었다. 그런 곽기철의 모습을 최승화는 이해할 수 없다는 듯이 쳐다 볼 수밖에 없었다.

"지…… 지금, 무슨 말을 하시는 겁니까?"

분위기가 심상치 않게 흘러가고 있다는 것을 느낀 곽기철은 식은땀을 흘리고 있었지만, 경환은 그런 곽기철을 용서해 줄 맘이 전혀 없었다.

"오성엔지니어링의 고승철 이사와는 어떤 관계인지 여쭤 봐도 되겠습니까?"

경환의 한마디에 곽기철은 무너져 내리고 있었다. 고승철과의 관계를 묻고 있는 경환에게 곽기철은 입을 다문 채 아무 말도 하지 못하고 있었다.

"곽 팀장, 이 사장의 말이 무슨 말인가? 자네가 고승철 이사와 무슨 관계인데 아무 말을 못하는 건가?"

최승화는 곽기철을 다그치고 있었지만, 곽기철은 이 자리를 모면하기 위해 머리를 굴리고 있었다.

"제가 말씀드리죠. 고승철 이사가 곽 팀장의 이모부입니다. 고 이사는 곽 팀장을 의도적으로 화성산업에 접근시켜 KBR의 특수플랜트기술을 확보하고 화성산업을 합병 내지는 해체시키려 했습니다. 곽 팀장님, 제 말이 틀렸나요? 그런데 곽 팀장님, 너무 서두르셨습니다. KBR이 이렇게 빨리 기술이전을 중단할지는 모르셨겠죠. 천천히 2년 정도 기다렸으면 아마 원하는 걸 다 얻을 수 있었을 겁니다."

경환의 말을 들은 최승화는 힘이 빠졌는지 상체가 무너지며 의자에 몸을 떨어뜨려 버렸다. 경환과 최승호의 반대를 무릅쓰고 곽기철을 믿었던 자신을 후회했지만 이미 차는 떠난 상태였다.

경환은 곽기철의 급격한 행동이 이해가 되지 않아 박화수를 통해 곽기철을 주시하도록 지시했었다. 박화수 또한 화성산업의 인력이 대거 오성엔지니어링으로 빠져나가는 것을 의심하던 와중에 오성건설의 인맥들을 통해 오성엔지니어링이 KBR의 기술을 습득하기 위해 화성산업을 합병하려는 계획을 가지고 있다는 사실을 우연치 않은 기회를 통해 알 수 있게 되었다. 이 사실을 보고 받은 경환은 치졸한 오성의 행동에 이를 갈았다. 하지만 그 치졸한 행동을 파악하지 못하고 넘어간 최승화도 결국은 오성과 다르지 않았다.

곽기철을 회의실에 남겨 놓은 채 경환과 윌리엄은 최승화와 함께 자리를 옮겼다. 더 이상 곽기철에 대한 배려는 해 줄 수 없었다.

"사장님, 인간적으로는 사장님을 존경하고 좋아하지만, 사업은 사업입니다. 사장님께서는 지금 실패를 하셨고요. SHJ와 KBR의 제안을 수락하시든 수락하지 않으시든 화성산업의 침몰은 얼마 남지 않았습니다."

"말해 보게."

최승화는 경환의 말에 반박할 수 없었다. 반박하고 싶었지만, KBR의 지원이 끊기고 은행의 자금압박이 들어오게 된다면 견뎌 내지 못한다는 건 최승화도 알고 있었다.

"마산 공장부지와 사장님의 지분을 담보로 주거래은행의 여신을 받은 걸 알고 있습니다. KBR의 물량이 끊겼다는 것을 주거래은행이 알게 된다면 자금회수압박을 가해 올 것입니다. 아마 이때 오성은 주거래은행과 협상을 하게 될 것입니다. 저희 SHJ가 화성산업을 인수하고 싶습니다. 오성이 손을 뻗기 전에요."

최승화는 쉽게 결정할 수 없었다. 자신의 피땀으로 이룩한 화성산업을 한순간의 실수로 인해 넘기고 싶지 않았다. 그러나 경환의 말이 사실이란 것을 알기에 최승화의 고민은 깊어만 갔다.

"자네가 인수를 한다면 우리 화성을 어떻게 할 계획인가?"

힘없이 말하는 최승화가 안타까웠지만 경영에 실패한 사업주를 끌어안고 갈 수는 없었다.

"마산 공장은 최 전무님 체제로 운영을 하게 되겠지만, 사장님은 물러나셔야 될 겁니다. 은행의 여신을 SHJ가 끌어안게 되겠지만, 제가 가지고 있는 지분 10%에 대한 부분은 자산가치를 확인한 다음 사장님께 현금으로 지불하도록 하겠습니다. 빠른 결정을 부탁드리겠습니다. 죄송합니다."

"귀국해서 생각을 해 보겠네. 자네에게 면목이 없구먼."

예전의 당당하던 모습이 다 사라지고 어깨가 축 처져서 회의실을 빠져나가는 최승화를 경환은 잡을 수가 없었다. 경환 또한 착잡한 기분을 떨칠 수가 없었지만, 여러 번의 기회를 놓친 건 화성산업이었다.

"제임스, 자네 의외로 독한 면이 있어. 그래서 하는 말인데, 자네가 화성을 인수하게 된다면 지분 23%를 양도할 생각이 없네. 가만히 놔둬도 가치가 무지하게 뛸 거란 예감이 들거든. 그리고 핵심플랜트에 대한 기술 이전도 긍정적으로 검토를 하겠네. 하하하."

윌리엄은 뭐가 좋은지 연신 웃음을 보이며 경환의 어깨를 두들겨 주고 있었다. 지난번 뱅상과의 자리에서 서로 이름을 부르기로 한 후부터 윌리엄은 더 친근하게 경환을 대하고 있었다.

경환은 박화수를 통해 이미 최승호와 교감을 나눈 상태였기 때문에 화성산업의 인수는 별 어려움이 없을 거라고 예상하고 있었다. 그러나 인수자금을 확보하기 위해서라도 이번 입찰을 성공해야만 했다. 혹시라도 실패를 한다면 홍콩의 자금을 이용할 수밖에 없었고 이것은 곧 SHJ의 자금압박을 불러올 수밖에 없었기에 최대한 피해야만 했다.

최석현의 독촉에 김창동과 박화수는 급히 미국행 비행기에 몸을 실을 수밖에 없었다. 급히 도착한 미국 본사는 자신들이 생각한 거 이상으로 잘 꾸며져 있었다. 경환은 급히 자리에서 일어나 두 사람을 반갑게 맞아 주고 있었다.

"두 분 잘 오셨습니다. 본사에 오신 소감이 어떠십니까?"

"사장님, 감개무량입니다. 저희도 여기서 일하고 싶어집니다. 혼자 떨어져 있으니 영 외롭습니다."

김창동만 해도 여러 직원과 함께 일하고 있었지만, 박화수는 혼자서 화성산업의 견제를 받느라 맘고생이 심했는지 경환을 보자마자 투정부터 부리고 있었다. 그런 박화수를 경환은 웃으며 반겨 주었다.

"오늘은 전 직원이 모인 만큼 앞으로 SHJ의 앞날에 대해 여러분들과 협의를 하고 싶었습니다."

"하하하, 불러 주셔서 감사합니다. 최 차장이 하도 쪼아 대는 통에 아주 죽을 맛이었습니다."

"부장님, 제가 언제 쪼았다고 그러세요?"

김창동의 농담에 최석현은 눈을 크게 뜨고 억울하다는 듯이 경환을 바라봤지만, 경환은 그런 모습조차도 반갑게 느끼고 있었다.

"두 분께는 항상 감사드립니다. 아직은 SHJ가 취약한 부분이 많기 때문에 더 많은 지원은 해 드릴 수가 없어 안타깝습니다. 조금만 더 참아 주십시오."

"아이고, 아닙니다, 사장님. 농담해 본 건데 이러시면 저희가 더 미안해집니다."

경환이 고개를 숙여 진심을 말하자 김창동과 박화수는 정색을 하며 손사래를 치고 있었다. 경환이 아니었으면 끈 떨어진 자신들을 받아 줄 곳은 어느 곳에도 없었다는 것을 잘 알고 있었다.

"본사는 현재 KBR과 나이지리아 입찰을 준비하고 있다는 것을 잘 알고 계시리라 봅니다. 입찰이 성공한 후에 사업확장을 추진할 계획입니다. 우선 북경 사무소는 현행대로 진행해 주십시오. 그리고 경무부에서 독촉 중인 원스톱 서비스는 직원교육이 끝났습니까?"

"네, 경무부의 협조를 받아 각 기관으로 파견을 보내 교육을 마친 상태입니다. 일부 기관들의 비협조가 있긴 하지만 경무부에서 최대한 이를 막아 주고 있습니다. 요새는 거의 매일 시행 일자를 확정하라고 독촉을 하고 있습니다."

급히 말하는 김창동을 보며 경무부의 시달림에 지쳐 있다는 것을 어렵지 않게 알 수 있었다.

"우선 저희 SHJ의 이익을 먼저 생각해야 됩니다. 그렇다고 중국 투자를 원하는 한국 기업에 손을 벌릴 생각도 없습니다. 제가 알기로는 투자를 유치하면 경무부로 떨어지는 장려금이 있다고 들었습니다. 김 부장님은 그 장려금을 SHJ와 나누는 방안을 경무부에 제시하십시오. 그게 협의가 되지 않는다면 원스톱 서비스는 무기한 연기하세요."

해외 투자를 유치하면 그 투자금액의 일정 부분이 장려금이란 명목으로 경무부로 떨어졌다. 경환은 왕샹첸에게 SHJ와 나누는 것을 제안했지만 아직까지 왕샹첸은 확답을 주지 않고 있었다.

"박 부장님은 화성산업을 인수하는 것에 대해 조심스럽게 물밑작업을 하십시오."

"네? 화성을 인수하실 생각이십니까?"

박화수는 놀란 눈을 하고 경환에게 되물었다.

"사장님께서 이미 결정을 하신 사항이니 박 부장은 주거래은행과 최승호 전무를 최대한 설득해 보도록 해. 그리고 오성엔지니어링의 동태도 계속 확인하고."

황태수가 경환을 대신해 박화수에게 지시를 내리고 있었다. 화성산업 인수 건은 황태수에게 일임한 상태였다. 기업 인수에 대해서는 경환도 황태수의 경험에 의지할 수밖에 없었다.

"화성산업의 인수가 끝나면 박 부장님을 전문경영인으로 임명할 생각입니다. 그러니 인수에 실수가 없도록 최선을 다해 주십시오."

이미 박화수를 사장에 임명하기로 황태수와 얘기를 끝낸 상태였지만, 박화수는 처음 듣는 말이다 보니 입만 벌린 채 경환과 황태수를 번갈아 쳐다봤다.

"축하합니다. 나는 아직 사무소장인데 사장 명함을 다시다니 부럽습니다."

김창동의 시샘 섞긴 농담에도 박화수는 실감이 나지 않는 듯 두 손으로 자신의 볼을 어루만질 뿐이었다.

PQ를 통과하고 입찰이 얼마 남지 않아서인지, 황태수와 직원들은 업무 효율성을 위해 특별한 보고를 제외하고는 KBR에서 직접 출퇴근을 하고 있었다. 며칠째 황태수의 얼굴을 보지 못하고 있었지만, 경환은 나이지리아 입찰 후의 일을 계획하느라 황태수의 존재조차 잊어버릴 정도였다. 문득 시간을 확인한 경환은 하던 일을 손에서 놓고 급히 자리에서 일어나 양복 상의를 빠르게 걸쳤다.

"이다나, 약속이 있어 먼저 퇴근합니다. 특별한 스케줄은 없죠?"

"네, 사장님. 부사장님은 내일 오전 출근해서 경과보고를 드리겠다고 합니다."

시원시원한 이목구비를 한 이다나의 밝은 미소는 쌓인 피로를 풀기에 충분했다. 이다나를 향해 가볍게 웃어 준 경환은 사무실을 나와 건물 입구에서 수정을 기다리고 있었다. 휴스턴에 처음 도착해서 느낀 점은 뉴욕이나 L.A와 달리 다운타운 거리를 활보하는 사람이 거의 없다는 점이었다. 수많은 고층 건물들이 즐비했지만 상대적으로 거리는 한산할 정도였는데, 무더운 휴스턴의 날씨로 인해 다운타운의 주거 거리를 지상이 아닌지하로 조성했다는 사실을 경환은 제법 시간이 흐른 뒤에야 알게 되었다. 마침 차 한대가 경환의 앞에서 급정거했다.

"자기야. 일찍 나와 있었네요. 어서 타요."

"나도 방금 나왔어. 오늘은 자기가 운전을 하니 난 옆에서 기대만 하고 있을게."

수정은 경환을 보며 씩 웃어 주고는 경환이 차에 올라타자마자 급히 액셀러레이터를 밟았다. 수정의 표정을 보며 경환은 한순간 불안함을 느끼기도 했지만, 이내 좌석 깊이 기대어 오랜만의 휴식에 빠져 들었다. 차는 다운타운을 지나 수정이 휴스턴에서 가장 사랑하는 허먼 파크를 향해 달려가고 있었다. 라이스대 옆에 위치한 허먼 파크는 미술관을 비롯해 박물관과 극장 등 문화시설이 모여 있는 곳으로, 휴스턴 주민들에게 가장 사랑 받는 공원이었다.

"자기하고 이렇게 여길 걷고 있으면 기분이 참 좋아져요."

그녀는 학교생활에도 어느 정도 적응을 했고, 북경에서 맛보지 못한 문화생활도 충분히 즐기고 있었다. 학교생활을 핑계로 가사 분담을 당당히 요구했었지만, 일 때문에 하루하루 녹초가 되어 들어오는 경환을 보며 더 이상 그런 요구를 할 수 없었다.

"저기 카페가 예뻐 보이는데, 우리 저기에서 커피 한 잔 마실까?"

경환은 수정의 어깨를 감싸 안고 카페로 들어가 커피를 주문했다. 맥거번 호수를 바라보며 일에서 벗어나 수정과 함께 여유로운 시간을 가질 수 있었던 경환은 수정을 물끄러미 바라보았다.

"자기 무슨 일 있어? 주말도 아니고 평일에 데이트 신청을 다하고."

수정은 경환의 질문에도 아랑곳하지 않고 밖의 경치를 감상하는 데 집중하고 있었다. 경환도 더 이상 수정의 감상을 방해하고 싶지 않아 되묻지는 않았다.

"자긴 내가 커피를 왜 안 마시는지 모르나 보네."

경환은 수정을 빤히 쳐다보았다. 그 좋아하던 커피를 제치고 과일주스를 주문할 때만 해도 그러려니 했었지만, 지금은 전혀 다른 의미로 들리고 있었다.

"자기 혹시?"

"사실 나 그동안 피임약 먹지 않았어요. 우리 결혼한 지 2년도 넘었고, 나도 자기 닮은 얼굴 네모난 아들 가지고 싶었어요."

경환은 그동안 전생의 딸만 생각하고 있었지 수정의 마음은 헤아려 주질 못했다는 자책감이 들었다. 경환은 자리에서 일어나 수정을 깊게 안아 주고는 수정의 입술에 진한 키스를 해 주었다.

"미안해. 내 생각만 하느라 자기를 이해해 주지 못했어. 병원은 가 봤어?"

"아니…… 생리를 안 한지 두 달째예요. 겁도 조금 나고, 자기한테 먼저 말하고 병원에 가려고……."

경환은 수정의 등을 어루만져 주었다. 혼자 일을 저질러 놓고 맘고생했을 수정에게 미안한 감정이 들었다. 경환은 수정을 향해 큰 웃음과 함께 들떠 있는 모습을 보여 줄 수밖에 없었다.

"그래, 내가 산부인과는 예약을 해 놓을 테니까, 내일이라도 당장 병원에 가 보자."

"자기 싫지 않아요? 아기를 원하지 않는 거 같아 보여서……."

"자긴 무슨 말을 하는 거야? 좀 더 회사가 안정된 후에 아이를 갖고 싶었던 거지. 사실은 나도 아이 많이 기다리고 있었어. 그래서 지금 너무 기뻐."

밝아지는 수정을 모습을 확인한 경환은 급히 이다나에게 전화를 걸어 산부인과를 예약했다. 자신의 계획과는 다르게 먼저 아이를 갖게 되었지만, 후회할 생각은 없었다. 경환은 탁자 위로 손을 뻗어 수정의 손을 지그시 잡아 주었다.

"우리 예쁘게 잘 키워 보자. 나도 최선을 다 할게. 아이는 많으면 많을수록 좋은 거 아니겠어? 하하하."

수정은 그제야 안심이 되었는지 경환의 어깨에 머리를 기대고 카페에서 들리는 조용한 음악에 빠져들고 있었다.

대후건설 본사에서는 김준성 상무의 인상이 펴지질 않고 있었다. 이만수 부장이 김준성의 표정을 살피며 조심스럽게 말을 꺼내 들었다.

"상무님, 아무래도 저희와 KBR의 2파전이 될 듯합니다. 아무리 그래도 KBR이 우리의 입찰가를 따라오기에는 무리가 있어 보입니다."

김준성은 입찰서류를 살펴보며 최종입찰가에서 시선을 떼지 못하고 있었다.

"여기에서 더 낮출 수는 없나? 아무래도 불안해서 말이야."

"상무님, 이 입찰가로 낙찰을 받는다 해도 이익을 장담할 수 없는 금액입니다. KENTZ 쪽에서도 이 입찰가로는 무리라고 판단을 하고 있는데, 더 이상 낮췄다가는 오히려 저희가 발목을 잡힐 수도 있습니다."

이만수는 김준성의 지시에 난색을 표하고 있었다. 애당초 이익을 남기지 않는다는 전략으로 입찰을 준비하고 있었기 때문에 더 이상 낮출 부분이 전혀 없었기 때문이었다.

"어차피 이 싸움은 지면 안 되는 게임이야. 우리나 KBR이나 먼저 피하는 곳이 모든 걸 잃을 수밖에 없어. 우리가 노리는 건 나이지리아의 석유란 말이야. 회장님의 허락은 내가 받을 테니 최대한 입찰가를 낮추는 방법을 다시 찾아봐."

대후건설은 이번 입찰을 통해 나이지리아의 원유를 수입할 계획을 가지고 있었다. 원유를 수입할 루트만 확보해 놓을 수 있다면 이번 플랜트입찰에서의 손해는 충분히 만회를 하고도 남는 장사를 할 수 있었다. 그러나 대후건설의 발목을 잡는 건 KENTZ였다. 자신들의 마진까지 포기하며 낙찰을 받을 생각이 전혀 없었기 때문이었다. 대후에서는 KENTZ의 마진을 보전해 준다는 각서를 써 준 후에야 입찰에 대한 전권을 받을 수 있었다.

"이 부장, SHJ에 대해서는 알아보고 있는 중인가?"

"네, 현재 KBR이 위치한 미국 휴스턴에 법인을 설립한 상태입니다. 홍콩과 북경에도 사업체를 가지고 있고, 현재 중국의 석탄을 우리와 제일그룹에 공급하고 있는 것까지 파악했습니다. 사장으로 있는 이경환에 대해서는 중국의 교통부와 경무부에 인맥을 가지고 있다는 거 외에는 특별한 내용을 파악할 수 없었습니다. 군대에 입대하기 전의 행적은 지극히 평범한 인물이었습니다. 조사를 하면 할수록 이해 안 되는 부분이 너무 많았습니다."

"흠."

김준성도 이만수의 말을 이해하지 못하는 건 아니었다. 컨설팅업무는 풍부한 경험이 밑바탕으로 깔려 있어야 가능한 업무였다. 더욱이 대형

플랜트 입찰경험이 전혀 없는 사람이 KBR의 컨설팅을 한다는 거 자체가 말이 되지 않았다.

"입찰이 끝난 후에 다시 조사를 하기로 하고 우선은 이번 입찰에 신경을 써 보자고. 이 부장은 출국이 얼마 남지 않았으니 입찰가를 다시 조정해 봐. 우선은 지금 나온 입찰가로 가지고 가고 현지 분위기를 파악한 후에 조정을 해 보자고."

김준성은 경환에게 받은 수모를 잊지 않고 있었다. 사돈의 팔촌까지라도 파헤쳐서 받은 수모를 갚을 생각을 하고 있었지만, 그건 이번 입찰을 끝난 후에 천천히 진행해도 늦지 않았다.

'이 놈, 입찰이 끝난 후에도 그 잘난 표정을 지을 수 있는지 지켜보마.'

"하하하, 사장님 축하드립니다. 이제야 아빠가 되시는군요."

보고를 위해 경환을 찾은 황태수는 수정의 임신 소식을 어떻게 알았는지 경환에게 축하를 해 주고 있었다.

"감사합니다. 집안 어르신들이 안 계시다 보니 뭘 어떻게 해야 될지 모르겠습니다. 당분간 사모님께 부탁을 드릴 수밖에 없을 거 같습니다."

"제 집사람도 자기 일처럼 기뻐하고 있습니다. 큰 걱정하지 마십시오."

경험 많은 황태수의 부인이 옆에 있다는 사실에 경환은 감사를 하고 있었다. 다른 경험은 풍부하게 가지고 있다고 자부를 하고 있었던 경환도 수정의 임신에는 통 수를 낼 수가 없었기 때문이었다. 전생에서도 아내와 틀어진 상태에서의 임신이었고 회사업무에 매진을 하고 있었던 때라 전혀 신경을 쓰지 않았던 부분이었다. 그래서 경환은 딸에게 항상 미안함을 가지고 살았다. 더 이상 그런 삶을 살고 싶지 않았던 경환은 임신 초기부터 최선을 다해 수정과 자신의 아이를 위해 헌신할 생각을 하고 있었다.

"KBR에서 입찰예정가가 나왔나 보지요?"

"네, 그렇습니다."

황태수는 경환 앞으로 봉투에 밀봉되어 있는 서류를 꺼내 놓았다. 경환은 서류에 작성된 입찰가를 보고는 미간을 찌푸렸다.

"제가 예상한 금액보다는 상당히 높게 나왔군요. 결론을 말씀드리자면 이 가격으로는 대후를 이길 수 없다고 판단이 됩니다."

경환은 이번 대후의 수주금액이 12억 5천만 불이란 사실을 알고 있었다. 그러나 이미 자신이 대후와 접촉을 한 후부터 미묘하게 바뀌는 상황을 느낀 경환은 12억 5천만 불도 자신하고 있지 못하고 있었다. 대후에서는 이미 KBR과 SHJ의 견제를 느끼고 준비를 하고 있다는 것을 알고 있었기 때문이었다.

"KBR에서는 이 금액이 최선이라고 여기는 분위기입니다. 제가 보더라도 합리적인 금액이라고 판단이 됩니다. 이 이하로 입찰을 하게 된다면 마진은 고사하고 손해를 볼 가능성이 많습니다. 아직 나이지리아는 정부군과 반군의 내전이 끊이지 않는 나라이고 석유화학단지가 건설되는 지역도 반군이 장악하고 있는 지역과 그리 멀지가 않습니다. 반군의 습격이 발생하기라도 한다면 공사지연에 따른 손해가 기하급수로 늘어날 수도 있습니다."

경험이 풍부한 황태수의 입에서도 KBR의 예정가가 합리적이란 소리가 나올 정도라면 윌리엄이나 잭을 설득해야 되는 경환으로서는 머리가 아플 수밖에 없었다. 경환은 노트를 숫자에 적어 황태수가 볼 수 있도록 펼쳐 들었다.

"제가 입수한 대후의 입찰예정가입니다. 입찰 분위기를 봐 가며 입찰가를 하향조정할 수도 있다고 합니다. KBR과의 차이가 2,000만 달러입니다. 윌리엄을 설득하지 못한다면 이 게임은 이길 수 없습니다. 적어도 12억 4,000만 달러까지 조정이 되어야 대후와 싸움을 할 수 있을 겁니다. 어려우시겠지만 부사장님께서 최대한 설득을 해 보시기 바랍니다. 20억 달러가 넘는 FPSO 3기가 있다는 사실을 부각시켜 보십시오."

KBR이 제시한 12억 7,000만 달러도 KBR로서는 있을 수 없는 금액을 제시한 것이라는 걸 경환도 알고 있었다. 그만큼 대후의 저가공세는 타 업체들이 따라올 생각을 하지 못하게 만들었다. 경환이 만약 처음부터 12억 4,000만 달러를 제시했다면 KBR은 진작에 포기하고 말았을 것이었다. 그러나 예정가가 3,000만 달러 차이라면 KBR도 다시 심사숙고할 정도였다. 황태수는 어깨가 무거워지고 있는 걸 느꼈다.

"KBR도 여러 가지 리스크를 생각해 봐야 되기 때문에 설득이 쉽지 않을 수 있겠습니다."

경환은 쉽게 확신하지 못하고 있는 황태수를 보며 아랫입술을 지그시 깨물었다. SHJ의 사업확장과 이름을 각인시키기 위해선 이번 입찰에서 반드시 성공해야만 했다.

"좋습니다. 현재 조정이 필요한 금액은 3,000만 달러입니다. SHJ의 컨설팅 비용이 2%, 2,480만 달러입니다. 여기서 1,000만 달러를 SHJ가 부담해 줄 수 있다고 제안해 보십시오. 이 제안이라면 윌리엄도 다시 생각해 볼 수 있을 겁니다. 그 대신 플랜트 제작을 SHJ가 맡겠다는 옵션을 제시하시기 바랍니다."

경환의 마지막 제안을 들은 황태수는 쉽게 인상을 풀 수 없었다. 그러나 KBR이 입찰을 포기라도 한다면 그나마 한 푼도 건질 수 없는 돈이란 걸 알고 있었다. 황태수는 경환의 마지막 제안에 반대할 수 없었다.

"우선 최대한 설득을 해 가면서 사장님의 제안을 풀도록 하겠습니다. 처음부터 1,000만 달러를 풀어 줄 생각은 전혀 없습니다."

황태수의 대답에 경환은 굳어 있던 얼굴을 조금이나마 풀 수 있었다.

◆ ◆ ◆

서소문동을 다시 찾은 박화수는 감회에 빠져 들었다. 자신의 청춘을 이 서소문동에서 보냈지만 결국 밀려날 수밖에 없었던 현실을 생각하며 박화수는 씁쓸한 웃음을 지어 보였다. SHJ에 합류한 후 하루가 모자랄 정도로 일에 매진 중이었지만, 지치거나 힘들지는 않았다. 화성산업의 인수작업이 자신의 손에서 마무리된다면 오성건설에서는 꿈꿀 수 없었던 사장 자리에도 오를 수 있었기 때문이었다. 자신의 뒤에서 경환과 황태수가 밀어 준다면 화성산업을 글로벌 플랜트제작기업으로 키워 낼 자신이 있었다.

박화수는 미국 출장에서 화성산업 인수와는 별개로 받은 경환의 지시를 수행하기 위해 급히 발걸음을 옮겨 국내 최대 물류회사인 한국통운으로 들어가고 있었다. 6층 사장실 앞에 도착한 박화수는 심호흡을 크게 한 뒤 사장실 문을 열었다.

"SHJ의 박화수 부장입니다. 사장님과 약속이 되어 있습니다."

젊은 여비서는 박화수에게 미소를 보이고는 자리에서 일어나 사장실

문을 열었다. 사장실 안에는 세 명의 인물들이 자리를 하고 있었고 박화수는 빠르게 명함을 건넸다.

"처음 뵙겠습니다. SHJ의 박화수 부장입니다."

"반갑습니다. 한국통운의 김환기 사장입니다. 이분들은 민수영업본부장과 해외영업본부장입니다. 어서 앉으시죠."

김환기의 맞은편에 앉은 박화수는 비서가 가지고 온 커피로 목을 축이고 있었다.

"중국 중원그룹의 제안을 가지고 오셨다고 들었습니다. 아직 한국통운이 중국에 진출을 한 상태는 아니기 때문에 SHJ의 제안을 검토할 시간이 부족했습니다."

국내 최대 물류회사인 한국통운은 아직까지는 중국 진출에 큰 관심을 두고 있지 않았다. 넘쳐나는 국내 물동량을 처리하기에도 벅찬 상황이었고 중국과 수교가 된지 1년밖에 되지 않은 까닭에 한중 간의 물동량은 생각하는 것보다 많지 않았기 때문이었다. 단지 중국 최대 물류기업인 중원그룹의 제안에 관심을 보이는 정도 이상은 아니었다.

"한국통운이 아직 중국에 관심을 보이지 않고 있다는 것은 잘 알고 있습니다. 중원그룹은 중국 최대 물류기업이자 최대 선사입니다. 그러나 중국의 물류기반이 아직은 약하기 때문에 선진물류를 접목시키길 원하고 있습니다. 저희 SHJ는 그 파트너가 한국통운이 가장 적합하다고 판단을 해서 오늘 찾아 뵌 것입니다."

박화수의 말에도 김환기는 좌우의 본부장들을 한 번씩 쳐다볼 뿐 특별한 관심을 가지는 표정은 아니었다. 경환은 이번 중원그룹과의 합작에 큰 관심을 보이며 접근한 한진을 마다하고 있었다. 박화수는 그런 경환을 아직까지 이해하지 못하고 있었다. 한국통운이 제안을 받아들이지 않고 미적거린다면 한진과 별도 미팅을 할 생각이었다. 주는 떡을 먹지 않겠다는 놈한테 억지로 입에 넣어 줄 생각은 없었다.

"말씀 잘 들었습니다. 중원그룹에서 정확히 원하는 범위가 어떤 것인지요?"

국내 영업을 총괄하는 권현수 상무가 나서서 무거워진 분위기를 바꿔 보려고 했다.

"중원그룹에서 원하는 합작범위는 중국 내륙의 물류기지 설치와 물류통합 관리시스템을 접목시키는 것입니다. 아시다시피 중국은 워낙 땅덩어리가 크기 때문에 물류의 통합관리가 사실상 불가능합니다. 사실 한국통운의 일본 파트너인 일본통운이 꾸준히 중원그룹과의 합작을 제안해 오고 있지만 국민 정서를 감안해 한국에 먼저 손을 내민 겁니다."

"흠."

한국통운은 국내의 통합물류시스템을 구축해 놓은 상태였다. 그러나 이 시스템을 구축하기 위해 투자된 비용과 노력을 중국에 그냥 내놓을 수는 없었다.

"저희가 수년에 걸쳐 완성시킨 물류시스템을 합작이라는 명분으로 중국에 그냥 내놓을 수는 없지 않겠습니까?"

김환기의 말을 이해를 못하는 박화수가 아니었다.

"중국과의 수교 이후 한중 간 이뤄지는 물동량은 급속도로 증가할 겁니다. 중원그룹과의 합작은 한국통운에 좋은 기회가 될 것입니다. 물론 물류시스템을 중국에 제공한다는 단점이 있기는 하지만, 한국통운이 아니더라도 10년 안에는 중국도 분명 물류통합시스템을 구축하게 될 것입

니다."

박화수의 설득에도 김환기는 선뜻 제안을 받아들이지 않고 있었다.

"저희에게 제안을 해 주신 점 감사합니다. 검토를 해서 답변 드리도록 하겠습니다. 중국과의 합작이 저희에게 어떤 이득을 줄 것인지 검토해 보겠습니다."

명백한 거절 의사였다. 박화수는 지금이라도 당장 한진으로 달려가고 싶었지만, 끝까지 한국통운을 고집하는 경환의 지시를 무시할 수는 없었기에 마지막 제안을 할 생각이었다. 이마저도 한국통운이 받아들이지 않는다면 깨끗이 포기할 수밖에 없었다.

"중원그룹과의 합작은 한국통운에 두 가지의 현실적인 이득을 드릴 수 있습니다."

자리를 정리하던 김환기는 '이득'이란 소리에 고개를 들었다. 매출 1조 원 달성이라는 목표를 위해 전사적으로 영업을 추진하고 있는 한국통운이었기에 박화수의 제안이 솔깃할 수밖에 없었다.

"현실적인 이득이란 게 어떤 것인가요?"

김환기의 흥미를 유발시킨 박화수는 중원그룹의 회사소개서를 꺼내 세 사람에게 건네주었다.

"중원그룹은 현재 일본 고베에서 조작되는 TS(환적화물)카고를 부산으로 옮길 계획을 가지고 있습니다. 중원그룹과 합작이 이뤄진다면 이 컨테이너의 국내 하역권을 한국통운이 갖게 될 것입니다. 해외영업본부장님이 있으니 중원그룹의 컨테이너물동량이 어느 정도인지는 알고 계시리라 봅니다."

중국 컨테이너 물량의 대부분은 중원그룹의 선박을 이용하여 수출입되고 있었다. 유럽과 미주를 연결하는 TS카고가 고베에서 부산으로 옮겨지게 된다면 한국통운의 사활을 걸고서라도 하역권을 획득해야만 했다.

김환기는 해외영업본부장인 박구현 상무를 쳐다보았다. 박구현은 연신 고개를 끄떡이며 이 제안을 놓치면 안 된다는 신호를 김환기에게 보내고 있었다.

"흠, 저희 입장에서도 무시할 수 없는 제안이군요. 나머지 한 가지는 무엇인가요? 박 부장님께서 두 가지를 거론하셨으니, 다른 한 가지도 궁금해지는군요."

능구렁이 같은 김환기는 호락호락하지 않았다. 박화수는 그런 김환기를 보며 대기업을 이끄는 사장 자리란 게 쉽게 얻을 수 있는 자리가 아니란 걸 다시금 느낄 수 있었다.

"우선 저희 SHJ에 대해 먼저 설명을 드려야 될 듯합니다. 저희는 플랜트컨설팅을 하는 업체입니다. 사장님께서는 SHJ가 생소하시겠지만 한국통운의 모기업인 아동건설은 저희에 대해서 알 수도 있을 겁니다. 이번 중원그룹과의 합작이 원만하게 진행이 된다면, SHJ가 진행하고 있는 프로젝트의 토목건설 부분을 아동건설에 의뢰할 수도 있습니다. 참고로 SHJ는 현재 미국의 KBR과 함께 나이지리아 석유화학단지입찰에 참여하고 있습니다."

박화수의 두 번째 제안에 김환기는 급히 메모를 시작했다. 그룹의 생리상 계열사 사장이라 해도 회장의 눈 밖에 난다면 다음 날을 기약할 수 없었다. 반대로 회장의 눈에 든다면 계열사 내의 입지를 확실히 굳혀 나갈 수도 있다는 뜻이었다. 실제로 SHJ가 그런 능력이 있다는 것이 증명된다면 김환기에게는 회장의 신임을 얻기에 좋은 기회였다. 박화수의 제안을 마다할 정도로 머리가 나쁘지는 않았다.

"좋습니다. SHJ의 제안을 긍정적으로 검토하겠습니다. 빠른 시간 내에 좋은 소식을 드릴 수 있도록 하겠습니다."

박화수가 한국통운에서 고군분투를 하고 있을 때 휴스턴 KBR 본사에서는 저녁 8시가 넘어서도 황태수와 잭의 설전이 이어지고 있었다. 나이지리아로의 출국이 며칠 남지 않았지만 최종입찰가가 아직 확정되지 않은 것이다. 황태수의 끈질긴 설득에도 잭은 고개를 절레절레 흔들 뿐이었다.

"미스터 무어, 금액을 낮추기 어렵다는 것은 나도 잘 압니다. 그러나 이 금액으로 조정되지 않는다면 입찰 성공을 장담할 수 없습니다."

"그렇다고 손해 보면서까지 참여할 수도 없는 입장 아닙니까. 손해가 기하급수적으로 늘어날 수도 있는 문제이고요. 대후의 입찰가가 이 정도 수준이라면 대후가 미친 짓을 하고 있는 겁니다."

잭의 말은 충분히 일리가 있었다. 그것을 모르지 않았기에 잭을 설득하는 황태수는 어딘가 모르게 힘이 빠져 있었다. 자신도 KBR이 제시한 12억 7,000만 달러가 마지노선이라는 건 잘 알고 있었다.

"잭의 입장을 모르는 건 아닙니다. 그러나 더 큰 이익이 눈앞에 보이는데 그걸 놓칠 수는 없는 노릇 아니겠습니까?"

황태수의 필사적인 설득에도 잭은 인정할 수 없었다. 아니, 자신의 선에서 결정할 수 있는 문제가 아니었다고 보는 게 타당했다.

"미스터 황, 이건 내 선에서 결정 수 있는 문제가 아닙니다. 설령 윌리엄이 컨펌한다 해도 경영진은 어떻게 설득해야 할까요. FPSO 3기가 있다고 하더라도 아직 우리가 성공을 한다는 보장도 없습니다. 아직 결정되지도 않은 FPSO사업을 위해 손해 보는 장사를 할 수는 없다고 봅니다."

잭은 윌리엄과 달리 FPSO프로젝트를 회의적으로 보고 있었다. 선박 제조 경험이 전혀 없는 KBR이 FPSO입찰에 뛰어든다는 것은 큰 모험이기 때문이었다.

"SHJ는 반드시 FPSO프로젝트에 참여를 하게 될 것입니다. 잭의 고민을 이해 못하는 것은 아니지만, FPSO에 대해서는 전체적인 부분을 저희 SHJ가 컨설팅해 드릴 생각입니다. 잭의 부정적인 시각이 바뀌었으면 좋겠군요."

"SHJ의 정보력에 의문을 갖는 것은 아닙니다. 단지 KBR에서도 선박 건조는 생소한 분야기 때문에 솔직히 불안한 건 사실입니다. 오해하셨다면 죄송합니다."

비슷한 나이인 두 사람은 이번 입찰을 준비하면서 서로에게 많은 도움을 주고받을 수 있었다. 잭도 황태수가 풍부한 입찰경험을 가지고 있다는 사실에 놀라워하며 황태수의 조언을 최대한 받아들이고 있었지만, 이번 최종입찰가에 대해서는 의견이 서로 어긋나고 있었다.

그 시간 경환은 윌리엄의 초대를 받아들여 늦은 저녁 식사를 함께하고 있었다. 윌리엄 또한 경환이 제시한 낙찰가가 맘에 들지 않아서인지 접시에 놓인 잘 구워진 양고기에 손을 대지 않고 있었다.

"잭도 나처럼 쉽게 결정은 못하겠군."

"아마도 그럴 것입니다. 저라도 쉽게 결정할 수 없는 문제이니까요."

경환은 윌리엄과는 달리 양고기를 썰어 입으로 넣으며 윌리엄을 향해 조용히 말을 건넸다. 경환도 속은 썩어 들어가고 있었지만, 윌리엄 앞에서 초조한 모습을 들킬 수는 없었다.

"제임스, 왜 입찰가에 대한 정보를 사전에 주지 않았나? 미리 검토를 했더라면 좋았을 텐데 말이야."

경환은 포크와 나이프를 조용히 내려놓은 뒤 냅킨을 들어 입 주위를 닦았다.

"윌리엄에게 미리 정보를 줬다면 아마 포기하지 않았을까요? 대후를 이기기 위해 저는 다른 기업을 찾을 수밖에 없었을 겁니다. 제가 KBR을 너무 사랑하고 있나 봅니다. FPSO는 제가 반드시 윌리엄의 입안에 통째로 넣어 드리겠습니다. 그러기 위해선 12억 4,000만 달러가 필요합니다."

윌리엄은 차이가 나는그룹회장을 설득할 자신이 없었다. 여기에서 손을 놓는다면 자리는 보전할 수 있었지만, 이번 입찰을 따낸 후 FPSO 입찰에 실패하게 된다면 KBR에서 자신의 사무실은 없어질 수밖에 없다는 걸 잘 알고 있었다.

"고민이 되는 건 사실이네. 자네의 제안을 수락하려면 내 목을 걸어야 되네."

윌리엄의 말이 진심이란 걸 느낄 수 있었다. 경환 또한 모든 것을 걸고 있었기에 윌리엄을 설득해야만 했다.

"저희가 받기로 한 컨설팅비용에서 일부 플랜트제작과 토목건설업체를 소개시키는 옵션으로 500만 달러를 인하하겠습니다. 그래도 2,500만 달러는 여전히 KBR의 몫으로 남겠지만, SHJ도 최대한 협조한다는 모습을 보여 주고 싶습니다."

윌리엄은 경환의 제안에 흠칫 놀라긴 했지만, 그 정도 금액으로는 고민을 해결할 수 없었다.

"자네 FPSO에 대한 확신은 가지고 있는 건가? 이 건이 실패하게 된다면 나는 물론이고 SHJ도 큰 타격을 받게 될 것이 분명한데 말이야."

경환도 사실 100프로 장담할 수는 없었다. FPSO는 영국과 일본이 강세를 보이고 있기 때문에, 두 나라와의 경쟁이 쉽지 않다는 것은 명백한 사실이었기 때문이었다. 그러나 윌리엄을 설득하기 위해서는 확신을 줘야만 했다.

"윌리엄. 영국, 일본과 경쟁을 해야 하긴 하지만 자신 있습니다. 아니, 저나 윌리엄에겐 무조건 성공을 시켜야만 될 이유가 명백합니다. 큰 도박인 것은 사실이지만 그만큼 우리에게 돌아오는 이득 또한 만만치 않습니다."

인상을 찡그리며 한참을 고민하던 윌리엄은 주위의 시선을 의식하지 않은 채 주먹으로 탁자를 힘껏 내리치고는 경환을 바라봤다.

"제임스, 자네를 믿겠네. 내 목을 저당 잡히는 한이 있더라도 회장을 설득시켜 보겠네. 난 석유화학단지 입찰을 반드시 성공시킬 테니, 자네도 자네의 목을 걸고 FPSO를 성공시켜 나한테 가져다주게."

윌리엄의 확신에 찬 대답을 들은 경환은 긴장이 풀리면서 의자에 등을 기댔다. 윌리엄은 앞에 놓인 위스키를 들어 잔에 붓고는 경환에 건배를 제의했다.

어렵게 KBR의 설득을 이끌어 낸 SHJ의 사무실은 인원들이 빠져서인지 조용하기만 했다.1주일 후에 있을 입찰에 맞춰 황태수가 팀을 이끌고 나이지리아로 떠났기 때문이기도 했지만, 미국에 온 후로 쉴 새 없이 일에 빠져 있던 경환으로서도 간만에 찾아온 여유로움을 만끽하고 싶었기 때문이었다. 11월이지만 휴스턴의 태양은 아직도 뜨겁기만 했다.

의자를 뒤로 빼 휴스턴 거리를 감상하던 경환은 급히 수화기를 들었다.

"어머님, 저 경환입니다. 잘 지내시죠?"

[어, 이 서방. 요새 수정이가 입덧이 심하다고 하던데 고생이 많지?]

수정은 특이하게도 간장게장, 곰탕, 심지어 선짓국까지 평소에도 즐겨 먹지 않던 한국 음식을 찾아댔다. 경환은 죽을 맛이었다.

"어머님, 그래서 드리는 말씀인데, 혹시 미국 비자는 받아 놓으셨나요?"

[당연하지. 자네가 미국에 들어가자마자 사돈들과 함께 미국 비자를 받아 놨지. 10년짜리야, 이 서방. 호호호.]

다행히 비자를 가지고 있다는 말에 경환은 안도할 수 있었다. 학교생활과 임신으로 지쳐 있는 수정이를 위해 경환은 장모를 모셔 올 계획을 짜고 있었다.

"다행이네요. 어머님, 수정이도 혼자라서 외롭고 저도 경험이 없다 보니 불안할 때가 많습니다. 어머님이 수정이 옆에 계셔 주시면 수정이가 많이 의지가 될 거 같은데, 와 주실 수 있으시겠어요?"

[잠시만 기다려 보게.]

장인과 상의라도 하는 듯 오랫동안 아무 소리도 들리지 않았다. 경환은 장모를 모셔 올 수만 있다면 미국에서 처음 맞는 수정의 크리스마스 선물로는 손색이 없을 거라고 생각하고 있었다.

[자네 장인어른도 그러라고 하시는데 내 바로 준비를 해서 자네에게 다시 연락을 주겠네. 그런데 나 혼자만 가면 사돈께 미안하니 자네가 사

돈어른께 전화를 드려 같이 갈 수 있게 해 봐. 괜히 서운해 하실 수도 있으니, 난 모른 척하고 있겠네.]

'하.'

경환은 장모의 말을 듣고서야 큰 실수를 할 뻔했다는 걸 알 수 있었다. 혹시라도 장모만 미국으로 불렀다면 어머니는 분명 서운해 할 것이었다.

"어머님, 감사합니다. 제가 그 생각은 하지 못했네요. 어머니에게는 제가 따로 연락을 하겠습니다. 항공권은 제가 준비해 드릴게요."

경환은 장모와의 통화를 끊고는 급히 본가에 전화를 돌렸다.

퇴근 후 집에 도착한 경환은 심한 입덧으로 식사를 하지 못하고 있는 수정을 안타깝게 쳐다볼 수밖에 없었다. 얼마나 대단한 놈이 태어나려고 그러는지 수정은 오렌지 주스 한 잔도 넘기지 못했다. 점점 나오는 배와는 달리 얼굴은 핼쑥해져만 가고 있었다.

"뭐라도 좀 먹어야 될 텐데 걱정이야."

"자기야말로 내 걱정하지 말고 뭐 좀 먹어요."

배가 고픈 건 사실이었지만 아무것도 먹지 않고 오로지 물만 마시고 있는 수정을 보고 있으려니 경환도 음식이 입으로 넘어가지 않았다.

"자기야, 며칠 후면 서울에서 엄마와 장모님이 오시기로 했으니 좀만 참아 보자."

경환의 말에 수정은 큰 눈을 동그랗게 뜨고는 눈물까지 글썽이며 뛰어와 경환의 품에 안겼다. 여자는 임신을 하면 엄마를 가장 많이 보고 싶어 한다고는 들어 알고 있었지만, 수정이 이 정도로 좋아할 줄은 몰랐다.

"고마워요. 나 사실 엄마 많이 보고 싶었어요."

"자기가 이렇게 좋아할 줄 알았으면 더 빨리 모셨어야 되는데 오히려 내가 미안해지네. 3일 후에 도착하시니까 그때까지만 견뎌 봐."

"알았어요."

경환은 조용히 수정을 안아 주었다. 집 밖으로 보이는 큰 나무들 사이로 달빛이 은근히 비춰지고 있었다. 무엇을 위해 지금 이 자리에 서 있을까라는 상념에 빠지기도 했지만, 전생의 모습을 기억해 내고 싶지는 않았다. 전생보다는 충분히 행복했고 미래에 대한 자신감을 가지고 있어서였다. 가족이든 사업이든 어느 하나 소홀히 할 수 없다는 건 잘 알지만, 경환에게 최우선은 가족이었다. 지금의 수정도, 앞으로 태어날 아기도, 그리고 손꼽아 재회를 기다리고 있는 희수도, 어느 하나 경환으로서는 놓칠 수 없었다. 가족을 위해 일에 매진할 수밖에 없다는 건 변명밖에 되지 않는다는 것을 경환은 전생의 처절한 경험을 통해 알고 있었다. 두 번 다시 그런 실수를 되풀이하고 싶지 않았다. 그러기 위해서라도 하루라도 빨리 사업을 궤도 위에 안착시켜야만 했다.

◆ ◆ ◆

아프리카의 날씨는 휴스턴의 살인적인 더위도 한 수 접어 줄 정도로 서 있기조차 아니, 숨 쉬기조차 힘들었다. 나이지리아 수도인 아부자에 도착한 SHJ와 KBR 입찰팀들은 대여한 버스에 올라타자마자 지친 기색이 역력했다.

"잭, 사람을 아주 미치게 하는 더위네요. 호텔에 도착해서 찬물로 샤워를 하고 싶은 생각뿐입니다."

"하하, 난 사우디 경험이 있어서 그런지 참을 만합니다. 직원들이 다들 지쳐 보이니 우선 호텔부터 빨리 가도록 합시다."

황태수는 중동 출장이 잦아 이런 더위를 경험해 보긴 했지만, 천성적으로 더위는 참지 못하는 체질이다 보니 나이지리아의 더위에 정신을 차리지 못하고 있었다. 상대적으로 중동 현장에서 오래 생활했던 잭은 땀도 많이 흘리지 않았다. 그 모습을 황태수는 신기한 듯 바라만 보고 있었다.

버스는 도로사정이 좋지 못하다는 것을 알리는 듯 한참을 요동친 후에야 호텔에 도착했다. 아부자에서 고급 호텔로 손꼽히는 트랜스콥 힐튼 호텔이었다. 앞으로 1주일 동안 머물러야 되었기에 서둘러 체크인을 마친 일행들은 더위를 식히기 위해 각자의 방으로 빠르게 이동하고 있었다.

"우리는 시원한 맥주라도 한잔합시다."

잭의 요청을 받은 황태수는 흔쾌히 동의를 하고 각자의 짐을 벨보이에게 맡긴 후 실외 수영장이 한눈에 보이는 1층의 레스토랑으로 자리를 옮겼다. 입찰 때문인지는 모르겠지만 레스토랑에는 많은 외국인들로 북적거리고 있었다.

"제임스가 윌리엄을 어떻게 설득했는지는 모르겠지만, KBR이나 SHJ에 이번 입찰은 독배가 될 수도 있어 마음이 좋을 수만은 없습니다."

"경영진들이 판단을 내린 것이니 나나 잭은 최선을 다해 입찰에 성공해야 되지 않겠습니까? 성공을 해도 걱정이기는 하지만, SHJ도 KBR이 손해를 크게 보지 않도록 최대한 협조를 할 겁니다."

황태수의 말에도 잭은 어렵다는 듯 한숨만 내쉬고 있었다. 황태수와 잭이 맥주를 시원하게 들이켜고 있을 때 한 인물이 다가왔다.

"SHJ의 황 부사장님 아니십니까? 입찰 때문에 서둘러 오셨나 봅

니다."

황태수는 마시던 맥주를 급히 테이블에 올려놓고 고개를 돌렸다. 대후건설의 이만수 부장이 악수를 청해 오고 있었다. 국내에서 같은 해외 영업부장을 맡고 있었기에 안면은 있는 사이였다. 하지만 서로 말을 섞을 정도의 친분을 가지고 있는 건 아니었기 때문에 살갑게 다가오는 이만수가 황태수는 어색할 수밖에 없었다.

"네, 이 부장님 오랜만에 뵙네요. 대후건설이 워낙 막강하다 보니 괜히 저희가 들러리 서는 게 아닌지 모르겠습니다."

"별말씀을 다 하십니다. 저희야말로 KBR과 SHJ가 어떻게 나올지 걱정이 태산입니다. 그런데 옆에 계신 분은……"

이만수는 황태수와 같이 있는 사람이 KBR의 잭 무어란 사실을 진작에 알았으면서도 황태수의 의향을 떠 보고 있었다.

"이번 입찰을 주관하는 KBR의 잭 무어란 분입니다. 이렇게 되었으니 서로 인사를 나누시죠."

황태수의 소개에 두 사람은 각자의 명함을 교환하며 인사를 나누고 있었다. 입찰을 하기 전 경쟁사와 자리를 함께한다는 게 불편하긴 했지만, 이런 자리를 이용해서 상대방의 정보를 얻을 수도 있었다. 그러나 상대방의 정보를 빼낼 수는 있을지언정 자신의 정보를 흘리고 다니는 초짜들이 아니란 게 문제였다.

"저희도 맥주를 한 잔씩 하고 있는데 두 분께서 불편하지 않으시다면 저희와 합석을 하시겠습니까? 경쟁은 경쟁이고 어차피 같은 업종에 종사하는 사람들인데 친분을 다지는 것도 나쁘지 않을 거 같습니다만."

이만수의 제안에 황태수는 가벼운 미소를 짓고는 조용히 잭을 향해 말을 건넸다.

"대후에서 자리를 같이하자고 하네요. 특별히 손해 보는 게 아니라면 저는 자리를 같이해 보려고 하는데, 잭의 의향은 어떻습니까?"

잭은 황태수의 제안에 가볍게 고개를 흔들어 거절의 의사를 분명히 했다. 자신이 대후건설과 입찰 전 자리를 같이한다는 것에 부담을 느끼고 있었고, 특히 한국인들 사이에 멀뚱하게 앉아 있기가 썩 내키지 않았다.

"황태수 씨만 합석을 하는 거로 합시다. 저는 마침 TOTAL의 뱅상이 와 있다고 하니 잠시 그와 대화를 나눠 보도록 하겠습니다."

잭이 양해를 구하고 자리를 피하자 황태수는 이만수와 함께 자리를 옮겼다.

"황 부사장님, 황 부사장님이 오성건설을 그만두셨다는 소리를 듣고 제가 대후로 모시려고 백방으로 노력을 했었습니다. SHJ로 합류하셨다는 소리를 듣고 많이 안타까웠습니다."

입찰을 총괄하기 위해 나이지리아로 직접 온 김준성 상무가 황태수의 얼굴에 금테를 둘러 주기 시작했지만, 황태수의 표정은 변화가 없었다. 황태수 또한 20년 가까운 시간 동안 영업에 잔뼈가 굵은 사람이었다.

"상무님께서 금테를 칠해 주시니 몸 둘 곳을 모르겠습니다."

김준성은 아쉬운 눈빛으로 황태수를 쳐다보고 있었다. 황태수가 오성건설을 박차고 나왔다는 사실을 듣고 그를 영입하기 위해 노력한 건 사실이었다. 플랜트 해외영업으로는 대후 내에서도 황태수를 따라갈 인물이 없다고 판단했기 때문에 부장이 아닌 이사 직급으로 황태수를 유혹했지만, 경쟁업체로 갈 수 없다는 황태수의 고집을 꺾을 수는 없었다. SHJ라는 이름도 들어 보지 못한 신생업체에서 황태수를 영입했다는 소리를 듣고는 탄식을 했을 정도였다.

"황 부사장의 자리는 우리 대후에 항상 마련해 놓고 있으니 언제든지 연락만 주시면 됩니다. 그건 그렇고 황 부사장께서는 이번 입찰을 어떻게 보십니까?"

김준성은 황태수의 표정을 자세히 살피며 슬쩍 입찰에 대한 황태수의 생각을 물었다. 황태수는 김준성을 향해 웃어 주며 작은 한숨을 내쉬었다. 김준성의 의도가 뻔히 보였기 때문이었다.

"저희는 최선을 다했다고 생각을 하지만, 모든 결정은 KBR에서 하는 만큼 SHJ는 지켜볼 수밖에 없습니다. 저희 사장님께서는 자신하고 계시지만, 대후건설이 괜히 대후건설이겠습니까? 저희 실무진들은 그저 결과만 지켜볼 뿐입니다. 그나저나 여기 더위는 참기도 힘들고 시간이 후딱 지나갔으면 좋겠네요. 대후는 이번에도 준비를 철저히 하고 오신 거 같아 보입니다."

자신의 패를 보이지 않고 상대의 패를 읽기 위해 두 사람은 열심히 머리를 굴리고 있었지만 표정에는 전혀 변화가 없었다. 맥주병을 크게 들이켠 김준성은 손으로 대충 입 주위를 훔쳤다.

"저희야 뭐 그럭저럭 준비는 했습니다. 황 부사장님께만 말씀을 드리겠습니다. 저희는 손해를 보지는 않겠지만, 이득도 볼 생각이 없습니다. 하하하."

황태수는 슬쩍 미간을 찡그렸다. 김준성의 도발 섞인 말에 쉽게 대응을 하기가 곤란해서였다.

"맥주 잘 마셨습니다. 입찰이 끝난 후에 제가 한 잔 사겠습니다. 그럼 이만."

황태수는 남은 술을 비운 후 자리에서 일어나 여유 있는 모습으로 레스토랑을 빠져나갔다.

"이 부장, 입찰가 최대한 낮추도록 해."

"상무님, 더 이상 낮추기가 어렵습니다. 지금 이 금액도 마진을 장담 못합니다."

"우리의 목표는 석유야. 이깟 플랜트에서 손해를 보더라도 충분히 막을 수 있어. 황태수가 여기까지 왔다면 KBR과의 의견 조율이 아직 마무리되지 않았다는 걸 뜻하는 거야. 황태수는 우리의 전략을 경험으로 알고 있을 테니 최대한 KBR을 설득하려 할 거고."

대후와 SHJ간의 진흙탕 싸움이 본격적으로 시작되고 있었다.

"엄마, 어머니."

수정은 입국장을 빠져나오는 두 사람을 확인하고는 어린아이처럼 팔짝거리며 급히 두 사람을 향해 뛰어가고 있었다.

"임신한 애가 이렇게 뛰어 다니면 어떡하니. 조심해야지. 우리 집안 첫 손주다."

"헤헤, 어머니하고 엄마를 보니 너무 좋아서 그래요. 죄송해요."

"장모님, 엄마. 잘 오셨어요. 오래 계시면서 구경도 많이 하시고."

"이 서방, 불러줘서 고마워. 서울은 추운데 여기 날씨는 아주 맘에 드네."

경환은 서둘러 짐을 받아 차에 실은 후 집으로 향했다.

"너희는 어째 북경도 그러더니 미국 집도 이렇게 크냐? 여긴 집값도 비싸다던데."

경환의 어머니는 집안 구석구석을 살피고 있었고 수정은 두 분이 한국에서 준비해 온 밑반찬을 열심히 먹고 있었다. 그동안 입덧으로 인해 아무것도 먹지 못하던 모습과는 달리 온통 먹는 데 정신이 팔려 있었다.

"저희와 거래하는 업체에서 싸게 임대를 줘서 그렇게 비싸지는 않으니 걱정하지 마세요. 수정이가 이렇게 좋아하는 걸 보니 맘이 놓여서 좋네요. 정말 잘 오셨어요. 손주 낳는 거까지 보셔야 됩니다."

이제야 사람 사는 집다워 보였다. 두 분을 환영하기 위해 황태수 아내와 케이티가 방문하자 어머니들은 넉넉히 싸 온 밑반찬을 나눠 주기 시작했다. 경환은 어머니들에게 수정을 당분간 맡기고 일에 전념할 생각을 하고 있었다. 그만큼 지금은 SHJ나 경환에게 중요한 시기였다.

나이지리아 석유공사(NNPC) 로비는 이번 석유화학단지 입찰에 참여하기 위해 전 세계에서 몰려온 플랜트업체들로 북적거리고 있었다. 그들 사이로 황태수와 잭의 모습도 쉽게 눈에 들어왔다.

"T.S의 의견을 무시할 생각은 없으나, 너무 대후건설을 의식하는 거 아닌지 모르겠습니다."

마지막 입찰금액을 조정하면서 황태수는 잭과 대후건설에 대해 심도 깊은 대화를 나누었다. 잭은 아직도 황태수의 의견에 쉽게 공감하지 못하고 있었다.

"내가 여기 같이 따라온 것이, 우리의 패착이었다는 생각이 듭니다. 대후건설에서는 SHJ 소속인 내가 이 자리에 있다는 것에 큰 의문을 가지고 입찰금액을 조정할 수도 있다는 생각을 했습니다."

"흠."

황태수는 김준성과의 만남에서 그의 말을 되새겨 보았다. 자신도 마찬가지지만 김준성 또한 해외입찰에 많은 경험을 가지고 있는 인물이었기 때문에 황태수의 등장에 의미를 부여했을 것이었다. 이는 곧 입찰가 조정으로 나타날 수도 있었다.

"여기까지 왔으니, 결과가 어떻게 되든 최선을 다해 봅시다."

잭은 황태수의 어깨를 힘껏 잡았다. 그러고는 입찰금액이 적혀 있는 봉투를 확인한 후 입찰서를 제출하기 위해 발걸음을 옮겼다.

◆ ◆ ◆

한국통운의 김환기 사장은 근무복 상의에 붙은 명찰을 정리한 후 비서를 따라 회장실에 들어섰다. 자신보다 나이가 어리긴 하지만, 회장 앞에 서기가 힘들 정도로 회장의 권위는 막강했다. 여자관계가 복잡하다는 세간의 소문이 나돌고 있기는 하지만, 회장은 전혀 개의치 않고 자신의 사생활을 충분히 즐기고 있다는 게 김환기로서는 이해하기가 힘들었다.

"어, 김 사장이 느닷없이 면담을 요청하다니 놀랍습니다. 한국통운은 별문제 없이 운영이 되고 있다고 들었는데요."

한국통운은 아동그룹의 현금조달 창구 역할을 수행하는 중요한 계열사이긴 했지만, 그룹 내에서 받는 대우는 그리 높지 못했다. 낮은 급여로 직원들의 이탈이 심한 한국통운은 물류사관학교라는 오명을 쓸 정도였지만, 경영진들은 이를 개선시킬 생각조차도 하지 않고 있었기에 한국통운 직원들의 만족도는 그룹 내 최하위를 기록하고 있었다.

"전화로 잠시 말씀 드렸듯이 중국의 중원그룹과의 합작 건과 SHJ에서 아동건설에 제안한 내용을 보고 드리기 위해서입니다."

"정 사장, SHJ가 어떤 회사입니까?"

김환기의 말을 들은 최준석 회장은 건설 사장인 정기명을 바라보며 자신은 들어 보지도 못한 SHJ란 곳에 대해 설명을 요구했다.

"SHJ란 업체에 대해서는 잘 알려지지는 않았지만, 대형 플랜트 업체인 KBR의 입찰 컨설팅을 하는 업체입니다. SHJ홍콩법인은 제일그룹과 대후와 유연탄거래를 하고 있다고도 합니다."

김환기는 불만 섞인 표정으로 정기명을 쳐다볼 수밖에 없었다. 자신이 생색내야 할 보고에 끼어든 게 맘이 들지 않아서였다.

"김 사장, SHJ가 우리 아동을 끌어들이려는 이유가 뭡니까? 중원그룹과 합작하는 게 한국통운에 이득이 있는 건가요?"

김환기는 이 기회를 놓치지 않으려는 듯 준비해 온 보고 자료를 최준석에게 가지런히 전달하고는 말을 꺼내기 시작했다.

"중원그룹은 저희 한국통운의 물류통합시스템을 중국에 적용하고 싶어 합니다. 이에 대한 반대급부로 중원그룹의 국내 컨테이너 하역권을 저희 한국통운에게 일임해 줄 의사를 표명했습니다. 또한 KBR의 플랜트 공사에 아동건설의 참여를 주선하겠다는 제안입니다. 중원그룹의 컨테이너 하역권도 놓칠 수 없지만, 우리 그룹의 주력기업인 아동건설에도 좋은 기회가 될 것으로 봅니다."

최준석은 김환기의 보고를 들으며 생각에 잠겼다. 자신도 KBR의 실력은 잘 알고 있었기에 KBR의 공사에 아동건설이 참여한다면 대현건설과 대후건설을 추격할 수 있는 기틀을 만들 수도 있는 문제였다. 아동건설은 현재 리비아를 제외하고는 중동 토목공사에서 대현과 대후에 뒤처져 가고 있었다.

"정 사장, SHJ란 곳에서 왜 우리 아동건설에 이런 기회를 제공하려고 하는지 그 이유에 대해서 조사는 해 봤습니까?"

김환기는 최준석이 자신을 무시하고 있다는 느낌을 받았지만 대놓고 표현할 수는 없었다. 정기명은 그런 김환기를 보며 슬쩍 입꼬리를 올려 쳐다볼 뿐이었다.

"아직 정확한 이유는 알 수 없습니다만, 재미있는 사실을 하나 들었습니다. 현재 대후건설이 추진하는 나이지리아 석유화학단지 입찰에 KBR이 참여하고 있다고 합니다. 대후건설을 이길 수는 없다고 판단하고 있지만, 혹시라도 KBR이 입찰에 성공한다는 가정을 해 본다면 이번 한국통운에 내민 제안이 어느 정도 이해는 됩니다."

"그래요? 설명을 해 봐요."

최준석은 SHJ가 무슨 이유로 아동건설과 KBR과의 합작을 추진하는지에 대해 의구심을 가지고 있었다. 중원그룹과 한국통운의 합작을 성사시키기 위한 제안이라고 보기엔 어딘가 말이 되지 않는 구석이 많았기 때문이었다. 최준석은 정기명의 설명을 재촉하고 나섰다.

"대후의 저가공세를 누르고 KBR이 입찰에 성공을 했다면, 비용에 대한 압박이 심할 것으로 봅니다. 따라서 해외 건설 경험을 가지고 있으면서도 비용이 저렴한 한국 건설업체로 눈을 돌리는 건 당연하다고 봅니다. 그렇게 본다면 KBR 입장에서 대현건설보다는 저희 아동건설이 입맛에 맞을 수도 있지 않겠습니까?"

"정 사장 말은 이번 나이지리아 입찰에 한해서 우리 아동이 필요하다는 말로 들리는데, 맞나요?"

정기명은 최준석을 향해 공손히 고개를 끄떡이며 다음 말을 이어 갔다.

"KBR에도 우리 아동에도 나쁜 거래는 아니라고 봅니다. 잘만 하면 저희가 KBR의 협력업체로 계속 참여할 기회를 만들 수도 있다고 봅니다. 그러나 KBR이 대후건설을 이길 확률은 10%도 되지 않을 것입니다."

정기명의 말에 김환기는 안색이 급격히 변하고 있었다. 확률이 거의 없는 제안을 당당히 회장에게 보고했으니 자신의 입지는 더욱 떨어질 게 분명했다.

"김 사장, 정 사장의 말을 잘 들었지요? 중국과의 합작은 당분간 홀딩을 해요. 괜히 나서지 말란 말입니다. 그래도 혹시 모르니, SHJ와의 관계는 유지하시고요."

얼굴이 붉어진 김환기는 아무런 말도 못하고 최준석을 향해 고개를 조아리고는 도망치듯 회장실을 빠져나가고 있었다. 그런 김환기의 뒷모습에 정기명은 알 수 없는 묘한 웃음을 보이고 있었다.

◆ ◆ ◆

NNPC의 입찰 결과를 기다리고 있는 황태수를 향해 김준성이 다가왔다.

"SHJ도 많은 노력을 했겠지만, 우리를 이기기는 어려울 겁니다."

황태수는 김준성의 도발에도 일절 반응하지 않고 있었다. 입찰준비에 KBR과 함께 최선을 다했고 막판 입찰가까지 조정을 한 상태에서도 대후의 벽을 넘지 못한다면 깨끗이 포기할 수밖에 없다고 생각했다. 지금으로선 경환의 정보력을 믿어 보는 수밖에 달리 방법이 없었다.

"나이지리아에서 대후를 이긴다는 게 쉽지 않다는 것도 이미 알고 있었습니다. 그러나 항상 변수라는 게 있지 않습니까? 저희는 그 변수에 기대를 해 볼 생각입니다. 혹시라도 이번 입찰에 대후가 실패를 한다면, 저희 SHJ에 컨설팅을 의뢰하시는 것도 검토를 해 주십시오."

얼굴색 하나 변하지 않고 자신의 면전에서 대후의 실패 가능성을 언급하는 황태수를 김준성은 못마땅한 표정으로 쳐다봤다. 이 입찰을 성사시키기 위해 나이지리아 고급관료들에게 이미 억대의 뇌물까지 뿌려 대며 내부의 정보와 지원을 받아 놓은 상태였기에 질 수 없는 게임이었다.

"그러겠습니다. 이 나이지리아에선 변수가 존재하지 않습니다. 언제든지 대후로 오십시오. 항상 자리를 비워 두고 기다리고 있겠습니다."

김준성의 연이은 도발에도 황태수는 웃음으로 넘기고 있었다. 옆에 있던 잭이 급하게 황태수의 옷을 잡아끌었다. 입찰 결과를 발표하기 위해 단상 위로 심사위원들이 자리를 잡고 있었다. 그 인물들 사이로 TOTAL의 뱅상이 눈에 띄었다.

"뱅상이 심사위원에 있었다니, 의외입니다."

황태수의 의문 섞인 말에 잭은 미소를 보였다.

"워낙 비리가 많은 곳이다 보니 TOTAL에서 대후의 반대 라인들과 접촉을 했었다고 합니다. 입찰은 공정하게 진행하자고 설득이 먹힌 모양입니다."

황태수는 뱅상을 계속 바라보고 있었지만, 뱅상은 황태수를 힐끔 쳐다보고는 빠르게 고개를 반대 방향으로 돌려 버렸다. 심사위원장이 강단에 올라 마이크를 점검을 하기 시작했다. 발표장은 순식간에 정적에 휩싸였고 위원장은 천천히 봉투를 열었다.

"이번 석유화학단지 입찰결과를 발표하겠습니다. 이번 입찰의 최종 낙찰금액은 12억 4천 3백만 불입니다."

낙찰 금액을 듣던 황태수는 이해할 수 없다는 눈으로 잭을 급하게 바라보았다. 잭은 그런 황태수의 시선을 고스란히 받고 있었다.

입찰 결과가 궁금했던 경환은 새벽녘부터 사무실에 나와 있었다. 통신 상황이 원활하지 못한 나이지리아였기에 확인할 수 있는 방법은 현지에서 걸려오는 전화뿐이었다. 초조한 마음을 진정시킬 수 없었던 경환은 사무실 주위를 서성거리고 있었다.

"제임스, 내 사무실에서 혼자 결과를 기다리는 게 답답해서 자네 사무실로 출근했네. 아침도 못하고 나왔는데 커피라도 한 잔 주게."

"잘 오셨습니다. 긴장이 좀 되네요. 윌리엄이 와 주시니 저도 든든합니다."

경환은 커피메이커에서 커피 두 잔을 따라 한잔을 윌리엄에게 건네주며, 출근 후 처음으로 소파에 앉았다.

"이미 결과가 나왔을 시간인데 아직 연락을 주지 않고 있으니, 내 답답해서 속이 썩어 가네."

윌리엄은 회장의 반대에도 자신의 의지를 관철시켰다. 이번 입찰뿐만 아니라 내년에 있을 FPSO 입찰을 성공시키지 못한다면 모든 책임을 지고 자리에서 물러나야 될 상황이었다. 그건 경환도 마찬가지로 한 번의 실패는 곧 SHJ의 몰락과 직결될 수밖에 없으니, 경환의 입장에서는 외줄을 타고 있는 심정이었다.

"현지 통신 사정이 원만하지 않아서 그럴 겁니다. 잠시 기다려 주시죠."

"그리고 제임스, 이번 입찰이 성공한다면 손해를 최소화하는 방안이 있다고 했는데 그거라도 미리 설명을 해 주게."

성격 급한 윌리엄의 질문에 경환은 두 손을 들어 항복한다는 제스처를 보였다.

"3,000만 달러에 대한 비용은 우선 SHJ가 500만 달러를 부담하기로 했습니다. 제가 드릴 수 있는 제안은 중동 건설 경험이 풍부하고 기술력도 있으면서도 상대적으로 비용이 낮은 한국건설업체에 토목공사와 일부 플랜트 시공업무를 위탁시킨다는 겁니다. 감리를 철저히 한다면 부실시공 리스크는 줄여 갈 수 있다고 판단됩니다. 이럴 경우 최소한 1,000만 달러 이상의 비용은 절감을 할 수 있다고 봅니다. 나머지 1,500만 달러는 공기단축과 물류개선 등으로 상황에 따라 적절히 조치를 취한다면 최소한 손해는 발생하지 않게 할 수도 있습니다. 이 제안은 입찰결과가 나오면 정리를 해서 보내 드리겠습니다."

"흠, 이 부분은 따로 얘기를 해 보세. 단순 토목공사야 괜찮겠지만 플랜트 시공까지는 좀 생각을 깊게 해 봐야 될 거야. KBR의 명성에 흠이 가면 안 되니까."

경환은 이해를 한다는 듯 윌리엄을 향해 고개를 끄떡이며 수긍의 표시를 했지만, 시선은 책상 위에 놓인 전화기에 머물러 있었다. 커피를 한 잔 더 따라 마신 후에도 전화기는 울리지 않았다. 이미 결과발표 시간이 지났음에도 보고가 들어오지 않고 있어 경환은 몹시 초조했다.

따리리, 따리리.

전화기에서 벨이 울리자마자 경환은 급히 몸을 일으켜 수화기를 집어들었다.

"부사장님이신가요?"

상대방을 확인하기도 전에 경환의 입에선 한국어가 튀어나오고 있었다. 한국어를 알아들을 수 없는 윌리엄은 경환 곁으로 다가와 수화기에 귀를 기울이고 있었지만 반대편에서 들리는 한국어에 윌리엄은 짜증이 나기 시작했다.

"네, 네, 알겠습니다. 수고하셨습니다."

한참을 한국어로 통화한 경환은 수화기를 내려놓았고 윌리엄은 경환을 재촉하기 시작했다.

"뭔가? 실패라도 한 건가? 답답해 죽겠으니 빨리 말을 해 보게."

윌리엄의 재촉에도 경환은 멍한 표정으로 전화기만 쳐다보고 있었다. 경환은 두 손으로 얼굴을 쓸어내린 후 윌리엄을 향해 크게 웃어 주었다.

"하하하, 성공했습니다. 우리가 12억 4,300만 달러, 대후가 12억 4,500만 달러, 200만 달러 차이였다고 합니다. 막판에 잭이 300만 달러를 추가해서 입찰했다고 하더군요. 아슬아슬했지만 결국은 성공했습니다."

윌리엄은 두 주먹을 쥐어 하늘을 향하며 기쁨을 표한 후 경환과 굳은 악수를 나누었다.

그러나 경환은 마음이 개운치 않았다. 자신이 알고 있던 대후의 낙찰가가 500만 달러나 차이를 보이고 있었기 때문이었다. 어쩌면 자신이 알고 있던 정보가 앞으로 쓸모가 없게 될지도 모른다는 불안감이 서서히 자리를 잡아 가고 있었다.

◆ ◆ ◆

대후건설의 입찰실패 소식은 국내 건설업계에 빠르게 퍼져 나가고 있었다. 대후건설이 나이지리아에 공을 들이고 있었던 것을 알고 있었기에 이번 입찰실패의 파장은 만만치 않았다. 대현중공업 또한 이번 입찰 결과에 촉각을 곤두세우고 있었다. 대후건설의 입찰 성공을 기정사실화하고 있었던 권철중 전무 또한 결과를 쉽게 받아들이지 못하고 있었다.

"이 부장, 도대체 대후건설이 떨어져 나간 이유가 뭐라는 거야? 나이지리아는 대후건설의 텃밭이라고 해도 틀린 말이 아닌데 말이야. 이거 참."

권철중은 대현건설에서 제공되는 일일 정보보고서를 뚫어지게 쳐다보았지만, 쉽게 그 이유를 찾을 수가 없었다.

"전무님, 저도 납득이 되지 않습니다. 대후는 나이지리아 석유를 수입하겠다고 공공연하게 떠들고 다녔습니다. 대후 입장에서는 이번 입찰이 상당히 중요했을 텐데, KBR로 넘어갈 줄은 저도 예상하지 못했습니다."

이한주 부장 또한 이번 결과가 믿기지 않고 있었다. SHJ의 호언장담에도 불구하고 원가를 무시한 대후건설의 저가공세는 감당할 수 없을 것이라고 지레짐작을 하고 있었다.

"전무님, 지난번 SHJ의 제안을 다시 검토해야 되지 않겠습니까? 이번 낙찰가 차이가 불과 200만 달러밖에는 되지 않았습니다. 아무래도 SHJ의 컨설팅 능력과 정보력을 마냥 무시할 수는 없다는 게 판명되었다고 생각합니다."

이한주의 말에 권철중은 자리에서 벌떡 일어나 있었다. 관심도 없던 나이지리아 입찰결과를 살핀 이유도 SHJ의 젊은 사장의 치기를 확인해 보겠다는 생각뿐이었지만, 그 치기가 사실로 판명된 지금, 권철중의 눈동자는 심하게 흔들렸다.

"이경환이라는 젊은 친구의 말이 허언이 아니었군그래."

독백하듯 탄식과 함께 쏟아 내는 말에 이한주는 맘이 급해지고 있었다. SHJ의 다음 행보를 짐작하고도 남아서였다. 대현에 처음 제안을 하지만 나이지리아 입찰에 성공한다면 손을 잡는 건 대현이 아닐 수도 있다고 한 경환의 말이 무섭게 떠오르기 시작했다.

"전무님, 이렇게 넋 놓고 있을 수는 없을 거 같습니다. SHJ와 빨리 연결을 해야 되지 않겠습니까?"

권철중은 정신이 번쩍 들었다. 국내 최초로 LNG선을 진수시켰다는 자부심도 FPSO 건조엔 미치지 못한다는 걸 잘 알고 있었다. 자칫 SHJ가 다른 조선업체와 손을 잡기라도 한다면 국내 제1의 조선업체란 타이틀을 내 줘야 될 상황이 올 수도 있다는 사실에 마음이 급해져만 갔다.

"이 부장은 박화수란 친구와 빨리 접촉하고 설계, 건조, 재무 쪽에서 베테랑들로 인원을 선출해서 FPSO TF(Task Force)팀을 구성해 놓고 지시를 기다려. 회장님에게 보고해서 최대한 빨리 미국으로 건너가야겠어."

대현중공업이 발 빠르게 대응하고 있을 때 아동그룹의 회장실도 바쁘게 움직이고 있었다. 정기명 사장을 급히 불러들인 최준석 회장은 어이가 없다는 표정으로 정보동향보고서를 살펴보고 있었다.

"정 사장, 우리 예측이 빗나간 거 같습니다. 대후건설이 보기 좋게 물을 먹었군요."

정기명은 최준석의 말에도 인상을 구긴 채 부동자세로 서 있을 수밖에 없었다. 자신의 판단이 보기 좋게 틀린 지금 회장을 똑바로 쳐다볼 면목이 없어서였다.

"죄송합니다. KBR이 대후를 이길 줄은 예상하지 못했습니다. SHJ란 업체가 저희들이 생각하는 것과는 달리 KBR에 상당한 영향력을 행사하고 있는 거 같습니다. 지난번 김환기 사장이 보고한 내용을 저희도 신중하게 검토를 해야 될 것 같습니다."

회장실은 침묵이 길어지고 있었다. 중원그룹과의 합작과 아동건설과 KBR과의 업무제휴를 제안한 SHJ에 대해 확실한 가부결정 없이 시간만 질질 끌게 만든 것이 지금으로서는 악수로 작용하고 있었다. 좀 더 현명한 판단을 내리지 못한 것에 후회를 하며 최준석은 그런 판단을 내리게한 정기명을 못마땅한 얼굴로 쳐다보고 있었다.

"김환기 사장의 보고를 좀 더 신중하게 생각했어야 했는데……."

정기명은 부동자세에 더욱 힘을 주며 어금니를 깨물었다. 호탕하기는 하지만, 자신의 눈 밖에 나는 사람을 단칼에 쳐 내는 최준석의 성격을 잘 알고 있었기에 이 위기를 최대한 피해 가야만 했다.

"제가 SHJ와 직접 접촉을 시도해서 좋은 결과를 만들도록 하겠습니다."

정기명의 말에도 최준석은 인상을 풀지 않았다. 최준석은 정기명에게 시선조차 주지 않고 있었다.

"정 사장은 움직이지 말아요. SHJ와 연결은 김환기 사장을 통해 내가 따로 지시를 할 생각입니다."

최준석의 마음을 돌리기 어렵다는 것을 느낀 정기명의 인상은 점점 굳어졌지만, 지금은 달리 좋은 방법이 없었다. 최준석은 그런 정기명을 전혀 의식하지 않은 채 한국통운으로 전화연결을 하고 있었다.

화성산업의 분위기는 최악으로 치닫고 있었다. 곽기철의 전횡으로 인한 여파는 여기저기에서 터져 나오고 있어 직원들의 사기는 하루가 다르게 곤두박질치고 있었지만, 곽기철이 도망치듯 화성산업을 떠난 이후 이 상황을 주도적으로 해결해 나갈 맨 파워를 가지고 있지 못했다. KBR과 결별을 했다는 소문은 동종업계로 빠르게 퍼져 나가고 있었고 추가 물량이 확보되지 않아 24시간 돌아가던 마산공장도 손을 놓는 날이 늘어만가고 있었다. 화성산업이 심각한 경영위기에 직면해 갈수록 금융권의 자금회수 압박은 하루가 다르게 심해져 가고 있는 상황이었다.

박화수는 마치 가시방석에 앉은 듯 좌불안석이었지만, 상황을 지켜보기만 하라는 경환의 지시를 무시할 수는 없었다. KBR이 나이지리아 입찰에 성공했다는 소식이 퍼져서인지 오늘 박화수의 전화통은 불이 난 듯 종일 울려 대고 있었다. SHJ의 제안을 받고도 의도적으로 평가절하했던 대현중공업을 시작으로 유연탄 거래를 하는 제일그룹과 대후, 심지어 자신과 황태수를 버린 오성건설에서도 접촉 의사를 전달해 오고 있었다. 당분간 접촉을 자제하라는 경환의 지시가 있어 정중히 거절하고 있었지만, 오늘 박화수는 SHJ에 합류한 이후로 최고의 보람을 만끽하고 있는 중이었다.

"SHJ의 박화수 부장입니다."

[저…… 한국통운의 김환기 사장입니다.]

김환기 사장의 목소리를 확인 한 박화수는 인상이 찡그려졌다. 자신의 제안에 대해 차일피일 확답을 피한 채 고자세로 자신을 아랫사람처럼 대하던 김환기의 얼굴이 떠올랐다. 무슨 이유로 자신을 찾고 있는지 뻔한 상태에서 그동안 김환기에게 당한 무시를 갚을 생각을 하고 있었다.

"김 사장님, 사업은 잘 되시죠? 그간 사장님을 힘들게 해서 죄송했습니다. 넓으신 아량으로 이해해 주십시오."

[어이구, 박 부장님, 무슨 말씀이십니까? 우선 이번 입찰에 성공하신 게 축하드립니다. 다름이 아니라 SHJ에서 제안한 중원그룹과의 합작에 대해 회장님의 재가가 드디어 떨어졌습니다. 이에 대한 실무협상을 진행하기 위해 전화드렸습니다.]

속보이는 말이라는 걸 서로 알고 있었지만, 박화수는 별로 개의치 않는다는 듯 수화기에 대고 라이터를 켜 담배에 불붙이는 소리를 들려줄 뿐이었다.

"아~, 그러셨군요. 이거 어쩌죠? 한국통운이 관심이 없다고 판단이 들어서 한진과 얘기를 진행하고 있습니다. 한국통운과는 다르게 한진에서는 적극적이더군요. 싫다는 기업보다는 적극적인 기업과 일을 추진하라는 저희 사장님 말씀도 있고 해서, 이번 제안은 한진과 진행하려고 합니다. 사장님께서 신경을 써 주셨는데 죄송하게 됐습니다."

그동안 김환기에게 당했던 무시가 참기 힘들었는지, 말을 마친 박화수는 속이 뻥 뚫리는 시원함마저 느끼고 있었다. 수화기로는 당황하며 말을 더듬고 있는 김환기의 목소리가 들려오고 있었다.

[박…… 박 부장님. 그 무슨 섭섭한 말씀입니까, 한진이라니요? 저희 답변이 좀 늦은 건 사실이지만, 그건 그룹 회장님이 해외 출타 중이어서 결재에 시간이 필요해서 그랬던 겁니다. 전화로는 안 되겠네요. 제가 지금 그쪽으로 넘어가겠습니다. 시간을 좀 내주십시오.]

"죄송합니다. 제가 스케줄이 만만치 않아 자리에 없을 수도 있습니다. 굳이 오지 않으셔도 됩니다. 딱히 드릴 말씀도 없고요."

김환기가 죽을 맛이란 걸 수화기를 통해 확인하고 있는 박화수는 쉽게 김환기의 요청을 받아들일 생각이 전혀 없었다. SHJ 입장에서도 중원 그룹과의 합작제안은 전혀 남는 게 없는 비즈니스였다. 단지 중원그룹 귀청과 경환과의 개인적인 약속에 대한 신뢰차원에서 일을 추진하고 있었다. 몇 번이고 한진을 거론하기는 했지만 무슨 이유에선지 경환은 한국통운을 끝까지 밀고 있어 박화수는 답답하기만 했었다. 오늘 그동안 받았던 설움을 한 번에 날려 볼 생각을 하고 있었다.

[저, 한 시간 후면 도착을 합니다. 꼭 자리에 계셔 주십시오. 안 계시면 돌아오실 때까지 기다리고 있겠습니다. 전화 끊습니다.]

대답도 듣기도 전에 김환기는 서둘러 전화를 끊어 버렸다. 박화수는 10년 묵은 체증이 쑥 내려가는 거 같았다. 수화기를 내려놓자 멀리서 최승화가 손짓을 하는 게 보였다.

"이번에도 KBR이 입찰에 성공을 했다고 들었네. 나 대신 이 사장에게 축하한다고 전해 주게."

"알겠습니다, 사장님. 저희 사장님께 전달을 해 드리겠습니다."

맘고생이 많았던지 최승화는 부쩍 늙어 있었다. 믿었던 곽기철이 오성 엔지니어링의 하수인이었다는 사실도 충격적이었지만, 소희와의 약혼까지 파기해 버린 곽기철로 인해 사업에 대한 의지마저 사라져 버린 상태였다.

"이번 입찰 성공에도 KBR은 우리에게 물량을 주지 않을 생각이겠지?"

박화수는 쉽게 입을 열지 못했다. 지분인수에 대해 확실한 답을 듣기 전에는 화성산업과의 모든 거래를 중단한다는 경환의 방침이 있었기에,

자신이 최승화에게 줄 수 있는 도움은 아무것도 없었기 때문이었다.

"죄송합니다. 본사의 지시를 아직 받지 못하고 있습니다."

"이 사장이 의외로 결심을 굳혔나 보구먼. 내가 사람을 잘못 본 죄가 있긴 하지만, 화성산업에서 손을 턴다는 생각은 한 번도 해 보지 못했네. 허."

이미 경환과 자신의 동생인 최승호가 자신에게서 등을 돌렸다는 것을 알고는 있었지만, 쉽게 화성산업을 포기할 수는 없었다. 그만큼 화성산업에 대한 애정은 누구보다도 깊었다.

"사장님, 저희 사장님은 화성산업에 대한 애정이 각별합니다. 그렇다 보니 실망도 많았을 거라고 생각이 들고요. 이런 잘못이 되풀이되는 걸 바라지 않고 있다 보니, 저희 사장님의 결심을 돌릴 수는 없을 것입니다. 이미 입찰에 성공한 이상 시간은 그리 많지는 않습니다. 사장님께서 결심을 하지 못하신다면 저희는 다른 기업으로 눈을 돌릴 수밖에 없습니다."

박화수의 말은 사실이었다. 경환은 최승화가 끝내 의사를 밝히지 않는다면 화성산업에 대한 미련을 버리고 SHJ의 요구를 충족시킬 수 있는 기업으로 방향을 전환해도 좋다고 지시를 내린 상태였다. 인간적인 애정을 가지고 있는 화성산업이었지만, 경환은 그보다 더 소중한 SHJ의 직원들이 있었기 때문이었다. 박화수는 이런 사실을 기억하며 마지막으로 조언을 하고 있었다. 이 조언으로도 최승화의 결심을 받아 내지 못한다면, 박화수는 화성산업에 대한 미련을 깨끗이 털어 버릴 각오를 하고 있었다.

"사실을 말해 줘서 고맙네, 박 부장. 내 혈육인 최 전무도 등을 돌린 마당에 무슨 미련을 가질 수 있겠나. 그래도 입에서 쉽게 말이 떨어지지 않는다네. 내가 미련을 버린다면 남아 있는 직원들은 어떻게 되는 건가?"

최승화의 결심이 굳어져 가고 있다는 것을 느낀 박화수는 SHJ의 계획을 자세히 설명해 주기 시작했다.

"우선 사장님과 사모님, 최 전무님의 지분을 모두 인수한다는 조건하에 금융권의 여신은 저희가 다 안을 생각입니다. 물론 금융권과 별도 협상을 선결해야 되겠지만, 일부 여신을 환급해 주는 조건을 제시한다면 큰 무리는 없을 거로 보고 있습니다. 아시겠지만 오성엔지니어링은 이미 작업을 시작했기에 저희도 서둘러야 할 상황입니다. 현 직원들의 고용은 전부 승계를 받을 것입니다. 일부 정리를 해야 될 사람들도 있긴 하지만, 대부분의 직원들은 큰 문제가 없을 거라고 봅니다. 금융권의 여신금액과 자산가치평가가 끝난다면, 지분인수가격을 사장님과 따로 협의할 생각입니다. 절대 섭섭하지 않게 해 드리겠습니다. 마지막으로 사장님께 약속드릴 수 있는 것은 화성이라는 이름을 남기겠다는 것입니다."

박화수의 설명은 들은 최승화는 고개를 들어 깊은 한숨을 내 쉬었다. 자신이 아는 경환이라면 합리적으로 인수절차를 진행할 것임을 알고 있었다. 오성엔지니어링에 회사가 넘어가게 된다면 직원들은 물론이고 회사는 갈기갈기 찢겨 나갈 것을 알고 있었기에, 최승화는 경환의 제안을 받아들이기로 마음을 굳혔다.

"저희 사장님께서는 SHJ-화성플랜트란 이름을 세계적인 특수플랜트 제작업체로 키우려는 계획을 가지고 계십니다. 사장님의 결심만 기다리고 있습니다."

이미 자신의 손에서 화성산업이 빠져나간 것을 알고 있는 최승화는 떨리는 목소리로 마지막 말을 전했다.

"이 사장에게 회사 인수를 절차를 진행하자고 보고해 주게. 화성이란 이름을 없애지 않아 줘서 고맙다는 말도 함께 전해 주고."

♦ ♦ ♦

1993년 한 해를 마감하는 12월의 휴스턴은 크리스마스 시즌을 연상시키기엔 좀 무리가 있는 날씨였다. 크리스마스라면 춥고 눈발이 날리는 맛이 있어야 된다고 생각하는 경환은 한국의 늦가을 날씨를 연상시키는, 이것도 저것도 아닌 겨울 날씨가 영 맘에 들지 않았다. 수정이의 배는 하루가 다르게 불러 오고 있었지만, 두 어머니들이 수정을 물심양면으로 돌봐 주고 있어 경환의 수고는 단지 마켓에서 장을 봐 오는 정도에 그치고 있었다.

"이다나, 좋은 아침입니다. 부사장님과 최 차장을 불러 주세요."

"알겠습니다, 사장님."

밝게 웃어 보이는 이다나를 뒤로하고 경환은 커피를 머그잔에 따른 후 자신의 자리에 앉아 경제지를 펼쳐 들었다. 지역 경제지 일면을 차지하고 있는 윌리엄의 인터뷰 기사를 보며 경환은 슬쩍 미소를 지어 보였다. "나이지리아 입찰을 성공으로 이끈 카우보이"란 제목으로 쓰인 기사에서 SHJ의 이름은 단 한 줄도 찾을 수 없었지만, 경환은 크게 기분 나쁘지 않았다. 이미 SHJ의 이름이 동종업계로 퍼져 나가고 있는 것을 알고 있었기 때문이었다.

"사장님, 받으십시오."

최석현은 박스 2개를 경환의 책상 위에 올려놓았다. 급히 박스를 뜯은 경환은 나오는 웃음을 억지로 참았다. 박스에는 노키아에서 제작한 벽

돌만 한 휴대폰 2대가 덩그러니 자리를 잡고 있었다. 스마트폰을 기억하는 경환은 이런 아날로그 1세대 휴대폰이 굉장히 낯설게만 느껴졌지만, 이 시대 최고의 기술이 집약된 고가의 사치품이란 걸 알고 있었다.

"이제부터 족쇄가 채워지기 시작하는 거 같습니다."

"족쇄라니요?"

경환의 말뜻을 이해하지 못한 최석현은 눈만 크게 뜨고 이유를 묻고 있었지만, 경환은 그 뜻을 설명해 주지는 않았다. 휴대폰을 사용하다 보면 자연히 알 수 있었기에 굳이 설명해 줄 필요를 느끼지 못했기 때문이었다.

"하나는 사장님 쓰시고, 다른 하나는 사모님 드리십시오."

"차장님과 부사장님도 가지고 계시죠?"

경환의 말이 끝나기 무섭게 최석현은 손에 쥐고 있던 휴대폰을 무기 휘두르듯이 흔들어 보였다. 원활한 연락을 위해 법인 명의로 구입을 지시했을 때만 해도 비싼 휴대폰이 필요가 있겠냐는 회의적인 반응을 보였던 모습과는 다르게 장난감 만지듯이 최석현은 항상 휴대를 하고 다니는 듯했다.

"부사장님도 오셨으니 잠시 회의를 하겠습니다."

황태수는 입찰 성공을 확인한 후 계약을 위해 몸을 뺄 수 없는 잭을 남겨 둔 채 SHJ팀들을 이끌고 휴스턴으로 돌아와 있었다.

"NNPC와 정식계약을 체결한 후에 컨설팅 커미션이 KBR에서 일시불로 지급이 될 것입니다. 저희는 수익구조가 매우 불안정한 상태입니다. 그래서 무리가 되긴 하지만 화성산업의 인수와 함께 투자 쪽에도 진출을 할 생각입니다. 입찰을 성공한 지금이 전 적기라고 봅니다. 다른 의견이 있으시면 말씀을 해 주십시오."

　황태수는 경환의 계획은 이미 전부터 알고 있었지만 화성산업의 인수는 그렇다 치더라도 투자 쪽에 진출하는 것은 시기상조라고 판단하고 있었다.

　"사장님, 아직 저희의 재무구조가 건실하지 못한 부분이 있습니다. 이런 와중에 투자에 집중을 하게 되면 그나마 갖춰지려는 자금 부분에 악영향이 올 수도 있습니다. 또한 외국기업이란 인식이 있어 현지 금융권의 지원을 받기도 어려운 점이 있고요. 투자부분은 FPSO 입찰이 끝난 후로 미루시는 게 어떻겠습니까?"

　황태수의 말에도 일리가 있다는 것을 알고 있었지만, 1994년인 내년에 반드시 투자 부분에 진출해야만 하는 사정이 있었다.

　"부사장님의 말씀도 이해를 합니다. 그러나 내년도 초기를 투자부분에 진출할 최적의 시기로 보고 있습니다. 이해해 주시고 이 부분은 저에게 맡겨 주셨으면 합니다."

　황태수는 더 이상 경환을 설득하지 않았다. 지금까지의 모든 일에서 자신의 상상을 뛰어넘고 있는 경환의 발목을 잡고 싶지 않았고, 어느 정도는 경환의 말에 믿음을 가지고도 있었다.

　"문제는 제가 투자에 대한 지식이나 경험이 떨어지다 보니, 제 아이디어를 실행시켜 줄 사람이 없다는 것입니다. 좋은 인물이 있으면 추천을 해 주셨으면 합니다."

　황태수 또한 투자와 금융에는 경험이 전무하다 보니 마땅한 인물이 떠오르지 않았다. 그때 최석현이 무엇인가 생각이 난 듯 급히 말을 꺼내 들었다.

"사장님, 홍콩 H은행의 에릭 기억하시죠? 요새도 뻔질나게 전화가 오고 있는데, 저희의 주거래은행을 정할 때 미국 H지사와 거래를 트게 만든 일로 승진을 했다고 합니다. 그런데 그 친구는 영국이나 미국으로 가고 싶어 하는데 오히려 홍콩에 발이 묶였다고 하소연을 하더군요. 사장님 생각에 에릭은 어떠세요?"

에릭 존슨을 생각을 해 보긴 했지만, 어딘가 모르게 무게감이 떨어진다는 생각을 지울 수가 없어 망설이고 있었다. 마땅한 인물을 찾을 수 없다면 아쉽긴 하지만 에릭과 일을 시작하는 수밖에 없었다. 그렇게 마음을 굳히려는 순간 황태수가 끼어들었다.

"이번 입찰이 끝나고 잭과 술을 한잔했습니다. 술을 마셔서인지는 모르겠지만 린다가 SHJ에 합류하고 싶어 한다는 말을 잠깐 했습니다. 자세한 얘기는 하지 않았지만 린다가 혹시라도 SHJ에 맘을 두고 있다면 투자를 담당하기에 손색이 없을 거 같은데……."

린다의 입을 통해서 직접 확인된 사항이 아니었기에 황태수는 확신을 가지고 말을 하지는 못했다. 자신이 알기로도 린다는 KBR의 재무와 원가분석 등 중요한 역할을 맡고 있었기에 작은 규모의 SHJ에 눈을 돌린다는 걸 쉽게 믿을 수 없었기 때문이었다. 경환 또한 황태수의 말을 쉽게 믿을 수 없었다. 린다에게 합류를 해 달라는 요청을 하긴 했지만 그건 린다가 KBR에서 정점을 찍은 이후의 일이었기 때문이었다. 그렇다고 한 귀로 흘릴 수는 없었다. 만약 린다가 합류를 해 준다면 투자 부분을 모두 맡길 수 있다고 생각했다. 하지만 아직은 린다의 조건을 맞춰 줄 만큼 SHJ의 여력이 크지 않다는 게 아쉬울 뿐이었다.

"린다 문제는 제가 따로 확인을 해 보겠습니다. 최 차장님은 차선책으로 에릭과 접촉을 해 주십시오. 혹시라도 린다가 우리와 합류가 된다면 에릭은 그녀 밑에서 일을 해야 되니 큰 기대를 주지는 마시고요."

"알겠습니다."

그렇지 않아도 경환의 투자에 대한 계획을 알고 있던 최석현은 넌지시 에릭에게 그 사실을 말해 주었다. 그 말을 들은 에릭은 자신이 그 일을 해 보겠다며 거의 매일 최석현을 들들 볶아 대고 있었다. 최석현은 뭐가 좋은지 싱글거리고 있었다.

"부사장님, 컨설팅업무에 대해 인원을 보강하는 한이 있더라도 컨설팅업무를 체계화시켜야 될 거 같습니다. 제가 드리는 정보가 한계에 도달할 수도 있다는 것을 이번 나이지리아 입찰에서 확인했습니다. 물론 당분간 큰 변동은 없겠지만, 제 정보력의 의존도를 낮추는 방안에 대해서 부사장님이 연구를 해 주십시오."

"알겠습니다. 그렇지 않아도 SHJ의 자체 정보력과 조직화된 컨설팅업무가 필요하다고 생각하고 준비 중이었습니다. 그리고 화성산업의 인수자금은 홍콩에서 투자하는 게 적당하다고 보는데 어떠십니까?"

유연탄사업으로 홍콩 구좌에는 800만 달러에 가까운 돈이 축적되어 있었기에 금융권과의 협상만 무리 없이 진행된다면 화성산업의 인수를 진행하기에 충분해 보였다. 이번 컨설팅 자금을 투자 부분에 집중시키기 위해서라도 경환은 황태수의 의견에 반대할 생각은 없었다.

"그렇게 진행을 해 주십시오. 다른 특별한 사항이 있나요?"

회의를 정리하려는 순간 최석현이 급히 보고를 하기 시작했다.

"박화수 부장이 지시를 내려 달라고 아우성입니다. 사장님께서 정리를 해 주셔야 될 거 같습니다."

최석현의 말에 경환은 박화수의 고생을 알겠다는 듯이 웃어 보였다. 대현중공업과 아동건설에서는 하루가 멀다 하고 박화수를 쪼아 대고 있었다. 박화수의 요청에도 경환은 확실한 지시를 내리지 않고 있어 박화수를 포함해 대현과 아동의 애간장을 태우고 있었다. 휴대폰이 족쇄라는 사실을 박화수는 이미 경험하고 있는 중이었다.

"기다리게 하라고 하십시오. 아직 뜸을 더 들여야 된다고 봅니다. 크리스마스 시즌이 지나고, 내년 1월 말경으로 준비를 하라고 박 부장님에게 전달해 주세요. 미팅 장소는 휴스턴이라고 못을 박으라고도 하시고요."

급한 회의는 맞췄다는 생각에 회의를 마치려고 했지만, 이번에는 황태수가 다른 안건을 가지고 회의를 연장시켰다.

"사장님, 이번 입찰이 끝나고 많은 곳에서 미팅 제의가 들어오고 있습니다. 그중 일본의 JSC와 KENTZ가 적극적입니다. 어떻게 생각을 하시는지 말씀해 주십시오."

일본의 JSC로 인해 오성건설을 떠날 수밖에 없었던 황태수는 덤덤히 경환에게 보고를 하고 있었다. JSC는 시공보다는 플랜트설계에 강점을 가지고 있는 일본의 대표 플랜트업체였다. JSC의 안테나에 SHJ가 들어갔다는 것이 신기한 경환은 황태수의 보고를 듣고도 쉽게 생각을 정리하지 못하고 있었다.

"흠, 우선 KENTZ와의 만남은 시기상조라고 봅니다. 내년도 FPSO 사업을 위해서라도 지금은 KBR과 틈이 벌어져서는 안 된다고 봅니다. KENTZ와의 만남은 FPSO 이후로 가닥을 잡아 주십시오. 그리고 JSC가 문젠데…… 부사장님, 박 부장님도 일에 치여 있을 텐데 이참에 부사장님이 한국에 가서서 대현중공업과 아동건설을 한번 만나 보시는 것도 좋지 않겠습니까? 그때 JSC와도 만나 보시고요."

"알겠습니다. 준비를 하겠습니다."

경환의 지시에 토를 달지 않고 수락을 하는 황태수를 경환은 고마운 눈으로 처다보았다. 황태수 또한 컨설팅 부분에 자신의 힘을 실어 주려는 경환에게 무한의 신뢰감을 느끼고 있었다.

일찍 서둘러 퇴근을 한 경환은 회사 앞 작은 바의 문을 열고 들어가 자리를 잡았다. 바텐더에게 맥주를 한 병 주문하고는 서둘러 담배를 꺼내 입에 물었다. 린다가 도착하려면 꽤 시간이 남아 있었지만 음악을 들으며 쌓인 피로를 벗겨 내고 싶었다.

회귀를 한 후로 어느새 3년이 지나가고 있었다. 전생의 아쉬웠던 기억들을 생각하며 경환은 최선을 다해 하루하루를 보냈다고 자부했지만, 과연 제대로 길을 찾아가고 있는지에 대해서는 확신을 하지는 못하고 있었다. 단지 전생의 삶보다는 지금의 삶에 충실하고 있다는 생각만 할 뿐이었다. 자신의 인생이 바뀜에 따라 주변 인물들의 인생 또한 달라지는 모습을 보면서 한동안 심한 자책감에 시달리기도 했다. 자신으로 인해 개인들이 피해를 당하지 일은 최대한 만들지 않겠다는 다짐을 하고서야 그 자책감에서 벗어날 수 있었다.

그러나 린다의 문제는 경환으로 하여금 다시금 자책감에 빠지게 만들고 있었다. 자신의 회귀만 없었다면 린다는 그녀가 바라는 위치에 도달한다는 것을 알고 있었기 때문이었다. 착잡한 심경을 맥주로 달래고 있을 무렵 문을 열고 들어오는 린다의 모습을 확인할 수 있었다.

"제임스, 어쩐 일이에요? 난 제임스 책상엔 전화가 없는 줄 알고 있었는데."

린다의 농담을 받아 줄 기분이 아니었다. 경환은 바텐더를 불러 맥주 한 병을 더 주문하고는 린다를 안타까운 눈으로 바라봤다.

"린다에 대한 얘기를 들었습니다. KBR을 나와 SHJ에 합류를 한다는 얘기가 나오더군요. 물론 린다의 합류는 쌍수를 들고 환영을 해야 되겠지만, 제 기분이 그리 썩 좋지는 않아요. 솔직한 린다의 생각을 듣고 싶어서 오늘 만나자고 했습니다."

린다는 전혀 예상하지 못한 말이 경환의 입에서 나오자 맥주병을 들어 한 모금 넘긴 후 한숨을 깊게 내 쉬었다.

"후, 제임스의 귀에 결국은 들어갔나 보네요. 이번 입찰이 시작되기 전에 잭에게 제 의사를 밝혔어요. 입찰이 끝나고 제임스의 제안을 받아들인다고. 입찰을 성공적으로 마쳤기에 홀가분하게 윌리엄에게도 말을 할 생각이었어요. 혹시 나한테 한 제안 취소하려는 건 아니죠? 나 그럼 완전 실업자 신세가 되는데. 호호호."

"난 SHJ가 좀 더 성장을 하고 린다가 KBR에서 목표를 이룬 다음을 얘기한 거예요. 지금 SHJ가 린다에게 해 줄 것이 전혀 없다는 건 나보다 더 잘 알잖아요."

경환의 말은 사실이었다. 지금 SHJ의 여력으로는 KBR에서 받는 급여의 반도 맞춰 줄 수 없는 형편이었다.

"제임스, 나도 욕심 많은 여자예요. SHJ가 성장한 후에 들어가는 건 의미가 없다고 봐요. SHJ의 원년멤버로서 성장을 시켜 보고 싶어요. 다른 이유는 없어요. 돈은 나중에 벌어도 되니까요. 정 제임스가 미안하다면 스톡옵션을 줘도 되고요. 호호호."

스톡옵션이란 말에 경환은 자신이 전혀 생각하지 못한 것을 끄집어내는 린다에게 다시 한 번 감탄을 하고 있었다. 말로만 SHJ를 같이 키워 가자고 했지 실질적으로 그들에게 혜택을 주려는 생각은 전혀 못했었다. 경환은 SHJ를 자신의 것으로만 생각하고 있지 않았기 때문에 린다의 지적에 급격히 얼굴이 밝아졌다.

"린다, 스톡옵션이면 되겠어요? 린다를 포함해서 내가 믿는 사람은 5명입니다. 비상장회사의 경우 10% 안에서 스톡옵션을 행사할 수 있다고 들었는데, 20%선으로 맞출 수 있는지 방법을 연구해 줄래요?"

린다는 놀란 눈으로 경환을 바라보았다. 농담으로 말한 스톡옵션을 경환이 진심으로 받아들이고 있어서였다.

"진심인가요? 제임스."

"혼자 먹으면 체한다는 게 제 지론입니다. 그리고 스톡옵션을 주게 되면 죽어라 일을 할 거 아닙니까? 린다 덕분에 SHJ에 광명이 비치네요. 그리고 아직은 SHJ는 KBR과 좋은 관계를 유지해야 됩니다. 윌리엄이 반대를 한다면 저도 린다의 합류를 당분간 보류할 수밖에 없어요. 윌리엄을 잘 설득해 봐요."

린다의 합류로 경환은 퍼즐 한 조각을 더 맞출 수 있게 되었다. 두 사람은 서로 축하를 나누며 맥주병을 부딪쳤다.

크리스마스 이브를 맞이해 사무실의 직원들은 모두를 들떠 있는 모습이었다. 가족들이나 연인들과 이브의 밤을 지낼 생각들인지 일을 하고 있는 직원들보다는 주위의 직원들과 크리스마스 인사를 나누기에 바빠 보였다. 그런 직원들을 위해 경환은 오전에 간단한 파티를 진행한 뒤 휴가를 보낼 생각이었다. 자신은 이미 마몬과의 계약으로 영혼이 저당 잡혀 있어 크리스마스와는 전혀 무관하였지만 크리스마스의 설렘은 여전히 남아 있었다.

"이다나, 개인적인 일이 있으니 바쁘지 않으면 잠깐 들어와요."

이다나는 경환의 부름에 밝은 미소를 보이며 사무실 문을 열고 들어왔다. 평소 자신에게 커피 한 잔 달라는 말도 하지 않던 경환이 개인적인 일이라며 자신을 부르자 어떤 일인지 전혀 예상을 하지 못하고 있었다.

"이다나, 나와 부사장 챙겨 주느라 고생 많았어요. 메리크리스마스."

경환은 이다나에게 작은 봉투를 건네주었다. 영문을 몰라 어리둥절하는 이다나가 경환은 귀엽게 느껴져 어서 봉투를 받으라며 재촉을 했다.

"홈구장에서 열리는 휴스턴 로켓츠의 경기 입장권이에요. 바로 앞좌석이니 애인과 함께 관람을 하도록 해요. 그리고 내년에도 잘 부탁할게요."

이다나가 농구팀인 휴스턴 로켓츠의 광팬이란 사실을 알고 있던 경환은 어렵게 부탁으로 얻은 홈경기 티켓을 이다나의 크리스마스 선물로 미리 준비해 놓고 있었다.

"사장님, 감사합니다. 저는 준비를 못했는데 죄송해서 어쩌죠?"

미안한 표정을 보이고는 있었지만, 두 손은 빠르게 경기 티켓을 움켜쥐고 있었다. 이다나에게 선물을 전달한 후 직원들과 간단히 크리스마스 파티를 한 경환은 직원들이 퇴근을 지켜볼 새도 없이 황태수와 함께 KBR로 향하기 위해 준비하고 있었다.

"사장님, 저도 이만 퇴근하겠습니다. 비행기 시간이 다 돼서요."

케이티와 처음 맞는 크리스마스를 뉴욕에서 보내기 위해 최석현은 두 달 전부터 준비를 하고 있었다. 혹시라도 경환이 다른 스케줄을 잡을까 걱정된 최석현은 미리부터 뉴욕여행을 가겠노라고 광고를 하고 다녔었다. 마침 홍콩의 에릭이 애인과 함께 뉴욕에 오기로 했다는 말을 전하며 에릭의 합류 문제도 이번에 자신이 확실하게 하고 오겠다는 말로 이번 뉴욕행의 목적이 단순히 여행뿐이 아님을 강조하고 있었다. 최석현의 속보이는 행동에 심술이 난 경환은 일을 만들어 볼까 생각을 했다가 실망할 케이티의 얼굴이 떠올라 모른 척 넘어가 주었다.

"잘 보내고 오십시오. 그리고 올 때는 두 사람만 오지 말고 한 명 더만들어서 오셔야 됩니다."

경환의 말이 끝남과 동시에 빠르게 돌아서는 최석현을 보며 경환과 황태수는 어이가 없다는 듯 헛웃음을 지었지만, 최석현은 누가 잡을 새라 뒤도 돌아보지 않고 엘리베이터 안으로 급히 사라졌다.

"내년은 우리에게 가장 중요한 한 해가 될 것입니다. SHJ가 비상을 하느냐 지리멸렬하느냐는 내년 1년 안에 결판이 난다고 봅니다. 부사장님께서 많이 도와 주셔야겠습니다."

"린다까지 합류한다면 저희에겐 큰 힘이 될 것입니다. 저희야 금융권의 차입금 없이 맨주먹으로 여기까지 오지 않았습니까? 당분간은 뒤를 돌아보지 않고 전진할 수밖에 없습니다."

황태수의 합류로 인해 SHJ는 중심을 잡아 가고 있었다. 때로는 과격하게 전진하려는 경환의 브레이크 역할을 하다가도 경환이 망설일 때는 뒤에서 밀어 주는 황태수는 경환에게 큰 위안을 주는 인물이었다. 경환은 그런 고마움을 눈빛에 담아 황태수를 바라보았다.

"제임스, 미스터 황, 어서들 오게. 우선 잔들부터 받게나."

KBR의 파티에 도착한 경환에게 윌리엄은 샴페인을 한 잔 건네주었다. NNPC와 무사히 본 계약을 체결하고 돌아온 윌리엄은 그 어느 때보다 활기차 있었다. 물론 저가공세에 대한 비판이 없는 것은 아니었지만, 윌리엄은 특유의 친화적인 성격으로 그런 공세를 무마시켜 가고 있었다.

"윌리엄, 메리크리스마스. 내년에도 SHJ와 KBR은 함께할 것입니다."

"하하하, 그건 당연한 얘기 아닌가? 그런데 요번에 자네 나한테 좀 심했어."

분위기를 감지한 황태수는 안면이 있는 KBR의 임원들과 인사를 나누기 위해 슬쩍 자리를 피해 주고 있었다. 많은 임원들과 직원들의 인사를 받은 경환은 윌리엄에 이끌려 조용한 장소로 이동을 했다. 아마도 린다의 일을 추궁하기 위해서라고 생각한 경환은 윌리엄의 반응이 어떨지 몹시 궁금했다.

"린다가 KBR을 떠나 SHJ에 합류하겠다고 하더군. 린다는 나에게도 상당히 중요한 직원이네."

좀 전의 웃음으로 경환을 반기던 모습과는 달리 정색을 하는 윌리엄을 보며 경환은 인상이 굳어졌다.

"알고 있습니다. 제가 린다에게 제안을 한 것은 사실입니다. 그러나 윌리엄이 반대를 한다면 그 제안을 취소할 생각입니다."

아직은 윌리엄의 심기를 건드리고 싶지 않았기 때문에 경환은 윌리엄이 반대를 한다면 린다의 영입을 몇 년 뒤로 미룰 생각을 가지고 있었다. 경환의 말에 윌리엄은 묘한 웃음을 지으며 경환을 물끄러미 바라만 보고 있었다. 윌리엄은 시가를 꺼내 한 대를 경환에게 넘겨주고는 불을 붙였다.

"물론 린다가 아까운 재원이긴 하지만, 맘 떠난 사람을 잡을 생각은 없어 동의를 해 주었네. 난 린다가 SHJ로 옮겨 간다면 KBR과 SHJ의 중간자 역할을 할 것으로 생각하겠네. 자네에게 직원을 뺏겨 섭섭하긴 하지만, 그 섭섭함을 큰 이익으로 되돌려 주겠다는 약속을 한다면 넘어가 주겠네."

윌리엄은 타인을 생각해 주는 사람은 절대 아니었다. 자신의 이득을 위해서라면 린다가 아닌 잭이라 할지라도 희생시킬 인물이라는 건 경환도 이미 예상을 하고 있었다. 자신의 이익에 방해가 된다고 판단이 되면 SHJ와의 거래도 한 번에 뒤집을 수 있다는 사실은 경환과 윌리엄 모두 내색만 하지 않을 뿐이었다.

"실망시키지 않을 겁니다. 황 부사장이 바로 한국에 들어가게 될 겁니다. 그때부터 작업이 시작될 것이고 윌리엄과 SHJ는 많은 이익을 취하게 될 겁니다."

경환의 말에 윌리엄은 급히 굳었던 얼굴을 풀며 시가의 찐한 연기를 입 밖으로 뿜어내기 시작했다.

"하하하, 난 제임스의 이런 자신 있는 모습이 참 맘에 들어. 아무쪼록 내년에는 우리 두 사람 모두에게 좋은 한 해가 되었으면 좋겠네."

린다의 영입에 대한 동의를 얻은 경환은 비릿한 웃음을 지어 보였다. 윌리엄과 끝까지 같이 갈 수 있을지에 대해서는 확신을 갖지 못하고 있었다. 단지 SHJ가 독자적인 기반을 다져 놓고 서로의 이익이 상충되기 전까지 경환은 최대한 윌리엄의 비위를 맞춰 줄 생각이었다.

파티를 마치고 경환은 가족들이 기다리는 집을 향해 서둘러 차를 몰왔다. 다른 해와 다르게 두 어머니와 함께 크리스마스를 보낼 수 있게 된 올해는 수정이를 위해서도 특별한 크리스마스가 되기에 충분했다. 입덧은 사라졌지만, 불러 오는 배로 힘들어 하는 수정을 두 어머니는 지극정성으로 보살펴 주고 있어 수정은 첫 임신이라는 불안감을 서서히 떨쳐 낼 수 있었다.

"엄마, 장모님. 크리스마스를 같이 보내 주셔서 감사합니다. 그리고 이건 저희들이 준비한 선물이고요."

수정과 며칠을 상의를 해 봐도 마땅히 준비할 선물이 떠오르지 않았던 경환은 '여자는 현찰을 좋아한다'는 신념으로 2,000달러가 들어간 봉투를 선물로 준비했다.

"뭘 이런 걸 준비를 다 했어?"

경환의 어머니는 그렇게 말하면서도 이미 눈은 봉투 안의 금액을 확인하기 바빴다. 그건 장모라고 다르지 않았다.

"이 서방, 뭐 이리 많이 넣었어? 고맙게 잘 받겠네."

두 어머니 모두 만족한 듯한 얼굴을 보이자 경환은 안도를 할 수 있었다.

"참, 아버지가 손자 이름을 지어 보셨단다. 어떤지 네가 한번 보라고 하신다."

경환의 어머니는 메모지에 적힌 이름을 경환에게 건네주었다. 한국의 산부인과와는 다르게 미국에선 임신한 아이의 성별을 미리 알려 주고 있었다. 의사가 전해 주는 아들이라는 소리에 두 어머니들뿐만 아니라 한국에 계신 경환의 아버지와 장인 모두 크게 기뻐했지만, 그럴수록 경환은 희수에 대한 그리움이 더욱더 간절해지고 있었다. 하지만 수정에게나 두 어머니들 앞에선 절대 내색할 생각은 없었다.

'이정우'

경환의 아버지는 며칠을 고민하고 옥편을 뒤져 가며 자신의 손자 이름을 지어 보냈다. 자신의 아들 이름을 확인한 경환은 나직이 그 이름을 불러 보았다. 애타게 기다리는 희수와 함께 자신이 지켜야 될 자식이었다.

"좋은데요. 아버지께 감사하다고 전화를 드려야겠어요. 자기는 어때?"

경환은 이름을 보여 주었지만 수정은 이미 알고 있다는 듯 고개만 끄떡이고 있었다. 풍성한 음식이 준비된 식탁에서 네 사람은 조용히 크리스마스이브 밤을 즐기고 있었다.

♦ ♦ ♦

화성산업의 인수 작업을 진행하고 있는 박화수는 하루가 어떻게 흘러가는지도 모르게 일에 빠져 있었다. 연말연시의 흥겨움도 박화수에겐 사치에 불과했다. 다행히 황태수와 김창동이 업무지원을 와 준다는 소식을 듣고서야 한시름 놓을 수 있었다.

"박 부장, 고생 많았지?"

사무실 문을 열고 들어오는 황태수와 김창동의 모습을 확인한 박화수는 눈물이라도 쏟을 것 같은 심정이었다. 일에 보람은 느끼고 있었지만 도와줄 직원 하나 없이 혼자서 한국의 모든 일을 처리하고 있다 보니, 업무적으로 받는 스트레스가 이루 말할 수 없었다. 따라서 황태수와 김창동의 등장은 박화수에겐 오아시스와 같았다.

"죄송합니다. 두 분을 마중 나갔어야 했는데 도저히 발을 뺄 수가 없었습니다."

"사장님 지시사항 못 들었나? 앞으로 출장을 다니더라도 마중이나 배웅은 일절 하지 말라는 지시사항 말이야. 우리가 애들도 아니고 길도 못 찾을 거 같아 보여서 그래?"

경환은 자신을 포함해서 SHJ 출장자에 대한 마중과 배웅을 일절 금지시켰다. 그럴 시간에 업무에 매진하는 게 더 효율적이라는 생각을 가지고 있어서였다. 박화수도 이런 경환의 지시사항을 모르는 것은 아니었지만 회사의 부사장을 택시로 이동하게 한 것이 못내 미안했다.

"김 부장도 같이 왔으니, 잠시 일정을 조율해 보세. 잠깐 회의를 했으면 하는데."

"회의실은 준비가 되었습니다. 자리를 옮기시죠."

화성산업의 인수 작업을 진행하고는 있었지만, 아직은 화성산업의 직원들 눈치를 살필 수밖에 없는 황태수의 생각과는 다르게 화성산업의 직원들은 SHJ의 인수에 큰 기대를 하고 있었다. 자칫 자신들을 점령군으로 생각해 비협조적으로 나올 것을 염려하기도 했다. 하지만 황태수는 자신의 생각이 틀렸다는 것을 화성산업 직원들의 눈빛에서 확인할 수 있었다.

"우선 급히 처리해야 될 사항은 화성산업 인수, 중원그룹 합작 건, 아동그룹, 대현중공업 이 세 가지로 보는데 우리 세 사람이 당분간 최대한 빠르게 진행을 시켜 나가야 될 거야."

박화수는 고개를 끄떡이며 자신이 그동안 고생한 것을 알아 달라는 듯이 황태수를 애절한 눈으로 쳐다보았다.

"저 혼자 모든 일을 처리하다 보니 어느 하나 제대로 진도를 나가지 못하고 있습니다. 두 분이 오시지 않았다면 일에 치여 급사했을지도 모릅

니다."

박화수의 우는 소리에 자신도 북경에서 혼자 일을 처리하고 있어 동병상련의 심정을 느낀 김창동은 이해한다는 듯 박화수의 말에 공감을 표하고 있었다. 그러나 황태수는 그런 두 사람의 죽을상을 무시하고 일침을 놓아 주었다.

"두 사람 모두 잘 듣게. 올해는 우리 SHJ의 사활이 걸린 한 해가 될 거야. 지금보다 더 힘들어질 텐데 벌써부터 울상을 하면 어떡하자는 거야. 사장님께서는 지금 자신의 지분을 우리에게 나눠 주는 방안을 검토하고 계시네. 열심히 하면 그만큼 보상이 따른다는 거니까. 좀 더 힘들내."

황태수의 말에 두 사람은 입을 쩍 벌리며 놀라고 있었다. 단지 SHJ의 직원이라는 개념으로 최선을 다해 본다는 생각만 가지고 있었는데, 오히려 오너인 경환은 자신의 지분까지 나눠 주려 하고 있었다. 두 사람은 초심을 놓지 않기 위해 이를 악물었다.

"우선 김 부장이 한국통운과 중원그룹의 합작을 맡아 진행하고, 나는 아동건설과 대현중공업을 맡아 처리하겠네. 그리고 박 부장은 화성 인수작업에 매진하도록 해. 시간이 많지 않으니 1주일 안으로 성과를 만들어 보자고."

"알겠습니다. 이상 없도록 준비를 마치겠습니다."

이미 오성그룹과 제일그룹에서 업무적으로 많은 경험을 가지고 있는 세 사람은 업무가 분담되자 각자 자신의 역할을 찾아 빠르게 대응전략을 모색하기 시작했다.

♦ ♦ ♦

1994년을 시작하는 SHJ는 새로운 도약을 준비하고 있었다. KBR의 컨설팅업무에만 치중한다면 KBR의 그늘에서 벗어날 수가 없다는 판단 때문이었다. 그렇다 보니 경환은 린다의 합류를 진심으로 반기고 있었다.

"나름대로 린다의 사무실을 꾸며 봤는데, 맘에 들었으면 좋겠네요. 필요한 것이 있다면 이다나에게 부탁하세요."

"맘에 들어요, 제임스. 신경 써 줘서 고마워요."

당분간은 이다나에게 세 사람의 비서 역할을 수행시킬 생각이었다. 따로 린다의 비서를 구해 주지 못한 것이 경환은 미안했지만, 회사의 재무구조가 본 궤도에 오르기 전까지는 어쩔 수없이 최소 인원으로 회사를 꾸려 나갈 수밖에 없었다.

"이해해 줘서 고마워요, 린다. 커피 한 잔 줄래요?"

경환의 부탁에 린다는 책상 옆에 놓여진 커피메이커에서 커피를 따라 경환에게 건네주고는 자신도 커피를 한 잔 들고 의자에 앉았다. KBR을 박차고 나와 새롭게 시작을 하는 린다도 만감이 교차했지만 후회할 생각은 없었다.

"린다, 저는 린다에게 큰 기대를 걸고 있어요. 조만간 홍콩에서 린다의 일을 수행할 직원이 올 겁니다. 그 친구와 함께 팀을 구성해 보세요. 따로 생각한 인물들이 있다면 채용을 하시고요. 팀 구성은 전적으로 린다에게 맡기겠습니다."

"고마워요. 우선 투자의 방향에 대한 제임스의 계획을 알고 싶어요."

린다는 성장해 가는 SHJ에서 자신의 입지를 다지기 위해서라도 빠른 성과물을 내어 놓고 싶었다. 그런 린다를 이해하긴 했지만 투자로 바로 성과를 본다는 것이 쉽지 않은 일이었기에 경환은 린다의 마음을 진정시켜 주고 싶었다.

"저는 기존 컨설팅업무로는 SHJ의 한계가 있다고 생각을 하기 때문에, 점차적으로 투자 부분을 확대할 생각입니다. 아직은 자금적인 부분이 힘들겠지만, 홍콩의 자금과 컨설팅에서 발생되는 이익의 대부분을 린다의 투자 부분에 집중을 시킬 생각이에요. 이번 KBR과의 거래에서 받은 비용부터 시작을 할 겁니다. 장기적인 안목으로 투자대상을 선정해 주세요. 너무 조급해하지 마시고요."

경환에게 자신의 생각이 읽힌 것이 린다는 부끄러웠다. 황태수와 더불어 자신을 부사장으로 채용한 경환에게 자신의 가치를 하루라도 빨리 드러내고 싶었지만, 투자 성과가 하루아침에 나오지 않는다는 건 자신도 알고 있었다.

"나중의 투자패턴은 린다에게 맡겨 보고 싶지만, 처음은 제가 계획한 투자를 진행해 줬으면 합니다."

"어떤 계획이죠?"

린다는 경환의 계획이 궁금해지기 시작했다. 다른 건 몰라도 금융과 투자부분은 자신을 따라오지 못할 것이라고 생각하기 때문이었다.

"작년에 TIA(통신산업협회)에서 캘리포니아 퀄컴의 CDMA를 표준안으로 선정했습니다. 이에 따라 한국의 체신부가 작년 6월에 이 CDMA방식을 한국의 이동통신 표준안으로 채택하고 연구를 하고 있는 중이기도 하고요. 린다가 퀄컴과의 투자협상을 진행해 주었으면 합니다."

린다도 이에 대한 소식은 알고 있었지만 경환의 계획은 무모하다고 생각하고 있었다.

"제임스, 한국이 CDMA를 선정한 것에 대해 무모하다고 보는 입장이 대세입니다. 미국도 CDMA의 상용화는 부정적으로 보고 있습니다. 퀄컴이란 회사에 대해 조사는 해 보겠지만, 제임스의 의견에 쉽게 동의는 하지 못할 거 같네요."

한국은 이동통신 방식을 가지고 TDMA와 CDMA를 놓고 고민을 하다 CDMA방식으로 채택을 하게 되었다. 이 이면에는 독자적인 디지털 이동통신기술을 확보하겠다는 한국정부의 의지가 있었지만, 실상은 유럽형 GSM방식의 변형인 TDMA를 검토하는 과정에서 제한적인 기술이전과 과도한 로열티 등 비경제적인 부분으로 인해 세계최초로 CDMA방식을 선정할 수밖에 없었다.

"린다, 한국인의 끈질김을 과소평가하지 마세요. 제 판단은 3년 내로 한국은 CDMA 상용화에 성공할 겁니다. 그 이후론 GSM의 아성이 무너져 갈 거고요. 그래서 지금이 투자의 최적시기입니다. 현재의 퀄컴은 재무사정이 그리 좋지 못할 겁니다. 퀄컴 또한 한국과 로열티 계약은 했지만, 한국 시장에서의 성공은 비관적으로 보고 있을 수도 있고요. 이번 KBR에서 들어온 자금을 다 써도 좋습니다. 퀄컴의 지분참여가 힘들다면 한국과의 계약 부분만이라도 SHJ가 참여할 수 있도록 협상을 해 주십시오."

린다는 경환의 말에 쉽게 동의를 하는 표정은 아니었다. 그 당시 한국을 제외한 대다수의 국가들은 한국이 무모한 도전을 한다고 생각하고 있었기에, 한국이 독자적인 기술을 확보하고 상용화에 성공하리라곤 예상하지 못하고 있었다. 향후 퀄컴사로 매년 로열티가 2억 달러 이상 지불된다는 사실을 알고 있는 경환이지만, 지금 당장 린다를 설득하기엔 무리였다.

"이번만 제 의견에 따라 주세요. 퀼컴사에 투자가 마무리된다면 한국의 이동통신사업에도 눈을 돌려주시고요. 이동통신사업자와 단말기 제조업체 두 부분으로 나눠 투자할 수 있게 미리 검토를 해 주시면 됩니다."

린다는 고개를 좌우로 저어 가면서 경환의 투자계획에 이해할 수 없다는 표정을 짓고 있었지만, 경환의 확신에 찬 모습에 이내 손을 들고 말았다.

"휴, 제임스의 지시에 따르기는 하겠지만, 제 의견이 부정적이란 건 알아주었으면 해요. 홍콩에서 에릭이 도착하면 바로 캘리포니아로 출장을 가도록 할게요."

순순히 자신의 계획에 따라 주는 린다에게 미안한 생각이 들긴 했지만, 이번 투자에 대한 세세한 이유는 설명해 줄 수 없었다. 이번 투자의 결과는 1996년이 되어야 나타나기에 그동안 린다에게 시달릴 생각에 경환은 벌써부터 머리가 아파 오기 시작했다. FPSO 입찰이 성공적으로 끝나게 된다면 한국통신을 인수하는 제일그룹과 단말기로 노키아와 모토롤라를 제치는 오성전자에 과감하게 투자할 생각이었다.

♦ ♦ ♦

아동그룹 회장실에는 그룹회장인 최준석과 황태수가 만남을 가지고 있었다. 오성건설 부장 직함으로는 쳐다볼 수도 없는 그룹회장과 자리를 함께하고 있다는 생각이 들자 황태수는 격세지감을 느끼고 있었다.

"황 부사장님, 이렇게 아동을 찾아 주셔서 감사합니다. 하하하."

"저도 회장님을 만나게 돼서 영광입니다. SHJ의 제안을 거절한 것으로 알고 있었는데 회장님께서 찾으실 줄은 생각을 못했습니다."

최준석은 시선을 황태수에 고정하고 표정을 읽어 보려고 노력했지만, 황태수의 표정은 전혀 변화가 없었다. 덤덤하게 입을 열고 있는 황태수와는 다르게 최준석은 최대한 밝게 웃어 보이고 있었다.

"무슨 말씀이십니까? SHJ의 제안은 저희도 긍정적으로 검토를 하고 있었습니다. 아시겠지만 그룹경영이라는 게 검토하는 과정이 복잡하지 않습니까? 시간이 좀 필요했습니다."

대후건설이 나이지리아를 자신의 텃밭으로 생각하고 있듯이 아동건설은 리비아를 자신의 텃밭으로 가꾸고 있었다. 아동건설은 사막에서 지하수를 대형 특수관으로 이동시켜 도시에 공급하는 엄청난 대수로 공사를 통해 중동 토목공사의 굵은 획을 긋고 있었다.

"그러셨군요. 저희가 좀 성급하게 결론을 내렸나 봅니다. 리비아 대수로 공사를 통해 아동건설의 토목공사 기술력이 입증된 만큼 저희 SHJ가 아동건설에 관심을 가지고 있었던 것은 사실입니다."

황태수가 오성건설 출신이란 사실을 알고 있던 최준석은 팔은 안으로 굽는다고 오성건설로 이 제안이 들어갈까 전전긍긍하고 있었지만, 최대한 이런 표정을 읽히지 않기 위해 애써 웃음을 짓고 있었다,

"하하하, 검토가 좀 늦기는 했지만, 오너인 제가 결정한 만큼 타 기업보다는 빠르게 일이 진행될 것입니다. 제가 알기론 나이지리아 토목공사에 아동건설의 참여를 원하고 있다고 들었습니다. 대수로 공사로 아동의 기술력이 입증된 만큼 이번 석유화학단지의 공사에는 문제가 없을 것입니다. 또한 KBR은 공사비용을 절감해야 되지 않겠습니까?"

최준석은 KBR과 SHJ의 약점을 정확히 지적하고 있었다. 무리한 저가

로 입찰에 성공했기에 공사비 절감은 KBR의 최대 이슈였다. 황태수는 웃음을 지어 보였다.

"물론 아동건설의 능력은 잘 압니다. 또한 비용을 절감해야 되는 부분도 시급하게 해결해야 될 문제인 것도 사실입니다. 저희 사장님은 삼희건설도 안중에 넣고 계십니다."

삼희건설은 리비아 대수로 공사만큼 큰 규모의 토목공사를 진행하고 있지는 않지만, 많은 해외공사 경험으로 탄탄한 실력을 가지고 있는 업체였다. 삼희건설을 거론하며 만만치 않게 받아 치는 황태수를 허탈하게 바라봤다.

"황 부사장님을 못 당하겠습니다. 중원그룹과 한국통운의 합작은 최대한 빨리 진행시키도록 하겠습니다. 그러니 아동건설과 KBR의 협력체계를 성사시켜 주십시오. SHJ엔 대가를 톡톡히 지불할 용의가 있습니다."

최준석의 말에도 황태수는 긴장을 놓지 않았다. 경환의 지시가 아직 남아 있기 때문이었다.

"알겠습니다. 저희도 긍정적으로 아동의 참여를 검토하겠습니다. 아시다시피 저희 SHJ는 KBR에 제안을 할 뿐이지 최종 결정권은 KBR이 가지고 있습니다. KBR은 한국건설업체의 참여를 그리 탐탁지 않게 여기고 있는 게 사실입니다. 그래서 회장님이 실무 팀을 이끌고 조만간 휴스턴을 방문해 주셨으면 합니다."

이미 컨설팅비용을 500만 달러 절감해 주면서 한국 건설업체의 참여에 대해 확답을 받아 놓은 상태였지만, 이런 사실을 최준석에서 알려 줄 필요는 없었다. 최준석은 황태수의 제안을 흔쾌히 받아들였다. 이번 제안을 성공시킬 수 있다면 오성그룹에서도 실패한 KBR과의 업무제휴를 자신의 손으로 이룰 수 있었기 때문이었다.

　최준석과의 미팅을 마치고 서둘러 화성산업으로 돌아왔지만, 대현중공업의 권철중 전무와 이한주 부장은 이미 회의실에 도착을 한 상태였다.

　"죄송합니다. 외부의 일로 늦었습니다. SHJ 부사장 황태수라고 합니다."

　"저희가 약속 시간보다 좀 서둘렀습니다. 권철중 전무입니다."

　서로 인사를 나눈 두 사람은 누가 먼저랄 것도 없이 회의에 집중하기 시작했다. 황태수가 오성그룹 출신이란 것은 이미 알려진 사실이었기 때문에 권철중 입장에서도 오성중공업과 협상하는 것을 방지하기 위해 오늘 황태수의 확답을 받아 놓을 생각이었다. 그리고 황태수 또한 SHJ의 투자 부분으로의 진출이 시작된 만큼 서둘러 미국으로 돌아가야만 했기에 둘의 회의는 군더더기 없이 빠르게 진행되어 갔다.

　"대현중공업이나 KBR도 FPSO은 첫 시도입니다. 그렇다 보니 이 일을 컨설팅하고 있는 SHJ의 고민은 상당합니다. 그러나 저희 SHJ는 대현중공업의 선박건조 능력과 KBR의 특수플랜트 설계와 시공능력이 합쳐지게 된다면 충분히 가능성이 있는 프로젝트라고 판단을 하고 있습니다."

　황태수의 단도직입적인 말에 권철중 또한 이에 호응이라도 하듯 솔직한 심정을 말하고 있었다.

　"흠, 저희도 FPSO 사업에 큰 관심을 가지고 있습니다. 아니 꼭 진출할 생각입니다. 부사장님의 말씀대로 저희와 KBR의 능력이 합쳐진다면 시행착오를 획기적으로 줄일 수 있다고 봅니다."

　권철중은 이미 적극적으로 이 사업에 참여하라는 그룹 회장의 지시를 받아서 그런지 탐색전도 없이 자신의 속마음을 풀어 놓고 있었고 황태수 또한 이런 권철중에 호응을 하고 있었다.

"저도 전무님과 의견을 같이하고 있습니다. 두 회사가 공동으로 설계를 해 나가고 이에 대해 부수적으로 따르는 특허를 공동으로 관리한다면 향후 30년 동안은 FPSO 사업을 두 회사가 주도할 수 있다고 봅니다."

"충분히 검토가 가능한 제안이라고 봅니다. 저희는 이미 FPSO TF팀의 구성을 마친 상태입니다. SHJ의 요청이 있다면 내일이라도 휴스턴을 방문할 수 있습니다."

아직 KBR과의 중요 협상이 남아 있긴 했지만, 황태수는 큰 걱정을 하지는 않고 있었다. 경환은 이미 윌리엄과 한국의 조선업체와 FPSO의 공동연구 및 공동입찰을 한다는 기본방침에 합의를 한 상태였기 때문이었다. 대현중공업은 FPSO 사업에 진출하여 새로운 기술을 습득하려 하였고, KBR은 기술력을 가지고 있으면서도 제작비용이 저렴한 한국 조선업체와의 기술제휴로 더 큰 이익을 취하려고 했기에 두 업체의 합작은 큰 문제는 없어 보였다.

"알겠습니다. 우선 대현중공업과 SHJ와의 계약이 선행되어야 합니다. 그 후에 세 회사의 제휴를 진행하도록 하시죠."

황태수의 시원스러운 답변에 권철중은 얼굴이 환하게 펴졌다. 그동안 답을 주지 않고 차일피일 미루던 박화수 때문에 속앓이를 했던 권철중에게 오늘 황태수와의 만남은 한 줄기 빛으로 다가왔다.

"당연히 부사장님의 말씀대로 진행이 될 것입니다. 그리고 이번 미국 방문에는 회장님이 직접 TF팀을 이끌고 SHJ를 방문하시게 될 겁니다."

황태수는 대현중공이 매우 적극적으로 이 사업에 관심을 보이고 있다는 사실에 놀라워하며 이 사업이 원활하게 진행될 거란 느낌을 받을 수 있었다.

◆ ◆ ◆

경환은 이다나의 안내에 따라 휴스턴 시청에 들어서고 있었다. 오늘 휴스턴 시청의 방문은 린다의 조언에 따라 SHJ 명의로 청소년센터에 50만 달러를 기부하기 위해서였다. 하지만 휴스턴 시장은 이 기부를 자신의 정치적 이벤트로 만들기 위해 경환의 시청 방문을 강력히 요청을 해왔다.

경환은 많은 고민을 했지만, SHJ가 휴스턴에 뿌리를 내리기 위해서는 시 정부에 협조적인 모습을 보일 필요가 있다는 말에 동의를 하고 오늘 이다나와 함께 시청을 방문하게 되었다.

경환이 50만 달러라는 거금을 기부하려는 이유는 세금을 감면받기 위한 것보다는 휴스턴이라는 지역사회에 SHJ가 융화되고 있다는 모습을 보여 주기 위함이 더 컸다. 텍사스 주는 다른 주와는 다르게 석유에서 나오는 풍족한 세수로 인해 개인소득세를 징수하지 않고 있었으며 기업들에게도 30%가량의 연방세를 제외하고는 거의 세금이 없다시피 했다.

그러나 경환은 미국 사회의 기부문화가 기업이든 개인이든지 간에 보편화되어 있기 때문에 기부에 인색한 기업이나 개인은 미국 사회에 뿌리내리기가 그만큼 어렵다는 것을 알고 있었다. 사실 SHJ는 3년간 세금을 면제받았기 때문에 이번 기부는 큰 부담이 되지는 않았다.

"이번 청소년센터의 기부에 큰 감명을 받았습니다. 시장으로서 감사합

니다."

"앞으로 SHJ는 기부에 적극적으로 참여할 계획입니다. 매년 청소년센터에 35만 달러 이상으로 기부할 계획입니다."

경환과 시장은 밝은 웃음을 보이며 악수를 나누었고, 지역 신문기자들의 카메라가 여기저기에서 번쩍였다. 기자들과의 인터뷰가 끝나고 경환은 시장 집무실로 향했다.

"미스터 리, SHJ의 빠른 성장에 개인적으로 큰 기대를 하고 있습니다. 특별히 기업 활동에 불편한 점은 없습니까?"

"기업 활동을 하기에는 가장 이상적인 도시라고 생각합니다. 더운 날씨만 제외한다면 말이죠."

경환의 농담에 집무실에 있던 시장의 참모들은 한바탕 웃을 수 있었다. 경환은 시장과의 개인적인 만남이 부담되었지만, SHJ의 성장을 위해서는 시 정부의 협조가 절대적으로 필요했기 때문에 시장의 요청을 거절할 수는 없었다.

"윌리엄에게 많은 말을 들었습니다. 윌리엄은 휴스턴에서 발전 가능성이 가장 높은 기업으로 SHJ를 주저 없이 꼽더군요."

시장의 입에서 윌리엄의 말이 나올 줄 전혀 몰랐던 경환은 윌리엄의 넓은 오지랖에 감탄을 하고 있었다.

"시장님께서 저희 SHJ에 관심을 가지고 있으실 줄은 몰랐습니다. SHJ는 이번 기부를 시작으로 지역사회발전에 이바지하는 기업으로 성장해 나갈 것입니다."

다소 원론적인 대답을 하고 있는 경환이었지만, 시장은 이를 큰 의미로 받아들인다는 듯 크게 기뻐하고 있었다.

"하하하, 저 또한 기대하고 있습니다. 그래서 하는 말인데 휴스턴 한인회와 저희 시 정부 간의 연결고리를 SHJ가 맡아 주시면 어떨까 제안하고 싶어서 오늘 이 자리를 마련했습니다."

시장의 말에 경환은 당황했다. 경환은 한인회 활동에는 관심을 두지 않고 있었으며 교류 또한 전혀 없었다. 휴스턴의 한인들은 다른 지역과는 달리 석유 및 우주관련 공학자들이 많았고 경제적인 지위 또한 높았다. 시장은 경환을 통해 휴스턴 한인회와의 정치적인 교류를 원했다. 그를 이용해 자신의 지지를 이끌어 내려 하는 것이었다.

"지금은 회사의 자립도를 높이기 위해 매진할 시기이기 때문에 한인회 활동에는 적극적으로 참여하고 있지는 않습니다만, 시장님의 조언을 항상 염두에 두겠습니다."

시장이 무엇을 원하는지 알게 된 경환이었지만, 당장 한인회 활동에 참여할 생각은 전혀 없었다. 그러나 시장의 요청을 무턱대고 거절할 수는 없었던 경환은 이 정도 선에서 만남을 마무리하고 싶었다.

"하하하, 그래야지요. 언제 윌리엄과 식사라도 같이합시다. SHJ에 대한 지원을 우리 시 정부에서도 아끼지 않겠습니다."

시장으로부터 생각하지도 못한 숙제를 떠안은 경환이었지만, 당분간 한인회와의 교류는 할 생각이 없었다.

우선은 시장과의 개인적인 친분을 갖고 법이 정해진 한도 내에서 후원하는 것으로 생각을 정리하고 아동건설과의 만남을 위해 급히 시 청사를 빠져 나왔다.

◆ ◆ ◆

"SHJ의 제안을 저희는 받아들일 수 없습니다."

퀄컴과 협상을 벌이고 있던 린다는 어윈 제이콥스의 단호한 거절에 곤혹스러운 표정을 지어 보였다.

"미스터 제이콥스, 한국이 CDMA 상용화에 성공한다는 보장은 없습니다. 혹시 성공을 한다 하더라도 하루아침에 되는 일은 아니고요. 그때까지 과연 퀄컴이 살아남을 수 있다고 보십니까?"

퀄컴의 창업자인 어윈 또한 린다의 도발에 마땅한 대답을 하지는 못하고 있었다. 한국과의 로열티 계약으로 금융권의 투자를 받아 내기는 했지만, 퀄컴 내부의 자금사정은 그리 원활하게 돌아가지 못하고 있기 때문이었다. 그 또한 한국이 CDMA 상용화에 성공할지 확신을 가지지 못하고 있었지만, 지분참여와 한국과의 로열티계약에 참여하기를 원하는 SHJ의 제안에는 쉽게 동의하지 못하고 있었다.

"한국은 국가적인 차원에서 CDMA 상용화에 박차를 가하고 있습니다. 저희 또한 대대적으로 기술지원을 하고 있고요. 좋은 결과가 있을 거라고 저희는 확신을 하고 있습니다."

"그 결과물이 언제 나오리라고 보십니까? 우선 퀄컴이 살아남아야 하지 않겠습니까? 그리고 한국이 상용화에 성공을 한다 하더라도 한국의 이동통신시장은 크지 않습니다. GSM의 아성이 쉽게 무너진다고 보시나요?"

린다는 제이콥스의 아픈 곳을 쑤시고 들어왔다. 린다의 말대로 GSM을 파고들기에는 한국은 시장이 너무 작았다. 금융권의 투자와 대출로 버티고는 있지만, 2~3년 내로 투자금을 확보하지 못한다면 퀄컴이란 간판 자체가 사라질 수도 있다는 것이 제이콥스를 흔들리게 만들었다.

"그렇다 하더라도 SHJ가 제안한 금액은 수용하기에는 무리가 있습니다. 1,500만 달러에 우리 지분과 한국과의 계약에 참여하겠다는 것은 칼만 안 들었지 강도와 다를 게 없다고 생각합니다."

린다는 1,500만 달러 투자로 퀄컴의 지분 3%와 한국과의 로열티계약 50% 참여를 제안했었다. 제이콥스의 수그러진 모습을 확인한 린다는 급히 제안을 수정하여 제시하였다.

"휴, 미스터 제이콥스의 끈질김에 제가 졌습니다. 저희의 제안을 수정해서 제안하겠습니다. 앞으로 3년간 총 5,000만 달러를 투자하도록 하겠습니다. 계약과 동시에 1,500만 달러를 투자하고 내년에 2,000만 달러, 후년에 1,500만 달러를 투자하는 조건입니다. 투자금이 높아진 만큼 저희는 6%의 지분과 한국과의 로열티 부분에 40% 참여, 이후 한국의 단말기 제조업체 선정에 퀄컴과 공동참여를 하는 조건입니다. 이 제안마저 거절한다면 저희는 퀄컴 투자를 포기하겠습니다."

린다는 이런 제안을 하면서도 자신 스스로도 이해를 하지 못하고 있었다. 퀄컴과의 협상이 지지부진하자 경환은 제안의 내용을 바꾸라는 지시를 내렸었다. 올해 있을 FPSO 입찰에 실패라도 한다면, 계약 불이행으로 인해 앉아서 1,500달러를 날리게 되는 조건이었기 때문에 린다는 마음이 불편했다.

너무 무모한 도박이라고 생각되었지만, 이번 한번만 자신을 믿어 달라는 경환의 사정에 린다도 백기를 들 수밖에 없었다. 제이콥스는 SHJ의 제안을 다시 한 번 머리로 계산하고 있었다. 나쁘지도 그렇다고 좋다고 볼 수도 없는 제안이었지만, 한국의 상용화가 언제 이뤄질지 모르는 상태에서 쉽게 거절을 할 수도 없는 제안이었다.

"좋습니다. 긍정적으로 검토하겠습니다. 고문 변호사와 협의를 한 후에 좋은 소식을 드리겠습니다."

"알겠습니다. 좋은 소식을 휴스턴에서 기다리고 있겠습니다. 다음 달 안으로는 결과를 주시기 바랍니다. 저희도 퀄컴이 안 된다면 다른 곳으로 눈을 돌려야 하거든요."

어윈은 새로운 투자자를 구했다는 안도감이 들어서인지 한결 밝아진 얼굴로 악수를 나눌 수 있었다. 그러나 퀄컴을 빠져 나오는 린다와 에릭의 표정은 그리 밝지 못했다.

"린다, 이번 투자를 사장님이 너무 낙관적으로 보고 있는 거 아닌지 모르겠네요."

SHJ에 합류하자마자 퀄컴에 대한 조사를 진행했던 에릭도 경환의 이번 투자에 대해 극구 말리는 입장이었다. 미국으로 건너오기 전 의욕에 불타던 에릭은 H은행의 정보망을 최대한 이용하여 최고의 투자지와 투자 패턴에 대해 연구를 해 왔다. 그러나 경환의 지시에 의해 이뤄진 이번 퀄컴과의 투자협상은 쉽게 납득할 수 없었다.

"나도 에릭과 같은 심정이야. 그러나 지금까지 제임스, 아니 사장님이 이뤄 왔던 결과는 우리의 예상을 뛰어넘고 있다는 것도 사실이고. 머리로는 실패한 투자라고 생각하지만, 그런 결과물을 알고 있기 때문에 쉽게 반대할 수 없었던 거야, 투자가 결정된 이상 에릭은 퀄컴의 관리에 신경을 써 줘."

일종의 도박 같은 이번 투자의 결과를 린다는 지켜볼 생각이었다. 경환의 운이 따라 주기만을 바라면서.

나이지리아 토목공사 협상을 위해 아동건설의 정기명 사장은 실무 팀을 이끌고 급히 SHJ를 방문하고 있었다. 황태수는 최준석 회장의 방문을 요청했지만, 정기명이 실무 팀을 인솔하고 방문을 하자 못내 불편한 표정을 지어 보이고 있었다.

"회장님께서는 갑자기 리비아 정부의 요청을 받고 리비아로 출국을 하셨습니다. 이 점 양해를 바란다는 말씀을 전하셨고요. 제가 전권을 가지고 온 만큼 좋은 결과를 만들기 위해 최선을 다하겠습니다."

정기명은 황태수의 표정이 좋지 못하다는 사실을 알고 미리 선수를 치고 들어왔다.

"흠, 알겠습니다. SHJ 대표를 맡고 있는 이경환입니다."

경환은 황태수를 대신해 직접 자신의 소개를 했고 두 사람은 가벼운 눈인사와 악수를 나눈 후 자리를 잡았다.

"저희 아동그룹은 중원그룹과의 합작사업과 더불어 KBR과의 업무제휴에 큰 기대를 하고 있습니다. 리비아 대수로 공사에서 아동건설의 기술력은 충분히 입증이 되었다고 자부하고 있습니다. KBR이 원하는 비용적인 측면에서도 전향적인 자세로 검토를 할 생각입니다. 아무쪼록 SHJ의 원활한 중재를 원하고 있습니다."

황태수는 아동건설에 토목과 일부 시공을 발주하는 것에 대해 회의적인 반응을 보였다. 물론 리비아 공사로 인해 기술력을 인정받고 있다는 것은 사실이었지만, SHJ가 한국의 대형그룹을 상대하는 것보다는 삼회건설처럼 그룹화되지 않은 건설업체를 컨트롤하기가 쉽다는 이유에서였다. 그러나 경환은 끝까지 아동건설을 고집하고 있었다.

"정 사장님의 말씀 잘 들었습니다. 기업이야 이익을 위해 움직일 수밖에 없다고 생각합니다. 저희 SHJ 또한 마찬가지입니다. 아동건설과 KBR을 연결하면서 이익이 발생하지 않는다고 판단된다면 이 비즈니스는 쉽게 성사되기 어렵다는 것을 미리 말씀드립니다. 현재 KBR은 아동건설에 토목과 시공을 발주하는 것에 대해 부정적인 의사를 저희에게 전달해 온 상태입니다. 이 점 기억해 주십시오."

이미 윌리엄과의 협의를 통해 아동건설로의 발주에 합의한 상태인 것을 알고 있는 황태수는 경환의 노림수가 무엇인지 궁금해졌다.

"공사비용에 대해서라면 걱정하지 않으셔도 됩니다. 저희는 KBR이 원하는 수준까지 공사비를 절감할 것입니다. 또한 SHJ의 컨설팅비용도 만족하실 것입니다."

이미 비용에 연연하지 말고 KBR과의 거래를 성사시키라는 최준석의 지시를 받아 놓은 상태였기에 정기명은 자신 있게 답변을 하고 있었다.

"KBR에서는 물론 공사비 절감이 간절하긴 하지만, 그보다 부실공사에 대한 염려를 더 크게 보고 있습니다. 자칫 비용을 절감하기 위해 무리한 공사를 진행했다는 오명을 쓰지는 않겠다는 것이 KBR의 생각입니다. 그래서 아동건설을 추천한 저희들의 입장이 난처한 상태입니다."

경환은 정기명 앞에서 자못 심각한 표정을 지어 보이고 있었다. 분위기가 부정적인 방향으로 흘러가고 있다는 것을 느낀 정기명은 마음이 다급해져만 갔다. 자칫 이번 일이 성사되지 못한다면 최준석의 눈 밖에 날 수밖에 없다는 것을 알고 있었기 때문이었다.

"이 사장님도 잘 아시겠지만, 아동건설의 능력은 대현건설을 제외하고는 따라올 업체가 없습니다. 대현건설의 경우는 KBR이 원하는 공사비절감을 만족시킬 수 없는 상태에서 KBR의 최고의 파트너는 아동이라고 생각합니다."

정기명은 지푸라기라도 잡는 심정으로 경환에게 매달리고 있었지만, 경환의 심각한 표정은 풀리지 않고 있었다.

"하, 어렵네요. 이렇게 하시면 어떻겠습니까? 제가 마침 3월 초 KBR 사장과 함께 한국을 방문할 생각입니다. 조그맣긴 하지만 회사를 인수한 곳이 있어서요. 그때 아동건설의 기술력을 검증할 수 있는 방법을 KBR에 제시해 보시는 게 어떠시겠습니까? 저는 그동안 최대한 KBR을 설득해 보겠습니다."

경환의 말을 들은 정기명은 어둠 속에서 한 줄기 빛을 만난 것처럼 고개를 끄떡였다.

"이 사장님, 감사합니다. 꼭 KBR을 설득해 주십시오. 서울에서 철저히 준비를 하고 있겠습니다."

두 사람의 대화를 지켜보고 있던 황태수는 왜 경환이 어려운 길로 가려는지 이해를 할 수가 없었다. 그는 고개를 갸웃거리며 아동건설의 실무팀들과 함께 나이지리아 석유화학단지에 대한 설명을 해 주기 위해 따로 마련된 자리로 옮겨 갔다.

◆ ◆ ◆

아동건설과는 다르게 대현중공업과 KBR 사이의 협상은 빠른 속도로 진행되고 있었다. 두 회사 모두 FPSO에 대한 절박한 심정이 맞아 떨어져서인지 SHJ의 제안을 특별한 거부 없이 수용했다. 세 회사의 계약이 이뤄짐과 동시에 본격적으로 대현과 KBR의 최고의 엔지니어들이 설계와 기술개발을 위해 TF팀을 조직했고, 업무 효율성을 위해 KBR의 연구소에서 연구를 시작했다.

경환은 대현중공업의 실무 팀을 이끌고 온 정상길 사장보다는 설계와 기술팀을 이끌고 있는 민인식이란 인물을 보고 이 프로젝트는 무조건 성공할 수 있다는 확신을 가지게 되었다. 정상길이야 그룹회장의 자식이란 타이틀을 가지고 있었기에 대현그룹이 이 프로젝트를 미래 산업으로 육성하겠다는 의지를 표명하는 것이라 이해할 수 있었지만, 민인식은 상황이 달랐다.

버클리대에서 학부를 졸업하고 MIT에서 박사 학위를 받은 민인식은 군함을 설계하는 리튼 사에서 많은 구축함 프로젝트를 성공시키며 보잉 사로 스카우트되었다. 그 이후 대후조선에 입사한 민인식은 OEM방식을 고수하고 기술개발을 하지 않는 대후조선에 실망했고, 대현그룹 회장의 끈질긴 구애 끝에 대현중공업으로 자리를 옮긴 상태였다.

다른 건 몰라도 대현중공업의 기술적 기반이 민인식을 통해 이뤄졌다는 것을 알고 있던 경환은 민인식이 TF팀을 이끌고 있다는 사실에 크게 고무되었다. 이에 따라 대현중공업과 KBR의 TF팀 구성에서도 경환은 강력하게 윌리엄을 설득하여 민인식을 설계와 기술팀장으로 임명하도록 만들었다. 내일 돌아가는 정상길을 위해 경환은 자리를 마련해 식사를 준비하고 있었다.

"정 사장님의 빠른 결정이 이 프로젝트를 원만하게 이끌었다고 생각합니다."

경환은 2000년 이후 정계로 진출하는 정상길과 개인적인 친분을 갖기 위해 마련한 자리에 민인식도 함께 초대를 해 자리를 같이했다.

"저는 이 사장님의 추진력에 상당히 놀랐습니다. 저야 대현그룹이라는 배경이 많이 작용했지만 이 사장님은 단시간에 맨주먹으로 이 자리에 온 것을 알고 있습니다. SHJ와 저희 대현중공업과 장기적인 파트너로 업무 협조를 했으면 합니다."

아직 한국 업체들과의 장기적인 거래에 대해 미온적인 생각을 갖고 있는 경환은 쉽게 답변을 하지는 않고 있었다. 특히 대현그룹의 경우 그룹 회장이 정치일선에 나섰다 현 정권으로부터 큰 제재를 당하고 있는 사실이 경환을 주저하게 만들고 있었다.

"저는 이번 프로젝트의 성공을 확신하고 있습니다. 그건 민인식 팀장님이 계시기 때문입니다. 민 팀장님의 노력 여하에 따라 이 프로젝트의 성공 여부가 달려 있다고 봅니다. 팀장님께서는 설계에 대한 초안이 언제쯤 가능하리라 보십니까?"

경환의 질문에 민인식은 쉽게 대답하지 못했다. 아직 시작도 되지 않은 일이기에 함부로 대답할 수 없어서였다. 우물에서 숭늉을 찾느냐는 눈으로 경환을 바라보던 민인식은 고개를 저었다.

"이 사장님께서 급하신 것은 저희도 잘 알고 있습니다. 기본적인 대형 선박에 대한 설계는 가지고 있으니 이를 응용하고 KBR의 기술을 융합해 간다면 반년 이내로 초안이 나올지 않을까 생각합니다."

금년 10월부터 입찰이 시작되니 급하긴 하지만, 시간에 맞출 수는 있어 보였다. 경환은 민인식을 SHJ에 합류시키면 좋겠다는 생각을 해보다 포기하고 말았다. 민인식이란 인물 자체가 쉽게 말을 갈아탈 사람이 아니었고, 민인식을 SHJ 품에 안게 된다면 한국 조선업의 퇴보를 초래하게 된다는 걸 알고 있기 때문이었다.

"저는 정 사장님이 많이 부럽습니다. 민 팀장님 같은 뛰어난 엔지니어이자 경영자를 모시고 계시니까요."

"하하하, 이 사장님의 말이 맞습니다. 제가 인복이 워낙 많아서요."

경환은 모시고 계신다는 말로 정상길의 인물됨을 확인하려 했지만, 정상길은 전혀 개의치 않고 화통하게 받아넘겼다. 경환은 정상길에게 웃음을 지어 보였다.

"대현중공업으로도 이번 FPSO 참여는 큰 기회가 될 것이라고 생각합니다. 좋은 결과가 나올 수 있도록 SHJ도 입찰에 만전을 기하겠습니다."

기분 좋게 저녁을 마친 세 사람은 조선업계의 미래에 대해 서로의 의견을 교환한 후 아쉬운 자리를 마무리했고 다음 날 정상길은 귀국길에 올랐다.

대현중공업과 KBR의 FPSO 프로젝트는 두 회사의 전폭적인 지원에 힘입어 예정보다 빠르게 성과를 보이기 시작했다. 퀄컴은 SHJ의 제안을 받아들였고, 린다는 투자에 따른 법적 문제를 보완하느라 경환보다도 바쁘게 시간을 보내고 있었다.

"사장님, 북경에서 전화가 왔습니다. 돌려 드리겠습니다."

갑작스런 김창동의 전화에 경환은 급히 수화기를 들었다. 중국에서 진행되는 일에 대해 전권을 준 김창동이 휴스턴의 출근 시간에 맞춰 전화를 했다면 자신의 결정을 받아야 할 만큼 중요한 일이라는 생각에서였다.

"김 부장님, 늦은 시간일 텐데 급한 일이라도 있으신가요?"

안부를 묻지도 않고 경환은 급히 김창동을 재촉하기 시작했다.

[사장님 다름이 아니라 경무부에서 저희가 진행하는 원스톱 서비스

를 확대해 보자는 얘기를 하고 있습니다. 이건 제 선에서도 처리가 가능한데, 화동의 장 사장이 사장님을 한번 만나고 싶어 합니다. 의중은 알 수 없지만, 제 생각으로는 홍콩 일을 처리하고 싶어 하는 거 같습니다.]

원하는 한국 기업에 한해 투자에 대한 조언과 인허가 절차를 위탁받아 진행해 온 사업이 큰 호응을 보이고 투자유치에도 일조를 한다는 사실을 중국 경무부도 알게 되었다. 그래서 이 사업의 확대방안에 대해 SHJ와 협상을 벌이고 있었지만 크게 이익을 남기는 사업도 아니었고 자칫 투자에 실패한 기업들의 원성을 듣고 싶지 않았기 때문에 경환은 이 제안을 거절하고 있었다. 그러나 장성귀의 요청을 쉽게 무시할 수는 없었다. 현재 고정적인 수입을 보이고 있는 것은 화동과의 유연탄 사업밖에는 없었기 때문이었다.

"화성산업의 인수가 마무리되었기에 한국을 방문할 예정입니다. 그때 북경도 같이 방문하겠습니다. 장 사장과의 만남을 준비해 주세요."

[알겠습니다, 사장님.]

유연탄 거래에서 발생하는 비자금은 정확히 장성귀가 원하는 구좌에 넣어 주고 있었다. 특별히 문제가 되지 않고 있다는 것을 알고 있었기에 장성귀가 무슨 문제를 가지고 자신ㄴ의 방문을 원하고 있는지 경환은 무척 궁금했다.

3월이 되자 수정의 배는 숨 쉬기도 힘들 정도로 나와 있었다. 출산 예정일이 두 달밖에 남아 있지 않은 상태였기 때문에 부득이 수정을 장모님과 어머니에게 맡기고 한국과 중국 출장에는 경환 혼자 올 수밖에 없었다. 한국에서는 박화수의 진두지휘 아래 화성산업의 인수를 마무리하고

'SHJ-화성플랜트'란 이름으로 새롭게 출발하고 있었다.

사무실에는 이 부장을 포함한 몇몇 인물이 보이지 않고 있었지만 직원들의 동요는 없어 보였다. SHJ는 인수비용이 홍콩에서 투입되자마자 제일 먼저 밀려 있던 직원들의 급여를 보너스까지 포함해 일시불로 지급했다. 직원들의 동요를 최소화하기 위한 박화수의 건의를 경환이 승인했던 것으로, 이로 인해 화성산업 직원들은 SHJ의 인수를 반기는 분위기로 돌아서게 되었다.

"사장님, 미국에서 오시는 이 사장님을 마중 안 나가도 되겠습니까? 마중 나오지 말라는 이 사장님의 지시가 있었다고는 하지만 좀 찝찝하네요."

"강 부장님, 저도 부장님과 같은 생각을 했다가 부사장님께 욕만 바가지로 먹었습니다. 앞으로 SHJ 그룹은 외부 손님을 제외하고 열외 없습니다."

부장으로 승진한 강동원은 박화수의 말에도 연신 고개를 갸우뚱거리고 있었다. 경환은 화성산업을 인수하는 과정에서 마산공장은 현행대로 최승호 전무 체제로 움직이게 했고 중단되었던 KBR과의 기술이전에 속도를 더하고 있었다. 또한 나이지리아 석유화학단지에 들어가는 일반 철구조물 물량과, 일부이기는 하지만 시범적으로 특수플랜트를 발주 받은 상태로 마산공장은 이전 모습으로 서서히 돌아가고 있었다. 마침 경환이 사무실 문을 열고 들어오는 모습이 강동원의 눈에 띄었다.

"사장님, 어서 오십시오."

"강 부장님, 오랜만에 뵙네요. 새롭게 회사가 시작되는 만큼 부장님께거는 기대가 많습니다. 박 사장님을 도와 회사를 키워 주십시오."

강동원은 경환의 가방을 받으려 했지만, 경환은 이를 극구 사양했다. 경환은 사장실에 들어가 박화수의 보고를 받았다.

"이번 인수가 원만하게 처리된 건 박 사장님 덕분이라고 봅니다. 마산 공장 최 전무님과의 기술회의를 소홀히하지 말아 주십시오. 본사에서는 FPSO 사업을 마무리하고 컨설팅업무를 확대할 생각입니다. 그렇게 된다면 SHJ-화성의 물량도 많아질 것으로 판단되니 그때를 준비해 주셨으면 합니다."

"알겠습니다, 사장님. 최 전무님도 이번 인수에 많은 도움을 주셨습니다. 그분과 함께 회사를 키워 보겠습니다."

박화수가 아니었다면 이번 인수가 쉽지 않았다는 것을 경환은 누구보다도 잘 알고 있었다. 그러나 박화수는 플랜트 제작에는 지식을 가지고 있지 않았기 때문에 최승호의 지식이 절대적으로 필요한 상태였다.

"최승화 사장님은 섭섭해하지 않던가요?"

경환은 불가피한 상황이었기는 했지만, 최승화로부터 회사를 뺏었다는 생각을 지워 버릴 수가 없었다.

"저희가 아니었다면 오성에 통째로 먹힐 상태였습니다. 인간적으로야 섭섭해 하겠지만, 최 사장님도 불가피한 결정이라 생각할 거라고 봅니다. 너무 자책하지 않으셨으면 좋겠습니다."

경환의 마음을 읽고 있었던 박화수는 조심스럽게 경환을 위로했지만, 최승화에 대한 안타까움이 커서 그런지 경환의 표정은 쉽게 펴지지 않았다.

"지분 정리는 다 끝난 상태로 봐도 되겠죠?"

"네, 그렇습니다. KBR이 23%, 최전무가 5%, 우리사주 5%를 제외하고는 확보를 마쳤습니다. 금융권의 총 차입금 30억 중에서 제1금융권의 15억은 기간 연장을 받은 상태고 제2금융권과 사채에서 들어온 15억은 전액 현금으로 처리했습니다. 담보로 설정된 지분과 어음 모두 회수했습니다. 최 사장님에겐 지분인수조건과 위로금 명목으로 10억을 지급했습니다."

자신이 근무했을 때만 해도 제2금융권과 사채는 없는 상태였다. 권기철과 오성엔지니어링의 화성 죽이기 작업은 교묘하게 진행되고 있었기 때문에 경환이 인수를 결정하지 않았다면 화성의 몰락은 피할 수 없어 보였다.

"저희 SHJ는 무차입금 경영을 목표로 하고 있습니다. 아직 15억의 차입금이 남아 있는 상태이기 때문에 이 돈을 변제하는 것을 우선순위에 두시고 경영해 주시기 바랍니다."

홍콩에서 급히 투입된 700만 달러면 제1금융권의 차입금도 해소시킬 수 있었지만, 나이지리아 물량이 발주되기 전까지 운영자금이 필요하다고 판단되었기에 울며 겨자 먹기로 막대한 이자를 지불하면서까지 기간연장을 받을 수밖에 없었다.

"알겠습니다, 사장님. 말씀대로 차입금 청산을 목표로 삼고 노력하겠습니다. 오성엔지니어링 측에서 업무협조를 제안해 오고 있지만, 직원들의 사기를 감안해서 거절하고 있습니다."

"이해는 하지만 상당히 뻔뻔하군요. 차입금을 청산하기 전까지는 거절을 하는 게 좋을 거 같습니다. 그 후의 일은 박 사장님이 판단을 해서 결정하십시오. 큰 이익을 남길 수 있다면 거래를 하지 않을 이유는 없다고 봅니다. 시간이 된 거 같은데 같이 나가 보시죠."

경환은 최준석과의 만남을 위해 서둘러 승용차에 몸을 실었다.

◆ ◆ ◆

"정 사장이 보기에 이경환이라는 친구는 어떻습니까? 젊은 나이에 그정도의 사업을 일으킨 것을 보면 만만치는 않은 친구인 거 같긴 한데 말이죠."

자신과 마찬가지로 KBR 사장의 해외출장을 핑계 삼아 혼자서 방문하겠다는 연락을 받고 최준석은 SHJ의 젊은 사장에 호기심을 보이고 있었다.

"그렇습니다. KBR에서도 SHJ를 무시 못 하는 분위기를 읽었습니다. 특히 대현중공업과의 합작을 이끌어 내는 모습을 보면서 추진력 또한 대단해 보였습니다."

최준석은 한편으로 경환을 괘씸하게 여기고 있었다. 대현중공업과는 빠른 협상을 하면서도 아동건설과의 일은 질질 끌고 있다는 느낌을 받고 있어서였다. 그렇다고 자기 성질에 못 이겨 SHJ의 제안을 거절할 입장도 되지 못했다. 아동건설의 경우 리비아를 제외하고는 다른 해외건설에 많은 참여를 하지 못하고 있었기에 이번 제안을 성사시켜 돌파구를 찾아야 했기 때문이었다.

"기술력을 검증하겠다고 하는데 준비는 해 놓고 있습니까?"

"네, 회장님. 그동안의 해외공사 위주로 정리를 해 놨습니다. 특히 리비아 공사에 대한 자료를 중점으로 했습니다. KBR에서 원하는 수준에는 문제가 없을 것입니다."

두 사람이 머리를 맞대고 이번 회의를 준비하고 있을 무렵, 비서실장이 들어와 경환의 도착을 알렸다.

"반갑습니다. SHJ대표 이경환이라고 합니다."

"하하하, 정말 만나고 싶었습니다. 아동그룹 회장 최준석입니다."

악수를 나눈 후 정기명과 박화수가 두 사람을 보좌하며 회의용 탁자에 자리를 잡고 앉았다. 최준석은 젊은 나이임에도 불구하고 전혀 주눅들지 않는 표정을 보이는 경환을 호기심 섞인 눈으로 쳐다보고 있었다. 그러나 경환은 최준석의 시선을 묵묵히 받아넘기고 있었다. 좋아서 선택한 아동건설이 아니었기 때문이었다.

"대현중공업과의 비즈니스를 성사시켰다고 들었습니다. 대현과 같은 시기에 저희에게도 제안을 해 주셨는데 저희와의 거래가 지연되는 것이 못내 아쉽습니다. 이 사장님이 먼 걸음을 해 주셨으니 좋은 결과가 있으리라 봅니다. 하하하."

최준석은 호방하게 웃고 있었지만, 경환은 가벼운 미소만 지을 뿐이었다.

"저도 회장님과 같은 생각입니다. 그러나 KBR의 시각이 워낙 좋지 못하다 보니 제가 어려움을 많이 겪고 있습니다. 아시겠지만, 이번 나이지리아 공사를 시작으로 해서 앞으로 KBR의 시공사로 한국건설업체가 선정되도록 하기 위해 저희 SHJ는 많은 노력을 하고 있습니다. 신중하게 첫 단추를 맞춰 가려다 보니 시간이 지체되고 있었습니다. 이 점 회장님께서 이해를 해 주십시오."

젊은 나이답지 않게 쉽게 속을 보이지 않는 경환을 보며 성격 급한 최준석은 속이 터질 것만 같았다. 성질대로라면 KBR이던 SHJ건 때려치우고 싶었지만, 좋지 않은 건설경기가 최준석의 발목을 잡아 끌어당기고 있었다.

"물론 그러져야겠지요. 우리 아동건설은 SHJ의 조건에 합당하게 맞춰 나갈 수 있습니다. 서로의 생각에 차이가 있다면 맞춰 나가면 되지 않겠습니까? 아동건설의 기술력은 검증 자체가 필요 없다고 자부합니다."

최준석의 말이 끝나자 경환은 기다렸다는 듯이 최준석의 말을 받았다.

"회장님께서 그렇게 말씀을 해 주시니 제가 마음이 편해졌습니다. KBR에서 요구하는 사항이 어떤 면에서는 아동건설의 자존심에 상처를 줄 수 있는 것이었기 때문에 저는 이 비즈니스를 포기하려고 생각하고 있었습니다."

진지한 표정으로 비즈니스를 포기할 수도 있다고 말하자 최준석은 속으로 침을 삼키고 있었다. 경환은 급하지 않았다. 최준석이 자신의 제안을 거절한다면 아동건설에 대한 미련을 버릴 생각을 하고 있었다.

"하하하, 비즈니스에 자존심이 뭐가 필요하겠습니까? 전 그렇게 옹졸한 사람이 아닙니다. KBR의 조건을 말해 보십시오."

최준석의 성격을 알고 있는 정기명은 혹시라도 최준석이 감정을 주체하지 못하고 폭발하지 않을까 걱정을 하고 있었지만, 호탕하게 웃으며 경환의 제안을 받아들이는 최준석의 모습을 확인하고는 안도의 한숨을 내쉴 수 있었다. 그러나 최준석은 분명 자존심에 금이 가고 있었다.

"KBR이 아동건설의 기술력을 검증하고 싶다는 말씀은 이미 정기명 사장을 통해 들으셨을 거라고 봅니다. 단도직입적으로 말씀드리자면 KBR의 안전 관리팀이 아동건설의 토목건축물 안전 상태를 점검하고 기술력에 따른 부실시공 여부를 판단하겠다는 조건입니다."

경환의 말에 최준석은 급격히 표정이 굳어져 갔다.

"그게 무슨 말씀인가요? 아무리 그래도 그건 정도가 심한 조건 아닙니까?"

떨리는 목소리로 끓어오르는 분노를 억지로 참고 있는 것을 표현하고 있는 최준석을 경환은 이해한다는 듯 바라보았다. 경환 또한 이 조건을 받아들이기 힘들다고 보고 있었기 때문이었다.

"그래서 제가 고민만 하고 있었습니다. 회장님의 말씀은 당연하다고 봅니다. 저도 여기까지가 한계입니다. 아무리 KBR의 컨설팅을 하고 있지만 이 부분만큼은 설득시키지 못했습니다. 다음 달 시공사를 선정해야 되기 때문에 이 조건에 합당한 건설업체를 다시 수배해 볼 수밖에 없는 입장입니다. 회장님께 불편을 드렸다면 죄송합니다. 저희 SHJ의 역량이 아직 이 정도밖에는 안 되네요."

예상이라도 했다는 듯이 경환은 한숨을 내쉬며 아쉬운 표정을 지어 보이고 있었지만, 최준석은 분을 참지 못하는 듯 굳게 쥔 주먹이 파르르 떨리고 있었다. 이 모습을 확인한 정기명이 급히 말을 받았다.

"만약 시공능력과 안전검사에 문제가 없다고 판명이 난다면 어찌 되는 것입니까?"

"다음 날 내로 토목공사와 일부 플랜트시공에 대한 계약을 맺게 될 것입니다. 또한 아동그룹의 계열사인 한국통운을 물류업체로 선정, 각 나라에서 들어가는 자재와 플랜트의 물류계약을 체결하게 될 것입니다."

경환은 쉽게 포기를 하지 못할 정도의 미끼를 던지고 있었다. 시공과 더불어 물류까지 협력업체로 선정이 된다면 아동그룹의 입지는 상한가를 칠 수 있다는 생각에 정기명은 최준석을 애타게 바라보고 있었다.

"휴, 제가 감정을 절제하지 못한 모습을 보여 미안합니다. 아동건설의 손에서 탄생한 건축물은 많습니다. 저희가 선정을 해도 되겠습니까?"

마지막 자존심을 지키려는 듯 최준석은 아직도 떨리는 음성으로 자신의 감정을 죽이고 있었다. 그러나 경환은 이런 최준석의 자존심을 지켜 줄 생각은 없었다.

"이렇게 하는 게 어떻겠습니까? 아동에서 보여 주시고 싶으신 것을 하나 보여 주시고 KBR이 하나 선정을 해서 두 건축물로 진행을 하는 게 좋지 않겠습니까? 회장님께서 결단을 내려 주신다면 최선을 다해 KBR과 협의를 해 보겠습니다."

경환의 제안에 최준석은 쉽게 답을 주지 못하고 있었다. 정기명은 마음이 급해서인지 실례를 무릅쓰고 최준석에게 귓속말을 전하기 시작했다. 최준석은 얼굴이 급히 밝아지며 경환의 제안에 답을 주었다.

"좋습니다. 그 대신 한 달의 시간적 여유를 주셔야겠습니다. 건축물이 선정되고 한 달 후에 공동으로 점검을 하는 거로 KBR과 협의를 해 주시기 바랍니다."

"그렇게 하겠습니다. 제가 내일 오전 중국으로 출국해야 됩니다. 오늘 저녁에라도 KBR과 협의를 해서 빠른 시간 내에 통보를 드리겠습니다. 여러모로 회장님을 불편하게 해 드려 죄송합니다. 회장님의 결단에 누가 되지 않도록 저희 SHJ도 최대한 노력하겠습니다."

최준석과의 미팅을 마치고 경환은 급격히 찾아오는 피로감에 서둘러 본가로 향했다.

"박 사장님, 제가 출국을 하게 되면 아동건설에 KBR에서 성수대교를 선정했다고 통보해 주세요."

운전을 하던 박화수는 영문을 모르겠다는 눈으로 경환을 바라봤지만, 경환은 쏟아지는 피로감에 눈을 감은 채 깊은 잠에 빠져들고 있었다.

"네 엄마도 그렇지 중간에 일주일 정도 나와 있더니 다시 미국으로 들어가 버리면 도대체 살림은 어떻게 하라는 거야?"

집에 도착한 경환은 아버지의 잔소리를 온몸으로 받아 낼 수밖에 없었다. 변명거리가 제대로 생각나지 않아 경환은 우물쭈물할 수밖에 없었다.

"정아도 있고…… 아버지 첫 손자가 태어나는 건데 앞으로 두 달만 더 참아 주시면 안 되시겠어요?"

경환의 아버지는 손자라는 소리에 화만 낼 수는 없었다. 자신부터 손자에 대한 기대감이 컸기 때문이었다. 경환은 종친회 일을 그만두시고 새롭게 인수한 회사의 고문으로 출근하라고 종용하고 있었지만, 경환의 아버지는 이를 극구 거부하고 있어 경환의 마음을 불편하게 하고 있었다.

"정아가 요새 연애를 하나 보더라. 조만간 그놈을 데리고 올 생각인 거 같은데 네가 소개를 시켰다고 하니 믿어 볼 생각이다. 너도 신경을 좀 써라."

"알겠습니다. 믿을 수 있는 친구니 큰 걱정은 하지 마세요. 그리고 아버지 퇴직도 얼마 남지 않으셨으니 퇴직하고 집에 계시는 것보다는 저를 도와주신다는 생각으로 제 회사에 오시는 것도 생각을 해 주세요."

"그렇게 하마. 수정이 타지에서 외롭지 않게 네가 잘 보살펴 줘야 된다."

정아의 늦은 귀가로 인해 경환은 손수 저녁을 차릴 수밖에 없었고 오랜만에 두 부자는 반주를 곁들여 저녁을 함께했다. 자신으로 인해 일찍 돌아가셨던 부모님에 대한 죄송함이 남아 있던 경환은 다시 시작하는 인생인 만큼 자신의 가족에게 최선의 노력을 하겠다는 생각이 간절했다. 하루라도 빨리 미국으로 모셔오려고 계획하고 있지만 아직은 시간이 필요했다. 경환은 아버지가 화장실에 간 사이 돈 봉투를 양복 안주머니에 슬그머니 집어넣었다.

오전비행기를 타고 천진공항에 도착한 경환은 택시를 잡아타기 위해 바쁘게 입국장을 빠져나가고 있었다.

"사장님, 그렇게 빨리 가시면 어떡하십니까?"

경환은 갑자기 들리는 한국어에 뒤를 돌아다보았다. 자신에게 달려오는 김창동을 바라보고는 경환은 인상을 찌푸렸다.

"출장자에 대해 마중을 하지 말라고 했는데 왜 나오셨습니까?"

경환의 질책에도 김창동은 당황한 기색 없이 서둘러 경환의 짐을 받아 들고는 앞장서 걸어 나갔다.

"북경공항이라면 제가 나오지도 않습니다. 천진에서는 택시도 위험하다 보니 일이 손에 잡히질 않아서 그냥 무작정 왔습니다. 차 안에서 업무보고를 드리면 시간도 단축되고 오히려 사장님께서 말씀하셨던 업무적인 효율성을 보이는 일 아니겠습니까?"

나름 논리 정연하게 말을 하는 김창동을 보며 경환은 말로는 상대를 할 수 없다는 듯 고개를 절레절레 흔들었다.

"그래도 다음부턴 이러지 마시기 바랍니다. 한국통운은 이미 도착해 있겠죠?"

"네, 이틀 전에 이미 도착했습니다. 기본적인 계약내용은 서로 합의를 마친 상태여서 내일 조인식만 남았습니다. 경무부 왕 조리가 오늘 저녁 사장님을 개인적으로 뵙자는 요청을 해 왔습니다."

자신을 중국에 잡아 놓기 위해 갖은 수를 부렸던 왕샹첸의 집요함을 알고 있던 경환은 그와의 독대가 영 내키지 않았지만 거절할 명문이 없었다. 호형호제를 하고는 있다지만 엄연히 왕샹첸은 고위관료였고 아직은 고위관료의 눈 밖에 나고서는 제대로 사업을 할 수 없는 나라였다.

"경무부의 정확한 의견은 뭐라고 보십니까?"

운전을 하는 김창동을 방해하고 싶지는 않았지만, 시간적인 여유가 없는 경환은 어쩔 수 없이 질문할 수밖에 없었다.

"보고 드렸다시피 원스톱 서비스에 대한 한국 기업의 반응이 상당히 좋았습니다. 일본정부에서 정식으로 경무부에 한국 기업뿐만 아니라 일본 기업에도 확대 적용시켜 달라는 요청이 들어가고 있다고 합니다. 저희에게 일본 기업까지 업무를 늘려 달라는 요청을 하는 통에 매번 거절하기도 난처해지고 있습니다. 아마 왕샹첸은 사장님과 이 문제를 이야기해 보려는 거 같습니다. 한국영사관 쪽에서도 압력이 들어오고 있는 실정입니다."

왕샹첸의 얼굴을 살려 주기 위해 큰 이득도 없는 사업을 경무부를 대신해 진행해 주고 있었지만, 경무부는 둘째 치더라도 한국영사관에서까지 압력을 행사하고 있다는 사실에 경환은 울화가 치밀어 오르고 있었다. 이번만큼은 절대 양보를 해 줄 생각이 없었다.

"한국영사관의 압력은 무시하십시오. 저희는 한국 기업이 아닙니다. 만약 일본 기업까지 확대 적용을 한다면 무리가 따르겠지요?"

"그렇습니다. 이 사업은 전혀 남는 게 없습니다. 겨우 현상 유지를 할 정도인데 일본 기업까지 확대를 한다면 배보다 배꼽이 커질 수밖에 없습니다."

경환은 고개를 끄떡였다. 일본어 서비스까지 하게 된다면 새로운 직원들과 일본 기업의 특성에 맞게 조직을 새로 구성해야 되기 때문에 가뜩이나 바쁜 북경사무소는 돈 벌이도 안 되는 일에 기본 업무까지 타격을 받을 수밖에 없었다. 왕샹첸이 아무리 감언이설로 자신을 설득시킨다 해도 이번만큼은 절대 들어주지 않겠다는 생각을 굳히고 있었다.

"그리고 화동에서 재밌는 얘기가 흘러나오고 있습니다. 자세한 것은 장 사장을 만나 봐야 알 수 있겠지만, 지금 거래하고 있는 100만 톤가량을 금년 말까지 300만 톤으로 증가시키자는 제안을 할 수도 있다고 합니다. 저희와 거래를 하지 않는 기업에서는 불만을 표시하고 있지만, 제일그룹과 대후는 쌍수를 들고 환영하는 분위기입니다."

경환의 눈이 번쩍 떠졌다. 300만 톤으로 추가하자는 얘기는 화동이 단독으로 맺고 있던 한국 기업들의 물량을 전부 SHJ로 넘기겠다는 뜻이었기 때문이었다. 경환으로서는 반대할 생각이 전혀 없었지만 급하게 먹는 떡은 체할 수밖에 없다는 것을 알기에 신중해질 수밖에 없었다.

"화동 장 사장의 의도를 먼저 파악해 봐야 될 거 같습니다. 무턱대고 받아먹기에는 증가되는 폭이 너무 빨라 보입니다."

경환은 장 사장의 제안이 SHJ에 득일지 독일지에 대해 아직은 갈피를 잡지 못하고 있었다.

"강행군을 했더니 몸이 피곤하네요. 북경사무소에 잠깐 들른 후 왕 조리와의 만남 전까지 호텔에서 휴식을 취하겠습니다."

1년 만에 찾은 북경은 서서히 변화의 조짐이 보이고 있었다. 도로주변에는 새롭게 들어서는 건물들이 눈에 보였고, 도로는 정비되어 가고 있었다. 그러나 중국이 경제대국으로 들어서기 위해선 아직 시간이 필요했기에 경환은 그 시간이 오기 전까지 최대한 빼먹고 중국에서 손 털 준비를 하고 있었다.

　호텔에서 충분히 휴식을 취한 경환은 왕샹첸과의 만남을 위해 택시를 잡아타고 약속된 장소로 향했다. 장안가의 새롭게 들어선 건물에는 고급스러워 보이는 중식당이 화려한 네온사인을 휘날리고 있었다. 종업원의 안내를 받아 도착한 방 안에는 이미 왕샹첸이 경환을 기다리고 있었다.

　"샤오 리, 오랜만이군. 자네 소식은 김 부장을 통해 듣고는 있었네. 미국에서 크게 사업을 일으켰다고 들었어."

　"형님, 더 건강해 보이시는군요. 바쁘실 텐데 자리를 마련해 주셔서 감사합니다."

　정권의 실세로 한걸음 다가선 왕샹첸은 표정에서 여유로움이 풍겨지고 있었다.

　"오랜만에 봤으니 술 한잔하자고 불렀어."

　왕샹첸은 50도가 넘어가는 백주를 잔에 따라 건네주었다. 잔을 받아든 경환은 탁자 위에 차려진 산해진미들을 쳐다보지도 않고 빠르게 잔을 비웠다. 왕샹첸의 집요함을 사전에 봉쇄하지 않으면 힘들 수도 있다는 생각에 경환은 잔을 내려놓자마자 말을 꺼냈다.

　"형님, 김 부장의 보고를 들어 알고는 있지만, 경무부에서 요청하는 일본 기업으로의 확대는 불가능합니다. 죄송합니다. 이 말 먼저 드리고 싶었습니다."

경환의 말을 묵묵히 듣고 있던 왕샹첸은 가벼운 미소를 지으며 비워진 잔에 술을 한 잔 따라 주었다.

"자네가 그렇게 말할 줄 알고 있었네. SHJ에 일본 기업까지 서비스를 하라는 것은 내가 생각해 봐도 말이 안 되지."

왕샹첸이 만나자는 이유가 서비스 확대라고 생각했던 경환은 순간 머리가 복잡해지기 시작했다. 침착하지 못하게 자신의 패를 먼저 뒤집은 것을 경환은 후회하고 있었지만 이미 말은 뱉은 상태였다.

"이해해 주시니 감사합니다. 사실 형님의 입장을 생각해서 시작한 서비스입니다. 형님만 아니었으면 진작 접었을 겁니다."

경환은 사업이 아닌 서비스라는 것을 강조, 왕샹첸이 부탁해 오지 못하도록 한 번 방어막을 쳤다. 하지만 왕샹첸은 권모술수에 능한 정치가답게 아무런 반응을 보이지 않았다.

"일본 기업 문제는 내 선에서 정리를 하겠네. 사실 내가 자네를 보잔 이유는 다른 거야."

"감사합니다. 무슨 일인가요?"

왕샹첸과의 만남은 유쾌했던 기억이 전혀 없었기 때문에 경환은 살짝 불안한 표정을 지어 보였다.

"미국에서 자네가 몇 사람의 뒤를 좀 봐줬으면 해. 누구라고는 자세히 말해 줄 수 없지만, 그들이 미국에서 생활하는 데 불편함이 없도록 자금적으로 지원을 해 주면 되는 일이야."

그제야 경환은 왕샹첸의 부탁이 무엇인지를 알 수 있었다. 그 당시 중국 고위관료들의 자식들은 미국이나 서방국가로 유학 보내는 것이 일종의 유행처럼 번지고 있었다. 왕샹첸은 자신의 뒤를 밀어 주는 인물들의 가족 혹은 숨기고 싶은 사람들의 생활비를 지원해 달라는 부탁을 하고 있었다. 경환은 보모 노릇까지 해야 되는 자신의 모습이 한탄스러웠지만 아직 중국에서 빼 먹어야 될 것이 남아 있었기에 왕상첸의 부탁을 모른 척할 수는 없었다.

"많은 인원만 아니라면 가능합니다. 자금추적을 받을 수 있으니 구좌를 정해 주시면 홍콩에서 보내도록 하겠습니다. 형님께서 부탁하시니 그 정도는 제가 해 드려야겠죠."

"하하하, 그리 많은 인원은 아니니 지레 겁먹지 않아도 돼. 아마 장 사장이 자네에게 선물도 준비하고 있을 테니까 만나 보도록 하고."

유연탄의 양을 늘리자는 이야기를 이제야 이해할 수 있었다. 일종의 보상차원에서 물량을 늘려 준다는 것을 어렵지 않게 눈치 챌 수 있었다. 김창동의 업무가 하나 더 늘어나겠지만, 그리 나쁜 조건은 아니었다. 경환은 가벼운 마음으로 식사를 시작할 수 있었다.

한국통운과 중원그룹과의 합작조인식은 무리 없이 진행되고 있었다. 한국통운은 중원그룹과 합작회사를 설립, 물류관리시스템을 제공하며 중국의 물류단지 건설과 내륙운송 분야에 참여하는 길을 열었다. 또 중원그룹은 이를 통해 중국 물류 선진화의 길을 열었다는 점에서 두 회사 모두 결과에 만족하고 있었다. 또한 한국에서 이뤄지는 중원그룹 선박의 모든 하역권이 자연스럽게 한국통운으로 넘어가게 되었기 때문에 한국통운은 실질적인 이득을 상당히 챙길 수 있었다.

조인식이 끝난 후 중원그룹이 주관한 연회에는 양국의 교통부 관계자들과 영사관 경제지 기자들까지 많은 인원들이 모여 있었지만 경환은 별

흥미를 느끼지 못했다. 이번 합작 추진으로 SHJ 손에는 아무것도 쥐어진 것이 없었기 때문이었다. 한국통운과 중원그룹 관계자들의 인사를 건성으로 받아넘긴 후 자리를 빠져나가나 할 때 귀청이 급히 경환을 붙잡았다.

"제대로 인사도 하지 못했는데, 먼저 가시면 섭섭합니다."

귀청은 사람 좋은 웃음을 보이며 경환의 앞을 가로막아 섰다. 귀청은 약속을 지켜 준 경환에게 감사를 표하고 싶었다.

"조인식도 잘 끝났고 더 이상 제가 있을 자리는 아닌 거 같습니다. 강행군을 하다 보니 몸이 견디질 못하네요. 그리고 개인적인 약속이 있어 오래 있을 수도 없었습니다."

장 사장과 약속이 있었기 때문에 경환의 말이 틀리진 않았지만, 사실은 쓸데없이 이 자리에 머물고 싶지 않다는 생각이 더 강하게 작용하고 있었다.

"미국에서 사업을 시작했다고 들었는데 역시 바쁘시군요. 소개시켜 줄 사람이 있는데 잠시 시간을 내 주시겠습니까?"

몸은 피곤했지만 부탁을 거절할 수는 없었던 경환은 귀청의 집무실로 자리를 이동했다. 귀청의 집무실에는 중국인이라는 생각이 들지 않을 정도로 고급스러운 슈트를 걸친 동양인이 서 있었다.

"이분은 홍콩 피닉스투자개발의 리챠드 첸 사장입니다. 그리고 이분은 미국 SHJ투자컨설팅의 이경환 사장이고요."

귀청의 소개에 두 사람은 각자의 명함을 교환하며 가볍게 인사를 나누었다. 부동산개발업자인 리챠드는 40대라는 나이가 무색할 정도로 관리가 잘된 몸매를 하고 있었고 북경어를 못하는 듯 영어로 대화를 나누고 있었다.

"미국에서 플랜트컨설팅을 하신다고 들었습니다. 젊으신 분께서 대단하시네요."

"과찬이십니다. 조그만 구멍가게 수준입니다. 대량의 자금이 투입되는 부동산개발과는 상대로 할 수 없죠."

중국의 개방 초기 부동산 개발투자는 홍콩의 자금으로 시작된다는 것을 알고 있었기에 중국 부동산개발 투자를 계획하고 있던 경환은 리챠드와 인연을 맺을 생각도 순간 들긴 했지만 아직은 기다려야만 했다. 중국은 2000년을 시점으로 부동산과 주식에 불이 붙기 시작하기 때문에 지금은 시기적으로 너무 빨라 큰 재미를 볼 수 없었다.

"대단하신 분을 알게 되어 영광입니다. 저도 중국의 부동산 개발에 관심은 가지고 있지만, 자금적인 여력이 미약하다 보니 때를 기다리고 있는 중입니다."

경환의 말에 리챠드의 눈이 빛나기 시작했다. 귀청의 말을 듣고 SHJ에 대한 조사를 했고 신생기업이긴 하지만, 미국과 한국 홍콩에 법인을 두고 자금력 또한 탄탄하다는 소문을 들었기 때문이었다.

"하하하, 그러십니까? 마침 저희가 북경의 옌사에 대형 오피스빌딩을 신축하려 준비 중에 있습니다. 관심이 있으시면 투자에 대한 조언을 해드리겠습니다."

옌사 지역이 노른자인건 사실이지만, 투자 시기는 아니라고 생각하고 있었다. 리챠드의 행보를 지켜볼 생각인 경환은 지금의 제안은 거절을 할 수밖에 없었다.

"미스터 첸, 자금적인 여력이 아직은 안 됩니다. 그러나 미스터 첸을 통해 부동산투자는 한번 해 보고 싶어지긴 합니다. 자금 여유가 생긴다면 제가 따로 연락을 한번 드리겠습니다. 제가 다른 약속이 있어 나가 봐야겠습니다."

입맛을 다시며 아쉬워하는 리챠드를 뒤로하고 경환은 중원그룹을 나섰다.

"샤오 리, 이게 얼마만이야? 이제는 제법 사업자처럼 보이는데. 하하하."

경환을 격하게 끌어안고 자리에 앉힌 장성궈는 맥주잔에 백주를 한가득 따라 붓고는 경환에게 건네주었다. 피곤한 몸에 이 한 잔만 마셔도 나가떨어질 거 같았지만, 차마 잔을 거절하지 못하고 어정쩡하게 잔을 들고만 있었다.

"어제 왕샹첸 형님을 만났습니다. 대충 이해는 하겠지만 형님이 자세히 설명을 해 주십시오."

술에 떨어지기 전에 일은 마무리하고 싶었던 경환은 조용히 장성궈의 대답을 기다렸다. 경환의 질문을 이해하고 있다는 듯이 고개를 끄덕인 후 장성궈는 서류 봉투를 경환에게 건네주었다.

"홍콩에서 250만 달러를 적혀 있는 구좌로 송금해 주게. 필요할 때마다 따로 자네에게 부탁하겠네."

급히 서류 봉투를 열어 인적 사항과 구좌를 확인한 경환은 조용히 가방에 서류를 갈무리했다. 250만 달러를 한 번에 송금한다면 자금추적을 받을 수도 있었기에 머리가 아팠지만, 그건 에릭과 김창동을 통해 방법을 찾아볼 생각이었다. SHJ가 자리를 잡아 감에 따라 장성궈의 비자금 처리가 경환에게는 상당한 부담으로 작용하고 있었지만, 아직 손을 털 입장은 되지 못했다.

"알겠습니다. 방법은 제가 찾아보겠습니다. 김 부장이 유연탄 수출량을 늘리자는 소리를 들었다고 하던데 형님의 생각이신가요?"

장성궤는 대답 대신에 오른손을 까딱거리며 술잔을 비우라는 표시를 했고 경환은 어쩔 수 없이 큰 호흡을 한 번 내쉰 후 단숨에 목에 부어 버렸다.

"자네와 1년 넘게 거래를 하면서 여러 방면으로 자네를 시험한 것은 내 사과를 하겠네. 이젠 본격적으로 자네와 일을 크게 해 보고 싶어서 내가 제안을 한 거야. 올해부터 300만 톤씩 처리해 주게. 한국이든 일본이든 상관하지 않을 테니 화동의 진정한 파트너가 되어 달란 소리야. 물량은 계속 늘릴 생각이고 유연탄 이외의 거래도 진행을 해 보자고."

"감사합니다, 형님. 화동과 SHJ는 형제라는 생각으로 열심히 해 보겠습니다."

장성궤의 장황하게 떠드는 침 발린 말에 경환은 감격했다는 표정으로 머리를 숙여 보였다. 그러나 죽었다 깨어나도 자신과 장성궤는 형제 관계가 될 수 없었다. 단지 돈에 엮어 서로에게 필요한 것을 주고받을 뿐이라는 것을 경환은 잘 알고 있었다. 화무십일홍이란 말처럼 정권이 교체된다면 장성궤나 왕샹첸은 끈 떨어진 강아지가 될 것이고 그전에 충분히 비자금을 확보해 두기 위해 유연탄의 양을 최대한 늘리는 것이란 걸 알고는 있었지만 경환은 내색하지 않았다.

"그런데 한 가지 부탁이 있습니다. SHJ의 특혜를 못마땅하게 보는 집단도 있을 거라고 봅니다. 그들의 손에 SHJ가 떨어지게 된다면 자칫 홍콩

자금에 대한 조사도 이뤄질 수 있는데 안전부의 눈을 피하게 해 주셔야겠습니다. 자칫 SHJ가 그들의 집중견제를 받게 된다면 저희는 버틸 힘이 없다는 건 형님이 잘 아시잖습니까."

차기 정권을 노리는 집단에서는 분명 이전 정권의 비리를 확보하기 위해 노력을 할 것이고 자연스럽게 SHJ는 그들의 눈에 띌 수밖에 없다는 사실을 경환은 장성귀에게 인지시키고 있었다.

"안전부는 우리사람이 장악을 하고 있어서 아직은 괜찮아. 변화의 조짐이 보인다면 최우선적으로 자네에게 통보해 주겠네."

자신의 막대한 비자금이 걸려 있는 문제였기 때문에 장성귀도 쉽게 홍콩 자금을 포기할 수는 없었다. 경환은 단지 자신만 죽지는 않을 것이라는 말을 돌려서 얘기한 것이었다. 장성귀는 자신을 하고 있었지만, 도마뱀이 꼬리를 끊고 도망가듯 SHJ가 희생양이 될 수도 있다는 생각이 불현듯 스쳐 지나갔다. 이런 경환의 모습을 느꼈는지 장성귀는 슬쩍 웃음을 흘렸다.

"이번에 우리가 뒤를 봐주기로 한 사람 중 한 명이 차기를 노리는 사람의 자식이네. 왜 우리가 무리를 해 가며 이런 일까지 하는지 자네라면 이해를 하리라 보네. 그리고 홍콩자금의 반 이상은 나하고는 상관없는 자금이라는 것만 알아 두게."

경환은 예상은 하고 있었지만, 장성귀의 철두철미한 준비에 혀를 내두르고 있었다. 비자금이 상당한 액수였기에 일부 상납이 있을 거라는 건 예상을 하고 있었지만, 반 이상이나 상납을 해야 될 인물은 한 사람밖에는 없었다. 그렇다면 이미 SHJ나 자신은 중국 정부나 사회 안전부에 노출이 되었다고 보는 것이 정답이었고 혹시라도 그 비자금에 손을 댔다면 아마 쥐도 새도 모르게 사라졌을 거란 사실에 경환의 등허리로는 식은땀이 흘러내리고 있었다.

"제가 괜한 짓을 한 게 아닌지 모르겠네요."

"천하의 샤오 리도 무서워할 줄 아는구먼. 하하하. 지금처럼만 하면 자네는 특별한 문제없어. 그건 내가 보증을 하지. 일 얘긴 그만하고 술이나 본격적으로 마셔 보자고."

후회해 봤자 소용없는 짓이었고 그 당시의 경환에겐 불가피한 선택이었다. 갑자기 목이 말랐던 경환은 장성궈가 따라 준 독한 백주를 단번에 털어 넣었다.

쉴 새 없이 진행되는 강행군은 경환의 몸을 지치게 만들어가고 있었지만, 출산이 얼마 남지 않은 수정을 위해서라도 일찍 미국으로 돌아가야만 했다. 김포공항에 내리자마자 박화수가 운전하는 승용차에 몸을 싣고 최승호를 만나기 위해 마산으로 내려가고 있었다.

"중국에서 얼마나 술을 드셨으면 얼굴이 이틀 사이에 이렇게 망가지셨습니까?"

첫날은 왕샹첸에 둘째 날은 장성궈에 의해 술로 곤죽이 돼 버린 경환의 얼굴은 처참할 정도로 망가져 있었다. 박화수는 무리하게 출장일정을 수행하는 경환을 안쓰러운 눈으로 쳐다보았다.

"술을 즐기지 않다 보니 좀 힘은 드네요. 공장직원들은 최 전무님이 잘 다독거리고 있겠죠?"

"직원들의 동요는 많이 잠재워진 상태입니다. 최 전무님 덕분에 기대감도 많아졌다고 생각됩니다. 앞으로 더 노력을 하겠습니다."

이번 인수 작업에 최승호의 전폭적인 지지를 얻은 것이 큰 힘이 되었다는 사실은 부인을 할 수 없었다. 경환은 최승호의 거절에도 5%의 지분을 인정해 주는 것으로 고마움을 표시했다. 그러나 공장 직원들의 사기를 올리고 공장을 정상적으로 운영하기 위해서는 아직 시간이 필요했다.

"아동건설은 어떤 반응을 보이던가요?"

"성수대교를 통보했더니 상당히 당황하는 기색이었습니다. 성수대교를 지목하신 이유라도 있으신가요?"

성수대교는 시공 당시 기존의 다리와는 달리 강트러스트 공법을 적용한 다리였다. 기존의 공법과는 다르게 수많은 볼트와 강철판을 접합으로 연결시켜 응력을 발휘하도록 설계된 다리로 플랜트의 지평을 열었다고 할 정도로 획기적인 건축물이었다. 그러나 당시 한국 기술력으로는 상당히 무리가 따른 시공이었고, 관리가 제대로 되지 못해 강철판의 피로균열을 막지 못하는 상태였다.

"플랜트기법이 적용된 획기적인 다리인 만큼 성수대교를 선정하는 것은 당연하다고 봅니다. 아동건설의 기술력과 시공능력을 판가름하는 데 손색이 없다고 생각을 하기도 했고요."

자세한 내용을 설명해 줄 수 없었던 경환은 플랜트업체가 플랜트 기법이 적용된 다리를 점검하는 건 당연하다는 식으로 말을 얼버무렸다.

"아동건설에서는 서울시와 점검 일정을 조율하고 있다고 합니다. KBR이 점검을 하기 전에 미리 점검을 할 생각인 거 같습니다."

이런 여러 가지 고민들로 인해 쉽게 잠을 청하지 못하고 있을 무렵 승용차는 마산톨게이트를 지나 빠르게 공장으로 진입하고 있었다.

"사장님, 오랜만에 뵙겠습니다. 그리고 저희에게 살길을 보여 주셔서 감사합니다."

"전무님께서 존대를 해 주시니 너무 어색하네요. 미국으로 돌아가기 전에 한번 뵙고 싶었습니다. 많이 아쉬우셨을 텐데 개인적으로 전무님이나 최 사장님에겐 죄송합니다."

사무실의 많은 빈자리가 경환의 마음을 아프게 했지만, 자기 살길을 찾아 떠난 사람들을 원망할 생각은 없었다. 떠난 사람들보다는 아직까지 자신들의 자리를 지키고 있는 직원들에게 고마움을 전달하고 싶었다.

"전무님, 공장의 전 직원들을 잠시 모이게 해 주십시오."

경환의 부탁을 받은 최승호는 사무직직원과 현장직원들을 공장 앞마당으로 전원 소집시켰다. 알던 젊은 직원들이 많이 보이지 않고 있었지만, 다행히 경험 많은 기술자들이 눈에 많이 보이자 경환은 얼굴이 밝아졌다.

"오랜만에 뵙겠습니다. SHJ의 이경환입니다. 저를 다들 기억하시리라 봅니다. 예전에 저를 못살게 하셨던 분들이 아직도 많이 계시네요."

경환의 농담에 모인 직원들은 크게 웃었다. 예전 자신들과 함께 현장 밥을 먹어 가며 몸을 부딪쳐 온 경환에 대해 큰 기대를 하는 눈치들이었다.

"어떡하다 보니 회사 이름이 SHJ-화성으로 바뀌게 되었지만, 이전과 달라진 것은 없습니다. 여러분들께 약속드리겠습니다. 중국으로의 공장이전은 백지화하겠습니다. 또한 삭감된 임금은 원상태로 복귀시키고 삭감으로 인해 줄었던 임금은 소급 적용해서 일괄 지불해 드리겠습니다."

경환은 직원들의 사기를 돋우는 방법은 막연한 미래의 비전을 제시하는 거보다는 어려운 생활에 실질적으로 도움을 줄 수 있는 방법이 최선이라고 생각하고 있었다. 경환의 말에 직원들은 밝은 표정으로 서로를 쳐다

보며 환호성을 지르고 있었다.

"앞으로 SHJ-화성플랜트는 세계로 뻗어 나가게 될 것입니다. 그리고 여러분들의 노력으로 인해 발생된 이익을 저 혼자 먹을 생각은 전혀 없습니다. 직원들의 복지와 근무환경을 누구에게 내놔도 손색이 없을 정도로 만들겠다는 것을 약속드리며 국내에서 가장 많은 급여를 주는 회사로 성장시켜 보겠습니다. 아무쪼록 박화수 사장과 최승호 전무를 믿고 여러분들의 능력을 십분 발휘해 주시기를 부탁드리겠습니다."

말을 끝낸 경환은 직원들에게 고개를 숙여 자신의 말이 진심임을 확인시켰고 이런 마음을 전달받은 직원들은 우레와 같은 박수로 경환에게 화답을 해 주었다. 직원들과 간단하게 회식을 마친 경환은 바삐 서울로 올라가기 위해 준비를 서둘렀다.

"제가 내일 오전 급한 약속이 있어 올라가야 됩니다. 공장은 전무님이 계시니 걱정하지 않겠습니다. 지금처럼 직원들을 잘 다독여 주십시오."

최승호는 오랜만에 만난 경환과 술 한잔하지 못한다는 생각에 아쉬움이 컸지만, SHJ를 이끌어야 되는 경환을 이해하고 있었다.

"조심해서 올라가십시오. 다음에 오시게 되면 오늘처럼 그냥 올라가시면 안 됩니다. 공장은 박 사장과 제가 문제없이 돌아갈 수 있도록 하겠습니다."

굳은 악수를 나누는 것으로 공장의 일정을 마무리한 경환은 박화수와 함께 서울을 향하는 차에 올랐다.

"눈 좀 붙이십시오. 오늘은 너무 늦었으니 본가보다는 호텔에서 쉬시는게 좋으실 거 같습니다. 회사 앞 르네상스 호텔로 예약을 해 두었습니다."

"감사합니다. 오늘은 그래야겠네요. 운전하시는 데 죄송하지만 눈을 좀 감아야 될 거 같습니다."

박화수의 요청을 거절할 입장이 아니었다. 그만큼 경환의 몸 상태는 좋지 못했다. 내일 오후 미국 행 비행기 예약을 해 놓은 상태였기 때문에 오늘은 휴식을 취해야만 했다.

♦ ♦ ♦

같은 시각 롯데호텔 스위트룸에는 두 인물이 심각한 표정으로 대화를 나누고 있었다.

"회장님, 신생기업인 SHJ와의 협력에 불만의 시선들이 많다고 들었습니다."

"미국기업이긴 하지만, 기업의 오너가 한국인이란 사실을 못마땅하게 생각하는 거겠지. 신경 쓰지 말거라. 나도 코이치 네 제안이 JSC의 돌파구가 될 것이라고 본다."

이번 경환과의 만남을 어렵게 추진한 타케우치 코이치는, 회장이면서도 자신의 아버지인 타케우치 케이스케를 안타까운 눈으로 바라보았다. 1920년대 말 설립된 JSC는 일본의 대표적인 플랜트 엔지니어링 회사로 정유, 가스, 석유화학플랜트의 설계와 시공분야에 강점을 가지고 있었다. 1960년대부터 세계플랜트 시장을 주도하고 있다고 해도 과언이 아닌 회사였다.

그러나 1980년 말부터 미쓰비시중공업과 미쓰이조선이 경쟁에 참여하고 플랜트 후발국가인 한국의 저가공세와 엔고현상에 따른 채산성악화 등 여러 가지 문제들이 터지는 바람에 회사설립 이후 처음으로 적자를 보고 있었다. 이렇듯 돌파구가 보이지 않는 상황에서 서울사무소장으로 있던 코이치의 제안을 받아들여 회장인 케이스케가 직접 현해탄을 건너왔다.

"KBR은 우리도 경쟁하기 꺼리는 업체입니다. 그런 업체의 컨설팅을 맡아 연이어 입찰에 성공시키는 것을 보면 SHJ의 능력은 증명이 된 거라고 봅니다."

케이스케는 첩의 자식인 코이치가 항상 마음에 걸렸다. 본처의 자식이었다면 기업을 물려줬을 정도로 탁월한 능력을 보이고 있었지만, 본처 자식들의 시기를 염려해 서울사무소장으로 발령을 내서 보낸 것이 못내 아쉬웠다. 한 번도 자신을 아버지라고 부른 적이 없을 정도로 항상 거리를 두는 코이치의 모습은 케이스케의 마음을 아프게 했다.

"SHJ의 사장이 상당히 젊다고 하던데, 보통은 아니겠군."

"나이만 보시지 마십시오. KBR을 손안에 넣고 휘저을 정도인 사내입니다. 소문에는 대형프로젝트를 준비하고 있다고 합니다. JSC의 위기를 돌파할 계기가 될 수도 있습니다, 회장님."

코이치는 지난번 황태수와의 만남을 통해 SHJ의 행보를 일부 확인하고는 매우 놀랐다. 오성건설을 통해 SHJ의 실체를 일부 확인했지만, 자신의 생각보다 빠르게 확대해 가는 SHJ의 모습을 보며 JSC의 돌파구를 SHJ를 통해서 찾아보려고 했다. 많은 경영진들의 반대에도 회장을 직접 설득해 이 자리에 오게 만든 이유도 그 때문이었다.

"그래서 내가 여기까지 오지 않았느냐. 피곤하니 오늘은 이만 쉬자꾸나."

중요한 만남을 앞두고 케이스케는 혼자만의 시간을 가졌다.

◆ ◆ ◆

간만에 피곤을 물리친 경환은 살 것 같았다. 수정의 잔소리에도 나이만 믿고 운동을 하지 않았던 경환은 이번 출장을 통해 절실히 운동의 필요성을 느끼고 있었다. 자신의 수명이 92세라는 걸 알고는 있었지만, 그 나이까지 골골거리며 살 수는 없는 노릇이다.

경환은 JSC에 대한 만남을 준비하면서 많은 고민을 하고 있었다. 지금은 어려움을 겪고 있지만, 2000년을 기점으로 대대적인 구조조정과 리엔지니어링을 통해 북아프리카로 눈을 돌려 양질의 프로젝트를 성공시키면서 대 반전을 이끌어낸다는 것을 알고 있었다. 자신의 품에 들어오게 할 수만 있다면 SHJ에 직접 수주의 길이 열린다는 것을 알고 있기에 JSC의 경영위기가 극에 달하는 1999년을 타깃으로 삼고 작업해 볼 생각이었다. 그러기 위해선 당분간 JSC가 성공하는 프로젝트를 최대한 막아야 했다.

"반갑습니다. SHJ의 사장 이경환입니다."

"JSC의 회장 타케우치 케이스케라고 합니다."

노쇠한 케이스케의 눈빛만큼은 20대 못지않은 날카로움이 보이고 있었다. 경환은 쉽지 않은 노인네라는 생각에 기선제압을 하기로 했다.

"저를 만나자고 한 이유가 궁금하네요. 제가 오후 비행기로 미국에 돌아가야 됩니다. 미사여구를 빼고 말씀을 나눴으면 좋겠습니다."

"허허허, 이 사장님이 젊어서 그런지 성격이 급하시군요. 뭐, 좋습니다. 저희 JSC에 대한 컨설팅 의뢰를 해 보고 싶습니다."

유창하지는 않지만 나이에 맞지 않게 케이스케는 영어로 대화를 나누고 있었다. 약간은 거만한 표정으로 제안을 하고 있는 케이스케를 보며 경환은 슬쩍 미소를 보였다.

"거절합니다. SHJ는 현재 KBR과 좋은 관계를 유지하고 있습니다. 최우선적으로 KBR을 컨설팅하고 있기 때문에 JSC 컨설팅은 시기상조라고 봅니다. 먼 길 오셨는데 좋은 답을 드리지 못해 죄송합니다."

케이스케는 단칼에 제안을 거절하는 경환을 예상하지 못했다는 듯 황당한 표정을 지었다. 플랜트 업계에서는 나름 인지도가 있는 JSC였기 때문에 더 그랬다.

"거절하시는 본심을 알고 싶습니다. 저희가 일본 기업이라는 이유인가요?"

경환은 물론 일본이라는 나라를 별로 좋게 보고 있지 않았다. 그러나 비즈니스는 정치 논리와는 다르게 움직인다는 것을 모를 정도는 아니었다.

"비즈니스에 정치 논리를 적용할 정도로 어리석지는 않습니다. 솔직히 말씀드리죠. 망해 가는 기업과 손을 잡기가 꺼려지기 때문입니다. JSC는 미쓰비시와 미쓰이의 추격에 시장이 잠식되고 있고, 엔고현상으로 원자재 수급이 원활하지 않아 불량품은 증가하고 채산성이 급격히 하락하고 있습니다. 또한 한국 기업의 덤핑을 막을 힘도 없고요. 제가 왜 이런 JSC와 손을 잡아야 되는지 말씀해 주시겠습니까?"

케이스케는 경환의 날카로운 지적에 아무런 대꾸를 하지 못했다. 보통이 아니라고는 생각하고 있었지만 이 정도로 JSC에 대해 분석을 하고 있었을 줄은 몰랐었다. 옆에서 대화를 듣고 있던 코이치는 급하게 끼어들었다.

"이 사장님, 물론 JSC가 힘든 상황이란 것은 부인하지 않겠습니다. 그러나 JSC의 저력까지 무시하지는 말아 주셨으면 합니다. JSC가 위기인 만큼 SHJ는 더 큰 메리트가 있지 않겠습니까?"

경환은 호기심이 섞인 눈빛으로 코이치를 직시했다. JSC의 위기를 극복하고 세계적인 기업으로 만든 장본인이었기 때문이었다.

"소장님의 말씀 기억하겠습니다. 그러나 SHJ는 아직까지는 KBR의 눈치를 봐야 되는 기업입니다. JSC를 얻고자 KBR을 놓칠 수는 없지 않겠습니까?"

경환의 말에도 일리가 있다는 것을 알고 있는 코이치는 마땅히 경환을 설득할 만한 떡밥을 찾지 못했다.

"대현중공업과 KBR을 SHJ에서 컨설팅해서 FPSO 프로젝트를 준비한다고 들었습니다. 그래서 제가 한 가지 제안을 드리고 싶습니다."

케이스케의 갑작스런 제안에 경환의 눈은 심하게 흔들렸다. 일본 기업에서도 이 입찰을 준비하고 있다는 사실을 알고 있었기에 어떤 제안이 나올지 불안 반 기대 반으로 케이스케를 바라보았다.

"이미 소문이 났나 보군요. 부정하지는 않겠습니다. 준비를 하고 있는 건 사실이니까요. 무슨 제안이신지 말씀해 주시면 경청하겠습니다."

금년 하반기에 있을 FPSO입찰의 강력한 경쟁사는 일본 업체라고 경환은 판단하고 있었다. 기술력을 가지고 있으면서도 상대적으로 낮은 비용을 산출할 수 있는 국가는 일본밖에는 없었기 때문이었다.

"흠…… 미쓰비시와 미쓰이가 합작으로 이번 나이지리아의 FPSO 입찰을 준비하고 있습니다. 그들의 움직임에 대한 정보를 SHJ에 알려 드릴 용의가 있습니다."

경환은 도저히 케이스케를 이해할 수가 없었다. 아무리 JSC가 미쓰비시와 미쓰이의 공격적인 영업에 국내시장을 잠식당하고 있다 하더라도 그들의 정보를 일본 기업도 아닌 SHJ에 넘긴다는 자체가 말이 되지 않았다. 일본 기업들은 국내에서는 경쟁을 하다가도 국가적인 경쟁에는 철저히 국익을 우선시한다는 것을 잘 알고 있었기 때문이었다.

"무슨 말씀이신지 통 이해를 할 수 없습니다. 회장님이 주시겠다는 정보를 제가 믿어야 할지 의문이 들기도 하고요. 저에게 그런 제안을 하신 이유가 무엇인지 말씀해 주셨으면 합니다."

경환은 자신이 납득하기 어려운 이유를 댄다면 케이스케의 제안을 일언지하에 거절할 생각이었다. 맛있게 보이는 떡일지라도 급하게 먹다 보면 체할 수도 있었기 때문이었다.

"좋습니다. 제 자식 놈인 코이치를 맡아 주십사 부탁을 드리고 싶습니다."

"네? 무슨 말씀이신지……."

경환은 황당한 표정을 지어 보였다. 30대 중반의 코이치를 맡아 달라는 케이스케의 말을 어떤 식으로 받아들여야 될지 감을 잡지 못하고 있었다. 코이치 또한 전혀 예상하지 못한 일인지 벌린 입을 닫지를 못하고 있었다.

"능력이 있는 자식이긴 하지만, 제가 거둘 수 없는 자식이기도 합니다. SHJ에서 거둬 준다면 큰 몫을 할 겁니다. 코이치 네가 큰물에서 네 꿈을 펼치는 모습을 이 아비는 보고 싶구나."

케이스케의 제안이 구미가 당기는 것은 사실이었지만, 아무리 능력이 있는 사람이라 할지라도 SHJ에서 뼈를 묻을 각오가 없는 사람은 필요가 없었다. 경환은 케이스케의 제안을 거절할 수밖에 없었다.

"회장님의 가정사는 제가 잘 모르겠지만, SHJ를 도피처로 제공할 생각은 전혀 없습니다. 저는 SHJ 이름 아래서 평생을 같이할 각오가 되어 있지 않은 사람과는 일을 할 생각이 없습니다. 죄송합니다."

코이치를 얻을 수만 있다면 황태수와 함께 컨설팅분야를 획기적으로 확대할 수 있었지만, 코이치의 속내를 모르는 상태에서 케이스케의 제안을 받아들일 수는 없었다.

"제가 평생을 SHJ와 함께한다면 회장님의 제안을 받아들이시겠습니까?"

코이치는 맘이 급했는지 경환의 말이 끝나기도 전에 입을 열었다. 케이스케는 코이치의 반응에 조용히 눈을 감았고, 경환은 묵묵히 코이치를 주시하기 시작했다.

"소장님이 진심으로 SHJ에 합류를 원하신다면 긍정적으로 생각을 하겠습니다. 회장님의 제안과는 상관없이 타케우치 코이치란 인물에 관심이 있어서입니다. JSC는 국내시장을 벗어나 중동과 북아프리카로 진출을 시도하고 있는 줄 압니다. SHJ 또한 관심을 가지고 있는 지역이기 때문에 JSC와의 경쟁은 불가피합니다. JSC와의 경쟁에서 이길 자신이 있습니까?"

코이치의 복잡한 심경은 얼굴에 그대로 나타나고 있었다. JSC를 위해 일을 해 왔지만, 돌아오는 건 배다른 형제들의 질시와 견제밖에는 없었다. SHJ를 조사하면서 코이치는 묘한 흥분을 느낀 적이 많았다. 젊은 사장의 추진력과 빠르게 성장을 하는 모습에 감탄한 적이 한두 번이 아니었다. 경환의 말에 코이치는 쉽게 결심을 할 수는 없었다. 형제들에게 멸시를 받고는 있었지만, 자신의 아버지가 운영하는 JSC와 경쟁을 한다는 것이 꺼림칙했기 때문이었다.

"코이치, 내 눈치 볼 필요 없다. JSC 본사에는 너를 받아 줄 자리가 없다. 네 마음이 움직이는 대로 결정을 하도록 해."

코이치의 흔들리는 마음을 헤아린 케이스케는 자신의 배다른 형제들과 경쟁을 하는 한이 있더라도 코이치의 족쇄를 풀어 주고 싶었다. 코이치는 결심이 선 모습으로 두 사람을 바라보았다.

"SHJ에서 받아 주신다면 제 한계에 도전해 보겠습니다. 그게 JSC가 되더라도 경쟁에서 이겨 보이겠습니다. 그리고 회장님, 고맙습니다."

아직은 더 지켜봐야 되겠지만, 코이치의 합류를 경환은 내심 반기고 있었다. 이제는 큰 그림을 그릴 수 있다는 자신감이 경환을 흥분시키고 있었다. 경환의 계획대로 JSC를 얻게 된다면 코이치 만한 적임자도 없었기 때문이었다.

"좋습니다. JSC와의 모든 인연을 정리하시고 다음 달 초까지 가족들과 함께 SHJ본사로 합류하시기 바랍니다. 이전과 관련된 사항은 SHJ-화성의 도움을 받으세요."

케이스케는 경환을 향해 고개를 숙여 감사를 표했다. 케이스케는 경환이 JSC의 제안을 거절할 것이라는 걸 알고 있었다. 그러면서도 코이치의 요청을 받아들여 경환을 만난 이유는 코이치의 날개를 SHJ의 울타리 안에서 펴 주고 싶었기 때문이었다. 자신의 결정으로 인해 JSC의 앞날이 불투명해진다 하더라도 후회할 생각은 없었다.

"좀 더 상황을 지켜봐야 되겠지만, 조만간 이번 이 사장님의 결정에 답례를 할 수 있을 겁니다."

묘한 여운을 남기는 케이스케를 경환은 독촉할 생각이 없었다. FPSO에 대한 낙찰가는 아직 자신만 알고 있었기 때문이었다.

경환은 가벼운 묵례로 케이스케의 결단에 고마움을 표시했다. 미팅을 정리한 경환은 시간을 확인하며 서둘러 공항으로 출발할 준비를 하기 시작했다.

◆ ◆ ◆

"정 사장, 서울시와는 일정을 조정했습니까?"

"네, 회장님. 이번 달 마지막 주 월요일부터 3일 동안 성수대교의 안전점검을 하기로 합의는 했지만, 서울시에서는 갑작스런 저희의 요청에 당황하고 있습니다."

최준석은 KBR에서 성수대교를 지목한 이유를 아직까지 이해를 하지 못하고 있었다. 답답한 것은 정기명도 마찬가지일 수밖에 없었다.

"도대체 성수대교를 지목한 이유가 뭐라고 생각합니까?"

"저도 그 이유에 대해서는 잘 모르겠지만, 토목과 플랜트를 묘하게 접목시킨 성수대교가 KBR의 관심을 끌었지 않나 생각을 합니다."

1979년 완공된 성수대교의 설계도를 최준석은 살펴보고 있었다. 자신이 맡았던 공사는 아니었지만, 공사비를 절감하기 위해 부실자재 사용과 무리한 공기단축이 분명 있었을 거란 사실은 쉽게 예측 가능했다. KBR이 자신이 전혀 생각하지도 못한 성수대교를 지목하는 바람에 최준석의 심기는 편하지 못했다.

"설계팀과 기술팀으로 점검반을 구성해서 철저히 점검을 하도록 지시하세요. 혹시라도 KBR에 흠이라도 잡힌다면 모두 옷 벗을 각오를 하십시오."

KBR의 지적을 받게 된다면 국내 건설업체의 조롱을 넘어 해외공사에도 심각한 타격을 받을 수 있었다. 정기명은 최준석의 안색이 좋지 못하다는 걸 느끼고 서둘러 입을 열었다.

"박화수 사장의 말로는 KBR의 점검 팀에는 다수의 공학박사들이 포진되어 있다고 합니다. 그래서 이번 점검에 서울대학교와 한양대학교의 교수들로 전문가팀을 따로 구성을 해서 이중으로 점검을 할 계획입니다. 사용된 볼트 하나까지 확인을 하겠습니다. 너무 심려치 마십시오."

정기명의 말을 들을 후에야 최준석은 겨우 안심할 수 있었다.

"다시 한 번 말하겠지만, KBR이 알기 전에 우리가 먼저 답을 가지고 있어야 됩니다. 정 사장도 잘 알겠지만, 중동경기가 죽어 가고 있는 상황에서 이번 KBR의 공사는 반드시 우리가 따내야 됩니다."

최준석의 다그침에 정기명은 어금니를 깨물었다. 그룹 내 라이벌인 김환기는 이미 중원그룹과의 합작을 마무리하고 실질적인 매출증대에도 기여를 하고 있어 자신보다 한발 앞서 나가고 있었다. 한국통운으로 인해 KBR이라는 골치 아픈 떡을 손에 받아 든 정기명은 진퇴양난을 당하고 있었다. 이번 KBR과의 사업이 실패하게 된다면 자신은 사장 직함을 내놓아야 한다는 절박함이 정기명의 머릿속을 복잡하게 만들어 가고 있었다.

"알겠습니다. 회장님. 안전점검에 만전을 기하겠습니다."

숨이 막혀 최준석의 얼굴을 바로 쳐다볼 수 없었던 정기명은 도망치듯 회장실을 벗어나 점검 팀이 기다리는 회의실로 빠르게 움직였다.

♦ ♦ ♦

휴스턴에 도착한 경환은 주차장에 주차된 차를 몰아 회사가 아닌 집으로 향했다. 출산이 얼마 남지 않은 수정이 걱정도 되었고 결혼 후 처음으로 떨어져 시간을 보내면서 자신이 얼마나 수정을 사랑하고 있는지를 다시 한 번 느꼈기 때문이었다.

"자기, 고생했어요. 어머님께 인사부터 드리고 나와요."

"어머니, 장모님. 저 왔습니다."

경환의 목소리에 두 어머니는 서둘러 방에서 나와 경환을 반겼다.

"이 서방. 고생했네. 난 저녁상을 볼 테니까 어서 씻고 나와."

"고생했다. 아버지가 오랜만에 널 봤다고 좋아하시더라. 옷부터 갈아입고 나와서 같이 식사하자."

집에 도착하고 나서야 경환은 긴장감이 풀리는 것을 느끼면서 피로가 한꺼번에 몰려오고 있었다. 수정은 경환을 따라 들어와 양복을 받아 걸면서 경환을 물끄러미 바라보고만 있었다. 경환은 남산처럼 나온 수정의 배를 손으로 천천히 쓰다듬은 후에 수정을 가볍게 안아 주었다.

"항상 자기가 내 옆에 있다는 사실이 감사해. 내가 복이 많은 놈인 건 확실한 거 같아. 자기 같은 여자가 내 아내가 된 사실을 보면 말이지."

"치, 그거 이제 알았어요? 결혼 후 처음으로 자기하고 떨어져 있다 보니 잠도 제대로 못 잤어요. 빈자리가 너무 크다는 사실도 알았고요."

수정은 나온 배 때문에 경환에게 안겨 있기가 버거웠지만, 오랜만에 만난 경환의 품을 떠나기가 싫었다. 수정은 고개를 들어 경환의 입술에 가볍게 입 맞추었다. 경환은 그런 수정을 사랑스러운 눈으로 바라보며 다시 한 번 깊은 입맞춤으로 그동안의 아쉬움을 달래고 있었다.

"학교 다니기 힘들면 중단해도 돼. 정우까지 태어나면 학교까지 병행하기 어렵지 않겠어?"

경환이 수정을 학교에 입학시킨 이유는 아이를 갖는 것을 최대한 늦춰 보기 위한 꼼수였지만, 이미 임신을 한 상태에서 학교를 더 이상 다닐 필요는 없었다.

"아직은 괜찮아요. 정 힘들면 그때 자기한테 부탁을 할게요. 자기한테 이렇게 안겨 있으니 너무 편해서 좋긴 한데, 우선 식사부터 해요. 욕조에 물 받아 놓을 테니 식사한 후에 몸을 좀 담가 봐요."

"그럴게. 이따 같이하자."

수정은 부끄럽다는 듯이 경환을 흘겨봤지만 싫지만은 않은 눈치였다. 간단하게 세수만 하고 주방으로 나온 경환은 두 어머니들이 준비한 풍성한 저녁 식탁을 보자 오랜만에 식욕이 당기기 시작했다.

"역시 집 밥이 최고야. 간만에 포식하게 생겼네요. 감사합니다."

"사돈하고 같이 나가서 장을 좀 봐 왔네."

음식 맛을 본 경환은 오늘 만든 요리가 장모 솜씨란 것을 눈치 챌 수 있었다. 어머니 음식 솜씨로는 도저히 흉내 낼 수 없는 맛이었기 때문이었다. 그렇다고 그런 사실을 내색할 수는 없었다.

띵동, 띵동.

갑자기 울리는 벨 소리에 경환은 급히 문을 열었고 문 밖에는 최석현과 케이티가 서 있었다. 영문을 몰라 고개를 갸우뚱거리는 경환을 무시하고 최석현은 케이티의 손을 잡고 쳐들어왔다.

"사장님, 맛있는 냄새가 요동을 쳐서 어쩔 수 없었습니다. 밥 좀 주십시오."

뻔뻔스러운 최석현의 모습에 경환은 혀를 찼지만, 경환의 어머니는 서둘러 밥을 푸고 있었다. 출장에서 돌아온 첫날이지만 전혀 개의치 않는 최석현을 경환은 불만 가득한 표정으로 바라보고 있었다.

"케이티가 임신을 했다고 하더구나. 음식 냄새를 못 맡을 정도라고 해서 당분간 여기서 저녁을 같이 먹기로 했다."

"최 차장님, 축하합니다. 드디어 아빠가 되시네요. 뉴욕에서 보낸 크리스마스 그때인가요? 하하하."

경환은 그런 사실도 알지 못하고 최석현을 나무라려던 것이 미안했는지 격하게 축하를 해 주었다. 케이티는 부끄러운 듯 얼굴이 붉어졌고 최석현은 머리만 긁적거리다 고개를 끄떡였다. 입덧이 케이티의 식성을 바꿨는지 평소 한국 음식을 잘 먹지 못해 고생을 하던 케이티가 김치와 된장찌개를 정신없이 먹고 있는 모습을 보며 놀랄 수밖에 없었다.

"이럴 줄 알았으면 부사장님도 오시라고 했으면 좋았을 텐데 아쉽네요."

경환은 황태수가 마음에 걸렸다. 식사를 하면서 코이치에 대한 말도 미리 꺼내는 게 좋지 않았을까 하는 생각에서였다.

"황 부사장님은 퀄컴 투자자금 때문에 쿡 부사장님과 사무실에서 회의 중이실 거예요. 먼저 퇴근을 하라고 하셔서 저 먼저 나왔습니다."

회사로 전화를 해 보려고 생각했지만, 둘에게 일정 부문 회사의 경영을 맡긴 이상 방해하고 싶지 않았다. 경환은 무지막지하게 먹어 대는 최석현에게 위기감을 느끼고 급히 젓가락을 집어 들었다.

4년이란 시간 동안 쉼 없이 앞만 바라보고 달려온 경환은 이번 무리한 출장일정으로 인한 후유증으로 며칠 출근하지 못하고 집에서 쉬어야만 했다. 그래도 수정의 지극한 간호 덕분인지 한결 가벼워진 몸을 느낄 수 있었다. 오랜만에 찾은 사무실에선 이다나가 반갑게 경환을 맞아 주었다.

"사장님, 몸은 괜찮으신가요? 급한 결재서류들은 책상 위에 올려놨습니다."

"고마워요. 두 부사장님들을 불러 주세요."

오랜만에 만나서 그런지 이다나는 손수 커피를 내려 경환의 손에 건네주며 밝은 미소를 보였다. 일주일 넘게 자리를 비워서인지 제법 많은 서류들이 책상 위에 놓여 있었다. 경환이 퀄컴의 자금집행서류를 시작으로 꼼꼼히 살펴보며 결재를 해 나가고 있을 때 황태수와 린다가 들어왔다.

"잠시 자리에 앉아 계십시오. 급한 서류부터 결재를 해야 되겠습니다."

경환은 빠르게 서류를 검토해 나가며 좀 더 확인을 해야 할 필요가 있는 몇 건의 서류를 제외하고 결재를 모두 마무리했다. 이다나에게 결재된 서류를 건넨 경환은 머그잔을 들고 소파에 자리를 잡았다.

"퀄컴의 투자를 잘 마무리했더군요. 자금집행엔 문제가 없겠죠?"

"법적인 검토가 완결됐고 투자승인이 마무리되는 4월 말쯤으로 계획을 잡고 있습니다. 1,500만 달러는 확보를 했기에 집행에는 문제가 없습니다. 단지 내년도 2,000만 달러가 걱정이 되긴 합니다."

SHJ는 금융권의 투자를 받지 않고 있었기 때문에 대형 프로젝트를 성공시키지 못한다면 퀄컴의 투자뿐만 아니라 심각한 경영위기를 겪을 수도 있었다. 린다의 불안한 얼굴을 경환은 이해한다는 듯 바라보았다.

"황 부사장님께서 FPSO를 반드시 성공시키면 되는 거 아닌가요? 하하하."

경환의 농담에도 두 사람의 표정은 굳어 있었다. 뻘쭘해진 경환은 급히 웃음을 멈출 수밖에 없었다.

"두 분이 긴장을 하시니 심각하긴 하나 보네요. 우선 FPSO 프로젝트에 매진을 하겠습니다. 이번 중국출장에서 금년부터 유연탄수출량을 300만 톤 이상으로 증가시키기로 화동과 합의했습니다. 이에 따라 매년 1,000만 달러 이상의 자금을 확보할 수 있으니 급하다면 홍콩자금을 대안으로 하겠습니다. 그러나 이번 퀄컴의 투자는 반드시 SHJ에게 엄청난 이익을 안겨 줄 것이라 확신합니다. 지금은 이해가 안 되더라도 3년만 저를 믿고 기다려 주십시오."

린다는 말라 가는 SHJ의 자금을 매일 확인하며 탄식을 하고 있었지만 불안해하지는 않았다. 경환이 그리는 SHJ의 미래를 확신하고 있었기 때문이었다.

"쿡 부사장님은 퀄컴 투자가 완결되면 차후 투자패턴에 대해 보고를 해 주세요. 단기투자이익보다는 장기투자로 방향을 잡아 주시고, 선물거래 부분도 연구를 해 주십시오."

경환이 노리는 JSC의 인수를 위해서는 천문학적인 자금이 필요했다. 컨설팅의 수익만으로는 언감생심이었기에 린다에게 거는 기대가 그만큼 클 수밖에 없었다. 부족한 자금으로 하루하루 줄타기를 하는 심정이었지만 맨주먹으로 이 자리까지 왔기에 충분한 자신감을 가지고 있었다. 또한 지금은 자신의 주위에 믿고 맡길 수 있는 사람들이 있어 경환은 불안해하지 않았다.

"FPSO TF팀에서는 특별한 소식이 없나요?"

"순조롭게 진행되고 있습니다. KBR에서는 TF팀장을 이끌고 있는 민인식 팀장에게 놀라는 분위기입니다. 처음엔 잡음이 있긴 했지만, 시간이 지나면서 민 팀장의 능력에 KBR의 연구원들이 빠져들고 있습니다. 예정된 시간에 결과물이 나올 거 같습니다."

민인식의 실력을 알고 있었지만 이 정도로 인정을 받고 있을 줄은 몰랐다. 경환은 자신의 선택이 틀리지 않았다는 생각에 황태수를 향해 큰 미소를 보여 주었다.

"민 팀장님은 대단하신 분입니다. SHJ로 꼭 모시고 싶긴 한데 그분이 의외로 강직한 성격이라 포기를 했습니다. 기술개발은 그럼 한시름 놓고 본격적으로 입찰 준비를 해야 될 거 같습니다. 황 부사장님께서는 객과 정보공유에 신경을 써 주세요."

"알겠습니다. KBR에서는 전체회의를 요청하고 있습니다. 기술개발에 자신감이 들어서인지 입찰에 큰 의욕을 보이는 거 같습니다."

경환은 고개를 끄떡이며 황태수에게 전체회의에 대한 일정을 통보하라는 지시를 내리고는 코이치 얘기를 꺼냈다.

"이번 JSC와의 미팅에서 타케우치 코이치가 SHJ 합류 의사를 밝혔습니다. 저는 허락을 했습니다. 쿡 부사장님은 휴스턴 정착에 어려움이 생기지 않도록 지원을 아끼지 말아 주세요. 코이치를 통해 저는 큰 그림을 그리고 싶어졌습니다."

린다는 그의 합류에 대해 특별한 반응을 보이고 있지 않았지만 황태수는 달랐다. 코이치가 개입된 건 아니었지만 과거 JSC로 인해 오점이 생긴 황태수는 그의 합류가 달갑지 않았다. 경환은 이해는 하지만 황태수의 심정까지 헤아려 줄 수는 없었다.

"당분간 황 부사장님 밑에서 빡세게 굴려 보십시오. 그리고 FPSO 프로젝트가 끝나면 기존 KBR컨설팅에서 벗어나 업무영역을 확대하시되, 주 타깃을 JSC로 삼아 JSC의 입찰을 철저히 공략하는 전략으로 계획을 수립해 주십시오. 그 전면에 타케우치 코이치를 내세울 생각입니다."

경환의 말에 두 사람은 의미를 헤아리느라 서로의 얼굴을 마주 봤다. 경환이 JSC를 타깃으로 공략을 하겠다는 의미를 깨닫고 눈이 커져만 갔다.

"사장님, 혹시 JSC를 맘에 두고 계십니까?"

황태수는 급히 소파에서 급히 등을 세우며 경환의 대답을 기다렸다.

"2000년이 넘어가면 어려울 수도 있습니다. 그전에 한번 도전을 해보고 싶네요. JSC를 인수하게 된다면 SHJ는 컨설팅에서 벗어나 플랜트시장에 당당히 얼굴을 내밀 수도 있지 않겠습니까? 지금 저희의 자금사정으로는 어불성설이란 거 잘 압니다. 그래도 꿈은 크게 꿔야 되는 거 아닙니까?"

린다와 황태수는 황당한 표정을 짓고 있었다. JSC를 인수하기 위해서는 10억 달러 이상의 자금이 필요한 상황이었다. 현재 1,000만 달러도 안 되는 자금으로 하루살이마냥 버티고 있는 SHJ로서는 감히 인수의 '인' 자도 꺼낼 형편이 아니었기 때문이었다. 그러나 무턱대고 반대할 수도 없었다. 모두들 불가능하다고 생각해 왔던 일들을 경환의 추진력 하나로 해결해 왔다는 걸 잘 알기 때문이었다.

"2000년을 시점으로 그룹경영체제로 운영을 해 볼 생각입니다. 그때까지 두 분께서는 저를 많이 도와 주셔야겠습니다. 그리고 쿡 부사장님은 빠른 시간 내로 스톡옵션에 대한 보고를 해 주십시오."

연이어 터지는 경환의 계획에 린다와 황태수는 정신을 차릴 수가 없었다. 그러나 경환의 계획에 반대할 생각은 없었다. 우선은 FPSO 사업에 전력을 기울여 자금을 확보하는 것이 시급했다. 회의는 길어졌고 경환은 두 사람에게 좀 더 깊은 얘기까지 꺼내며 신뢰를 얻어 가고 있었다.

◆ ◆ ◆

꽝!

최준석은 두 주먹을 들어 책상을 내리쳤다. '극비'라고 써진 성수대교 점검보고서가 어지럽게 흩어졌다. 정기명은 눈을 감은 채 최준석의 분노를 고스란히 받고 있었다.

"이게 말이 됩니까! 그래서 결론이 뭡니까? 다리가 무너지기라도 한다는 겁니까!"

정기명은 쉽게 말을 꺼내지 못하고 있었다. 외부 전문가들의 보고서와 회사 안전 팀의 보고서가 상이한 결과를 보이고 있었기 때문이었다. 평소대로라면 전문가들의 보고서를 무시할 수 있었겠지만, 곧 KBR 안전점검 팀의 방한이 예정된 상태에서 무턱대고 폄하할 수도 없었다.

"관리 소홀로 인해 강철판의 피로균열이 발생되었고 일부 접합된 볼트가 유실되고 있다고 합니다. 특히 다리 중앙 상부트러스는 심각한 수준이기에 안전을 장담할 수 없다는 보고입니다."

정기명은 차마 부실시공이 원인이란 말을 꺼내진 못했다. 단지 관리소홀이란 표현으로 상황을 무마하려고 했다. 트러스트 교량의 경우 철저한 사후 관리가 되어야 했지만 성수대교는 완공 이후 단 한 번도 제대로 된 관리를 하지 못했다.

"회사 점검 팀의 보고는 일부 수리와 보강만 하면 된다고 나와 있지 않습니까? 도대체 보고서의 결과가 다른 이유가 뭡니까?"

아직도 흥분이 가라앉지 않은 최준석은 허리춤에 양손을 대고 정기명을 죽일 듯 노려보고 있었다. 성수대교 공사에 참여한 전력이 있는 정기명의 이마 위로 굵은 식은땀이 흘러내렸다.

"문제는 KBR이 곧 점검을 한다는 거라고 봅니다. KBR의 점검만 없다면 전문가들의 보고서는 무시하고 일부 보강을 하는 선에서 종결지으면 되겠지만, KBR의 점검은 국내 전문가들의 수준을 뛰어넘고 있다는 게 문제입니다."

쾅, 쾅.

최준석은 정기명의 말이 끝나기도 전에 책상을 내리치며 분노를 삭이지 못하고 있었다.

"말 돌리지 말고, 결론만 말하라고 하지 않았습니까! 정 사장 당신 옷 벗고 싶어!"

"KBR과 거래를 하느냐 마느냐에 따라 대응방법이 달라진다고 봅니다. 저희가 거래를 포기한다면 일부 보강하는 선에서 마무리하면 되겠지만, KBR과의 거래를 지속해야 된다면 성수대교의 대대적인 수리 혹은 상부 트러스를 전체 교체하는 수준까지 검토해야 합니다."

정기명은 성수대교가 뜨거운 감자가 될 줄은 생각지도 못했다. 30년 넘게 아동건설에서 보낸 세월이 빠르게 눈앞으로 스쳐 지나가고 있었다. 마음을 비우니 마음이 편해지는 걸 느낀 정기명은 그제야 최준석을 똑바로 쳐다볼 수 있었다.

"문제는 하나 더 있습니다. 전문가들의 보고서가 서울시에도 올라간 상태입니다. 시 공무원들이야 저희들 입맛대로 구슬릴 수 있지만, 혹시라도 정치권 실세들이 냄새를 맡게 된다면 엄청난 대가를 요구할 수도 있다고 봅니다. 그런 비용을 주느니 회사의 인지도를 높이는 방책으로 전면교체를 해도 좋다고 판단됩니다."

최준석의 머리에는 진퇴양난이라는 사자성어가 떠오르고 있었다. 자신도 성수대교의 부실시공에 대해선 감을 잡고 있었지만 이 정도로 심각하다고는 생각하지 못했다. 대대적인 수리를 해 봐야 KBR의 눈을 피해 갈 수 없었기에 큰 의미가 없었다.

KBR을 포기하느냐, 상부 트러스를 교체하느냐, 둘 중 하나를 선택할 수밖에 없는 상황에서 최준석은 장고하고 있었다. 정기명이 말한 정치권의 대가 요구도 최준석을 신경 쓰이게 했다.

"문제가 된 중앙의 상부 트러스를 교체했을 때 비용과 소요 기간을 산출해서 보고하도록 하세요. 그리고 정 사장이 SHJ와 이 문제에 대해 협의하고 계약에 문제가 되지 않도록 설득을 하시고요. KBR이 딴죽을 걸지 않고 계약을 진행하겠다고 한다면 교체하는 방향으로 검토를 하세요."

KBR을 포기하기에는 덩어리가 너무 컸다. 상부 트러스를 교체하려면 상당한 자금이 소요되긴 하지만, 홍보를 통해 안전을 중요시하는 기업으로 이미지 쇄신작업을 한다면 손해 보는 장사는 아니라는 판단이 들었다. 그전에 KBR과의 계약이 우선되어야 하겠지만 그건 정기명이 처리해야 할 몫이었다.

♦ ♦ ♦

FPSO 전체회의를 준비하고 있던 황태수는 서울에서 들어온 팩스를 집어 들고 급히 경환의 사무실을 찾았다.

"사장님, 아동건설에서 이해하기 어려운 공문을 보냈습니다."

경환은 하던 일을 중단한 채 황태수가 내민 팩스를 읽고는 묘한 미소를 지었다. "성수대교의 시공상의 문제가 아닌 관리상의 문제로 인해 중앙 상부 트러스를 전면 교체하려 한다"는 말과 함께 "KBR과의 계약에 문제가 생기지 않도록 최대한 SHJ의 협조를 바란다"는 내용이었다.

"문제가 있을 수도 있겠지만, 수리가 아닌 교체를 한다는 게 납득이 안 되네요. 사장님 보시기에는 어떻습니까?"

경환의 기뻐하는 표정을 본 황태수는 의중을 모르겠다는 듯이 고개를 갸우뚱거렸다. 경환은 한시름 놓았다는 듯 크게 한숨을 내 쉬었다.

"문제가 있으니 교체를 한다는 거겠죠. 부사장님께서 아동건설의 결단을 지지한다는 내용과 KBR과의 계약은 문제없이 이뤄질 거라는 내용의 공문을 보내십시오."

KBR에서는 경환의 부탁을 받고 안전점검 팀을 파견하려고 준비하고 있었다. 이렇듯 아동건설 스스로 상부 트러스 교체라는 카드를 꺼내 놓을지는 경환도 예상하지 못했었다. 약속은 약속이니 이젠 경환이 아동건설에 선물을 줄 차례였다.

"KBR에서 토목업체 시공사 선정과 관련해 독촉을 하고 있다고 들었습니다. 부사장님 주관으로 아동건설과 계약을 진행시키세요. 늦어도 5월 초부터는 공사를 시작해야 되니 서두르면 시간은 맞출 수 있다고 봅

니다."

"알겠습니다. 비용적인 면에서는 아동건설이 적격인데 이렇게 먼 길을 돌아오시는지 전 잘 이해가 안 됩니다."

경환은 단지 미소만 지을 뿐이었다. 경환은 마음속 큰 짐을 덜어 놓은 홀가분함을 느꼈다. 어떤 이도 이해해 주지 못할 그런 시원한 느낌이었다.

◆ ◆ ◆

5월로 접어든 휴스턴은 이미 한여름이라 해도 될 정도로 뜨거운 태양이 내리쬐고 있었다. KBR의 요청에 의해 이루어진 전체회의에는 세 회사의 경영진과 실무책임자들이 모여들었고 먼저 기술개발을 맡고 있는 민인식의 브리핑으로 회의는 시작되었다. 설계와 기술개발은 일정을 단축시키며 순조롭게 진행되어 다음 달이면 설계초안이 완성된다는 것이었다. 민인식의 브리핑 내용은 세 회사의 경영진들을 만족시키기에 충분했다.

"자, 우려했던 것과는 다르게 KBR과 대현의 기술합작은 성공적으로 진행되고 있는 것 같습니다. SHJ는 혹시 다른 정보를 입수하고 있나요? 세 회사가 한 배를 탄 이상 정보를 공유해야 된다고 봅니다."

윌리엄은 기술개발이 원활하게 진행되고 있다는 사실에 고무되었는지 옆 자리에 앉아 있던 경환과 정상길에게 악수를 청하고는 경환에게 정보 공유에 대해 질문을 던졌다. 사실 KBR과 대현중공업의 합작을 만든 거 이외에는 SHJ에서 받은 정보가 없다는 불만을 우회적으로 표시하는 것이기도 했다. 경환은 평소와 달리 자신에게 도전적인 윌리엄을 슬쩍 쳐다본 후 입을 열었다.

"기술개발팀의 노력에 감사드립니다. 현재 저희의 가장 강력한 경쟁상 대로는 영국의 페트로팍 J.V(Joint Venture), 일본의 미쓰비시 J.V 두 곳 으로 볼 수 있습니다. 기술력으로는 페트로팍, 가격으로는 미쓰비시가 강 점을 가지고 있습니다."

페트로팍이라는 말에 윌리엄은 미간을 좁히고 있었다. KENTZ보다 도 상대하기 까다로운 곳이었기 때문이었다. 두 업체 모두 상대하기 벅차 보였지만 민인식의 성과보고를 들은 후라 다들 크게 걱정하는 모습은 아 니었다.

"기술력으로 페트로팍에 근접시키고, 가격에서는 미쓰비시를 눌러야 되는 어려운 점이 있는 것은 사실입니다. 하지만 기술력이 오늘 회의를 통 해 확인된 만큼 입찰가격에 대해서는 저희 SHJ를 믿어 주시기 바랍니다."

원칙적인 답변만 하고 경환이 입을 다물자, 윌리엄은 재차 경환을 독 촉하고 나섰다. 이 프로젝트는 윌리엄 자신의 목을 걸고 진행하는 것인 만큼 조급할 수밖에 없었다. 특히 오늘은 작정이라도 한 듯 경환을 몰아 세우고 있었다.

"입찰가격에 대한 정보를 미리 알려 줄 수는 없는 건가요? SHJ의 정보 력에 의심을 하는 것은 아니지만, 매번 이러니 좀 답답합니다."

윌리엄이 다그쳤지만 경환은 크게 개의치 않고 있었다. 급한 성격인 것은 알고 있었지만 어딘가 달라진 윌리엄을 경환은 묵묵히 바라볼 뿐이 었다. 분위기가 무겁게 흘러가는 것을 느낀 정상길이 급히 중간에 말을 이었다.

"자, 자. 오늘같이 좋은 날, 분위기를 무겁게 가져갈 필요가 있겠습니 까? 낙찰가에 대한 정보는 어렵다고 하더라도 최소한의 정보는 SHJ에서도 공유를 해 주셨으면 합니다."

"흠, 흠."

윌리엄은 겸연쩍은 듯이 헛기침을 내 뱉었다. 경환은 잠시 숨을 고른 후에 입을 열었다.

"입찰가는 예전과 마찬가지로 입찰 전에 알려 드리겠습니다. 단지 제가 드릴 수 있는 정보는 입찰조건이 달라질 수도 있다는 것입니다. 예정된 총 3기 중에서 이번 1차 입찰에 2기를 한 번에 입찰한다는 정보가 있습니다. TOTAL의 입찰예정가는 1기 18억 달러, 2기 20억 달러, 총 38억 달러 규모의 대형입찰입니다. 최대한 이 금액에 근접시키는 업체가 낙찰받을 것으로 봅니다."

경환의 말로 인해 회의장은 침묵에 휩싸여 갔다. 39억 달러라면 근래 들어 가장 규모가 큰 프로젝트였기 때문에 윌리엄과 정상길은 침을 삼켰다. 이 정보는 윌리엄도 처음 접하는 정보였다. 며칠 전 TOTAL의 뱅상과 전화통화를 하면서도 알 수 없었던 정보를 경환이 알고 있다는 사실에 윌리엄은 입술을 깨물었다. 여러 번 시도를 했지만 경환에게 정보를 제공하는 루트를 찾아낼 수는 없었다. 그 루트만 알아낸다면 억만 금을 지불해서라도 경환을 밀어내고 자신이 독점할 생각을 하고 있었기에 윌리엄의 아쉬움은 깊어만 갔다.

"TOTAL에서는 아무런 말이 없는데 확실한 정보입니까?"

"아직은 보안을 유지하려고 할 겁니다. 나이지리아 정부와 TOTAL에서는 낙찰가를 낮추기 위한 고육지책으로 2기를 한 번에 입찰하려고 계획 중입니다. 아마 7월경엔 공시를 하게 될 겁니다. 두 달의 시간을 잘 활용한다면 절대적으로 유리한 고지에 우리가 먼저 오를 수 있습니다. 이 정보는 절대 보안을 유지해 주시기 바랍니다."

경환이 FPSO 입찰에 목을 맨 것은 이런 이유에서였다. 운영자금이 아쉬운 경환에게 1억 달러가 넘어가는 컨설팅비용은 퀄컴의 로열티가 들어오기 전까지 SHJ의 숨통을 트이게 해 줄 오아시스였기 때문이었다.

"하하하, 역시 SHJ의 정보력은 대단하네요. 입찰은 SHJ만 믿고 우리는 기술개발에 박차를 가하기만 하면 되겠습니다."

정상길의 말에 적막하던 회의장은 웃음바다가 되었지만 윌리엄과 경환은 표정 변화 없이 자리를 지키고 있었다.

"뱅상 지라드가 입찰공시 전 미국을 방문할 예정이네. 자네와 함께 자리를 하자고 하니 준비하고 있게."

윌리엄은 조용히 경환에게 말을 전하고 있었지만 얼굴은 여전히 굳어 있었다. 윌리엄의 행동이 경환은 신경 쓰였지만 특별한 의미를 부여하지는 않았다.

"알겠습니다. 일정을 통보해 주시면 준비하겠습니다."

전체회의는 한참을 더 지속한 후에 마무리되었다. 경환은 황태수와 함께 연회의 참석을 뒤로 미루고 사무실로 돌아와 타케우치 코이치를 맞이해 주었다.

"예정보다 많이 늦었는데 정리는 다 하셨나요?"

예정보다 한 달이나 늦게 도착한 코이치는 경환의 질문에 연신 고개를 숙였다.

"죄송합니다. 일본에서 일이 좀 지체되었습니다."

더 이상 늦은 이유에 대해 묻지 않고 경환은 황태수와 린다를 불러 자리를 함께했다.

"쿡 부사장님, 주택과 차량은 준비가 되었겠죠?"

"주택은 사장님과 같은 아파트로 오늘부터 입주가 가능하도록 준비를 해 두었습니다. 차량은 곧 준비해 놓겠습니다."

코이치는 경환과 같은 아파트로 준비를 했다는 소리에 놀라고 있었다. 상식적으로도 회사 대표와 같은 급의 주택을 준비한다는 건 말이 되지 않는다고 생각하고 있었기 때문이었다.

"최대한 빨리 가족들을 불러 오세요. 가족과 함께 생활을 해야 일에도 능률이 생긴다는 게 저희 회사 방침입니다. 가족들이 여기 생활에 빨리 적응할 수 있도록 지원해 드리겠습니다."

"한국의 박화수 사장을 통해 전해 들었습니다. 식구들은 다음 주에 들어올 예정입니다. 신경 써 주셔서 감사합니다."

경환은 황태수의 표정을 살폈고 황태수는 JSC에 대한 묵은 감정을 털어 냈다는 듯이 경환을 향해 고개를 끄떡여 보였다.

"타케우치 코이치 씨는 차장 직급으로 황태수 부사장님을 보좌해 주십시오. 시간적인 여유를 드리지 못해 죄송하지만 현재 저희는 FPSO 사업에 전력투구를 하고 있습니다. FPSO 사업에 대해서는 황 부사장님에게 따로 설명 받으시고 내일부터라도 프로젝트에 참여해 주세요."

코이치는 KBR의 린다까지 SHJ에 참여하고 있다는 사실에 묘한 흥분마저 느끼고 있었다. 1년밖에 되지 않은 신생기업에 KBR의 차기 주자로 손꼽히던 린다까지 참여할 정도라면 분명 자신이 생각하지 못한 큰 비전이 SHJ에 있다는 것을 뜻하기 때문이었다. 이미 자신의 결정으로 JSC를 떠났기에 더 이상 미련을 갖지 않기로 맹세를 하고 도미(渡美)를 결정했다. SHJ에 합류한 이상 자신의 모든 능력을 발휘해 하루라도 빨리 중추적인 자리를 확보할 생각이었다.

"타케우치 차장님은 FPSO 사업이 끝나면 JSC가 중점적으로 관리하려고 하는 북아프리카 입찰을 수행하셔야 됩니다. 철저하게 JSC의 행보를 막아 보세요. 제 목표는 타케우치 차장님을 SHJ의 이름을 걸고 일본으로 금의환향시키는 겁니다."

코이치는 경환의 계획을 듣고는 몸이 떨려 옴을 느꼈다. 경환의 목표가 명확히 드러났기 때문이었다. 그러나 현재 SHJ의 능력으로는 거대한 공룡인 JSC를 집어삼키는 것이 계란으로 바위 치는 것 이상으로 어렵다는 사실은 누구도 부정할 수 없었다. 망상에 가까운 경환의 계획에도 지금 자리를 함께하고 있는 세 사람은 전혀 JSC를 두려워하는 표정이 아니었다.

"알겠습니다. 저는 이미 SHJ와 함께하기로 했습니다. 최선을 다해 JSC의 행보를 막겠습니다. 그 이후는 사장님의 판단에 맡기겠습니다."

코이치의 결심에 황태수는 그의 어깨를 '툭툭' 쳐 주며 웃어 보였다. 황태수 또한 코이치의 업무적 능력은 익히 들어 알고 있었다. 경험만 쌓는다면 자신을 뛰어넘고도 남을 인재란 사실에 질투도 할 수 있었지만 황태수는 전혀 개의치 않았다.

"자네에게 기대를 많이 하겠네. 사장님이나 나나 한국인이지만 SHJ는 국적을 가리지 않고 인재를 중용할 거네. 그건 자네에게도 동일하게 적용이 될 것이고. SHJ를 위해 자네의 능력을 발휘해 주게."

띠리링, 띠리링.

경환은 울리는 휴대폰이 신경 쓰였지만 번호를 확인하고는 회의 중임에도 불구하고 급히 휴대폰을 열었다.

"네? 알겠습니다. 바로 출발하겠습니다."

경환은 자리에서 급히 일어나 양복 상의를 걸치지도 않고 급히 사무실을 빠져나가고 있었다.

"사장님! 도대체 무슨 일이십니까?"

경환의 당황해 어쩔 줄 모르는 모습에 황태수는 걱정을 하며 경환을 불렀다. 혹시라도 큰 사고일지도 모른다는 생각에 황태수는 바짝 긴장하고 있었다.

"집사람 진통이 시작됐다고 합니다. 급한 일은 부사장님이 처리해 주세요. 저 먼저 가 보겠습니다."

엘리베이터로 사라지는 경환을 보면서 황태수와 린다는 서로 얼굴을 바라보며 다들 이해한다는 듯 환하게 웃기 시작했다.

경찰 단속을 당하지 않은 것이 다행일 정도로 엑셀을 끝까지 밟으며 메디컬 센터에 도착한 경환은 제대로 주차를 하지도 못한 채 산부인과 병동으로 뛰어가고 있었다. 아침 출근할 때만 해도 가벼운 진통밖에 없어 안심하고 있던 자신을 원망했다. 평소 거대한 규모의 메디컬 센터를 보며 부러워했었지만, 오늘은 죽어라 뛰어도 도착하지 못할 정도의 큰 규모가 원망스럽기만 했다. 와이셔츠가 땀으로 범벅이 될 정도로 죽을힘을 다해 뛰어 대기실에 도착한 경환은 어머니와 장모님을 본 후에야 안도할 수 있었다.

"수정이는 어떻습니까?"

"방금 출산실에 들어갔다. 의사가 너를 찾던데 빨리 가 봐라."

경환은 급히 간호사를 찾았고 멀리서 걸어오는 담당 의사를 확인할 수 있었다.

"닥터 베런, 좀 늦었습니다. 상황은 어떤가요?"

"정상이니 너무 걱정하지 마시고 환복과 세척을 하신 후에 출산실로 들어오세요."

경환은 출산실에 같이 있겠다는 의사를 밝혔고 담당의사는 흔쾌히 동의를 해 주었다. 급히 세척과 환복을 한 후 들어간 출산실에는 불안해 떨고 있는 수정이 누워 있었다. 진통의 고통과 불안함에도 제대로 소리 지르지 못하는 수정을 보고 경환은 급히 달려가 손을 잡아 주었다.

"미안해, 내가 너무 늦었어. 옆에 있을 테니까 안심해. 다 잘 될 거야."

경환을 확인한 수정은 그제야 참았던 눈물을 터트리며 손에 힘을 주었다. 수정의 손톱이 경환의 손바닥을 파고들고 있어도 경환은 수정의 손을 놓지 않았다.

"잘하고 있어요. 힘을 계속 줘요."

경환이 옆에 있다는 사실에 안도를 했는지 비명을 지르면서도 용케 힘을 주고 있었다. 경환의 손은 피멍이 들어가고 있었지만 전혀 고통이 느껴지지 않았다.

"머리가 보이기 시작했어요. 얼마 안 남았으니 힘을 내요."

담당의사는 계속 수정을 안심시키기 위해 말을 건네고 있었지만 수정과 경환의 귀에는 아무런 소리도 들리지 않았다. 한 시간 넘게 수정의 고통을 바라보며 경환은 가슴이 찢어져 가고 있었다.

"아아악!"

마지막 비명과 함께 수정은 고개를 떨어뜨렸고 잡았던 경환의 손은 맥없이 풀려졌다.

"응애, 응애!"

"축하합니다. 제임스 2세와 인사를 나눠 보시겠어요?"

담당의사는 탯줄을 잘라 유리병에 넣은 후 아이를 들어 경환과 수정에게 확인시켜 주었다. 수정은 아이를 품에 안은 후 감격의 눈물을 흘렸다.

"경환 씨, 나 정말 죽을 거 같았어요. 그래도 정우를 안고 있으니 고통이 다 사라지는 거 같아요. 옆에 있어 줘서 고마워요."

"수고했어. 정말 수고했어. 그리고 너무 고맙다."

정우를 안아 든 경환의 눈에서도 굵은 눈물이 흘러내리고 있었다. 전생에서 만나 보지 못한 새로운 자신의 핏줄이 바라보며 경환은 감격하고 있었다. 경환은 의사에게 정우를 맡기고 수정의 머리를 쓰다듬어 주었다. 자신의 또 다른 분신인 정우를 하염없이 바라보던 경환은 전생의 딸인 희수에 대한 애절함에 또다시 눈물을 흘리고 있었다.

정우가 태어난 다음 날 병원에선 한바탕 소동이 벌어지고 있었다. 찬물로 샤워를 시키려는 간호사를 두 어머니들이 놀란 눈을 하며 막아서고 있었기 때문이었다.

"자네가 나서서 말 좀 해 보게. 산후조리 잘못하면 평생을 고생하는 건데 도대체 찬물로 샤워를 시키려는 이유를 내 도통 모르겠네."

"그래 사돈 말이 틀린 게 하나도 없으니 경환이 네가 뭐라고 좀 해 봐. 이럴 바에는 집에 가서 우리가 돌보는 게 낫겠다. 안 그래요, 사돈?"

두 어머니들의 성화에 경환은 담당 의사를 만나 한국의 산후조리에 대해 설명을 해 줄 수밖에 없었다. 찬물로 샤워를 하고 바로 퇴원하는 미국의 출산 방식을 두 어머니들에게 설득시키는 거보다는 의사의 양해를 구하는 게 빠르다고 판단해서였다. 담당의사는 고개를 갸우뚱하긴 했지만 문화적인 차이를 이해해 준다는 말로 수정의 퇴원을 허락했다. 거우 몸을 추스르는 수정을 조심스럽게 부축해 집으로 돌아온 경환은 또 다른 난관에 직면하고 말았다.

"당분간 몸을 뜨겁게 해야 되니 전기장판 뜨겁게 올리고 전기 스팀기도 방 안에 틀어 놔라."

한여름 날씨에도 불구하고 전기장판과 전기 스팀기를 틀어 놓은 안방은 사우나 그 자체였다. 경환은 5분도 버티지 못하고 거실로 뛰쳐나올 수밖에 없었지만, 수정은 땀을 흘려 가면서도 용케 버티고 있었다. 음식 솜씨가 월등히 좋은 장모는 이미 주방을 점령하고 미역국과 함께 산모에 좋은 음식을 만들고 있었고, 연락을 받은 경환의 아버지와 장인은 기다렸다는 듯이 정우를 보기 위해 미국행을 준비하는 중이었다. 경환은 5분에 한 번씩 안방을 들락거리며 수정과 정우를 살폈고 수정은 그런 경환으로 인해 제대로 잠을 청하지 못하고 있었다.

"그렇게 좋아요? 그러면서 왜 아이는 나중에 갖자고 그랬는지 모르겠네요."

수정의 핀잔에도 경환의 입가엔 웃음이 가득했다. 경환은 아직도 힘들어하는 수정이의 손을 가만히 잡아 주었다.

"자기하고 정우를 보고 있으니, 근심이 다 사라진다. 내가 생각이 짧아서 그랬어. 빨리 몸 회복하고 셋이서 재미있게 지내자. 조만간 넷이 되겠지만."

경환의 말에 수정은 경기를 일으키며 고개를 좌우로 저어 댔다.

"자기야. 나 죽을 거 같았어요. 지금 생각으로는 둘째는 못 낳을 거 같은데."

수정의 손사래에도 경환은 크게 신경을 쓰지 않았다. 인간의 망각의 동물로 출산의 고통은 시간이 지나면 잊힌다는 것을 알고 있어서였다. 진짜로 수정이 둘째를 갖지 않겠다고 한다면 문제가 심각해질 수도 있지만 그건 그때 가서 고민을 해도 충분했다.

"자기 회사 안 가도 돼요? 요새 프로젝트 때문에 바쁘잖아요."

"오늘은 자기하고 정우 곁에 있을 거야. 내일 나가면 돼. 나 또 한계가 왔어."

비 오듯 쏟아지는 땀을 주체하지 못하고 경환은 욕실로 급히 뛰어가 찬물을 틀어 머리를 들이밀었다.

◆ ◆ ◆

최석현은 코이치와 함께 일식음식점을 찾았다. 갑작스런 경환의 출산으로 제대로 환영회도 해 주지 못한 것이 미안했던지 최석현은 머뭇거리는 코이치를 반 강제적으로 끌고 식당에 들어섰다. 뜨끈한 사케로 목을 축인 최석현은 먼저 입을 열었다. 넉살 좋은 최석현으로 인해 두 사람은 서로 이름을 부르고 있었다.

"석현, 사장님은 도대체 어떤 분이야? 신생기업인 SHJ에 쿡 부사장님까지 있을 줄은 전혀 예상을 못했어. 모든 게 위태위태해 보이는데도 직원들은 얼굴에는 자신감이 넘쳐 나니 내 머리로는 이해가 잘 안 돼."

최석현의 사케를 한 모금 넘기며 빙그레 웃어 보였다. 처음 경환과의 만남을 가졌을 때 자신의 모습이 코이치의 모습과 다르지 않음을 느꼈기 때문이었다.

"코이치, 머리로 사장님을 이해하려고 하지 마. 무일푼에서 4년 만에 SHJ를 미국에 세운 분이니까. 난 사장님이 지구를 정복하겠다고 해도 믿을 수 있어. 여기 있는 직원들은 인생의 쓴맛을 한 번씩 경험한 사람들이야. 그렇기 때문에 우릴 믿어 주는 사장님을 앞세워 전진할 수밖에 없는 거고. 밑져야 본전 아니야?"

최석현의 말에도 코이치는 크게 공감할 수 없었다. 경환이 자신을 믿어 주고 있는지에 대해서도 아직 확신이 들지 않아서였다. 단지 JSC와의 경쟁을 위해 자신의 합류를 받아들였을 수도 있다는 생각이 코이치의 머리에서 떠나지 않고 있었다.

"코이치, 사장님께서 자네를 일본으로 금의환향시키겠다고 하셨다는데 그 말을 한번 믿어 봐. 내 생각이지만, 자네를 위해 JSC와 경쟁을 하려는 거지 자네를 이용해서 JSC와 경쟁을 하겠다는 건 아닐 거야. 내가 아는 사장님은 그런 분이야."

"나를 위해 JSC와 경쟁을 한다……."

코이치는 최석현의 말을 되풀이해 봤다. 자신을 영입하지 않았다면 JSC와의 경쟁은 안중에도 없었을 거라는 말로 들렸다. 생각해보니 이미 KBR을 손에 쥐고 있었고 많은 플랜트업체의 러브콜을 받고 있는 상태에서 JSC에 집중할 필요는 없었을 지도 모른다.

"코이치 난 네가 부럽다. 사장님은 너의 능력을 이미 간파하고 있고, 너를 전문경영인으로 키워 보려고 하는 거잖아. 난 죽었다 깨어나도 그런 대접 못 받는다고. 그러니 그냥 죽었다 생각하고 열심히 해. 한번만 더 쓸데없는 고민하면 너 자르라고 사장님한테 충언을 할 테니까."

최석현의 농담에 코이치는 웃어 보이며 맛있게 보이는 스시를 하나 집었다. 코이치는 다시 한 번 마음을 가다듬었다. SHJ가 전 세계를 아우르는 기업으로 성장했을 때 자신도 경환의 옆에 서 있기를 바랐다.

"사장님, 혹시 SHJ라는 기업에 대해 아십니까?"

오성전자 사장실을 급히 찾은 한재웅 상무가 결재판을 놓으며 조심스럽게 말을 꺼냈다. 이세일 사장은 한재웅을 올려다보았다.

"그룹 경영회의 때 들어 본 회사군요. 건설과 엔지니어링에서 SHJ 때문에 곤욕을 치른 거로 알고 있습니다. 아마 건설의 부장출신이 부사장으로 있다고 하던데요."

"그 SHJ에서 퀄컴의 지분 6%를 인수하고 한국과의 로열티 지분도 40%를 흡수했다고 합니다. 아울러 단말기 제조에 대해서도 일부 권리를 가졌다는 말도 들립니다."

한재웅의 말에 이세일은 화들짝 놀라 몸을 일으켜 세웠다. 얼마 전 대현중공업을 KBR이란 플랜트업체와 합작시키는 데 성공한 업체라고 알고 있었는데, 플랜트와는 전혀 무관한 이동통신사업에 투자했다는 소식은 이세일을 긴장시키기에 충분했다. 이동통신사업보다는 단말기제조로 방향을 바꾼 오성전자는 퀄컴의 기술제휴가 절대적으로 필요한 시기였고 느닷없이 튀어나온 SHJ에 이세일은 촉각을 곤두세울 수밖에 없었다.

"플랜트 컨설팅업체라고 알고 있었는데 퀄컴에 투자를 했다는 사실이 놀랍군요. 단말기 제조에 SHJ의 입김이 작용하게 된다면 우리 오성에 문제가 생길 수도 있습니다. 좀 더 자세한 내용을 조사해 보세요."

"저도 그게 좀 염려스럽습니다. 퀄컴과의 기술제휴가 절박한 시기에 자칫 타 업체에 밀릴 수도 있다고 봅니다. 문제는 SHJ가 저희 오성과 쌓인 감정이 있다는 것입니다."

이세일도 들어 알고 있는 내용이었다. 그 당시에는 전자와는 상관이 없어 신경을 쓰지 않고 있었지만, 지금은 당장 자신의 발등에 불이 떨어진 격이었다. 퀄컴이 설계하고 라이선스를 가지고 있는 단말기 칩을 확보하지 못한다면 그간의 기술개발은 물거품이 될 수도 있었다. 또한 SHJ가 쌓인 감정으로 인해 현재 경쟁업체인 금성전자나 대현전자와 협력을 시도한다면, 오성전자를 나락으로 떨어트릴 수도 있었다. 이런 상황을 예상하지 못하고 SHJ에 장난을 심하게 친 오성엔지니어링에 쳐들어가고 싶은 생각이 간절했지만 지금은 해결 방안을 먼저 모색해야만 했다.

"한 상무는 미국지사에 당장 퀄컴, SHJ와 접촉을 시도하라고 지시하세요. 단말기사업은 회장님의 차기 미래 사업으로 대대적인 투자를 하고 있다는 걸 잘 아시리라 봅니다. 수단과 방법을 가리지 말고 SHJ를 설득시키라고 하세요."

한세웅에게 지시를 내린 이세일은 급히 회장실을 향해 문을 박차고 나갔다.

◆ ◆ ◆

수정의 출산으로 인해 오랜만에 출근한 경환은 직원들의 축하를 받느라 정신이 없었다. 경환을 축하해 주는 직원들 사이로 코이치의 모습도 보이고 있었다.

"타케우치 차장님, 제대로 환영회도 못해 줘서 미안합니다. 가족들이 입국을 하면 자리를 한번 만들어 보겠습니다."

"괜찮습니다, 사장님. 부사장님과 최석현 차장에게 매일 환영회를 받고 있습니다."

경환은 최석현에게 술 좀 그만 마시라고 핀잔을 줬지만, 최석현은 먼 산만 바라보며 경환의 말을 한 귀로 흘려버리고 있었다. 직원들의 축하를 기쁘게 받고 있을 때 황태수와 린다가 할 말이 있는 듯 조용히 눈짓을 보냈다.

"사모님 몸이 풀리시면 찾아뵙겠습니다. 저희 집사람 말로는 사장님을 빼 닮았다고 하던데 저도 많이 궁금합니다."

"타케우치 차장 가족들이 들어오면 겸사겸사 자리를 한번 마련하겠습니다. 제가 요새 거실에서 잠을 자고 있어서 몰골이 말이 아닙니다. 하하하."

린다는 경환이 왜 거실에서 자는지 이해를 못하는 눈치였다. 경환은 한국의 산후조리를 자세히 설명을 해 주었지만 린다를 이해시키기엔 역부족이었다.

"급한 일이 있으신 거 같은데 일부터 처리를 하죠."

"어제 오성전자 미국지사에서 퀄컴사의 지분인수 건으로 인해 방문을 하고 싶다는 요청을 받았습니다. 제 개인적인 친분을 이용해서 연락을 해 왔습니다. 쿡 부사장과 이 문제에 대해 논의는 했지만 오성전자에서 서두르는 이유를 정확히 파악하지는 못했습니다."

경환은 발 빠르게 움직이는 오성그룹에 혀를 내두르고 있었다. 정보력만큼은 안기부에서도 한 수 접어 줄 정도였으니, 어찌 보면 SHJ의 퀄컴 지분인수 소식이 오성그룹에 들어간 것은 당연할 수도 있었다.

"제가 보기엔 오성전자에서는 어느 정도 단말기 제조기술을 습득한 상태라고 생각이 듭니다. 단말기의 핵심부품이 퀄컴의 라이선스로 묶여 있는 상태다 보니 한국의 단말기 제조업체 선정에 일정지분을 가지고 있는 우리가 목엣 가시라고 생각하고 있는 거 같네요."

경환의 말에 린다는 놀란 표정을 지었다. 불확실해 보이던 한국의 CDMA 상용화가 경환의 말대로라면 얼마 남지 않았기 때문이었다.

"사장님, 그렇다면 퀄컴에서도 이 사실을 알았을 텐데 저희의 투자를 받아들인 이유가 납득되지 않습니다."

"퀄컴이 알았다면 당연히 받아들이지 않았겠죠. 오성전자에서 철저하게 퀄컴의 눈을 속였을 수도 있지 않겠습니까? 그래야 좋은 조건으로 퀄컴과 협상을 진행할 수 있었을 테니까요."

"그럼 사장님은 이런 사실까지 예상하고 투자를 결정하신 건가요?"

린다의 질문에 경환은 그저 웃어만 보였다. 린다와 황태수는 도대체 경환이 가진 정보력의 한계가 어디까지인지 알 수가 없어 벌린 입을 닫지 못하고 있었다. 두 사람의 반대를 무릅쓰고 투자를 강행했을 때만 해도 손해만 안 보면 다행이라고 생각했었다.

"이제 칼자루는 우리 손에 쥐어져 있습니다. 황 부사장님은 오성전자와 협상에 참여하지 마십시오. 이런 협상은 쿡 부사장님이 적격이니, 쿡 부사장님이 전권을 가지고 오성전자와 협상을 진행해 주세요. 불확실하다는 생각을 버리고, 오성전자를 그로기 상태로 몰아넣으시는 한이 있더라도 양보를 해 주지 마세요."

황태수는 경환의 결정에 토를 달지 않았다. 투자 부분은 엄연히 린다의 몫이었고 오성출신인 자신이 협상테이블에 앉는다는 것도 모양새가 좋지 못했다.

"제가 협상을 진행하도록 할게요. 사장님이 생각하는 가이드라인을 주세요."

린다는 자신을 믿고 전권을 맡기는 경환에게 고마움을 느끼고 있었다. SHJ에 합류한 후에도 퀄컴과의 투자밖에는 성과를 보이지 못하고 있었지만, 경환은 린다에게 무한한 신뢰를 보여 주고 있었기 때문이었다.

"전권을 드린다고 했잖아요. 쿡 부사장님이 잘 하시리라 믿습니다. 한 가지 팁을 드리자면 단말기 제조와 관련해서 오성전자의 가장 강력한 경쟁업체는 금성전자입니다. 이 정도면 충분하죠?"

경환의 정보를 받은 린다는 조용히 미소를 지어 보였다. 자신의 손으로 오성전자나 금성전자를 철저히 몰아세울 생각을 하니 그동안 쌓였던 스트레스가 한 번에 사라져 갔다. 경환은 전투욕구를 몸 밖으로 발산하고 있는 린다를 바라보며 린다를 상대할 오성전자가 불쌍하다는 생각이 들었다.

"올해는 제가 아빠도 되고, SHJ에 좋은 일이 많이 생길 거 같은 예감이 듭니다. 오늘 같은 날 술 한 잔을 해야 되는데 제가 애처가다 보니 집에 일찍 들어가 봐야 됩니다. 두 분께서 이해를 해 주십시오. 하하하."

"사장님 때문에 제가 집사람한테 시달려서 못 살겠습니다. 제발 적당히 좀 하십시오. 쿡 부사장은 아직 시집도 못 간 처녀입니다, 처녀."

"못 간 게 아니라 안 간 거예요. 성희롱으로 고소를 할 수도 있어요, 황 부사장님!"

경환의 농담을 시작으로 세 사람은 크게 웃기 시작했다. 경환은 자신의 바람이 이뤄지기를 간절히 원하고 있었다.

　정우가 태어남으로 경환과 수정의 일상은 크게 변화되었다. 새벽에 일어나 우는 정우를 달래며 우유를 먹이거나 기저귀를 갈아 주는 것은 경환의 몫이었다. 수정은 피곤한 경환을 위해 슬그머니 침대에서 일어났지만 경환은 수정의 움직임을 귀신같이 알아채고 수정을 만류하고 나섰다.
　"더 자. 종일 정우 보려면 힘들 텐데, 새벽에 일어나는 건 내가 할게."
　"자기 출근해야 되잖아요. 더 자요."
　경환은 수정을 억지로 침대에 누이고는 준비해 놓은 보온병을 열어 우유를 타기 시작했다.
　"응애, 응애!"
　정우는 밥시간이 왔는데 왜 아직 소식이 없는 거냐며 울기 시작했고, 경환은 서둘러 젖병의 온도를 확인한 후 입에 물렸다. 수정은 그런 경환을 고마운 눈으로 쳐다보고 있었다.
　"자기야, 이 자식이 나하고 눈을 맞추면서 웃는데?"
　"자기 너무 오버하는 거 아니에요? 뭘 정우가 눈을 맞췄다고 그래요?"
　젖병을 빨고 있는 정우를 안고 수정이가 볼 수 있도록 침대로 향했지만, 정우는 초점을 잡지 못하는 눈으로 열심히 젖병만 빨아 대고 있었다. 졸지에 팔불출이 된 경환은 정우의 등을 두드려 트림까지 시키고 나서야 다시 침대에 누울 수 있었지만 쉽게 잠이 오지 않았다. 경환은 자신의 품으로 파고드는 수정을 위해 팔베개를 해 주고는 수정의 가슴에 한 손을 가져다 대었다. 출산으로 인해 커진 수정의 가슴은 한 손으로 다 움켜쥘 수 없었다.

"애처럼 가슴 만지는 걸 좋아하는 사람은 자기밖에 없을 거예요."

"정우 태어났다고 나 등한시하면 안 돼. 나도 자기의 관심이 필요하다고."

가만히 웃고만 있는 수정을 끌어당기며 경환은 급히 수정의 입술을 찾아 자신의 입술을 덮어 갔다. 수정과 부부생활을 한지 3년이 되었지만 경환은 수정 이외의 여자에겐 관심이 없었고 수정과의 잠자리는 아직도 경환을 매번 흥분시켰다.

"수정이 몸도 회복되고 있으니 너무 집에만 계시지 마세요. 제가 모시고 다녀야 되는데 회사에 중요한 프로젝트가 있어서 몸을 뺄 수가 없습니다. 그래서 가이드를 고용했으니 오늘부터 주변 관광을 하세요."

정우 때문에 양가 부모님들이 모두 와 있었지만 경환은 통 시간을 낼 수가 없었다. 부모님들도 정우 보는 재미 때문인지 외출은 하지 않고 있었지만 경환은 죄송함에 항상 신경이 쓰였다. 그래서 부모님들의 허락도 받지 않고 한국 유학생을 고용, 관광을 시켜 드릴 생각이었다.

"너무 집에만 있으니 몸이 뻣뻣하기도 한 거 같네. 네 말대로 오늘은 사돈과 관광이라도 해야겠다."

말은 안 했지만 부모님들도 집에만 있어 답답했던지 경환의 제안을 순순히 받아들였다. 경환은 급히 준비한 봉투를 아버지와 장인어른에게 건네고는 출근을 서둘렀다.

◆ ◆ ◆

동경의 최대 번화가인 긴자는 늦은 시간임에도 불구하고 번쩍이는 네

온사인들의 불빛이 밤을 밝히고 있었다. 미쓰코시백화점 뒤편으로 '하키라'라고 써져 있는 간판 앞에는 최고급 승용차들이 늘어서 있었다. 적게는 50만 엔 많게는 100만 엔을 훌쩍 넘는 술값 때문에 일반인들의 출입은 불가능한 곳이기도 했다. 기모노를 차려입고 시중을 드는 여 종업원들은 TV에서 봤을 법한 미녀들뿐이었다. 그녀들의 시중을 받으며 범상치 않아 보이는 세 남자가 술잔을 부딪치고 있었다.

"나리타 사장님, 초대해 주셔서 감사합니다. 이번 미쓰비시와의 합작에 우리 미쓰이그룹도 큰 기대를 하고 있습니다. 하하하."

"우에하라 사장님, 별말씀을 다 하십니다. 이번 합작을 계기로 우리 미쓰비시중공업과 미쓰이조선은 해양플랜트 부분을 선도해 갈 것입니다. 하하하."

미쓰비시중공업 사장인 나리타 치히로는 이번 나이지리아 FPSO 입찰에 미쓰이조선과 J.V를 이끌어 낸 장본인으로, 미쓰이조선 사장인 우에하라 다카시로와 막후협상을 위해 오늘 자리를 마련했다. J.V 협상에 많은 어려움이 있었지만 치히로는 국익이 우선이라는 명분으로 일본 정부의 실세를 움직여 미쓰이조선을 압박해 갔고 결국 미쓰이조선을 설득할 수 있었다.

"대의를 위해 소를 희생해 주신 우에하라 사장님께 진심으로 감사드립니다. 그래서 오늘 조촐하게 사장님을 위한 자리를 마련했습니다."

"일본 안에서야 서로 경쟁을 하는 게 당연하지만, 나라 밖에서의 싸움은 일본 기업끼리 힘을 합쳐야지요."

두 사람의 자화자찬이 한동안 이어지고 있었다. 여 종업원들은 조용히 미소를 머금은 채 비워진 술잔에 조심스럽게 술을 따르고 있을 뿐이었다. 나리타 치이로는 자신의 옆에서 무릎을 꿇은 채 조용히 앉아 있는 사내의 어깨를 가볍게 쳤다.

"우에하라 사장님, 이번 일을 막후에서 진행하고 있는 모모이 아키라 상무입니다. 능력이 대단한 친구입니다. 아키라, 사장님께 정식으로 인사를 드리게."

"하! 모모이 아키라입니다."

아키라는 두 손을 허리춤에 대고 머리를 크게 숙였다. 그런 아키라를 우에하라 다카시로는 비릿한 웃음을 지으며 바라봤다.

"모모이 상무 덕에 이번 프로젝트를 미쓰비시중공업 주관으로 넘겨준 것이니 실수가 있으면 안 됩니다."

다카시로의 언중유골에 치히로는 미간을 좁히는 듯하다 이내 크게 웃기 시작했다.

"하하하, 이 친구가 잘 해낼 겁니다. 기대하셔도 좋습니다."

겉모습과는 다르게 두 사람의 앙금은 아직 남아 있는 듯했다. 미쓰이 조선은 JSC와의 J.V를 추진하였다. 만약 미쓰비시가 정치권을 등에 업고 중간에 끼어들지 않았다면 자신의 입맛대로 프로젝트에 참여할 수 있었겠지만, 지금은 미쓰비시가 던져 주는 떡고물만 받아먹어야 되는 신세로 전락하고 말았다.

"이번 입찰에 신경 쓰이는 곳은 페드로팍보다는 KBR이라고 보는데 이에 대한 준비는 하고 있습니까? 한국의 대현중공업이 참여하는 게 영 기분이 개운치 못해서 그럽니다."

다카시로는 여 종업원이 건네주는 회 한 점을 입에 넣고 있었다. 비용적인 면에서 영국의 페드로팍은 충분히 넘길 수 있다고 생각하고 있었지만, 빠른 기술력을 확보하고 조선업계에서 수주물량 1위를 하고 있는 대현중공업은 은근히 신경이 쓰였다. 대현의 선박건조 기술과 KBR의 플랜트 기술이 합쳐짐으로 발생되는 시너지 효과를 무시할 수 없었기 때문이었다.

"하하하, 이제 걸음마를 시작한 한국의 대현중공업이 뭐가 대수겠습니까?"

치히로의 말에 다카시로는 인상을 구겼다.

"호랑이는 토끼를 잡을 때도 최선을 다하는 법입니다. 자만은 곧 실패의 지름길이라고 생각합니다. 험, 험."

치히로는 다카시로의 격앙된 목소리에 급히 손을 흔들며 고개를 숙여 사과를 한 뒤 웃던 얼굴을 거둬들였다.

"제 농담에 기분이 상하셨다면 죄송합니다. 저 또한 대현중공업과 KBR를 과소평가하지 않고 대비를 해 놓고 있습니다. 그러나 저는 이 두 회사보다도 SHJ라는 컨설팅업체를 주목하고 있습니다."

"SHJ라뇨?"

다카시로는 들어 본 적이 없는 생소한 SHJ란 회사를 주목하고 있다는 치히로의 말이 쉽게 이해가 되지 않았다.

"근래 들어 대형 프로젝트를 KBR이 성공을 시키고 있습니다. 조사를 해 보니 그 뒤에 SHJ의 컨설팅이 있었다는 게 확인이 되었습니다. SHJ의 정보력이 상상할 수 없을 정도로 정확하다고 합니다. 이번 대현중공업과 KBR의 합작을 이끌어 낸 것도 다름이 아니라 SHJ라고 하더군요."

치히로는 술잔을 들어 입에 털어 넣고는 음흉한 웃음을 보이며 여 종업원의 기모노 안으로 깊게 손을 넣었다. 다카시로는 민망한 듯 고개를 돌렸지만 한없이 태평스러운 치히로의 모습에 울화가 치밀어 올랐다.

"흠, 흠. SHJ란 곳이 그만한 능력을 가지고 있다면 큰일 아닙니까? 대비책은 준비가 되어 있다고 생각해도 되겠습니까?"

치히로는 아쉽다는 듯 여 종업원의 깊은 곳을 공략하던 손을 빼고 여 종업원은 급히 물수건을 집어 들어 치히로의 손을 닦아 주었다.

"준비가 되어 있습니다. 그래서 오늘 사장님을 이 자리에 모신 이유이기도 합니다. 결론을 말씀드리자면 KBR의 입찰가는 저희 손에 들어올 겁니다. 그러나 그 정보를 가지고도 우리가 써먹지 못한다면 무슨 소용이 있겠습니까? 미쓰이조선에서 입찰가에 대한 것을 우리에게 일임해 주십시오."

다카시로는 술을 단번에 마시고는 급히 관심을 보이고 있었다. 경쟁업체의 내부정보를 빼내는 것만큼 입찰에 쉽게 성공할 수 있는 방법은 없기 때문이었다.

"그 정보가 확실하다면 일임해 드릴 수도 있습니다. 확신하십니까?"

치히로는 옆에서 시중드는 여 종업원의 봉긋한 가슴을 쳐다보며 입맛을 다시더니 아키라를 향해 고개를 끄떡였다.

"저희는 SHJ의 정보를 입수하기 위해 내부거래자와 꾸준히 접촉을 해 왔습니다. 며칠 전 거래를 하겠다는 답변과 함께 중요한 정보를 제공하겠다는 통보를 받았습니다. 거래금액은 총 2,000만 달러로 선불 1,000만 달러에 최종 입찰가를 받은 후 나머지 잔금을 지불하는 조건입니다. 제가 조만간 미국으로 건너가 정보를 받을 예정입니다."

아카라의 말이 끝나자 치히로는 자신만만하게 두 손으로 탁자를 잡으며 다카시로를 향해 미소를 지어 보였다. 다카시로는 치히로의 미소에 부담을 느끼며 급히 시선을 술잔으로 향했다.

"우에하라 사장님, 고민이 풀리셨는지요? 그깟 2,000만 달러 뭐가 중요하겠습니까? 이번 입찰은 실패하고 싶어도 실패할 수가 없을 겁니다. 일 얘기는 그만하고 오늘은 술이나 마십니다. 하하하."

치히로의 손은 다시 여 종업원의 몸을 위아래로 더듬기 시작했다. 다카시로는 치히로의 치밀함에 고개를 저으며 술잔을 들어 목을 축이고 있었다.

오늘 가족들의 입국을 맞이하기 위해 코이치는 서둘러 공항에 도착해 있었다. 아내와 아이들이 미국 생활에 빠르게 적응해 주기만을 바라고 있었지만, 내성적인 아내가 은근히 걱정되고 있었다. 동경발 비행기가 도착했다는 전광판의 알림을 보고 코이치는 입국장으로 향했다.

"코이치, 같이 가자니까 왜 혼자 간 거야? 사장님도 같이 오셨어."

느닷없는 최석현의 등장에 놀란 코이치는 몸을 뒤로 돌렸고 최석현과 함께 있는 경환을 발견하고는 급히 뛰어가 고개를 숙였다.

"사장님께서 여긴 왜 나오셨습니까? 회사 규정에도 마중과 배웅은 없다고 들었던 거 같은데……."

"오시는 가족들은 출장자들이 아니지 않습니까? 고국을 떠나 타향으로 오시는데 좋은 인상을 드리기 위해 나왔습니다. 그래야 타케우치 차장을 부려 먹더라도 제 원망을 하지 않지 않으실 거 같아서요."

경환의 마음 써 줌에 고마움을 느낀 코이치는 다시 한 번 머리를 숙였고 경환은 개의치의 말라며 어깨를 가볍게 쳐 주었다. 마침내 입국장의 문이 열리고 자신의 가족을 확인한 코이치는 급히 뛰어가 아이를 들쳐 안았다. 경환은 그들의 재회에 시간을 주며 천천히 걸어 나갔다.

"휴스턴에 오신 걸 진심으로 환영합니다. 저는 SHJ 대표 이경환이라고 합니다."

"처음 뵙겠습니다. 타케우치 나츠미라고 합니다. 잘 부탁드립니다."

계속 고개를 조아리는 나츠미 덕에 경환도 따라서 고개를 연신 숙일 수밖에 없었다. 일본인들의 인사성은 때로는 사람을 피곤하게 만들기도 했다. 나츠미는 일본인의 발음이라고는 생각할 수 없을 정도로 유창한 영어를 구사하고 있었다.

"영어가 상당하시네요. 재미교포라고 해도 믿을 수 있겠습니다."

경환의 칭찬에도 나츠미는 얼굴만 붉힐 뿐 아무런 말도 못한 채 고개만 조아리고 있었다. 그런 자신의 아내를 대변하듯 코이치가 나섰다.

"동경대에서 영어를 전공했습니다. 미국에도 교환학생으로 잠시 와 있었습니다."

코이치의 말에 경환은 고개를 끄덕였지만 의외로 수줍음을 많이 타는 나츠미의 모습이 신경 쓰였다.

"여기서 이러지 말고 빨리 집으로 출발합시다. 타케우치 부인께서 집이 맘에 드셨으면 좋겠네요."

경환의 농담에도 나츠미는 고개를 숙인 채 말이 없었다. 더 이상 말 걸기를 포기한 경환은 재빨리 짐을 각자의 차에 옮긴 뒤 빠르게 차를 몰았다.

아파트 입구엔 수정을 비롯해 케이티와 황태수의 부인이 코이치 가족들을 반갑게 맞아 주고 있었다. 다행히 여자들끼리라서 그런지 나츠미는 얼굴을 붉히면서도 서로 대화를 주고받았고 그런 모습을 확인한 코이치와 경환은 겨우 안도할 수 있었다.

"타케우치 차장님, 식구들도 다 오셨으니, 주말쯤 해서 바비큐 파티라도 하며 서로 정식으로 인사를 나누도록 합시다. 오늘은 오랜만에 가족들과 편하게 하루를 보내세요."

경환은 자신의 주위로 모이는 사람들이 늘어나는 것을 짐으로 생각하지 않았다. 오히려 든든한 아군이 늘어나 자신의 주위로 인의장막을 쳐 준다는 생각뿐이었다. 경환은 가족들과의 재회에 즐거워하는 코이치를 보며 본격적으로 코이치를 밀어 볼 생각을 하고 있었다.

"사장님!"

월요일 아침, 업무보고를 진행하던 황태수의 외침에, 눈을 지그시 감고 고개를 까딱거리며 졸던 경환은 화들짝 놀라며 눈을 번쩍 떠 황태수를 쳐다보았다.

"하, 죄송합니다. 정우 이 자식이 먹성이 워낙 좋다 보니 새벽에도 몇 번씩 일어나야 돼서 통 잠을 잘 수가 없네요. 죄송하지만, 다시 한 번 말씀해 주십시오."

경환은 두 손으로 얼굴을 쓸어내렸다. 시도 때도 없이 보채는 정우 때문에 경환은 숙면을 취하지 못하고 있었고, 틈만 나면 감기는 눈 때문에 사무실에서 졸기 일쑤였다. 이해하기 힘들 정도로 가족에 대한 집착이 강한 경환의 성격을 알고 있는 황태수는 고개만 저을 뿐이었다.

"기술개발팀의 보고로는 기본적인 설계가 마무리 단계라고 합니다. 금주 중으로 ABS(미국 선급협회)와 기술협의를 거친 후 일부 신기술에 대하여 정식으로 라이선스 출원을 준비하겠다고 합니다."

황태수의 보고에 경환은 크게 고무된 표정을 지었다.

"아, 벌써 그 단계까지 갔군요. 대현과 KBR이 힘을 합치니 확실히 빨리 진행이 되는 거 같습니다. KBR의 친분을 이용하면 ABS와의 협의는 큰 문제없겠네요."

미국에서 건조되는 선박의 설계와 설비 등의 감독권한을 선급협회에서 가지고 있었기 때문에 선급협회의 심의만 통과된다면 기본적인 FPSO 프로젝트는 큰 고비를 넘겼다고 말할 수 있었다. 따라서 선급협회와의 기술협의는 KBR과 대현중공업에 상당히 중요한 문제였다. LR(영국의 로이드선급협회), DNV(노르웨이 선급협회)와 함께 3대 선급협회에 속하는 ABS가 휴스턴에 소재하고 있어 시간을 단축할 수 있다는 것이 그나마 다행이었다.

"기술 심의가 통과된다면 저희도 움직여야 될 거 같습니다. 하루가 다르게 KBR의 독촉이 심해지고 있습니다."

황태수의 말이 무엇을 의미하는지 알고는 있었지만, 경환은 낙찰가에 대한 정보를 일찍 알려 줄 생각은 전혀 하지 않고 있었다.

"윌리엄이 부사장님을 재촉하고 있나 보군요. 낙찰가에 대한 정보는 아직 때가 아닙니다. 저도 확인해야 될 문제가 있고 하니, 부사장님은 계속 모른 척 해 주십시오."

"알겠습니다. 그리고 아동건설은 나이지리아 공사를 시작했다고 합니다. 일정보다 좀 늦어지기는 했지만 야간작업까지 진행을 해서 기본일정에 차질이 없게 하겠다는 답변을 해 왔습니다."

한국의 신문과 박화수를 통해 성수대교 중앙상판 교체작업을 시작했다는 보고를 받았다. 우회로를 만들지 않은 상태에서 급작스럽게 이뤄진 교체작업으로 인해 서울시와 일부 시민들은 반대를 했지만, 대다수의 시민들은 시민들의 안전을 생각하는 아동건설에 큰 지지와 찬사를 보내고 있었다.

"부실공사가 발생하지 않도록 감리감독에 신경을 쓰라고 KBR에 전해 주세요. SHJ-화성은 상황이 어떻습니까?"

"이번 나이지리아 물량과 기존 KBR의 공사물량이 계약되어 정신없이 돌아가고 있는 상태입니다. 또한 KBR의 기술이전도 빠르게 진행되고 있습니다. 올 말이면 금융권 차입금은 전액 상환이 가능하다는 박 사장의 보고입니다."

SHJ-화성플랜트도 정상궤도를 찾아 안착하고 있었다. KBR은 SHJ가 인수를 마치자마자 중단되었던 기술이전을 전보다 빠른 속도로 진행하고 있었는데, 그 이면에는 지분 23%를 통해 SHJ와 끈을 계속 연결하겠다는 KBR의 의지가 내포되어 있었다.

"당분간 황 부사장님께서 신경 써 주십시오. 다른 사항은 없으신가요?"

"대현그룹에서 자동차를 포함한 건설, 중공업에 대한 전반적인 컨설팅 제휴를 해 왔습니다. 컨설팅 업무 확장이라는 사장님의 계획과도 일맥상통하는 부분이 있어 긍정적으로 검토를 해 보려고 합니다."

입찰의 결과가 나오지도 않은 상태에서 대현그룹의 제안은 빠르다고 생각을 했지만, 대현그룹의 저돌적이고 공격적인 그룹 경영스타일을 생각해 본다면 이해가 가는 제안이었다. 이런 스타일이 매번 성공한다는 보장은 없었지만 혹시라도 성공을 한다면 남들보다 먼저 선점을 하는 효과를 얻을 수 있다는 장점을 가지고 있었다.

"대현그룹 문제는 황 부사장님께 일임을 하겠습니다. SHJ에 무리가 없는 제안이라면 굳이 반대할 생각은 없습니다."

이번 입찰을 끝내고 컨설팅업무의 확대를 이미 지시해 놓은 상태였기에, 미리 준비를 한다고 해서 무리가 되지는 않는다는 판단이었다. 대현그룹과의 업무제휴를 황태수에 일임한 경환은 린다를 바라보았다.

"쿡 부사장님은 달리 보고할 내용이 없으신가요?"

린다는 희미한 미소를 지으며 보고서류를 경환과 황태수에 건네주었다.

"퀄컴에는 직원을 파견해 한국과의 회의에는 반드시 저희를 거치도록 장치를 마련해 두었습니다. 그리고 오성전자와는 아직 줄다리기 중입니다."

경환은 린다의 집요함과 치밀함을 화성산업 시절 경험을 통해 알고 있었다. 오성전자와의 협상에 임하는 린다를 전적으로 신뢰를 하는 것도 그 때문이었다.

"린다가 제시한 내용은 뭔가요? 오성전자에서도 쉽게 답을 주지 못한다면 큰 것을 제안했다는 생각이 드는데……."

"후후, 좀 크긴 하죠. 상용화가 가능하다는 사장님의 말을 전적으로 믿었으니까요. 캐나다와 멕시코를 포함한 북중미에 대한 단말기 독점판매권을 SHJ에 달라고 제안했어요. 다는 얻지 못하겠지만, 캐나다를 포함한 북미에 대한 독점권은 받아 낼 생각이에요."

린다의 말에 경환과 황태수는 눈을 크게 한 번 뜨고서는 크게 웃기 시작했다. 린다의 통 큰 베팅에 식은땀을 흘리며 고생할 오성전자를 생각하니 나오는 웃음을 참을 수가 없었다.

"금성전자도 한번 만나 보시고, 모든 것은 쿡 부사장님에게 맡길 테니 결과만 보고해 주세요."

경환은 잠시 눈을 붙이기 위해 빨리 회의를 마무리하고 싶었지만, 황태수는 경환의 바람을 모른척하며 회의를 계속 끌고 나가고 있었다.

◆ ◆ ◆

니혼마치(日本町)라고 쓰여 있는 높은 망루는 샌프란시스코의 재팬타운이 시작됨을 알려 주고 있었다. 일본풍인지 미국풍인지 확인이 불가능한 단층 건물들 사이로 'NIJIYA'라는 마사지가게가 보였고 이곳으로 미쓰비시중공업의 아키라가 빠르게 들어가고 있었다.

두리번거리며 방 호수를 확인한 아키라는 좌우를 살핀 후 조용히 문을 열고 들어갔다. 방 안에서는 마사지 침대에 머리를 파묻고 있는 사내의 등 위로 동양인 여자가 올라가 등을 밟고 있었다. 아키라의 눈짓을 읽었는지 여자는 급히 사내의 등에서 내려왔다.

"미스터 모모이, 우선 마사지에 집중하고 싶습니다. 기다리기 지루하시면 미스터 모모이에게도 마사지를 권하고 싶군요."

사내는 파묻은 고개를 들지 않은 채 아키라에게 말을 건넸고, 아키라는 조용히 옷을 벗고 옆 침대에 몸을 누였다. 성격 급한 아키라였지만 사내의 심기를 불편하게 만들고 싶지는 않았다. 마사지사가 한 명 더 들어와 아키라의 몸을 마사지하기 시작했지만, 아키라는 시원하다는 느낌을 전혀 받지 못했다. 시간이 얼추 흐른 후 사내의 마사지가 끝났음을 확인한 아키라는 서둘러 마사지사들에게 팁을 주고 옷을 주섬주섬 챙겨 입었다. 누워 있던 사내는 예후를 즐기려는 듯 아무런 미동도 하지 않은 채 침대에 누워 있었고, 아키라는 초조함에 속이 타들어 가고 있었다.

"저…… 정보를 먼저 확인하고 싶습니다."

오랜 기다림이 익숙하지 못했던지 아키라는 사내의 등을 향해 독촉하기 시작했지만, 얼굴을 확인시켜 주지 않겠다는 듯 사내의 움직임은 여전히 없었다.

"돈은?"

아키라가 기다림에 지쳐갈 무렵 사내는 입을 열었고 아키라는 입꼬리를 말며 빠르게 답변을 하기 시작했다.

"1,000만 달러는 준비가 되어 있습니다. 정보가 제 손에 들어오게 된다면 문제없이 바로 송금될 겁니다. 제 이름을 걸고 하는 약속이니 걱정하지 마십시오."

아키라의 말이 끝나자 누워 있던 사내는 손을 뻗어 서류 봉투를 아키라에게 건네주었다. 급하게 서류 봉투를 열어 서류를 꺼낸 아키라의 눈은 놀란 듯 커지기 시작했다. 서류 봉투엔 KBR, SHJ, 대현중공업의 전체 회의록 사본과 특허 출원을 준비하고 있는 기술개발 현황표가 들어 있었다. 빠르게 서류를 확인하던 아키라는 FPSO 두 기가 동시에 입찰될 예정이라는 항목을 확인하고는 마음이 급해졌다.

"잠시만 기다려 주십시오."

말을 마친 아키라는 급히 방을 나서며 안주머니에서 급히 휴대폰을 찾아 꺼냈다. 신호는 계속 가고 있었지만, 전화는 계속 연결이 되지 않고 있어 아키라의 마음은 초조해져만 갔다.

"사장님! 저 아키라 상무입니다. 중요한 정보를 입수했습니다."

[어, 아키라. 고생하는군. 중요한 정보라는 게 뭔가?]

수화기에서 들리는 큰 기대감에 차 있는 나리타의 목소리를 확인한 아키라는 활짝 열릴 자신의 미래를 생각하며 또박또박 힘주어 정보를 전달했다.

"이번 입찰에 FPSO 두 기가 동시에 나온다고 합니다. 발주처의 예정 가는 38억 달러라는 정보와 함께 KBR의 기술개발 현황표를 입수했습니다."

아키라의 귀로는 자신감에 가득 찬 나리타의 음성이 들려왔다.

[하하하, 역시 돈 값을 하는군. KBR의 입찰가를 정확히 다시 확인해 보고 약속된 금액을 지불해 주도록 하게.]

"알겠습니다. 저는 내일 바로 귀국을 하겠습니다."

나리타와의 통화를 끝낸 아키라는 비자금을 관리하는 경리부장에게 1,000만 달러의 송금을 지시한 후 다시 방문을 열고 들어왔다. 여전히 같은 자세를 유지하고 있는 사내는 아무런 말이 없었다.

"지정하신 스위스구좌로 오늘 송금이 될 겁니다. 중요한 건 KBR과 대현중공업의 입찰 예정 가인데 언제 정보를 주실 수 있습니까?"

사내는 깊은 고민에 빠진 듯 오랫동안 침묵을 보이고 있었다.

"SHJ의 사장은 호락호락한 인물이 아닙니다. 신중하면서도 상대를 쉽게 믿지 않습니다. 입찰가에 대한 정보는 나이지리아에서 드릴 수 있을 겁니다. 기회를 봐서 다시 연락을 드리도록 하죠."

"좋습니다. 연락들 기다리겠습니다. 제 휴대폰은 24시간 열려 있으니 편한 시간에 전화를 주십시오."

말을 마친 아키라는 사내의 등에 머리를 숙여 보인 후 급히 빠져나갔다. 아키라가 떠난 것을 확인한 사내는 천천히 몸을 들어 회한에라도 잠긴 듯 담배 연기를 내뿜었다. 침대에서 움직이지 않던 사내는 갑자기 깊은 한숨을 내 쉬며 옷을 챙겨 입기 시작했다. 마사지 가게 밖으로는 어둠이 깔리고 있었고, 사내는 그 어둠 속으로 조용히 사라져 갔다.

◆ ◆ ◆

"도착하시면 전화 주시고요. 제대로 같이 여행도 못하고 정말 죄송합니다."

오늘 귀국하시는 양가 어른들을 배웅하기 위해 경환과 수정은 서둘러 공항에 도착해 있었다. 경환의 어머니와 장모는 더 있고 싶은 눈치였지만, 경환의 아버지와 장인의 성화에 백기를 들고 말았다.

"어머니, 엄마. 저 때문에 너무 고생하셔서 죄송하고 또 감사드려요."

"정우 좀 이리 줘봐라. 내가 이 녀석이 눈에 밟혀서 차마 발걸음이 떨어지지 않는구나."

경환의 어머니는 수정의 품에 있는 정우를 받아 들고 눈물까지 글썽거리며 자신의 뺨을 정우의 뺨에 비비고 있었다. 그동안 정이 많이 들었는지 쉽게 발이 떨어지지 않는 듯했다.

"수정아. 이 서방 회사 일로 신경을 많이 쓰고 있는 거 같아 보이니, 집에서만큼은 편하게 쉴 수 있게 네가 잘 해야 된다."

"알았어요, 엄마."

요즘 들어앉기만 하면 잠이 드는 경환의 모습을 본 장모는 경환의 건강이 걱정되었는지 조용하게 수정을 나무라고 있었고 경환은 그런 장모의 마음을 느꼈는지 미소를 지으며 장모에게 고개를 숙였다.

"백일잔치는 참석 못하지만, 돌잔치만큼은 서울에 들어와서 하거라."

"그래. 정우 돌잔치는 꼭 서울에 들어와서 하도록 하게."

"알겠습니다. 특별한 일이 없다면 돌잔치는 서울에서 하도록 하겠습니다."

내년부터 시작되는 한국의 이동통신 단말기 사업과 여러 가지 일들을 처리하기 위해 한국행을 생각하고 있었기 때문에, 아버지와 장인의 말에 경환은 흔쾌히 동의를 할 수 있었다. 양가 부모님들은 발걸음이 떨어지지 않는 듯 몇 번이나 뒤를 돌아보며 정우를 확인한 후에야 출국장 안으로 들어갈 수 있었다. 오랫동안 같이 지냈던 부모님들이 출국장으로 사라지자 수정과 정우는 참았던 눈물을 쏟아 내고 있었다. 우는 정우를 안고 경환은 수정의 어깨를 감싸주었다.

"많이 섭섭하지? 좀만 더 고생해서 자리를 잡으면 부모님들 모두 모시고 오자."

수정은 흘리는 눈물로 말을 잇지 못한 채 고개만 끄떡이고 있었다. 그동안은 두 어머니들 덕분에 편하게 지내 왔지만, 이제부터는 다시 초보 부모가 되어야 할 형편이었다. 집에 돌아간다 하더라도 오늘은 텅 빈 집 안으로 인해 종일 허전할 것만 같았다.

TOTAL 뱅상과의 만남을 위해 경환은 시간 전에 KBR을 찾았다. 요즘 윌리엄과 삐거덕거리고 있어 불편하기는 했지만, FPSO 입찰이 코앞으로 다가오고 있어 마냥 얼굴을 안 보고 지낼 수는 없었다. 접견실에서 마주친 윌리엄은 여전히 굳은 얼굴로 경환을 맞이하고 있었다.

"제임스, 자주 연락 좀 하고 지내세. 우리 사이가 예전만 못한 거 같아 섭섭해."

"죄송합니다. 아이가 태어나다 보니 정신이 하나도 없습니다. 조만간 따로 자리를 마련하겠습니다."

윌리엄의 급하고 개인주의적인 성격을 모르지 않았지만, 자신의 밥그릇을 윌리엄 손에 쥐어 줄 수는 없는 노릇이었다. 사실 윌리엄이 요청하는 정보의 공유라는 게 경환이 독자적으로 가지고 있는 정보루트를 공개해 달라는 것이었기 때문에 설사 경환이 사실을 말해 준다 해도 믿을 수 있는 성질의 것이 아니었다.

"뱅상의 방문은 입찰 공시가 떨어지기 전 우리의 준비상황을 확인해 보려는 차원이라고 생각되네. 그동안 큰소리를 쳐 왔지만 불안한 것도 사실이야."

"ABS의 심의도 무사히 넘겼다는 보고가 있는데, 큰 문제는 없지 않겠습니까? 단지 TOTAL에서는 KBR로 인해 최대의 이득을 볼 수 있냐는 것을 확인하고 싶어 할 거라고 봅니다."

처음으로 참여하는 FPSO는 KBR 내부에서도 반신반의하고 있는 상태로 윌리엄이 느끼는 압박감은 상상을 초월하고 있었다. 나이지리아 석유화학단지의 저가입찰을 했다는 오명을 벗어 버리기 위해서도 FPSO 입찰은 반드시 성공시켜야 했지만, 윌리엄은 초창기의 자신감을 점점 상실해 가고 있었다.

"자네는 오늘도 나에게 낙찰가에 대한 정보를 주지 않을 생각인가?"

윌리엄은 큰 기대를 하지 않는 눈빛으로 경환에게 질문을 했지만 경환은 그런 윌리엄을 바라보며 한숨을 내쉬었다.

"후, 윌리엄. 아직 시간이 많이 남았습니다. 저도 정확한 정보는 입수를 못한 상태고요. 입찰 전에는 반드시 정보를 넘겨 드리겠다고 몇 번을 말했습니다. 없는 정보를 달라고 하니 저도 답답하네요."

경환의 전하고 다른 강경한 태도에 윌리엄은 굳게 입을 닫아 버렸다. 묘한 긴장감이 흐르며 접견실은 깊은 침묵에 빠져 들었고, 이런 두 사람의 반목은 황태수와 잭을 당황시키기에 충분했다.

"윌리엄, 제임스. KBR과 SHJ는 좋은 파트너십을 유지해 왔습니다. PQ(자격심사)가 얼마 남지 않은 상태에서 서로 믿고 가야 된다고 생각합니다. 자칫 TOTAL에서 이런 모습을 본다면 좋지 않은 결과를 가져올 수도 있습니다."

잭은 두 사람을 진정시키기 위해 노력을 하였고 황태수 역시 잭의 말의 이어 갔다.

"사장님 중요한 시기입니다. 좀 더 냉철하게 상황을 판단하셔야 됩니다. 미스터 유트, 또한 너무 재촉하지 말아 주십시오. 저희도 최선을 다하고 있습니다."

잭과 황태수의 말에 경환은 정우로 인해 잠이 부족한 상태에서 입찰에 대한 부담감과 긴장감에 자신이 실수를 했다는 것을 느끼고 서둘러 입을 열었다.

"윌리엄, 냉정을 찾아야 될 시기에 앞뒤 생각을 하지 못했습니다. 정식으로 사과드립니다. 제가 요새 스트레스가 많았나 봅니다."

"아닐세. 나도 자네에게 정식으로 사과하겠네. 기분 상했다면 풀게."

경환과 윌리엄이 서로의 행동에 대해 사과를 하는 사이 뱅상이 접견실로 들어오고 있었다. 경환과 윌리엄은 어정쩡한 상태로 자리에서 일어나 뱅상을 맞아 주었다.

"회의실 분위기가 어째 냉랭한 거 같습니다. 제가 시간을 잘못 맞춰 왔나요?"

경환과 윌리엄의 분위기가 좋지 않다는 것을 느낀 뱅상은 은근슬쩍 뼈있는 말을 던지며 회의의 주도권을 가져오려 했다.

"오해를 하셨군요. 제가 요새 몸이 좋지 않습니다. 미스터 지라드가 오기 전에 휴식을 취하고 있었습니다."

뱅상은 경환의 말에도 알 수 없는 미소를 지으며 지정된 자리로 찾아 가 앉았다.

"지난번 대후와의 입찰은 한편의 드라마였습니다. 대후건설과 KENTZ 는 아직도 그 여파에 시달리고 있는 거 같고요. 사실 저희 TOTAL에서도 큰 기대를 하지 않았는데 참으로 놀라웠습니다. 그래서 이번 FPSO입찰 에도 KBR과 대현중공업의 선전을 은근히 바라고 있을 정도입니다."

경환과 윌리엄은 뱅상의 극찬을 한 귀로 듣고 한 귀로 흘리고 있었 다. 뱅상의 언변에 넘어가기에는 경험으로 쌓여진 두 사람의 내공이 너무 컸다.

"저희는 ABS의 심의를 마친 상태입니다. PQ통과에는 전혀 문제가 없음을 다시 한 번 말씀 드립니다."

자칫 시간을 더 주었다가는 뱅상이 주도권을 확보해 회의를 자신의 입맛대로 진행할 거라고 판단한 윌리엄은 기술개발을 완료했다는 말로 분위기를 바꿔 나가고 있었다. 경환은 자신까지 나설 필요가 없다는 생 각에 우선은 윌리엄에 분위기를 맡기려 했다.

"대단하군요. 설계를 시작했다는 보고를 받은 지 얼마 되지 않았는데, 벌써 ABS 심의까지 진행을 하실 줄은 몰랐습니다."

뱅상은 진심으로 놀라고 있었다. FPSO에 대한 경험이나 지식이 없는 상태에서 최소한 1년 이상의 시간이 필요할 것으로 보고 있었지만, KBR과 대현중공업은 반년이란 짧은 시간에 이미 기술력을 확보했다는 말이었기 때문이었다. ABS의 심의는 국제적으로도 인정을 해 주고 있었기 때문에 KBR과 대현중공업의 기술력과 선박건조에는 문제가 없다는 것이 증명된 것이나 다름없었다.

"저희 정보로는 이번 FPSO 입찰은 1, 2기 두 기가 나온다고 하는데 미스터 지라드가 확인을 해 주실 수 있으신가요?"

결국은 윌리엄이 사고를 치고 말았다. 경환은 급히 윌리엄의 말을 중단시키려 했지만, 이미 윌리엄은 말을 마치고 뱅상을 바라보고 있었다. TOTAL의 입찰공시 전에 이런 사실을 꺼내 봐야 KBR에 전혀 유리한 점이 없다는 것을 알고 있으면서도, 윌리엄은 경환을 압박하는 수단으로 지금 이 자리에서 터트리고 만 것이다. 경환은 속으로 욕을 해 대고 있었지만 뱉은 말을 주워 담을 수는 없었다.

"험, 험. 미스터 유트, 그런 정보는 어디에서 입수하셨나요?"

경환은 걱정스런 표정으로 뱅상의 얼굴을 살폈지만, 뱅상은 의외로 표정의 변화 없이 차분했다.

"하하하, 저희야 실력이 막강한 컨설팅업체가 있지 않습니까?"

경환은 짜증이 밀려오고 있었지만 이 입찰은 절대 포기를 할 수 없다는 사실이 경환의 발목을 잡고 있었다. 이번 입찰을 끝으로 KBR과의 관계에 대해서 심각하게 고민을 하겠다는 다짐을 하고 있을 때, 뱅상이 경환을 향해 질문을 던졌다.

"미스터 리, 사람을 놀라게 하시네요. 미스터 유트가 말한 것처럼 이번 입찰은 두 기를 동시에 입찰하게 될 겁니다. 두 기를 찢느니 한 업체에 몰아주는 게 유리하다는 판단을 했습니다. SHJ가 이런 정보를 어디에서 입수했는지 확인해 주지는 않겠죠?"

"그 부분은 확인시켜 드릴 수 없어 죄송합니다. 단지 대현중공업과 KBR이 TOTAL을 최대 수혜자로 만들어 드릴 수 있다는 것만 알아주시기 바랍니다. 대현중공업의 선박건조 기술은 이미 세계적으로도 인정을 받고 있습니다. 또한 KBR의 플랜트 기술은 말하면 입만 아프죠."

경환의 말에 뱅상은 고개만 끄떡이고 있었다. 경환은 뱅상의 태도가 어딘가 모르게 부자연스럽다는 것을 느꼈지만, 윌리엄을 의식하며 말을 길게 이어 가지는 않았다.

"조만간 입찰공시가 나올 겁니다. 다른 업체들과의 형평성을 고려해서 입찰 전까지는 이런 자리를 가질 수가 없겠네요. 무리를 하더라도 이번 회의를 좋은 방향으로 이끌어 갔으면 합니다. 제가 말씀드릴 수 있는 것은 나이지리아 정부와 TOTAL에서는 여러분들에게 기대를 많이 하고 있다는 것은 사실입니다."

뱅상의 요청으로 회의는 오랫동안 지속되었고, 윌리엄에 대한 실망으로 경환은 서서히 지쳐갔다. 회의가 마무리 되고 경환은 몸이 좋지 못하다는 핑계로 윌리엄이 준비한 만찬을 정중히 사양하고 급히 자리를 정리하고 있었다.

"사장님, 만찬은 제가 참석하겠습니다. 돌아가서 쉬십시오."

"그렇게 하는 게 좋겠습니다. 오늘은 영 힘이 나질 않네요. 죄송합니다."

황태수는 경환의 심기가 좋지 못하다는 것을 알고 최석현에게 대신 운전을 하도록 지시하고 있었다. 접견실 밖으로 자리를 옮기고 있는 경환에게 뱅상이 다가와 조용히 말을 건넸다.

"시간이 있으시면 제가 묵는 호텔에서 잠시 대화를 나눴으면 합니다."

분위기가 심상치 않다고 판단한 경환은 조용히 고개를 끄떡였다. 호텔에 도착한 경환은 뱅상과 함께 바에서 맥주를 한 병 시켜 마른입을 축였다.

"이번 입찰이 두 기로 진행한다는 것도 SHJ가 알고 있다면 발주 예정가도 입수를 하셨겠지요?"

뱅상은 윌리엄과 약속된 만찬에 참석하기 위해 서둘러 경환에게 질문을 했다.

"네, 그렇습니다. 1기 18억 달러, 2기 20억 달러 총 38억 불로 알고 있습니다."

예상을 했다는 듯 뱅상은 고개를 끄떡였다.

"SHJ는 낙찰가를 어느 정도 선으로 판단하시나요?"

경환은 이 문제로 윌리엄과 장시간 입씨름을 했던 것이 생각나 '피식' 웃어 보이고는 급히 맥주병을 들었다.

"아직 낙찰가에 대한 정보는 없습니다. 단지 38억 달러는 미스터 지라드도 불가능하다고 판단하고 계시지 않습니까? 합당한 선에서 낙찰이 이뤄지도록 저희는 최선을 다할 뿐입니다."

말을 마친 경환은 좀 전의 좋지 못한 기억을 떠올리며 맥주를 들이켰다. 뱅상도 경환과 보조를 맞춰가며 맥주를 마시고는 맥주병을 테이블에 올려놓았다.

"더 이상 묻지 않겠습니다. 금번 입찰에 FPSO 두 기가 나온다는 것을 알고 있는 곳이 SHJ말고 더 있습니다. 일본의 미쓰비시중공업에서 제가 미국에 오기 전 접촉을 시도해 왔습니다. 일본에서도 알고 있더군요. 이 정보를 미스터 리에게 알려 주고 싶었습니다."

뱅상의 말에 경환은 뒤통수를 얻어맞은 기분이 들었다. 이 정보는 전체회의에서 자신이 처음 말을 꺼낸 것으로 미쓰비시중공업은 절대 알 수 없는 일이었기 때문이었다. 윌리엄의 폭탄발언에도 전혀 놀라는 표정을 보이지 않았던 뱅상의 모습이 이제야 이해가 되고 있었다. 경환은 머리가 깨져 옴을 느꼈다. 1년을 넘게 피 터지게 준비하고 SHJ의 미래를 위해서는 이번 입찰을 반드시 성공을 시켜야 했지만, 이미 정보는 새어 나가고 있었다. 경환은 넥타이를 거칠게 풀어헤치고 있었다. 새는 정보의 출처를 확인하고 막아야만 했다.

♦ ♦ ♦

코이치는 JSC의 전략을 연구하며 앞으로의 경쟁에 대비하느라 늦게 퇴근을 했고 나츠미는 피곤해 보이는 코이치를 반갑게 맞아 주었다.

"여보, 어서 씻고 식사하세요. 일이 너무 힘든 거 아니에요?"

미국에 온 이후 말수가 많아지고 활발해진 나츠미를 코이치는 가볍게 안아 주었다.

"힘들긴 하지만 보람을 많이 느껴. 밝아진 당신 모습을 보니 내가 안심이 된다."

나츠미는 결혼 후 배다른 형제들의 시기와 질투, 협박을 겪으면서 말을 잃어가고 있었다. 바뀌는 환경이 싫어 미국행도 반대했지만, 수정과 케이티와 어울리면서 예전의 활발함을 되찾아가고 있는 지금 나츠미나 코이치 모두 미국 생활에 만족하며 빠르게 적응해 갔다.

"애들도 당신 기다리고 있잖아요. 빨리 씻고 나오세요."

따리리, 따리리.

씻으러 들어가던 코이치는 급히 수화기를 집어 들었다.

"여보세요?"

[코이치냐. 애비다.]

아버지 케이스케의 목소리가 흘러나왔고, 코이치의 목소리가 떨리기 시작했다.

"회장님, 건강하십니까?"

[아버지란 소리는 끝내 하질 않는구나. 나츠미는 적응을 잘 하고 있겠지?]

코이치는 아버지에 대한 불만은 가지고 있지 않았다. 하나라도 더 주려는 아버지를 위해 JSC를 키워 보려고 했지만 주변의 시선은 코이치를 곱게 보지 않았다. 결국은 케이스케도 코이치의 손을 놓을 수밖에 없었다.

"다들 잘 지내고 있습니다. 무슨 일이라도 있으신지요? 회장님."

코이치는 최대한 감정을 가다듬고 사무적으로 케이스케를 대하려 했다.

[SHJ에 너를 맡기며 이경환이라는 친구에 내가 빚을 갚겠다고 했다. 너에게 지금 알려 주는 정보를 네가 알아서 판단하도록 해라.]

"알겠습니다. 말씀 하십시오. 경청하겠습니다."

코이치는 케이스케와의 통화가 길어질수록 얼굴색이 변해 가고 있었다. 통화를 마친 코이치는 수화기를 내려놓으며 떨리는 손을 주체하지 못했다.

"여보 무슨 일이라도 있는 거예요? 당신 얼굴이 너무 창백해졌어요."

"나츠미, 저녁은 애들하고 먼저 먹어. 난 급한 일이 생겨서 나가 봐야 되겠어. 오늘은 늦을지도 모르니 기다리지 말고 먼저 자."

코이치는 물을 한 잔 급히 마시고는 빠르게 집을 빠져나갔다.

◆ ◆ ◆

늦은 밤인데도 불구하고 SHJ 사무실은 불이 꺼지지 않고 있었다. 유리창 밖으로 보이는 휴스턴의 밤은 그지없이 평온하였지만 경환의 머리는 복잡해져만 갔다. 이번 FPSO 프로젝트는 앞만 보고 달려온 경환에게 결코 실패해서는 안 되는 중요한 입찰이기에 내부 정보가 새어 나가고 있다는 뱅상의 말은 경환에게 큰 충격이었다. KBR이나 대현중공업, 최악의 경우 SHJ도 의심해 봐야 할 상황이었다. 경환은 타들어 가는 담배를 입에 물 생각도 하지 못하고 입을 굳게 닫은 채, 유리창 밑으로 빠르게 지나가는 승용차에 시선을 고정시켰다.

"제임스, 늦은 시간에 급한 일이란 게 뭐예요?"

집에서 쉬고 있던 린다는 경환의 호출을 받고 서둘러 사무실에 오느라 옷도 제대로 갖춰 입지 못한 상태였다.

"린다, 황 부사장님이 도착할 때까지만 잠시 기다려 줘요. 아직 생각이 정리가 되지 않아서요. 미안해요."

경환은 린다를 바라보지도 않고 유리창 밖을 향한 시선을 떼지 않았다. 린다는 조용히 소파에 앉아 심각하게 굳어 있는 경환의 표정을 물끄러미 살필 수밖에 없었다. 시간은 더디게만 흘러가고 있었다.

경환은 뱅상과의 개인적인 만남 후 SHJ 내부 또한 의심선상에 두고 고민을 했지만, 곧 이런 생각을 지워 버렸다. 자신의 판단에 의해 SHJ에 합류한 사람들까지 의심했다는 사실이 경환으로 하여금 심한 부끄러움을 느끼도록 만들었기 때문이었다. 설령 SHJ의 내부인물로 인해 정보가 빠져나가고 이 프로젝트를 실패한다 하더라도 경환은 자신이 그 책임을 모두 안고 갈 다짐을 하고 있었다. SHJ의 미래는 경환 혼자의 힘으로 만들어 나갈 것이 아니었다. 이들과 함께하겠다는 확신을 포기하게 된다면 이쯤에서 SHJ가 사라지는 게 오히려 좋을 수도 있다는 생각을 경환은 하고 있었다.

"제임스, 커피 한 잔 마셔요. 너무 심각해 보이는군요."

경환이 걱정스러웠던지 린다는 자신이 직접 내린 커피를 건네주며 경환의 어깨에 손을 얹었다. 경환과 마지막으로 나눈 입맞춤을 항상 마음에 간직하고 있었지만, 결코 겉으로 내색을 하지 않고 있었다. 그러나 쓸쓸해 보이는 경환의 뒷모습은 린다의 감춰 두었던 감정을 꿈틀거리게 만들고 있었다.

"고마워요. 잘 마실게요. 지금은 제가 경황이 없네요."

경환은 린다가 건네준 커피를 목으로 넘겼다. 뜨거운 커피가 흘러 들어가자 종일 긴장에 절어 있던 몸이 풀어지며 피곤이 몰려오기 시작했다. 처진 몸을 이끌고 소파에 앉으려 할 때 급히 사무실 문을 열고 황태수가 들어왔다.

"사장님, 만찬 중간에 나올 수 없어 좀 늦었습니다."

황태수는 숨을 헐떡거리며 급히 소파에 앉아 린다가 건네주는 커피를 받아 들었다. 경환은 이들을 의심했다는 생각에 미안함을 느끼며 무겁게 닫혔던 입을 열었다.

"두 분을 급하게 부른 이유는 이번 FPSO 입찰에 대한 우리 쪽 정보가 경쟁업체인 미쓰비시중공업으로 빠져나가고 있다는 얘기를 들었기 때문입니다."

"네? 일본으로요? 그런 말도 안 되는……."

이번 입찰을 반드시 성사시켜야 될 SHJ에겐 청천벽력과 같은 소리였다. 황태수와 린다는 경환의 말이 믿기지 않는다는 듯한 표정을 지었다.

"TOTAL에서 확인해 준 정보입니다. 일본의 미쓰비시중공업도 이번 입찰에 FPSO 두 기가 동시에 나온다는 정보를 알고 있다고 하더군요. 발주처의 예정가를 포함해서요."

황태수는 주먹을 쥐어 입술에 가져다 대고는 어금니를 깊게 깨물었다. 린다는 급히 경환을 향해 입을 열었다.

"TOTAL이나 나이지리아 정부에서 빠져나간 정보일 수도 있지 않나요?"

"그건 아니라고 봅니다. 이 정보는 아직은 TOTAL 내부에만 국한되어 있는 정보입니다. 나이지리아정부는 알 수가 없다는 얘기죠. 그리고 TOTAL에서 정보가 흘러나가지는 않았을 겁니다. 이런 상황을 종합해 본다면 KBR이나 대현중공업밖에는 없다는 결론이 나옵니다."

린다와 황태수는 반박을 하지 못하고 있었다. 쉽게 말을 꺼내지 못하고 있는 두 사람에게 경환은 무겁게 말을 건넸다.

"무턱대고 KBR이나 대현중공업을 의심할 수도 없는 문제입니다. 그렇다 보니 우리의 대응방법을 마련하기도 지금으로서는 어려운 점이 있다고보고요. 두 분의 의견은 어떠십니까?"

경환은 혼자가 아니라는 생각이 들어서인지 좀 전과는 다르게 불안했던 마음이 가라앉으며 침착해져 가는 것을 느끼고 있었다.

"정보가 유출되는 곳을 모르는 상태에서 KBR과 대현중공업에 이 사실을 통보할 수도 없는 상황이라……."

황태수는 말을 잇지 못하며 두 손으로 얼굴을 감쌌다. 심증도 없는 상태에서 무턱대고 두 회사를 의심의 눈초리로 바라볼 수도 없는 문제였기 때문에, SHJ로서도 쉽게 대처를 할 수 없는 지금의 상황이 황태수를 곤혹스럽게 만들고 있었다.

"기업정보유출은 FBI에서도 중시하고 있는 범죄입니다. FBI에 의뢰를 하는 건 어떻습니까?"

린다의 생각에 경환이 재빨리 제동을 걸고 나섰다.

"물론 FBI의 도움을 받게 되면 유출의 근원은 막을 수 있겠지만, 세회사의 신뢰는 무너지고 이번 입찰에 참여하지 못할 수도 있습니다."

FBI에 의뢰를 하자는 린다의 답변은 받아들이기 어려웠다. FBI의 개입으로 이번 입찰이 무산되는 것을 경환은 바라지 않았다. 이번 입찰에 실패하게 된다면 SHJ의 앞길은 가시밭길로 변하게 될 터였다.

"아직 낙찰가에 대한 정보는 우리 손에 있습니다. 경쟁업체가 노리는 게 우리의 입찰가라는 것은 분명한 사실이니, 저희는 이것을 가지고 마지막 반전을 노릴 수밖에는 없을 거 같습니다."

입찰가를 가지고 반전을 노린다 하더라도 입찰서류를 넣는 순간까지 그 정보가 미쓰비시에 흘러 들어가지 않는다는 보장은 없었지만, 이 방법 외에는 딱히 좋은 수가 보이지 않고 있었다. 세 사람의 고민이 깊어지고 있을 때 최석현과 코이치가 거친 숨을 몰아세우며 사무실 문을 열어젖혔다.

"사장님, 사무실에 계신다는 소리를 듣고 급히 왔습니다. 타케우치 차장이 중요한 정보를 가지고 왔습니다."

최석현은 숨을 헐떡거리며 코이치를 앞세워 소파에 털썩 주저앉았다.

"타케우치 차장, 급한 정보가 아니라면 내일 보고를 하지 않겠나?"

황태수는 최석현과 코이치를 나무라고 있었지만 경환이 급히 황태수를 제지하고 나섰다.

"아닙니다. 이왕 오셨으니 보고해 주세요. 중요하다는 정보가 무엇인가요?"

경환은 정보유출 건으로 정신이 없는 상태에서 최석현과 코이치까지 급히 회사에 오자 불안한 생각에 코이치의 대답을 독촉했다.

"JSC의 타케우치 회장님에게 받은 정보입니다. 이번 FPSO 입찰에 대한 저희 쪽 정보를 미쓰비시중공업에서 확보하고 있다고 합니다."

코이치의 보고를 들은 세 사람은 얼음처럼 몸이 굳어지며 싸해지고 있음을 느꼈다. 경환은 미쓰비시중공업의 정보를 알려 주겠다던 케이스케의 말을 문득 떠올려 보았다. 경환은 사실 케이스케의 말을 귀담아듣지 않았다. 국익을 우선시하는 일본인들의 특성을 예전부터 잘 알고 있었기 때문에 제대로 된 정보보다는 역정보를 줄 확률이 많다고 판단을 해서였다. 그러나 딱히 좋은 대응방법을 찾지 못하고 있는 지금 상황에서 케이스케라는 지푸라기라도 잡아야만 했다.

"자세히 얘기를 해 보게. 우리도 그런 정보를 입수해 놓고 대책을 마련하고 있는 중이었다네."

이미 알고 있다는 소리에 최석현과 코이치는 서로를 쳐다보며 안도의 한숨을 내쉬었다. 경환이 자신을 직시하고 있다는 것을 알자 코이치는 급히 자세를 바로 하고 자시의 아버지를 통해 전달받은 내용을 말하기 시작했다.

"JSC는 미쓰이조선과의 J.V가 실패한 이후 미쓰비시중공업의 행보를 주시하고 있었습니다. 그쪽 정보라인을 통해 확인된 내용은 미쓰비시중공업이 이번 입찰 성공을 기정사실화 하고 있다는 것입니다. 또한 경쟁업체의 기술개발현황과 낙찰가를 입수하고 있다는 얘기도 있습니다. 모모이 아키라 상무가 이번 입찰을 진두지휘하고 있다는데 몇 주 전 샌프란시스코로 출장을 다녀온 것으로 보입니다. 아마도 그때 정보를 입수한 것으로 보입니다."

의외의 실마리가 코이치를 통해 풀려 나가자 사무실의 분위기는 급반전하고 있었다. 코이치는 자신의 아버지에게 다시 연결을 하려 했으나 경환은 코이치를 제지하고 나섰다.

"저는 그렇게 생각하지 않았지만, 회장님은 타케우치 차장이 SHJ에 합류한 것을 자신의 빚으로 생각을 한 거 같습니다. 더 이상은 JSC에 빚을 지고 싶지 않습니다."

JSC를 안중에 두고 있는 경환은 이것으로 케이스케와의 인연을 정리하고 싶었다. 경환의 속뜻을 이해한 코이치는 입을 다물며 다시 자리에 앉을 수밖에 없었다. 정보가 유출되고 있다는 사실이 코이치의 정보로 확인된 이상 시급히 대책을 마련해야만 했다.

"당분간 이 사실은 우리만 알고 있는 것으로 하겠습니다. 일반직원들에게도 알리지 마시고 보안을 유지해 주십시오. 여러분들도 아시겠지만, 이번 프로젝트는 SHJ의 사활이 걸려 있다고 해도 과언이 아닙니다. 확실한 대응방법을 찾기 전까지는 KBR이나 대현중공업까지 철저히 속여야될 겁니다."

경환의 말이 끝나자 각자의 의견을 말하며 적절한 대응방안을 논의하기 시작했지만, 린다는 조용히 자신의 사무실로 빠져나가 어디론가 급히 전화를 걸기 시작했다. 통화가 길어질수록 린다의 얼굴은 점점 굳어져 갔다.

◆ ◆ ◆

"하하하, 아키라 자네 덕에 10년 묵은 체증이 내려간 기분이야. 수고했어. 오늘은 자네를 위해 마련한 자리니까 원 없이 즐겨 보세나."

"감사합니다, 사장님. 저는 오로지 사장님만 따르겠습니다."

긴자 하키라의 구석진 다다미방에는 치히로와 아키라의 모습이 보이고 있었다. 기분이 좋았던지 치히로는 여 종업원의 기모노 안으로 손을 집어넣어 두툼한 가슴을 주무르며 연거푸 술을 받아 마시고 있었다.

"오만한 다나카 아사히의 똥 씹은 얼굴을 보게 될 줄이야. 하하하. 사사건건 물고 늘어지던 놈이 오늘은 회장님 앞에서 꿀 먹은 벙어리가 된 모습을 자네도 봤지 않나."

미쓰비시중공업의 한 축을 담당하고 있는 다나카 아사히 전무는 치히로와는 다른 파벌로 호시탐탐 자신의 자리를 노리고 있는 인물이었다.

치히로는 이번 FPSO 입찰에서 아사히를 몰아내고 자신의 입지를 다지는 계기로 만들려 노력해 왔다. 오늘 회의에 참석한 회장이 그룹 차원에서 지원을 아끼지 않겠다는 말로 치히로의 손을 들어준 까닭에 아사히를 자신과의 경쟁에서 한발 물러나게 만들 수 있었다.

"아키라, 입찰이 끝나면 아사히 그놈을 몰아낼 생각이야. 그럼 그 자리는 자네 차지가 될 것이네. 앞으로도 열심히 하게나."

쿵!

"하! 저는 사장님과 함께 운명을 같이하겠습니다."

아키라는 탁자에 머리를 박으며 충성을 다짐했다. 탁자에 머리를 박고 있는 아키라의 얼굴엔 기쁨에 찬 미소가 번져 가고 있었다.

"입찰이 끝날 때까지 긴장의 끈을 놓지 말게. 이번 자네가 한 일을 회장님도 크게 칭찬을 하시지 않았나. 입찰가는 언제 알아낼 수 있는 겐가?"

치히로의 한 손은 여전히 기모노 안에서 춤을 추고 있었지만, 아키라의 머리는 여전히 탁자에 붙어 있었다.

"SHJ의 정보는 그곳 사장의 개인적인 루트를 통해 입수된다고 합니다. 보안에 상당히 신경쓰고 있어 정보의 핵심은 파악이 힘들지만, 입찰 전에는 저희 손에 KBR의 입찰가가 쥐어지게 될 겁니다. 너무 걱정하지 마십시오."

"돈 맛을 본 이상 남아 있는 1,000만 달러를 포기할 수는 없겠지. 그래도 딴생각을 하지 못하도록 자네가 철저히 관리해야 할 거야."

기분이 좋은지 치히로는 손수 아키라의 잔에 술을 채웠고 아키라는 감격에 겨워하며 술잔을 단숨에 비워 냈다.

"그건 그렇고 SHJ의 사장이 27살 먹은 젊은 친구라는 소리가 들리던데."

아키라는 여 종업원이 입에 넣어 준 안주를 급히 손에 뱉으며 정자세로 치히로를 향해 입을 열었다.

"그렇습니다. 한국에서 대학을 졸업하고 중국과 미국에 SHJ란 사업체를 설립했다고 합니다. 저희와 거래가 있는 오성그룹을 통해 확인한 바로는 사업적 감각이 뛰어난 것으로 보입니다."

아키라는 SHJ를 조사하면서, 미래를 예측하며 과감하게 투자를 해 가는 경환의 동물적인 감각에 경탄을 할 수밖에 없었다. 그러나 자신이 살기 위해서는 철저히 밟아 주어야 했다.

"젊은 새싹을 짓밟는 건 항상 즐거운 일이야. 일본의 대미쓰비시그룹과 경쟁을 하겠다는 생각을 했다는 거 자체만으로 그 친구의 인생은 끝난 거지. 자, 아키라 오늘은 사내 대 사내로 멋진 밤을 보내 보자고. 하하하."

치히로의 말이 끝나기 무섭게 아키라는 재롱이라도 부리듯 여 종업원의 기모노를 거칠게 풀어헤쳤다.

♦ ♦ ♦

PQ를 마친 FPSO 입찰은 예상했던 것과 마찬가지로 KBR-대현중공업, 미쓰비시중공업-미쓰이조선, 페드로팍 삼파전으로 흘러가고 있었다. 기술력에서는 페드로팍이 앞서고 있었지만, 최저가 입찰을 준비하고 있는 나머지 두 회사의 반격도 무시할 수는 없는 상황이었다. 세 회사는 경쟁 상대들의 눈치를 살피며 치열하게 물밑작전을 펼치고 있었기 때문에 낙찰을 쉽게 낙관하는 회사는 아무 곳도 없었다.

그러나 윌리엄과 경환의 반목으로 인해, KBR과 SHJ의 관계는 갈수록 악화되어 가고 있었다. 공식 회의석상에서조차 상대방을 신랄하게 비판하는 모습을 보이고 있어 자칫 입찰에 실패하는 거 아니냐는 우려의 말이 사방에서 들릴 정도였다. 잭과 황태수는 살얼음판을 걷는 심정으로 윌리엄과 경환을 보좌하고 있었지만, 두 사람의 틀어져 버린 관계를 복원하는 데 어려움을 겪고 있었다.

"T.S, 입찰이 코앞입니다. 두 사람의 관계가 원상복귀되지 않는다면 낙찰을 쉽게 장담할 수 없는데 정말 걱정입니다."

윌리엄과 경환의 관계를 회복시키기 위해 잭은 황태수에 개인적인 만남을 요청했다. 황태수 또한 입찰 한 달여밖에 남지 않은 상태에서 지금의 상황을 심각하게 받아들이고 있었기 때문에 잭의 요청을 흔쾌히 받아들였다.

"잭, 어디서부터 둘이 틀어지기 시작했는지 모르겠습니다. 정말 앞이 안보이네요."

황태수는 심한 편두통으로 인해 지끈거리는 머리를 손가락으로 눌러가며 탄식을 토해 내고 있었다. 지속적으로 경환에게 자중해 달라는 요청을 하고 있었지만, 경환은 황태수의 조언에도 태도에 변화를 보이지 않고 있었다.

"윌리엄은 이번 입찰을 끝으로 SHJ와의 컨설팅제휴를 종료하겠다는 말을 심심치 않게 꺼내고 있습니다. 이러다간 그동안 쌓아 올린 두 회사의 신뢰가 무너질 수도 있습니다. 우리 둘이라도 중심을 잡아야 할 것 같습니다."

잭의 말에 황태수는 미간을 좁히고 있었다. 사업을 확장하려는 계획은 가지고 있었지만, 당분간의 KBR이라는 울타리가 SHJ에게는 절대적으로 필요했기 때문이었다. 경환은 이런 KBR의 분위기를 알면서도 개의치 않겠다는 뜻으로 보이고 있어 황태수를 더욱 답답하게 만들고 있었다.

"흠, 저희도 KBR의 이런 분위기를 심각하게 받아들이고 있는 중입니다. 지금은 KBR이나 SHJ 모두 자중해야 할 시기입니다. 이런 문제는 입찰이 끝나고 논의되어야 합니다. 잭이 미스터 유트를 최대한 설득해 주십시오. 부탁합니다."

"좋습니다. 제가 윌리엄을 최대한 설득하겠습니다. T.S도 입찰이 끝날 때까지 만이라도 제임스가 윌리엄과의 언쟁을 자제하도록 해 주십시오."

윌리엄의 욕심에서 비롯된 경환과의 갈등은 이미 걷잡을 수 없을 정도로 커져 있음을 잭은 알고 있었다. 윌리엄은 이번 입찰결과에 상관없이 SHJ와의 계약종료를 기정사실화하고 있어 잭의 마음이 무거워지고 있었다. 그러나 이번 입찰이 끝날 때까지는 윌리엄을 최대한 붙들고 있어야 했다. 자신의 손으로 SHJ와의 업무제휴를 만들어 낸 잭으로서도 SHJ와의 계약종료는 아쉬움으로 남을 수밖에 없었다.

"SHJ에서는 페드로곽과 미쓰비시중공업에 대한 정보가 아직 없습니까? SHJ에서 넘어오는 정보가 한정되어 있다 보니 윌리엄이 더 초조해 한 거 같습니다."

잭은 두 사람의 관계가 극악으로 치닫고 있었지만 자신이 해야 될 일에 대해선 최선을 다할 생각이었다.

"저희 사장님께서 정보를 입수하고 계십니다. 조만간 소식을 드릴 수 있을 거 같습니다. 저와 잭이 나이지리아로 넘어가기 전에는 KBR에도 전달이 될 겁니다."

황태수의 답변에 잭은 예상했다는 듯이 고개를 끄떡였다. 경환의 성격으로 지금 정보를 공유하지는 않을 것이라는 걸 잭은 그동안의 경험으로 알고 있었다. 잭과 황태수는 현명한 결정을 하기 위해 서로 머리를 맞대고 있었지만, 만족할 만한 결과를 만들지는 못하고 있었다.

◆ ◆ ◆

입찰이 막바지를 향해 달려가자 SHJ도 전사적으로 바쁘게 움직이고 있었다. 내일 있을 세 회사와의 회의를 준비하는 경환은 입찰로 인한 스트레스 때문에 극도로 날카로워져 있었다. 집에서도 쉬지 못하는 모습에 수정은 안타까워했지만, 경환은 이번 입찰에 목숨이라도 건듯 서재에서 나올 생각을 하지 않고 있었다.

"자기, 좀 쉬면서 해요. 그리고 당분간 새벽에 일부러 일어나지 말고요."

수정은 조용히 서재에 들어와 커피한잔을 책상 위에 올려놓았다. 경환은 수정이 서재에 들어온 것조차도 인지하지 못할 정도로 서류에 집중하고 있었다.

"자기 들어온 것도 몰랐네. 마침 커피 한 잔이 그리웠는데 역시 자긴 내 마누라야."

경환은 서류를 내려놓고 수정의 허리를 손으로 감싸 수정을 자신의 무릎에 앉도록 했다. 그동안 입찰 때문에 매일 야근을 하다 보니 집안일을 모두 수정에게 맡길 수밖에 없었던 경환은 한마디도 불평을 하지 않는

342

수정이 고마웠다.

"치, 자기 립서비스는 내가 당할 수가 없다니까. 이번 일이 끝나면 자기 쉬어야 돼요. 정우 데리고 며칠 바람이라도 쐬러 가요."

"그래, 급한 일 끝나면 며칠 여행이라도 다녀오자."

결혼 후에도 급히 중국에 들어가는 바람에 신혼여행조차 가지 못했고, 미국에 와서도 휴스턴 밖으로 나가 본 적이 없었다. 가족을 위해 일한다고는 하지만 일에만 매달리는 것은 분명 자신이 바라던 삶이 아니었다.

"수정아. 좀만 기다려 줘. 지금은 나를 믿고 와 준 사람들을 위해서라도 손에서 일을 놓을 수가 없어. 이번 일이 끝나면 여유가 생길 거야."

수정은 경환의 목을 손으로 감싸며 어깨에 기댔다. 경환은 수정의 머리에 입을 맞췄다.

KBR 회의실에는 세 회사의 중역이 모여 최종 입찰점검을 위한 회의를 진행하고 있었지만, 이번 입찰의 중심이라고 할 수 있는 윌리엄과 경환 사이에선 여전히 한랭전선이 흐르고 있었다.

"이번 회의를 마치고 실무진들이 현지로 떠난다고 들었습니다. 아무쪼록 그동안의 고생이 헛되지 않게 좋은 결과가 나오기를 희망합니다. 분위기를 풀고자 제가 모두발언을 했습니다."

정상길이 헛웃음을 보이며 회의 시작을 알렸다. 대현중공업은 이번 입찰에 큰 기대를 하고 있었지만, 입찰 성공여부보다는 FPSO에 대한 기술력을 확보했다는 것에 큰 의의를 두고 있었다. FPSO 입찰이 이번 한번만 있는 것이 아니었기 때문에 이번 J.V에 참여한 세 회사 중에서 가장 큰 수혜를 받은 것은 단연 대현중공업이라고 해도 과언이 아니었다. 회의는

민인식으로부터 FPSO에 대한 설계와 기술개발을 마쳤다는 보고로 시작
되었고 그동안의 과정과 미래 해양플랜트산업의 비전제시를 하는 것으로
긴 시간이 흘러가고 있었다.

"SHJ에서는 따로 저희에게 제공할 정보가 있는지 궁금하군요."

퉁명스럽게 말을 건네는 윌리엄을 경환은 짜증스러운 눈빛으로 쳐다
보았다. 밥값을 하라는 무언의 압력에 경환은 마이크에 입을 가져다 댔
다.

"지금부터 제가 말할 내용은 보안을 요구하는 것이기 때문에 인원을
최소화하겠습니다. 죄송하지만, 회의를 정리하고 따로 자리를 마련하는
게 좋을 거 같습니다."

경환의 말에 수긍하며 회의에 참석한 기술 인력들과 각 회사의 입찰
팀들은 급히 회의실을 빠져나갔고, 회의실에는 회사별로 두세 명 정도의
인원만 남았다.

"대단히 중요한 정보라도 입수했나 봅니다. 긴장되는데요. 하하하."

정상길의 농담에 따라 웃는 사람이 없을 정도로 회의실엔 긴장감이
흐르고 있었다. 경환은 회의에 참석한 인원들과 한 번씩 눈을 마주친 후
마이크도 끈 채 입을 열기 시작했다.

"입찰 팀은 잭의 주관 아래 내일 현지로 떠난다고 들었습니다. 맞
나요?"

"그렇습니다. 각 회사의 인원들을 제가 통솔하게 된 걸 영광으로 생각
합니다. 이번 입찰이 성공할 수 있도록 최선을 다하겠습니다.

경환의 질문을 잭이 받아 급히 답변했다. 잭의 옆에서 윌리엄은 뭔 서
론이 그리 기냐는 듯이 입꼬리를 말아 올리고 있었다.

"지금 이 자리에서 드리는 정보는 입찰이 끝나기 전까지 철저하게 보안을 유지해 주십시오. 경쟁업체에 이 정보가 노출된다면 입찰 성공을 자신할 수 없습니다."

"SHJ는 너무 걱정이 많아서 탈입니다. KBR이나 대현중공업이나 실패를 하려고 지금까지 고생했다고 생각합니까? 줄 정보가 있으면 빨리 주세요."

윌리엄은 뭐가 언짢은지 경환을 다시 도발하기 시작했지만, 경환은 얼굴을 한번 찡그리는 정도로 자신의 감정을 표시했다.

"여기 남아 있는 사람들은 각 회사에서 믿을 수 있는 사람이라고 봅니다. 너무 걱정하지 마세요. 이사장님."

정상길까지 윌리엄의 말을 받아 경환을 압박하자 경환은 한숨을 한번 내 쉬고는 말을 이어 갔다.

"좋습니다. 이번 입찰의 경쟁상대는 영국의 페드로곽과 일본의 미쓰비시중공업입니다. 두 회사의 입찰가에 대한 정보를 입수했습니다. TOTAL의 예정가가 38억 달러인 것은 아실 것입니다. 패드로곽은 총 45억 7,000만 달러로 준비를 하고 있고, 미쓰비시중공업은 45억 달러로 입찰을 준비하고 있다고 합니다."

경환의 말에 끝나자 회의실은 순간적으로 정적에 싸였다. 이 분위기를 정상길이 깨고 나섰다.

"우리의 원가계산으로는 42억 달러 선에서 가능하다는 보고를 받았습니다. SHJ의 정보를 활용한다면 큰 이익을 볼 수도 있겠습니다. 하하하."

윌리엄은 미소를 보이며 수지타산을 머릿속으로 계산하기 시작했다.

정상길의 말대로 45억 달러에서 몇백만 달러 빼준다 해도 엄청난 이득을 볼 수 있었다.

"그렇다면 우리는 최대한 45억 달러 근사치로만 입찰을 하면 되겠군요."

"그럼 실패할 수도 있습니다."

정상길과 윌리엄이 환상에 빠져 있을 때 경환이 급히 그들의 말을 끊었다. 두 사람은 영문을 몰라 경환을 뚫어지게 쳐다보며 이유를 설명하라는 눈빛을 보내기 시작했다.

"TOTAL의 입장도 생각을 해 줘야 됩니다. 또한 우리는 FPSO에 대한 실적이 전혀 없는 관계로 TOTAL에 메리트를 제공하지 못한다면 2순위나 3순위로 수주가 넘어갈 수도 있고 최악의 경우 입찰 무산을 선언할 수도 있습니다."

경환은 잠시 말을 끊었다. 주위를 살피며 자신의 말에 수긍하는 모습을 확인한 후에야 다시 말을 이어 갔다.

"이를 방지하기 위해서 2순위와는 적어도 1억 달러 정도의 차이를 보여야만 합니다. 따라서 44억 달러로 입찰을 하는 게 좋다는 것이 SHJ의 의견입니다."

KBR J.V의 입찰가격이 44억 달러로 정해지는 순간이었다. 경환의 판단에 윌리엄이나 정상길은 토를 달지 않았다. 이미 원가분석으로 42억 달러가 나온 이상 44억 달러로 입찰에 성공하게 되더라도 2억 달러는 앉아서 벌 수 있다는 계산이 나왔기 때문이었다.

♦ ♦ ♦

그날 저녁 샌프란시스코 NIJIYA로 양복을 차려입은 동양인이 급히 문을 열고 들어가고 있었다. 가게를 두리번거리던 사내는 급히 카운터를 향해 100달러짜리 지폐 다섯 장을 올려놓았다.

"일본에서 왔습니다. 저에게 주실 봉투가 있으시죠?"

카운터의 종업원은 100달러짜리 지폐를 하나하나 확인한 후 밀봉된 서류 봉투를 꺼내 건네주었다. 서류를 건네받은 사내는 내용물을 확인할 생각도 하지 않은 채 급히 가게를 빠져나가고 있었다.

"사장님, 저 아키라입니다."

아키라가 노크할 새도 없이 사장실 문을 열고 들어오자 치히로는 예상했다는 듯이 입가에 미소를 지어 보였다.

"허, 이거 참. SHJ란 곳의 정보력이 무섭긴 무섭구먼. 우리 입찰가를 정확히 파악하고 있다는 게 놀라울 따름이야. 자네는 어디서 우리정보가 유출 되고 있는지 서둘러 확인해 보게."

치히로는 서류에서 눈을 떼지 못하고 있었다. 자신들의 입찰가 45억 달러를 정확히 파악하고 있다는 거 이외에 KBR이 44억 달러로 입찰을 해야만 되는 이유가 설득력 있어 보였기 때문이었다.

"흠, 우리가 사전에 이런 정보를 입수하지 못했다면 이번 입찰은 게임 자체가 안 되는 싸움이었겠어."

"그렇습니다. SHJ란 곳을 만만하게 보지 않고 미리 대비를 한 것이 천만다행입니다. 사장님의 현명하신 판단이 없었다면 눈 뜨고 KBR에 넘겨 줄 수밖에 없었을 겁니다. 그럼 저희는 어느 선에서 입찰을 하는 게 좋겠습니까?"

치히로는 서류를 쳐다보며 깊은 생각에 잠겼다. 역정보에 대한 걱정을 하긴 했지만 역정보라고 보기에는 1억 달러 차이를 보이는 근거가 타당해 보였다. 그러나 항상 대비는 해야만 했다.

"우리의 마지노선이 43억 달러니 43억 5,000만 달러로 입찰하도록 해. 5,000만 달러 정도 차이를 보여야 안심할 수 있겠어."

"알겠습니다. 저는 바로 나이지리아로 출발하겠습니다."

말을 마친 아키라는 서둘러 사무실을 빠져나갔고, 치히로는 서류를 분쇄기에 넣어 버렸다.

◆ ◆ ◆

나이지리아 아부자를 다시 찾은 황태수와 잭은 작년에 있었던 석유화학단지 입찰을 생각하며 감회에 빠져 있었다. 작년과 마찬가지로 아부자 힐튼호텔은 이번 입찰을 준비하는 많은 업체들의 실무 팀들이 모여들어 북적거리고 있었다.

"이곳의 습한 더위를 정말 참기 힘드네요. 이런 날씨를 견디는 잭이 부럽습니다."

황태수는 여전히 나이지리아의 더위에 맥을 못 추고 있었다. 잭은 황태수의 어깨를 툭 치고는 레스토랑으로 발걸음을 옮겼다.

"더위엔 시원한 맥주만한 게 없습니다. 맥주나 한잔합시다."

황태수는 레스토랑에 들어가며 작년 대후건설 김준성 상무와의 만남을 기억하고는 '피식' 웃어 보였다. 작년 입찰 실패의 후유증이 크긴 했지만, 김준성은 대후건설 핵심에서 밀려나지는 않았다. 오히려 실패를 거울삼아 적극적으로 해외입찰에 뛰어들고 있다는 소리에 황태수는 김준성과의 재회를 은근히 바라고 있었다.

"그나저나 윌리엄과 제임스까지 이곳에 온다니, 입찰에 실패하면 저희나 SHJ나 여파가 상당하겠는데요?"

갑작스런 두 사람의 현지방문통보를 받고 황태수와 잭은 급히 맞을 준비를 했지만 이유에 대해서는 알지 못하고 있었다.

"TOTAL과의 업무협조와 2년 후에 있을 제3기에 대한 작업을 미리 하려는 포석이라고 저는 생각합니다."

"흠…… 그럴 수도 있겠네요. 그나저나 힘들게 고생해서 이 자리까지 왔으니 반드시 성사를 시키도록 최선을 다해 봅시다."

일주일 전에 도착한 입찰 실무 팀들은 경쟁업체들의 동향파악과 나이지리아정부와의 물밑교섭 등으로 파김치가 되어가고 있었다. 그렇다고 1년에 걸쳐 준비한 이번 입찰을 소홀히 대할 수 없었기에 각자 맡은 자리에서 최선을 다하고 있었다. 두 사람이 맥주를 거의 다 비워 갈 무렵, 호텔을 들어서는 윌리엄과 경환의 모습이 보이기 시작했다.

"더위에 고생들 많으십니다. 내일이면 그 고생을 보상받으실 수 있으시니, 하루만 더 힘을 내 주십시오."

경환은 호텔로비에서 자신과 윌리엄을 맞아주는 실무 팀들과 일일이 악수를 나누며 그들의 고생을 위문해 주고 있었다. 경환의 곁으로 잭이 빠르게 건너왔다.

"제임스, 깜작 놀랐습니다. 갑자기 여긴 어떻게 오게 된 겁니까?"

잭은 경환과 악수를 나누며 이해하기 힘들다는 표정을 지어 보였지만, 잭을 향해 경환은 환하게 웃으며 말을 건넸다.

"잭, SHJ의 사장이 되어서 현지에 한 번도 안 간다는 게 맘에 걸렸습니다. 입찰현장의 긴박감을 몸으로 느껴 보는 것도 좋지 않을까 생각도 되고요."

잭은 경환의 말이 이해가 된다는 듯 고개를 끄떡였다. 그러나 경환은 전생에 이런 입찰을 수도 없이 했던 경험으로 현장 분위기에 대해 누구보다도 잘 알고 있었다. 단지 그런 사실을 말해 줄 수 없을 뿐이었다.

"잭, 수고 많았어. 특별한 문제없이 자네가 팀을 잘 이끌어 주고 있다는 소리는 듣고 있었네. 오늘저녁은 팀원들과 함께 즐기고 싶으니 자네가 준비를 좀 해 주게."

더위를 먹었는지 윌리엄의 몸 전체는 땀으로 범벅이 되어 있었다. 잭에게 저녁준비를 요청한 윌리엄은 방 열쇠가 도착하자 이곳의 더위를 견디지 못하고 자신의 방을 찾아 급히 사라졌다. 경환은 주위를 둘러보다 동양인들이 모여 있는 것을 발견하고는 그쪽을 향해 서서히 걸어갔다.

"혹시 미쓰비시중공업에서 나오셨습니까? 저는 SHJ의 사장 이경환이라고 합니다."

경환은 로비 한구석에 모여 있는 동양인들 중 지시를 내리고 있는 인물에게 인사를 건넸다. 느닷없는 경환의 출현에 당황한 동양인들은 대꾸도 못한 채 서로의 눈치만 살피고 있었다.

"아! 그러시군요. 저는 미쓰비시중공업의 모모이 아키라 상무입니다. SHJ에 대해선 말씀 많이 들었습니다. 기회가 된다면 저희의 컨설팅업무에 대해서도 협의를 했으면 합니다."

아키라는 소개를 하는 인물이 경환이라는 사실에 놀랐는지 명함을 건네는 것도 잊은 채 경환이 내민 손을 잡았다.

"하하하, 저희야 감사할 따름입니다. 아무쪼록 이번 입찰에 좋은 결과가 있으시길 바랍니다. 저희도 나름 준비를 하긴 했지만, 미쓰비시중공업을 이길 수 있을지는 모르겠습니다."

경환의 죽는 소리에 아키라는 속으로 경환을 비웃고 있었다. 이미 KBR의 움직임을 자신의 손에 쥐고 있는 이상 경환의 거들먹거리는 모습이 우습게 보일 수밖에 없었다. 그러나 SHJ의 놀라운 정보력은 아키라도 인정을 해 줄 수밖에 없었다. 2,000만 달러라는 거금을 쓰지 않았다면 이번 입찰은 KBR의 차지가 될 수밖에 없었기 때문이었다. 이런 이유로 아키라는 이번 입찰을 성공시킨 후에 SHJ와의 업무제휴를 진지하게 검토할 생각을 가지고 있었다.

"좋은 경쟁을 해야 되지 않겠습니까? 저도 SHJ의 선전을 기대하겠습니다. 입찰이 끝나고 정식으로 SHJ에 제안을 하겠습니다."

"알겠습니다. 연락을 기다리고 있겠습니다. 저는 기다리는 사람들이 있어 이만 자리로 돌아가겠습니다. 좋은 시간이었습니다."

경환은 웃으며 악수를 나눈 후 돌아서며 아랫입술을 질끈 깨물었다. 몸이 불편하다는 핑계로 윌리엄이 주최한 저녁 식사도 거른 채 경환은 호텔방에서 내일 있을 입찰에 대해 생각을 정리를 하고 있었다. 자신의 예상이 빗나가기라도 한다면 비상을 준비하는 SHJ에겐 뼈아픈 타격이 될 수도 있었기 때문에 경환은 그날 밤 쉽게 잠을 청할 수 없었다.

입찰이 진행되는 NNPC(나이지리아 석유공사)에는 여러 업체들의 입찰 팀들로 인산인해를 이루고 있었고, 그 사이로 KBR과 대현중공업의 팀원들이 부지런히 정보를 입수하기 위해 동분서주하고 있었다. 그런 와중에도 경환은 다른 팀원들의 눈을 피해 윌리엄과 심각한 표정으로 대화를 나누고 있었다. 잭과 황태수가 자신들의 입찰 순서가 오기를 기다리고 있을 때 그들 곁으로 정상길이 다가가고 있었다.

"하하하, KBR과 SHJ의 사장님이 현지를 방문한다는 소식을 듣고 저도 급하게 건너왔습니다. 다행히 입찰시간에 맞출 수 있었네요."

갑작스런 정상길의 출현에 다들 놀라고 있었지만, 경환과 윌리엄은 웃음을 보이며 정상길을 맞이했다.

"잘 오셨습니다. 기다리고 있었습니다. 준비는 마친 거 같네요."

다들 정상길의 출현에 놀라고 있었지만, 경환과 윌리엄은 이미 이 사실을 알고 있었다는 듯이 정상길의 곁에 다가가고 있었다. 미쓰비시중공업의 입찰서류가 제출된 사실을 확인하고는 잭은 입찰서류를 제출하기 위해 몸을 일으키고 있었다.

"잭, 일어나지 말고 잠시 기다리게."

자신의 어깨를 잡고 있는 윌리엄 때문에 잭은 다시 자리에 주저앉을 수밖에 없었다.

"윌리엄, 무슨 일입니까? 지금 들어가지 않으면 늦을 수도 있습니다."

잭은 다시 일어나려 했지만 윌리엄은 잭의 어깨를 쉽게 놔줄 생각을 하지 않고 있었다.

"입찰서류는 미스터 정이 제출할 거네. 자네가 가지고 있는 입찰서류는 나에게 건네주도록 하게."

잭은 이해를 할 수 없다는 표정을 지으며 입찰서류를 윌리엄에게 건

네줄 수밖에 없었다. 경환의 눈짓을 확인한 정상길은 자신의 품에서 따로 준비를 한 듯한 서류를 꺼내 들고는 빠르게 걸음을 옮겼다. 경환과 윌리엄은 입찰현장을 정상길에 맡기고 잭을 이끌고 급히 호텔을 향해 출발했다.

맥주를 꺼내 잭에게 건넨 경환은 말할 수 없는 감정에 사로잡혀 쉽게 말을 꺼내지 못하고 있었다. 잭은 경환이 건네준 맥주를 받아 한 모금 넘기고는 허탈한 웃음을 지어 보였다.

"하…… 일부러 두 사람이 반목하는 모습을 보여 준건가요?"

"잭, 자네일 줄은 꿈에도 생각을 못했었네. 앞날이 보장된 자네가 도대체 왜!"

윌리엄은 양복 상의를 벗어 바닥에 던져 버리고는 잭의 멱살을 거칠게 움켜쥐었지만, 이내 잡았던 손을 풀어 버렸다. 출세를 위해 비열한 짓도 망설이지 않고 해 왔지만 잭에게만큼은 자신의 진심을 보여 줬다고 생각했다. 잭의 배신을 확인한 윌리엄은 요동치는 심장으로 인해 말을 잇지 못했다.

"제임스 이번에도 자네가 알아차린 거겠지. 제임스 자넨 역시 대단해. 틈이 전혀 보이지 않으니…… 허, 허."

허탈하게 웃는 잭을 경환은 똑바로 쳐다볼 수가 없었다. 잭의 절대적인 도움이 없었다면 자신이 이 자리까지 올 수 없었다는 것을 알고 있는 경환은 회환과 분노가 복잡하게 교차하고 있었다.

"우리 쪽 정보가 일본 업체로 넘어가고 있다는 사실을 TOTAL에서 알려 주더군요. 정보가 샌프란시스코에서 교환되고 있다는 사실을 알고 사립탐정까지 고용했습니다. 사실 잭의 사촌 동생이 샌프란시스코에 살고 있는 것을 확인하고도 반신반의했습니다. 진심으로 사실이 아니길 바랐지만, 사촌 동생을 통해 저희 정보가 미쓰비시중공업에 넘어가는 현장을 포착하고야 말았습니다."

경환은 잭에게 사진더미를 건네주었다. NIJIYA라는 마사지가게로 사촌 동생이 들어가는 모습과 동양인이 카운터에서 서류를 받아가는 모습들이 찍혀 있었다.

"왜 그랬습니까?"

"왜 그랬냐고? 하…… 자네가 무서웠네. 린다까지 자네의 곁으로 가는 것을 보고 지금 자네를 꺾지 않으면 내가 꺾일 거 같아 불안했어. 윌리엄 또한 자네로 인해 승승장구하는 모습은 나를 코너로 몰아 세웠어. 후회는 하지만 자네에게 미안하다는 소리는 하지 않겠네. 어서 경찰에 날 넘기게."

잭은 모든 걸 포기한 사람처럼 눈동자의 초점까지 잃어버린 채 어깨를 축 늘어트렸다

"자네에 대한 배신감에 신고를 하려고 했지만, 제임스가 나에게 부탁했네. KBR은 이번 일을 전혀 알지 못하네. 그러나 자네를 계속 끌고 갈 수도 없으니 조용히 정리해서 떠나게. 내 인내심에 한계가 오기 전에."

"잭, 저는 항상 당신에게 고마움을 가지고 있습니다. 지금은 좋지 못한 일로 잠시 헤어지지만 우리 인연이 여기서 끝났다고 생각하지는 않습니다. 꼭 다시 만나게 될 겁니다. 그때까지 몸 건강하십시오."

경환과 윌리엄의 의외의 결정에 잭은 눈을 감고 고개를 떨어뜨렸다. 한참을 망설이던 잭은 조용히 자리에서 일어나 방문을 나섰고, 경환은 축

처진 잭의 뒷모습을 하염없이 바라보고 있었다.

　　NNPC에선 입찰결과를 기다리며 모두를 초조해하고 있었다. 모두들 초조와 긴장감이 흐르고 있었지만, 유독 미쓰비시중공업은 차분하게 결과를 기다리고 있었다.

　　"이런 중요한 시간에 이 사장과 유트 사장은 어디를 갔기에 나타나지도 않나……."

　　"이 부장, 거 너무 초치지 말고 자리에 좀 앉아 있어요. 옆에 있는 일본 애들이 비웃습니다."

　　정상길의 말에 이한주는 고개를 숙이며 자리에 다시 앉았지만, 두근거리는 심장은 자신의 힘으로도 막을 수가 없었다. 아키라는 그런 대현중공업의 모습을 담담히 바라보며 슬쩍 웃음을 보였다.

　　'니들은 아직 일본의 경쟁상대가 되지 못해. 입찰결과에 좌절할 때의 표정은 어쩔지 몹시 궁금하군. 흐흐흐'

　　아키라가 즐거운 상상에 빠져 있을 때, 문이 열리고 NNPC와 TOTAL의 경영진들이 들어와 자리를 잡았다. 정상길의 주먹 쥔 손으로 힘이 들어가고 있었다.

　　지금까지 불모지였던 해양플랜트산업에 당당히 대현중공업의 명함을 내밀 수 있는지가 지금 이 순간에 결정된다는 사실에 정상길 또한 긴장하지 않을 수 없었다. 장내가 정리되자 결과를 발표하기 위해 심사위원장이 단상에 올랐다.

　　"조용히 해 주십시오. 입찰결과를 발표하겠습니다."

　　장내는 쥐 죽은 듯 적막감에 빠져 들었고 정상길의 입 속 침까지 바싹 말라가고 있었다. 그런 정상길과는 대조적으로 아키라는 눈을 지그시 감고 팔짱을 낀 채 입찰결과를 기다리고 있었다.

"이번 입찰의 1순위는 43억 달러로 입찰한 KBR-대현중공업 J.V입니다. 2순위는 미쓰비시중공업-미쓰이조선 J.V로 입찰가는 43억 5,000만 달러입니다. 3순위는 페드로팍으로……."

결과발표에 황태수를 비롯한 KBR과 대현중공업 직원들은 자리에서 일어나 환호성을 지르기 시작했고, 정상길은 주먹을 한번 쥐어 보이고는 황태수를 찾아 뜨거운 악수를 나누었다.

"정 사장님, 축하 합니다. 그동안 고생 많으셨습니다."

"하하하, 이게 저 혼자 축하 받을 일은 아니지 않습니까? 이 자리에 이경환 사장과 유트 사장이 없어 아쉬울 따름입니다. 오늘은 너무 감격스러워서 이대로는 잠을 못 자겠습니다. 그리고 지난번 제안했던 대현그룹과 SHJ의 일은 하루라도 빨리 진행이 되게끔 사장님을 설득해 주십시오."

말을 마친 정상길은 기쁨을 주체하지 못하고 주변사람들과 악수를 나누며 축하 인사를 받느라 정신이 없었다. 풀 죽은 미쓰비시중공업 직원들 사이로 아키라는 이번 결과가 믿어지지 않는다는 듯 멍한 표정으로 자리에서 일어나지도 못하고 있었다.

'도대체 뭐가 잘못된 거냐고! 이건 사실이 아니야. 사실이 아니라고!'

2,000만 달러라는 돈을 허공에 날렸다는 문제보다도 자신의 끈이 떨어져 나갔다는 것에 아키라는 좌절할 수밖에 없었다. 아키라의 눈앞으로 분노하는 치히로의 모습이 스쳐 지나가고 있었다.

♦ ♦ ♦

　FPSO 입찰 성공은 경환에게 기쁨과 아쉬움을 동시에 맛보게 했다. 1억 2,600만 달러의 컨설팅비용과 입찰원가 42억 달러에서 1억 달러가 추가됨으로써 받은 3,000만 달러가 더해져 1억 5,000만 달러가 넘는 비용을 챙기게 됐다. 이로써 SHJ는 본격적으로 사업 확대를 시작할 수 있는 발판을 마련하게 되었다. 그러나 SHJ와 KBR의 중간역할을 담당하며 두 회사의 업무조율을 해 오던 잭의 이탈은 KBR과의 틈을 조금씩 벌어지게 만들고 있었다.

　FPSO 입찰 성공은 또한 SHJ의 위상에도 큰 변화를 가져왔다. KBR의 연이은 입찰 성공이 SHJ의 컨설팅에 기초하고 있다는 인식이 동종업계로 빠르게 퍼져 나가며 SHJ와 업무합작을 하려는 기업들의 러브콜로 인해 황태수는 즐거운 비명을 지르고 있었다. 발 빠른 기업들이 SHJ-화성플랜트에 플랜트제작을 의뢰하면서 SHJ-화성플랜트는 때 아닌 특수에 공장 확장을 심각하게 검토해야만 했다. 이번 입찰 성공의 최대 수혜자였던 대현중공업은 FPSO 건조기술까지 확보함으로 세계1위 조선기업 타이틀을 굳건히 지킬 수 있었고, 정권의 눈치를 보며 위축된 대현그룹의 재도약을 위해 그룹차원에서 SHJ와 합작을 준비하고 있었다.

　KBR은 윌리엄이 그룹경영에까지 진출하는 계기를 마련하게 되었지만, SHJ에 대한 의존도가 너무 높다는 비판의 목소리가 커짐에 따라 업무합작을 서서히 줄여가고 있었다.

　경환의 사무실에는 SHJ의 중추라고 할 수 있는 황태수와 린다가 자리를 함께하고 있었다. 자신감에 가득 찬 SHJ의 직원들과 달리 경환의 표정은 무거워 보였다.

"쿡 부사장님, 잭이 휴스턴을 떠났다고 들었습니다. 연락은 되시나요?"

잭이 연루된 이번 사건은 SHJ의 핵심인원들과 윌리엄만 알고 있었지만, 잭은 부담을 느꼈는지 서둘러 휴스턴을 떠나고 말았다. KBR을 그만두고 나왔다는 소식에 잭을 스카우트하기 위해 많은 기업들이 접근해 왔지만, 잭은 이를 마다하고 플랜트업계에서 자취를 감추었다.

"연락이 되지 않고 있어요. 당분간 잭을 찾기는 힘들 거 같습니다."

자신이 SHJ에 합류한 이후 잭이 변했다는 사실을 전해들은 린다도 마음이 무거울 수밖에 없었다.

"사장님 탓이 아니니 너무 자책하지 마십시오. 내년도가 저희 SHJ에게 매우 중요한 전환점이 되는 만큼 사장님의 이런 모습은 바람직하지 않습니다."

황태수는 아직도 잭을 신경 쓰는 경환을 이해하지 못하고 있었다. 잭과의 관계를 모르는 것은 아니지만, 잭으로 인해 큰 곤욕을 당했던 기억을 황태수는 쉽게 잊을 수 없었다.

"죄송합니다. 좋게 시작된 인연이라 쉽게 놓치기 싫었나 봅니다. 업무 내용을 보고해 주십시오."

경환은 잭과의 인연을 다음 기회로 넘기기로 하고 다시 업무에 집중하기 시작했다. 경환의 이런 모습에 안도한 황태수는 빠르게 보고서를 펼쳐 들었다.

"이번 FPSO 성공으로 저희는 자금압박에서 벗어날 수 있게 되었습니다. 아울러 내년도 사업 확장도 탄력을 받게 되었고요. 지금 시급한 부분은 인력 보충이라고 봅니다. 그래서 대대적인 인력 확충을 해야 할 거 같습니다."

"저도 황 부사장님과 같은 생각입니다. 인원이 없는 관계로 에릭을 퀄컴에 파견 보냈지만, 에릭을 불러들이기 위해서는 인원 보충이 필요합니다."

황태수의 첫 보고에 린다 또한 수긍하는 모습을 보이고 있었다. 최소한의 인원으로 업무를 진행하고 있었기 때문에 직원들의 피로도는 상상을 초월하고 있었다. 경환 또한 이 문제에 대해 시급히 처리할 뜻을 보였다.

"좋습니다. 저도 두 분과 같은 의견입니다. 필요한 인원에 대한 확충은 두 분 주관으로 선별하시기 바랍니다. 자금은 언제 들어올 예정인가요?"

"TOTAL과 계약이 완료되었기 때문에 내년 2월이면 자금이 입금될 예정입니다."

경환은 KBR-대현중공업 J.V에 참여하면서 입찰 성공에 따른 컨설팅 비용을 발주처와의 계약과 동시에 일시불로 받기로 했다. 1억 5,000만 달러는 SHJ에겐 크고 중요했지만 KBR이나 대현중공업에게는 큰 무리가 따르지 않는 금액이었기 때문에 두 회사는 경환의 조건에 이의를 제기하지 않았다.

"가능하면 2월에 맞춰 인원확충을 마무리하시기 바랍니다. 들어올 자금 중에서 5,000만 달러를 제외한 1억 달러는 투자부분에 집중하겠습니다. 쿡 부사장님은 투자에 대한 보고서를 바로 준비해 주십시오."

경환의 말에 황태수는 고개를 절레절레 흔들어 보였다. 한화로 700억 원이나 하는 돈을 눈 한번 깜빡거리지 않고 확실한 결과가 보장되지도 않은 투자에 집중하겠다는 말을 이해하기 힘들었기 때문이었다. 그러나 황태수는 반대를 할 수도 없었다. 지금까지 누구도 불가능하다고 생각하는 일들을 경환의 예감과 추진력으로 성공시켜 왔기에 이번 결정도 믿을 수밖에 없다고 생각하고 있었다.

"알겠습니다. 이미 준비를 하고 있습니다. 조만간 보고서를 제출하겠습니다."

황태수와는 반대로 린다는 자신의 능력을 발휘할 수 있는 기회가 왔다는 사실에 밝은 표정을 보이고 있었다.

"KBR과의 관계가 예전 같지 않다는 건 잘 알고 있습니다. 저희도 KBR 의존도를 줄이기 위해 본격적으로 컨설팅업무를 확대해 나가십시오. 이 업무는 황 부사장님의 재량에 맡기겠습니다."

경환의 한마디에 황태수는 숨통이 트이는 것을 느꼈다. 물밀듯이 들어오고 있는 기업들의 러브콜을 언제까지 거절할 수는 없는 노릇이었다. 황태수 또한 이번이 KBR이라는 울타리를 벗어날 절호의 기회라는 걸 알고 있었다.

"알겠습니다. 기업의 생존과 이익에 있어 어제의 적도 오늘의 아군이 될 수 있다고 봅니다. FPSO 입찰 성공에 따라 동종업계의 합작제의로 인해 업무가 마비될 정도입니다. 우선 적극적으로 합작제의를 하고 있는 KENTZ와 대현그룹을 시작으로 추진하겠습니다."

"그렇게 하십시오. 당분간은 제 정보력으로 황 부사장님을 돕겠습니다. 그러나 정보력에 의지하지 않고 SHJ가 자력으로 컨설팅할 수 있게끔 황 부사장님이 힘을 써 주십시오."

경환의 정보가 없었다면 그동안의 입찰 성공은 힘들었던 게 사실이었다. 경환은 자신의 회귀로 인해 바뀌어가는 상황을 걱정하지 않을 수 없었다. 그렇기 때문에 SHJ의 자생력확보를 시급한 과제로 보고 있었다.

"그 점을 최우선으로 놓고 조직을 확대 개편할 생각입니다. 아울러 SHJ이란 프리미엄을 가지고 컨설팅 비용을 올리기보다는 특수플랜트의 설계부분과 기술력을 확보하는 데 신경 쓸 생각입니다. SHJ-화성플랜트를 좀 더 키워야 한다고 생각합니다."

경환은 자신이 생각하지 못한 부분까지 준비하고 있는 황태수를 보며 감탄하고 있었다. 과거 오성건설의 해외입찰을 반석 위에 올려놓았던 황태수였기에 더더욱 경환은 황태수의 의견에 적극 동의할 수밖에 없었다.

"SHJ-화성플랜트의 공장 확장 건의는 수용해 주십시오. 일반플랜트보다는 특수플랜트 쪽으로 전환해서 진행하도록 지시해 주세요."

최승호의 지원을 받은 박화수는 탁월한 경영능력을 보이며 차입금을 모두 상환하고 늘어나는 물량을 처리하기 위해 공장 확장도 건의해 놓고 있었다. 입찰을 성공시켰고 업무합작을 원하는 기업들이 많아지고 있는 상황에서 거절할 이유가 전혀 없었다.

"그리고 제가 제안을 하나 드리겠습니다. 이번 FPSO 입찰까지 직원들의 많은 노력이 있었다고 봅니다. 많지는 않더라도 모든 직원들에게 성과급을 지급해 주십시오. 일반직원들은 아직까지는 SHJ에 대한 소속감이 약할 수밖에 없습니다. 돈으로 환심을 사는 건 좋지 않지만, 개인생활이 필요한 직원들에게는 많은 도움이 될 겁니다."

전 직원에게 성과급을 지급하겠다는 말에 개인에 대한 성과를 중요시하는 미국기업문화에 익숙한 린다는 쉽게 이해하지 못했지만 반대를 하지는 않았다. 경환이 생각하는 방식이 직원의 소속감을 이끌어 낼 수 있는 좋은 방안이 될 수도 있다는 생각이 들어서였다.

"쿡 부사장님, 지난번 지시했던 스톡옵션을 빨리 진행하십시오. 에릭과 코이치는 아직 시기상조라고 생각하니 우선 두 분에겐 3%, 최석현 차장, 박화수 사장, 김창동 부장에겐 2%의 자격을 부여하도록 하겠습니다."

자본금 300만 달러로 시작한 SHJ의 지분 3%는 단순계산상 9만 달러에 해당하는 소액이지만, 성장해 나가는 SHJ의 미래를 생각했을 때 그 가치를 지금 계산하는 건 의미가 없었다. 린다와 황태수는 스톡옵션을 결정한 경환을 놀란 눈으로 쳐다보고 있었다. 성장이 확실한 SHJ의 지분 12%를 직원들에게 준다는 것을 자신들의 머리로는 이해하기 어려웠기 때문이었다.

"타케우치 차장은 요새 어떻습니까?"

경환의 속뜻을 알고 있는 황태수가 급히 말을 받았다.

"그 친구 보면 볼수록 대단한 친구입니다. 사장님께서 지시하신 JSC와의 경쟁을 위해 정신이 없습니다. 거기에 미쓰비시중공업까지 추가를 해서 10시 전에 퇴근하는 모습을 보기 힘듭니다. 그 친구 부인을 보기 민망할 정도니 사장님께서 말씀 좀 하셔야겠습니다."

"직속상관이 황 부사장님인데 제가 왜 말을 합니까? 부하 직원을 죽이든 살리든 그건 알아서 하세요."

경환이 시치미를 떼자 황태수는 난처한 표정을 지어 보였다. 회사가 커질 것에 대비해서 모든 것을 자신이 결정해 나갈 수 없다는 것을 느낀 경환은 황태수와 린다에게 일정 부분 힘을 실어 줄 계획을 하고 있었다. SHJ는 그렇게 새로운 도약을 준비하며 숨고르기에 들어갔다.

서울의 무교동 빌딩숲 사이로 하루 일과를 마감하고 지친 몸을 이끌고 퇴근하는 직장인들이 쏟아져 나오고 있었다. 그 빌딩숲 가운데 정권실세의 아들이 운영하는 자칭 '무교동 사무실'에는 고급 승용차 한대가 빠르게 주차를 하고 있었다.

"소장님, 김 차장께서 오셨습니다."

여 비서의 말이 끝나기 무섭게 환한 웃음으로 보이며 전형섭 안기부 운영차장이 사무실 안으로 들어왔다.

"소장님, 저 전형섭입니다. 연락을 받고 급히 찾아왔습니다."

"잘 오셨습니다. 어서 자리에 앉으세요. 왕 비서는 커피 좀 부탁해요."

늘씬한 여 비서의 엉덩이를 보며 입맛을 다시던 전형섭은 각을 세우며 급히 자리에 앉았다. 지난번 대선의 브레인역할을 수행한 무교동 사무실을 물심양면으로 지원한 덕분에 안기부 내에서 탄탄한 입지를 구축하고 있는 전형섭은 소장이라는 직함을 가지고 있는 김수철을 하늘처럼 떠받들고 있었다. 여 비서가 커피를 탁자에 놓고 나가자 전형섭은 자세를 바로 하며 급히 말문을 열었다.

"소장님께서 부탁하신 자료를 휴스턴영사관을 통해 확보했습니다."

전형섭이 전한 서류를 김수철은 꼼꼼히 살피기 시작했다.

"흠, 아주 놀랍네요. 단시간 내에 이렇게 성장할 수 있다니, 대단한 친구라고밖에는 딱히 표현 할 수가 없겠네요."

"그렇습니다. 전 정권에 의해 중국유학을 보낼 때만 해도 이 정도는 아니었는데, 중국정부의 신임을 받으면서 급성장한 것 같습니다. 플랜트업계에서는 SHJ와의 업무합작에 혈안이 되어 있을 정도라고 합니다."

체신부를 통해 한국인이 사장으로 있는 SHJ가 퀄컴의 지분 6%를 인수하고 한국의 CDMA 권리 40%를 확보했다는 보고가 올라오자, 김수철은 SHJ에 대한 정보를 입수하도록 김형섭에게 지시했다. 이권사업에 개입을 하면서 정치자금과 비자금을 확보하고 있었던 김수철이었다. 특히 최근 국책사업으로 진행하고 있는 이동통신 사업 쪽을 주목하던 와중에 SHJ라는 기업의 사장이 한국인이라는 사실에 주목했다.

"허, 참. 사장이 아직 20대로 젊네요. 자금 출처는 확인이 되셨나요?"

"그렇습니다. 홍콩에 법인을 두고 있는데, 유연탄 사업을 통해 자금을 확보한 것으로 보입니다. 딱히 불법적인 내용은 발견할 수 없었습니다."

김형섭의 보고에 김수철은 인상을 찌푸렸다. 비집고 들어갈 자리가 있어야만 했다. 김수철의 심기가 좋지 못하다는 것을 느낀 김형섭은 급히 말을 이었다.

"그런데 좋은 정보가 하나 있습니다. 예전 화성산업이란 곳이 SHJ의 사장인 이경환이란 친구에게 10% 지분을 무상으로 양도한 사실이 있었는데 이것을 이용하면 어떻겠습니까? SHJ가 화성산업을 인수하는 과정에 대해 조사하면서 밝혀진 내용입니다."

김수철은 희미한 미소를 지어 보이기 시작했다. 털어서 먼지 안 나는 곳은 없다는 생각이 그를 흥분시키기에 충분했기 때문이었다.

"좀 더 세부적인 내용을 조사해 보세요. 이동통신 사업은 황금알을 낳는 거위가 될 겁니다. SHJ란 기업이 미국기업인 줄 알았는데 한국인이 사장일 줄을 전혀 몰랐습니다. 김 차장님 덕분에 좋은 정보를 알게 되었으니 오늘은 술 한 잔 거하게 대접해야겠습니다. 하하하."

경환은 린다의 투자계획서를 살피고 있었다. 1990년대 미국경제는 유레없는 호황기를 누리고 있었다. 그런데 클린턴 행정부가 정보통신기술 분야의 성장을 유도하는 것까진 좋았지만, 이를 위해 과잉 공급되는 달러가 문제였다. 이 사실에 주목하는 사람은 많지 않았다. 이러한 문제로 버블경제가 꺼지는 2000년 초반부터 미국 경제는 동력을 잃고 수렁으로 빠지게 된다. 이를 경환은 기억하고 있었다.

"쿡 부사장의 의견은 정보통신을 타깃으로 실리콘밸리에 집중적으로 투자를 하자는 말씀이시네요."

"네, 이건 현 정권의 취지하고도 일맥상통하고, 앞으로 미국의 동력이 될 신산업이라고 판단됩니다."

린다의 계획서는 흠잡을 만한 곳이 없었다. 큰 수익을 얻을 수는 없었지만, 마찬가지로 큰 실패도 없는 안정적인 투자패턴을 보여 주고 있었다. 막대한 수익을 창출하는 퀄컴을 확보한 이상 경환은 1990년대 후반을 기다리며 린다에게 투자에 대한 경험을 쌓게 하고 싶었기 때문에 반대할 생각이 없었다.

"알겠습니다. 작성하신 계획서대로 진행해 주세요. 그런데 제가 개인적으로 궁금하고 신경 쓰이는 부분이 있습니다. 이것에 대해서도 부사장님이 연구를 해 줘야겠습니다."

자신의 계획을 아무런 이유 없이 경환이 승인했다는 생각에 린다는 환한 표정을 지어 보이면서도 경환이 신경 쓰이는 것이 무엇인지 궁금해지기 시작했다. 그동안의 경험으로 보아 절대 헛말을 하지 않는다는 것을 알고 있었기 때문이었다.

"결재해 주시면 바로 투자에 대한 협상을 진행하도록 하겠습니다. 그리고 말씀하시는 대로 연구를 시작하겠습니다."

경환의 전폭적인 지지로 투자를 집행할 조직이 확대 개편되는 과정에서 경환은 특이하게 '미래경제를 예측하는 것을 주목적으로 하는 연구팀'을 구성했다. 물론 린다의 지시에 의해 연구가 진행되고 있었지만, 경환은 린다에게 은연중 연구방향을 제시하고 있었다.

"하나는 현재 정보통신 분야의 중심적인 역할로 대두되고 있는 인터넷입니다. 제 개인적인 생각이지만 이 분야는 미래사회를 변화시킬 중요한 산업분야로 생각되니 인터넷을 통해 발전 가능한 산업에 대해 연구해 주십시오. 다른 하나는 헤지펀드의 투자패턴에 대한 연구입니다."

린다는 요즘 투자가들 사이로 오르내리고 있는 인터넷 관련 사업에 대해 관심을 가지고 있어 경환의 첫 번째 지시는 이해를 했지만, 헤지펀드에 대해서는 고개를 갸웃거렸다.

"헤지펀드에 대한 연구는 좀 의외네요. 따로 연구해야 될 분야라도 있나요?"

"원유시세가 안정되고 미국경제가 호황기를 맞이하고 있는 상황에서 단기차익을 노리는 헤지펀드가 갈 곳이 없다고 봅니다. 그래서 고정 환율을 고집하는 아시아금융이 헤지펀드의 목표가 되지 않을까 하는 생각이 들어서요. 그때를 노린다면 우리도 막대한 이익을 볼 수 있지 않겠어요?"

경환의 대답이 어느 정도 타당성이 있다는 결론을 내린 린다는 고개를 끄덕였다. 연구원들을 채용한 이상 그들을 최대한 활용하는 것도 자신의 몫이었기 때문에 헤지펀드의 유형과 패턴에 대해 연구해 볼 필요가 있다고 생각했다.

퇴근을 준비하던 경환은 일에 몰두하고 있는 코이치의 곁으로 조용히 다가갔다. 경환의 발소리도 듣지 못한 채 일에 몰두하던 코이치는 누군가 자신의 어깨에 손을 얹자 화들짝 놀라 뒤를 바라보았다.

"사…… 사장님."

"퇴근합시다. 쉬는 것도 일의 연장입니다."

금년부터 본격적으로 시작되는 JSC와 미쓰비시중공업과의 경쟁을 위해 코이치는 삼시세끼를 사무실에서 해결할 정도로 일에 몰입해 있었다.

"조금만 더 하다 퇴근하겠습니다. 사장님 먼저 들어가십시오."

코이치가 퇴근할 기미를 보이지 않자 경환은 코이치가 작성중인 문서를 덮어 버리고 컴퓨터를 꺼버렸다.

"가족을 위해서 하는 일인데 야근을 밥 먹듯이 하면 제가 부인께 면목이 안 섭니다. 저 혼자 퇴근해서 따뜻한 밥이 넘어가겠습니까? 어서 옷 입으세요."

코이치는 한참을 망설인 후에야 주섬주섬 옷을 챙기며 경환을 따라나설 수밖에 없었다. 최석현이 작년에 태어난 딸로 인해 칼 퇴근을 하는 통에 코이치의 퇴근은 더더욱 늦어졌다.

"오늘은 저희 집에서 같이 식사를 하면서 술 한 잔 하시죠. 부인께는 제가 미리 연락을 해 두었습니다. 저 먼저 출발합니다. 뒤에서 바로 따라오세요."

코이치는 SHJ에 합류하고 반년 넘게 제대로 된 실적을 내지 못해 초조해하고 있었다. 그러다 보니 자신이 개발 중인 중동과 북아프리카 입찰에 온 신경을 쓰며 하나의 실수라도 발생하지 않도록 하기 위해 자신의 정력을 쏟아 붓고 있었다. 경환은 누구보다도 코이치의 심정을 이해했지만 이런 긴장과 스트레스가 중대한 실수로 이어지는 경우를 많이 봐 왔다. 한 번의 실수는 코이치를 무너지게 할 수도 있었기에 경환은 코이치를 긴장감에서 벗어나게 해 주고 싶었다.

"자기 왔어요? 타케우치 차장님도 어서 오세요."

"사모님, 감사합니다. 제 아내는……?"

"칸타 엄마는 이미 와 있어요. 같이 식사를 준비했어요."

"여보, 저 여기 있어요. 어서 들어오세요."

나츠미의 밝은 목소리를 확인한 코이치는 경환을 따라 들어왔다. 경환은 잠들어 있는 정우를 확인하고는 코이치를 이끌어 식탁에 자리를 잡고 앉았다. 식탁 위에는 한국음식과 일본음식이 뒤섞여 놓여 있어 식욕을 자극시키고 있었다. 경환은 소주를 들어 코이치의 잔에 따라 주었다.

"음식도 군침이 도는데 같이 소주한잔 하시죠."

"자기야, 나하고 칸타 엄마도 한잔 주세요. 우리도 술 마실 줄 안다고요."

코이치에게 건배를 제의하던 경환은 수정의 핀잔에 급히 소주병을 들어 수정과 나츠미의 잔에 따라 주었다.

"하하하, 미안합니다. 제가 눈치가 좀 없었네요. 자 넷이서 술을 마시는 건 처음인 거 같은데, 건배하시죠. 첫 잔은 원샷입니다."

네 사람은 잔을 들어 건배를 나눈 후 잔을 비웠다. 평소 최석현과 친하게 지내는 코이치와 나츠미는 경환이 말하는 원샷의 의미를 알아듣고는 보조를 맞추고 있었다.

"칸타 엄마는 원샷이 무슨 뜻인지 아는 거예요?"

수정은 일본인인 나츠미가 잔을 비우고 머리에 잔을 거꾸로 들어붓는 흉내를 내자 놀란 눈을 했다.

"케이티와 자주 어울리면서 뜻을 알게 됐어요."

"둘이서만 어울리면서 저는 부르지도 않는 거예요?"

수정은 뾰로통한 표정을 한 채로 나츠미에게 농담을 건넸다. 얼굴이 붉어진 나츠미는 순간 당황했지만, 수정의 웃는 모습을 보며 이내 안심할 수 있었다. 식사가 시작되고 경환과 코이치는 일본과 한국의 문화에 대해 서로의 의견을 교환했다. 그러다 문득 경환이 나츠미를 향해 질문을 던졌다.

"칸타 어머니, 힘드신 점은 없나요? 요새 타케우치 차장님이 일 때문에 늦어 걱정이 많으시죠?"

경환의 질문에 나츠미는 코이치의 눈치를 살피며 대답을 시작했다.

"칸타 아빠는 일본에 있을 때나 한국에 있을 때에도 일에 집중하기 시작하면 항상 그래 왔어요. 늦는 건 괜찮지만, 몸 상할까 걱정은 많이 돼요."

나츠미는 부끄러운 듯 조심스럽게 얘기를 하고 있지만, 코이치는 그런 아내의 투정을 받아들일 생각이 없어 보였다.

"어째 일본남자나 한국남자나 똑같은지 모르겠네요. 칸타 엄마의 말을 내가 그대로 자기한테 해 주고 싶어요."

수정이 나츠미의 말을 받자 경환은 왜 자신에게 화살이 돌아오느냐는 듯한 표정을 지어 보이며 자신은 아니라며 고개를 흔들어 보였다.

"당신은 왜 쓸데없는 말을 하고 그래?"

수정까지 나서 경환에게 핀잔을 주자 코이치는 나츠미를 나무라고 나섰지만 경환은 그런 코이치를 제지했다.

"틀린 말 하나도 없습니다. 칸타나 칸타 어머니는 차장님만 보고 살지 않습니까. 앞으로 야근이 필요한 일이 있다면 먼저 황 부사장님의 승인을 받으세요. 최 차장처럼 일찍 퇴근해서서 가족들과 시간을 더 보내도록 하시고요. 그리고 너무 조급해 하지 마세요. 차장님이 SHJ에 있는 것만으로도 도움이 많이 됩니다."

나츠미는 경환의 말에 고개를 숙여 감사함을 표하고 있었지만, 코이치는 아무런 반응을 보이지 않았다. 경환은 그런 코이치를 보며 고개를 좌우로 흔들었지만, 결코 야근을 허락할 생각은 없었다. 식사를 마치고 코이치 가족이 돌아가자 경환은 수정과 오붓한 시간을 보낼 수 있었다.

"정우가 잠들어 있으니 자기하고 술 한 잔 할 시간이 생기네. 이런 시간을 자주 가져야 되는데 미안해. 내가 너무 무심했어."

"그러게요. 자기하고 오랜만에 술 한 잔 같이 하는 거 같아요. 참, 몇 달 후면 정우 돌인데 한국에 갈 수 있겠어요? 다들 기다리시는데……."

경환은 본의 아니게 공수표를 남발하고 있었다. FPSO 입찰이 끝나면 여행을 가자고 해 놓고도 쉽게 시간을 마련하지 못하고 있었다. 수정은 미국에 온 이후 아직 한국에 가보지 못하고 있었기 때문에 정우의 돌을 핑계로 한국에 가고 싶어 했다. 육아와 학업을 병행하면서도 경환의 뒷바라지에 소홀하지 않는 수정에게 항상 미안한 마음을 갖고 있던 경환은 이번만큼은 한국에 같이 들어갈 생각이었다.

"그래. 다들 기다리시니 정우 돌잔치는 한국에 가서 하도록 하자. 자기 학교수업이 문제긴 하지만 자기가 교수와 잘 상의를 해 봐."

수정은 경환의 말에 손뼉을 치고 입까지 맞추며 기뻐했다. 경환은 이런 수정의 모습을 보며 많은 생각에 잠겼다.

"내가 너무 공수표만 날려서 미안하지만, 내년 2월에 둘이 한 달 정도로 여행 가자. 정우는 부모님들께 맡기고."

"에고, 또 괜한 소리해서 사람 기대하게 만들지 말아요. 여행 가자는 소리 한번만 더 들으면 아주 100번을 채우겠네."

하지만 경환에겐 무조건 여행을 가야 할 이유가 있었다. 그건 6년을 기다려 왔던 경환의 숙명이기도 했다.

"자기야, 정우도 방해 안하고, 오랜만에 우리 둘만의 시간인데 잠깐 같이 샤워라도 하면 안 될까?"

"흥! 자기는 급할 때만 날 찾는 거 같네요."

수정은 혀를 입술 사이로 내밀어 경환을 약 올렸지만, 그런 모습이 경환을 더욱 흥분시켰다. 경환은 수정을 번쩍 안아 들고는 급히 욕실로 향했다.

같은 시간, 황태수는 휴스턴 영사와 식사를 마치고 가볍게 맥주로 입가심을 하는 중이었다. 퇴근시간이 임박해서 느닷없이 영사의 전화를 받은 황태수는 꺼림칙하기는 했지만, 영사의 저녁초대를 거절할 수는 없었다.

"정부에서는 이동통신 사업에 대한 관심이 지대합니다. 이런 의미로 퀄컴의 한국부분 로열티 40%를 확보하고 있는 SHJ를 정식으로 초청하는 것입니다."

황태수는 이 부분에 대해 자신이 나설 일이 아닌 것을 알고 있었지만, 휴스턴 영사는 막무가내로 황태수의 대답을 요구하고 나섰다.

"이 부분은 아시겠지만, 린다 쿡 부사장이 담당을 합니다. 저도 자세한 내용은 알지 못하고요. 그리고 SHJ가 한국기업이라고 착각하시는 거 같아 다시 말씀 드립니다. SHJ는 미국의 법률 테두리 안에 있는 엄연한 미국기업입니다."

황태수는 미국기업이라는 말을 강조함으로써 한국정부의 간섭을 사전에 방지하려 애쓰고 있었지만, 영사는 이런 황태수의 의도를 알면서도 무시하고 있었다.

"하하하, 그걸 누가 모릅니까? 그러나 SHJ의 대표가 한국인이고 또 2인자인 부사장님이 한국인인데 한국 기업이라고 봐도 무방한 거 아니겠습니까?"

안하무인격인 영사의 행동이 황태수의 심기를 건드리고 있었지만, 내색을 하지는 않았다. 경환과 자신이 한국인이란 사실이 황태수를 위축시키고 있었기 때문이었다. 우선은 이 자리를 피하는 것이 급하다고 생각한 황태수는 영사와의 대화를 마무리 지으려 했다.

"사업적인 부분에 대해서는 제 소관도 아니고 아는 바도 없기 때문에 드릴 말씀이 없습니다. 그러나 한국정부의 초청에 대해서는 긍정적으로 검토를 하겠습니다."

영사 또한 죽을 맛이었다. 정권실세의 아들인 김수철의 직접적인 요청을 받은 이상 결과물을 보여 줘야만 했다. 혹시라도 요청을 무시했다가는 자신은 쥐도 새도 모르게 오지로 발령 받을 수 있었기 때문이었다.

"하하하, 부모님들께서도 한국에 다들 계시니 한번은 가 보셔야 되지 않겠습니까? 부사장님이 말씀 좀 잘해 주십시오. 가능한 한 빠른 시간 내에 결정하셔서 통보해 주십시오."

황태수의 미간이 좁혀지며 깊은 시름에 빠져들었다. 경환은 그동안 한국정부와는 철저히 담을 쌓고 있다는 것을 알고 있었고 특히 이번 정권에 대해서는 자신이 이해하기 힘들 정도로 배타적인 모습을 보여 왔기 때

문이었다. 황태수는 이 자리에 린다와 동행하지 않은 걸 땅을 치며 후회
하고 있었다.

《다시 사는 인생》 3권에 계속

다시 사는 인생 2권

초판 1쇄 2016년 4월 5일

지은이 마인네스
펴낸이 전호림　**제2편집장 및 담당PD** 권병규　**펴낸곳** 매경출판㈜
등 록 2003년 4월 24일(No. 2 - 3759)
주 소 우)04627 서울특별시 중구 퇴계로 190 (필동 1가 30-1) 매경미디어센터 9층
홈페이지 www.mkbook.co.kr
전 화 02)2000 - 2610(기획편집)　02)2000 - 2636(마케팅)　02)2000 - 2606(구입 문의)
팩 스 02)2000 - 2609　**이메일** publish@mk.co.kr
인쇄 · 제본 ㈜M - print　031)8071 - 0961

ISBN 979-11-5542-446-9 (04810)
ISBN 979-11-5542-451-3 (set)
값 12,000원